ዘይተሰምዐ

ስምዕታ

***

ስልጣን ከበዶም 2020

መሰል ድርሰት © ስልጣን ከበዶም 2020

ምሉእ መሰል ደራሲ ዝተሓለወ እዩ።

ISBN 978-999485160-7

ዲዛይን ገበርን ቅጥዒ መጽሓፍን
ኢብራሂም መሓመድ
07613884

ወፈያ

እዛ መጽሓፍ ነቲ ክሳብ ሎሚ የዕብዩ ዘይጸገበኒ ዘሎ ክቡር ኣቦይ ከበዶም በላይ ንስለ ክብሪ ኣቦንነቱ ዝተወፈየት ትኹነለይ።

ትሕዝቶ

ምስጋና	v
1 ቅያር ልቢ	1
2 ንብዓት ተመጽዋቲ	9
3 ምቁር ዓመጽ	17
4 እንተ ክዉንነትን	39
5 መጽናዕታዊ ጽሑፍ	54
6 ንዓኻ'የ ዝወቅስ	62
7 ግዜ ኣብ ዘይግዜኡ	82
8 ዘይተሰምዐ ስምዕታ	93
9 ሞት ከም ኣራም	113
10 ድግስ	125
11 ትንሳኤ ሞት	134
12 ዕድመ	158
13 ሰብ ዘጽመመ መሪት ቃጭል	169
14 ናይ ሓጺር ሓጺር ዛንታ	194

ምስጋና

መጀመርታ ነዛ መጽሓፍ ከደርስ ባርኾቱ ስለዘየጉደለለይ በቲ ኻልእ ድማ ኣጻፊፈ ንኽውድኣ ዘይውዳእ ዓቕሊ ስለዝሃበኒ፡ ንጎይታ እየሱስ ክርስቶስ ኣብዚ ግዜ ሓጎሰይ ቀዲመ ክዝክሮ ዝደሊ ንዕኡ'የ እንተበልኩ ዝቐየመለይ ኣካል ዘሎ ኣይመስለንን።

ቀጺለ ንኽቡር ኣቦይ ከበዶም-በላይን ንኽብርቲ ኣደይ ፍረወይኒ-ሃይለን፡ ለዋህ ዓባየይ ጻድቃን-ኣባይን፡ እቲ ድኻም ናይ ምትብባዕኩምን ኣተዓባብያኹምን ፍሪኡ እንሆ'ሞ፡ እዚ ሓጎስ ካብ ልብኹም መሊኡ ብምፍሳስ ንኻልእ ክሸውን እምነ። ኣሕዋተይ ናትናኤል፡ ፊልሞን፡ ንያትን፡ ክጽሕፍ ኣብ ዝብህገሉ እዋን ንጽምዋይ ብዘይምዝራግኩም፡ ምስጋናይ ዓቢ ምኻኑ ክትርድኡለይ፡ ህንጡይነት ዝዓሰሎ ተስፋይ'ዩ።

ክብርቲ በዓልቲ ቤተይ ሄራን ክብሮም ከኣ እንቛዕ ነቲ ብሓባር ምሳይ ዝተጎዓዝክዮ መንገዲ ሕትመት ብሓጎስ ደበስኪ።

እዛ መጽሓፍ ዋላ'ኳ ብስመይን ሓሳባተይ እንተተጻሕፈት፡ ዘለዎ ጽዑቕ ናይ ስራሕ ዋኒኑ ወጊኑ ኣብ ኮምፒተር ዝጸሓፋ ዮናታን ጎይትኦም ዕርክነት ብቓል ጥራይ ዝፈልጦ ዝነበርኩ ብግብሪ ዘርኣየኒ ሰብ'ዩ እሞ ምስጋናይ ኣብ ልዕሊኡ ማዕቀብ የብሉን።

ኣብ ርእይቶ ዝተሓጋገዙኒ ድማ ቶማስ የማነ፡ ተመስገን ተኪኤ፡ ሄኖክ ፒኪ፡ ደሳለ መርሃዊን ልዑል ምስጋና ይብጽሓዮም።

ኣብታ ቀዳመይቲ መጽሓፈይ ዝነበሮም ጠብላሕታ ሓጎስ ሕቶታትን ርእይቶታትን ብኣካል እናረከቡን ብተገዳስነት ቴለፎን እናደወሉ ዘተባብዑንን ቀጽል ዝብል ቃላቶም ንያት ኮይኑንስ እንሆ እዛ መጽሃፍ ንሕትመት በቒዓ።

እዛ መጽሓፈይ ብኹላ ብውሽጣዊ ስእልታተይ ዝተቐርጸን ትዕዝብቲ ዝሓተታን ገዛኣዊ ምርምራተይ ዝሓዛ ደኣ'ምበር ካብ ካልእ ዝረኸብኩዎ ምንጭታትን ሓሳባትን ከምዘይኮና መበቆላውነተን ባዕሉ ይምስክር ኣሎ።

ድሓር ብዙሕ ግዜ ሰብ ዝብለኒ እንተሎ ቃላተይ ሓሳባተይ ብዓቢኤን ዛንታተን ሓንጎለይ ተሓሊበ ዘምጽአን ዝመስሎ ብዙሕ ኣሎ። እቲ ዝገርም ንስኒ ጽሑፍ ክሳብ ሎሚ ብቑም ነገር ርእየዮ ኣይፈልጥን። ማለት ንዓይ ስ-ነጽሑፍ ካብ ንግሆ ተሲእካ ንጸሓይ ምስትምቓር ዘፍሊ የብሉን። ሓንቲ ሓጻር ዛንታ ኣብ ፍርቂ ሰዓት ወዲኤያ እንተይለ ብዕጋበትን ሓጎስን ዝኣክል 23 ሰዓታት ናይታ መዓልቲ ኣብ ደስ ዝበለኒ ከሕልፎ ይኽእል'የ ማለት'ዩ። ኣይኮነን ስነ ጽሑፍ ህይወት ብዓባይ'ውን ኩሉ ግዜ ብዓይኒ ቁም ነገር ትርእያ እንተኾንካ ዝመጸ ሽግራ ዘይፍታሕ ኮይኑ'ዩ ዝስምዓካ። ድሓር ቁም ነገር ኣብ ባይታ እንተርኣኻዮ'ዩ ሰብ ዝኣምነካ'ምበር ብዘረባን ህዱእ ምንቅስቓስን ጥቑው ከተምስሎ ብምጽዓርካ ጥራይ ካብ ክዉንነት ዝረሓቕካ'ዩ ዝገብረካ።

መልሲ ንሓታቲ

መብዛሕትኡ እዋን ብዙሕ ሰብ መበገሲ ጽሑፋተይ እንታይ ምኻኑን ካበይ ምኻኑን ይሓተኒ'ዩ። ኣነ'ውን በቲ ልሳነይ ዝፈቐዶ ክምልሰሉ ይፍትን'የ። እንተኾነ ልክዕ ብልክዕ መበገሲ ጽሑፋተይ እንተዝፈልጥ እቲ ዝርዝር ኣብዚ ምጸሓፍኩዎ'ሞ ብዙሕ ሰብ ከኣ ኣብቲ ቦታታት እናኸደ ዛንታ ክኣሪ ምወዓለ'ሞ ኩሉ ሰብ ከኣ ጸሓፊ ምኮነ ኢለ ይሓስብ። ወይ'ውን መበገሲ ጽሑፋተይ ብግቡእ ንሰባት እንተደኣ ኣረዲአ እቲ መበገሲ ፍረ ነገር ሓደ ስለዝኾነ ሓደ ዓይነት ዛንታ ምተጻሕፈ ድማ ይብል በቲ ካልእ። በዚ ኢሉ በቲ ግን መጀመርታ ዘይብሉ ነገር መፈጸምታ ክህልዎ ስለዘይክእል ገለ ካብኡ ክገልጽ ክፍትን። ምግራም ምድናቕ ዓቀኑ ዓይነቱን ዝሓለወ ቅንኢ ነብሰይ እናሓለኹ ኩሉ ነገር ክርእዮን ክፍትኖን ኣለኒ ዝብል መምርሒየይን ብዙሕ ነገረት'ዩ ኣኽሲቡኒ። ካብ ንእስነተይ ኣትሒዘ ዘጥረኹዎ ድፍረት ክሳብ ሎሚ ዝደለኹዎም ነገራት ኣብ ግዚኡን መቐረቱ ከይሃሰሰን ክረክብ የኽእለንን ይሕግዘንን። ድሓር ህይወት ሓጻር ምኻና ልዕሊ ማንም ዝተረዳእኩ ክመስል ንነገራት ብቕልጡፍ ናይ ምግባርን ግዜኻ ናይ ዘይምጥፋእን ባህሪ ክውንን ሓገዝ ኮይኑኒ'ዩ። ኣብ ነፍሲ ወከፍ ስጉምተይን ጠመተይን ውነይን ትሕተ ውነይን ብግቡእ ከገልግሉኒ ከለዉ'ውን ኣጸቢቑ ይፍለጠኒ።

ኣብ መወዳእታ ክብሎ ዝተረፈኒ እንተልዩ ኣብ ሃገራዊ ኣገልግሎት ኣብ ምምህርና ዝህቦ ግዜን፣ ዓቕኑ ዝሓለፈ ምዝንጋዕ ምስ ዓርከ መሓዙትን'ውን ስለዝቃጸጹኒ ከምቲ ዝደልዮ ኣብ ስነጽሑፍ ይሰርሕ ኣለኹ ክብል ድፍረት የብለይን። ካብ ዝውጥጡኒ ነገራት ነጻ እንተኾይነን ግዜይ ብግቡእ ወፍየ እንተሰሪሐሉን ግን ካብዚ ብዝበለጸ ከምዝዕወተሉን እተኣማመነሉ'የ። ክሳብ እቲ ግዜ'ቲ ዝመጽእ ግን ኣንባቢ ካብዘን ዛንታታተይ ድኽመት እንተረኺበ ብዙሕ ኣየገርመንን'ዩ። በዚ ድማ ንዝመጸ ርእይቶ ከም ሰናይ ሰላምታ ክቕበል ድሉው እየ።

ከምታ ዝሓለፈት መጽሓፈይ ኣብዚኣ'ውን ብ "global patchwork" ን "incremental-patchwork" ን "plagiarism-patchwork" ን "paraphrases" ዝኸውን ፈቓቕ ከምዘይብለይ ብሓበን ይዛረብ ኣለኹ።

ካብቲ ሰብ ኣኣብ ዝረኸበኒ ብተገዳስነት "ስነ-ጽሑፍ ገዲፍካዮ ዲኻ? ደንጕኻ" ንዝበለኒ ድማ እዛ መጽሓፍ እዚኣ ኣብ 2014 ዝተወድኣት እኳ እንተኾነት፡ ብሰንኪ ናይ ሳንሱር ሪጋ፡ ናይ ሕትመት ዋጋን ካልእ ዝተፈላለየ ቀንጠመንጥን ስለዘይተሳለጠት ምኻና ክሕብር ይደሊ።

ደራሲ፡ እዞም ኣብ ውሽጢ'ዛ መጽሓፍ ዝርከቡ ጠባያት፡ ኣብ መዓሙቕ ሓንጎሉ ደኣ'ምበር ኣብ ህሉው ኩነታት ዓለም፡ ኣለዉን የለዉን ኣፍልጦ የብሉን። ብኣካል ዝፈልጦም ይኹኑ ብወረ ዝሰምዖም ከምዘይኮኑ ግን ብዓውታ ይምስክር ኣሎ። ብምሉኦም ፍጻሜታት ይኹኑ ኣበሃህላታት ጥቕስታት ይኹኑ ዛዕባታት፡ ንጹሃት ፈጠራ ናይ ደራሲ'ዮም።

ቅያር ልቢ

ጎደና ለገሰ ኣብታ ናይ ንግሆ 12 ታሕሳስ 2013 ውዕለቱ፡ ከም ኩሉ እዋን ፍኹስ ዝበለ ምንቅስቓስ ሰባትን ተሽከርከርትን ይረኣዮ። እዚ ከም ኣብ ቀውዒ ብህድኣት ዝረግፉ ኣቑጽልቲ ዝምስል ዛሕታል ጎደና፡ ንዝተለምደ ባህሪኡ ዝዝርግ ጉያ ሓደ መንእሰይ ተጋጠሞ።

ሲኖድ እታ ብሕቖኣ ቁጽሪ እሰር 13 ዝተጻሕፉ ኣራንሾኒ ኮምፕላሴንኡ ሽግር ከየስዓበትሉ ብፍጥነት ዲግዲግ በለ። ኣካይድኡ ናይ ደሓን ዘይምዃኑ ዝራጉዱ ከኣ ብማዕዶ ድምጺ ጠያይት ተሰምዑ። ናይ ፖሊስ መካይን'ውን ድምጺ መቓልሐን ካብ ርሑቕ ኣንጎሎታት ኣእወየ። ኣብ ከባቢ'ቲ ጎደና ዝነበሩ ሰባት፡ ነቲ ዘፍርሕ ትርኢቱን ሰብ ከይሕዘኒ ኢሉ ርእሰ-ተኣማንነት ዘየውደቐ ኣጓይኡ ዝረኣዩ ብምዝያዶም፡ ወስ ክብሎ ዝተራእየ ዋላ'ኳ ኣይነበረን።

ሲኖድ፡ ትንፋሱ ክሳብ ብኣፉ ክትወጽእ እትደሊ እናጎየየ ከሎ ካብ ርሑቕ ንሓደ ክዳውንቱ ዝቐይር ዝነበረ ኣረጊት ለማኒ ኣስተብሃለ። ጉያኡ ናብኡ ገጹ ክጥምዝዝ ከኣ ንዕኡ ንቡር ነበረ። ዕድልን ግዜን ብዘይሃበ ፍጥነት ጃኬት'ቲ ለማኒ ምስ መንዝዐ ድማ ዝያዳ ተወንጨፈ። ቅልጣፈ ህድምኡ ከይቀነሰ፡ ካብቲ ብብዝሒ ኣራግጽ ክረኣየሉ ዝጀመረ ከባቢ ተኸዊሉ ብጸበብትን ሓመድ ዝጽርግያኦምን ገዛውቲ ተኣልየ። ነታ ዝዘመታ ጃኬት ብዝተጠልቀዐ ርስሓታ ምጽያን ከይሓደሮ ኣብ ርእሲ ኮምፓሴንኡ ደሪቡ ተኸደና። ንድሕሪኡ ግልጽ ኢሉ ሓንሳብ ምስ ጠመተ ዝስዕቦ ሰብ ይኹን ዘስግእ ነገር ከምዘየለ ምስ ኣረጋገጸ፡ ብህድኣት ክስጉም ድሒሩ ዝሓረዮ ኣካይዳ ነበረ።

ንሱ፡ ገዛ የናዲ ከምዘሎ የዒንቱ እናጋየሸ ነቲ ብኽልተ ጎድኑ ንነዊሕ ዝኸይድ መንበሪ ቤታት ተመልከቶ። ብዙሕ ዘየህል'ኽ ስጉምትታት ድሕሪ ምስልሳሉ ሓንቲ ቁጽሪ ገዝኣን ሕብሪ ማዕጾኣን ብግቡእ ዝተመልከታ ካንሸሎ፡ ኣብ መንድቓ ተጸጊዑ ውሪሕሪሕ በለ።

ጽምዋ'ቲ ገዛውቲ ከም ጉልባብ ተጠቒሙ ድማ ዘሊሉ ናብ ውሽጢ'ቲ ቀጽሪ ኣተወ።

ሓንቲ መኪናን ገለ ግሩማት ዛሬባን ድሕሪ ምሕላፉ ከም በዓል ገዛ እናተታዕነነ ትኽ ኢሉ ውሽጣዊ መዓጹ እናኸፈተ ኣተወ። ኣብቲ በብእብረ ብዘይ ስክፍታ ዝተዓዘቦ ሶፋታት፣ ክሽነ፣ መደቀሲ ክፍልን ዝጸንሖ ሰብ ኣይነበረን። ኣብ ኮረድዮ እናተጸናጸነ ክሓስብ ኣብ ዝጀመረሉ እዋን ግን "ሽ…ሽ…ሽ!" ዝብል ድምጺ ካብ መሕጸቢ ሰውነት ኣብ ኣእዛኑ ምስ ተሰምዐ ናብኡ ገጹ ክስጉምʼዩ ተሃንጥዩ። ርጋጹ ኣህዲኡ ብዘይ ዝኾነ ድምጺ ድማ ኣብቲ ቦታ በጽሐ። ነቲ በቲ ደብዛዝ ቬትሮ ዝርአ ዝነበረ ቅርጺ ሰውነት ጓለንስትይቲ ብኣንክሮ ተዓኒዱ ተዓዘቦ። እታ ጓል-ኣንስተይቲ ኩሉ ኣካላ ብህድኣት እናተናኸፈት ክትሓጽብ እንከላ፣ ንሱ ድማ ርእሱ ናብ ዘበለቶ ምንቅስቓስ ኣቕነነ።

ኣብ ዝነበሮ ቆይሙ ንኽዕዘብ ጥራይ ኣኻኣሎ ኣዳም ስለዘይረኸበ ግን ጫምኡን ኮምፕላሴንኡን መስርዑ ክሳብ ዝገላብጦ ብታህዋኽ ኣውጽአ። ድምጺ ከይሃበ ድማ ጥራይ ነብሱ ኣብቲ ብቬትሮ ዝተኸበ መሕጸቢ ሰውነት ኣእጋሩ ኣንበረ።

ገሊላ ብዝዓፈረ ሻምፑ ምሉእ ሰውነታ ብምሽፋና፣ ምስቲ ዝነበረ ጫዕጫዕታ ማይ ነቲ ኣብ ቅድሚኣ ተገቲሩ ንዝነበረ ሰብ ክትርእዮ ይኹን ክትሰምዖ ኣይከኣለትን። ንሱʼውን ክሳብ ዓሲልዋ ዝነበረ ዓፍራ እትጸርግ ብዘይ ዝኾነ ምንቅስቓስ ተዓዘባ። እዚ ክሳብ ዝኾነሉ ግን የዒንቱ ዘይበጽሕዎ ክፍሊ ኣካላ ኣይነበሮምን። ዝነበሮም ድኻም ከይጸብጸቡ ብህርፋን ፍትወት ስጋ ዘይነቕሑ ክፋል ህዋሳትʼውን ኣይነበረዎን።

ገሊላ ማይ ኣብ ሰውነታ ወሪዱ ኣካላ ምስ ኣጽረየ ገጻ ብፌኮስቲ ኣጻብዕታ ደረዘት። ጸጉሪ ርእሳ ዓቲራ እናጸሞቐት ከላ ሰብ ንኽመስል ኣመና ዝተርፎ መንእሰይ ኣብ ቅድሚኣ ምስ ረኣየት ብራዕድን ንዝተዓዘበቶ ብዘይምእማንን ልባ ተመንሸተት። ካልኢታት ክሳብ ዝሓልፉ ዘፍርሕ ገጹ እናተመልከተት ብዓውታ ወጨጨት። እንተ ንሱ ግን ምንቅስቓስ ይኹን ዘረባ ከይገበረ ትወድእ ዝበለ ክመስል ብስቕታ ተጸበያ።

ገሊላ ኣውያታ ተዳኺሙ ብዘኸተመ፡ ኣብ ደረጃ ምንኽናኽ በጽሐት። ሲኖድ የዒንቱ ካብ ምስሊ ኩሉ ፍጥረታ ከይተኣልየ ኢዱ ናብ ሰውነታ ለኣኸ። ኣጻብዕቱ ብልዕሊ መንኩባ እናሕለፈ ነታ ብድሕሪ ሕቖኣ ዝነበረት ሻምፑ ሰሓባ። ገሊላ እናንቀጥቀጠት ምስ ዝተዘምተ ቀልባ ተዋሕጠት።

ሲኖድ ጸጋማይ ኢዱ ክሳብ ዝመልእ መዕፈሪ ቅብኣ ድሕሪ ምግባሩ ኣካሉ ኣብ ምፍሕፋሕ ተጸምደ። ገሊላ ኣብ ወቕቲ ውርጪ ከምዘላ ክሳብ ሽዑ ነብሳ እናፈጥፈጠ፡ ነቲ ጭሕሙ ልዕሊ ኣቕሽሽቲ ዘጊፉ፡ መንእሰይ ክነሱ መንፈሱ ዝጠፍአ ኣረጊት ዝመስል፡ ካብ ዘየለ መጺኡ ኣብ ቅድሚኣ ጥራይ ዝባኑ ዝተዓነደ ኣንጻር ጾታኣ ምህላዉ ብዘሕደረላ ምግራም፡ ነቲ ንዝነበራ ፍርሒ ብመጠኑ ዘህሰሶ መሰለ።

ሲኖድ ሓንሳብን ኣጽፊፉን ነብሱ ምስ ለቕለቖ ማዕጾ'ቲ መሕጸቢ ሰውነት ኣገፍቲኑ ኣብ ጥቕኣ ተጸግዐ። ኣእዳዉ ብጸጉራ ጀሚሮም... ክሳዳ...መንኩባ...እናበሉ ኣብ ባህ ዘዝበሎም ክፋል ነብሳ ተናኸፉ። ገሊላ ዓይና ዓሚታ ነቲ ተግባር ክትሕወሶ'ምበር ንተቓውሞ ዝኸውን ርእሲ ሽዑ ኣይነበራን። ኣርሒቕካ እንክትርእዮም ሓንሳብ ሓደ ሰውነት ክመስሉ ጸኒሖም ክፈናተቱ ከለዉ፡ ስምዒት ብዝሓተተ ኣካውና ሓዲኦም ትሒቱ ሓዲኦም ርእሲ ካልኣዩ ክሕዝ ከሎ፡ ጸኒሓ ንሳ ከተብርዮ ንሱ'ውን ክእዘዛ ከለዉ፡ በቲ ደብዛዝ ቬትሮ ጥዑያት ሰባት ዘይኮነ ተንቀሳቓሲ ቅባኣ ኣብስትራክት ይመስሉ።

ታህዋጽ ህርፋኖም በቲ ከይተሓለለ ዝዓየየ ሰውነቶም ኣቢሉ ዘፈፈ።

ሲኖድ ብድርቅና ዝኸሰዐ ምንቅስቓስ ተሰንዩ ነቲ ካልኣይ ግዜ ዝሓጸቦ ነብሱ ብሽጎማኖ ኣጻፈፉ ኣንቀጸ። ቀጺሉ ጭሕሙ መቒዙ ኣትሓተ። ጸጉሪ ርእሱ ድማ ገሊላ ብጥንቃቐን ፍርሕን ዝዓሰሎ ኣገባብ ላጸየቶ።

ድሕሪ'ዚ ንጥፈት፡ ገሊላ ክዳውንቲ ዓዲጋትሉ ክሳብ ትመጽእ እናተዘናግዐ ክጸንሓ ሓቢራቶ ብተብተብ ካብ ገዛ ወጸት። ድሕሪ

ምኻዳ ከምዝበለቶ'ኳ እንተገበረ ቁሩብ ስለዝደንጎየቶ ግን ክስልችዎ ብምጅማሩ ኣብቲ ገዛ ኮለል እናበለ ን'ኽዕዘብ ምርጫ ገበረ። ከብሕታት፡ ኣልቡማት ስእሊ፡ ኣርማድዮ...እናበለ መወዳእትኡ ኣብ መደቀሲ ክፍሊ በጽሐ። ኣብ ጥቓ ዓራት ንዝነበረ ተመዛዚ ኮሞዲኖ ምስ ሰሓቦ ንዝጸንሖ ንብረት እናልዓለ እንታይነቱ ኣጣየቐ። ኮንዶምን ከኒናታት መከላኸሊ ጥንስን ምስ ረአየ ከኣ ምጡን ፍሽኽታ ኣርአየ።

ኮለላን ስለላን ከይጸገበ ከሎ ገሊላ ካንሸሎ ኣርሒያ ክትኣቱ ከላ ብመስኮት ምስ ረአየ ናብቲ ዝነበሮ ክፍሊ ብቕልጡፍ ተመልሰ። ካብታ ዝነበራ ሶፋ ከምዘይተንቀሳቐሰ ን'ኽምስል ድማ ልክዕ ብልክዕ ተቐመጠ። ንሳ ነቲ ኣብ ሓንቲ ፌስታል ደርዲራ ዘምጸኣትሉ ንብረት ብዘይ ተቓውሞን ጽልኣትን ለበሶ። ገዛእ ነብሱ ሓድሽ ሰብ ኮይኑ ተሰምዖ። ኣብ መስትያት ተመልኪቱ ብ'ኹሉ ትርኢቱ ዓገበ። ናብቶም ዓበይቲ ሶፋታት ተመሊሱ ንገሊላ ብኢዳ እናተናኸፈ ከናፍሩ ኣብ ክሳዳ ሕስይስይ ኣበለ። እንተስ ንምስጋና እንተስ ናይ ዓመታት ማእሰርቲ ዝጸምኦ ሽታ ጓለንስተይቲ ንምርዋይ ጸሚቑ እንሓቖፉ ከሎ ካንሸሎ ብተሪር ክ'ኹሕኳሕ ተሰምዐ። ክልቲኦም ምስ ገላዕታ በለስ ተጣሚሮም ከምዝጸንሑ ድማ በርገግ ኢሎም ተፈናተቱ።

ገሊላ ርእሳ ብጸለል-መለል እናዞረት ንቤታ ብ'ኹሉ ሸነኽ ጠመተ ገበረትላ። ዘሰክፉ ነገር ኣብ ዓይና ከምዘይኣተወ ምስ ኣረጋገጸት ነቲ ብምትን'ኻፍ ዝተጀልዐ ክዳና እናመዓራረየት ብሸቐልቀል ናብ ካንሸሎ በጽሐት።

ማዕጾ ምስ ተኸፍተ ሓደ ቀብፅ ምስ ምሉእ ድቪዛ ናይ ፖሊስ ዝተኸድነ ሰብኣይ ነተን ተረርትን ጸለምትን ጃስምኡ ኣብቲ ቀጽሪ ከዕልበንን ሓደ ነበረ። ሲኖድ'ውን ነዚ ብዝተሸቑረራ የዒንቱ ተዓዘቦ። ብሓይሊ ክረግእ እናጸዓረ ኸኣ ኣብቶም ሶፋ መቓምጥኡ ሓዘ።

እቲ ጉልቡት ፖሊስ ብነዋሕትን ከበድትን ርጋጻት እናገበረ ኣብቶም ዓበይቲ ሳሎናት ምስ በጽሐ ጠጠው ኢሉ ንሲኖድ ተዓዘቦ።

ገሊላ ዝረሃጸ ኢዳ ኣብቲ ረቂቕ ክዳን ለይታ እናደረዘት፡ "ኣብርሃ ይበሃል ናይ ርሑቕ ዘመደይ'ዩ።...እምም...ካብ ዓዲ'ዩ መጺኡ።" ንኽልቲኦም በብተራ እናጠመተት ተቐልወት።

"ርእየዮ ኣይፈልጥን፡ ኣብ ሕጸና ኣይነበረን ሓቀይ?" እቲ ፖሊስ ኣጣየቐ።

ገሊላ ምኽኒት ምምስራሕ ኣብዩዋ፡ እቲ ሕቶ ናብ ሲኖድ ኣወንዘፈቶ። "ሸዑ ኣበይ ኢኻ ኔርካ ኣብርሃ?" በለት፡ ተስተንፍስ'ኳ እንተነበረት ልባ ግን ምስኣ ኣይነበረትን።

"ንዓባየይ ሓፍታ ትብጻሓ ንዕልታ ተስካር ነይሩ...ናብኡ'የ ኸይደ"

ገሊላ እናተሃወኸት ሸበጥ ሰብኣያ ቀረበት።

"ደሓን ቀልጢፈ ንስራሕ ክምለስ'የ!" በላ ኢዳ እናዳህሰሰ። "ምሳሕ ኣሎ ድዩ ፍትውተይ?...እንተዘየለ ብጉያ ካብዛ ጎንና ዘላ ቤት-መግቢ ክምጽእ!" በለ፡ ኣብቲ ስብእነቱ ገለ-ገለ ናይ ኣንስቲ ዝጥዕም ፈኩስ ቃና እናተደምጸ።

"ኣሎ...ኣሎ!" ንብረት እናገላደመት ብሸገርገር ናብ ክሽነ ኣምርሐት።

እቲ ፖሊስ ቅድም ቆቢዑ፡ ቀጺሉ ላዕለዋይ ዲቪዛ ኣውጽአ። መወዳእትኡ ድማ ምስ ቀላጽሙ ብግቡእ ዘርእይ ብራቴለ ተረፈ።

ገሊላ ንምሳሕ ክልተ ሰብኡትን ሓንቲ ሰበይትን ይኣክል'ዩ ዝበለቶ መግቢ ቀራረበት። ምስ ብልያም ቀንጠመንጢ ዕላላትን ስቕታን እናሓወሱ ተመገቡ።

"ርኢኺ ፍትውተይ ሎሚ ዕድለኛ መዓልቲ'ያ፡ ሎሚ ንግሆ ካብ መደበርና ዝሃደመ እሱር ኣሎ።" በለ ኣፉ ገዚፍ ኩላሶ እናኮማስዐ። "ንዕኡ ንምሓዝ ዝተመደበት ጉጅለ፡ ኣብ ትሕቲ ሓላፍነተይ ኮይና ክትንቀሳቐስ'ያ። ምስ ተታሕዘ ኣብ መንኩበይ ከዋኽብቲ ክግበረለይ ተኽእሎ መሊኡ'ዩ!" ንሶም እናበልዑ ንሱ ዉዕለቱ ምግላጽ ወሰኸ።

"ሓገዝ ወተሃደራት ከይሓተትኩ ባዕለይ እንተሒዘዮ ኸኣ'ሞ…ኣቤት ዝሙኀሶ፡ ኣቤት ዝህልወኒ ሓበን…ደሞዘይ'ውን ከውስኹ'ዩ። እቲ ግዜ ዕረፍቲ ኣይብል ግዜ ለይቲ "እንታይ ጌርካ? እቲ ጉዳይ ኣበይ በጺሑ?!" እናበለ ብሕቶ ልበይ ዘዘንብል ተለንተ ማትያስ ማዕሪኡ ንምኻን ክበቅዕ'የ…ተለንተ ባሲሎስ ክበሃለልኪ'የ!" ኣብ ጥቕኡ ምንባሮም ክሳብ ዝስሕት፡ ክብሎ ዝጸንሐ ኣብ ርእሱ ብቐሊል ክትግበር ስለ ዝተራእዮ፡ ፍሽኽ እናበለ ምግይያጽ ኣዛየደ።

ካልእ ዝዛረብ ወገን ስለዘይሰዓበ ንእዋኑ ኣብ ምብላዕ'ዮም ከቲቶም።

"እንታይ ደኣ የዒንትኻ ንነዊሕ እዋን ዝተዓመታ ዝመስላ፡…ገጽካ ብምብርሁ'ውን ካብ በዓቲ ንዓመታት ዘይወጻእካ ትመስል?" ባሲሎስ ብቐትሩ ምሕላም ኣቋሪጹ ንሲኖድ ዝደርበየሉ ሕቶ'ያ ነይራ።

"ኣብ ቀውዒ ደኣ ንጓሳ እንታይዶ ዝዕየ ኣለዎ'ዩ!?" ሲኖድ ድንን እናበለ ተዛረበ። "ብዘይካ በሊዕካ ሰቲኻ ምጽዋት፡ ዘሻቕል ወቕቲ መዓስ ኮይኑ!?"

ባሲሎስ ይኣኽለኒ'ዩ ዝብሎ ምስ በልዐ ንኽሕጸብ ካብ መኣዲ ተላዕለ። ኣብ ሽንቲ-ቤት ኣትዩ ኣእዳዉ እናጸራረየ፡ ነቲ ተዓማጺጹ ዝነበረ ኣራንሾኒ ኮምፕላሴን ረኣዮ።

"ፍትውተይ እዚ ደኣ ናይ መን'ዩ?"

ገሊላ መልሲ ከይሃበት፡ ኣብ ዘለዎ ቦታ ንኽተርክብ ሽገርገር በለት። ንኽልዕሎ ድንን እናበለ ምስ ረኣየት ብዘይ-ልባ፡ "እእእ… ቡምባ ተበላሽያትኒ ከዕሬለይ ዝጸዋዕኩዎ ሰብኣይ'ዩ ረሲዕዎ።" ብቕልጡፍ ናብኡ ብምስጓም ነቲ ኮምፕላሴን ኣልዓለቶ። ጠመትኡን ጥርጣሬኣኡን ከይዛየደ ከሎ፡ "እቲ ዝሃደመ እሱር ከመይ ይመስል?" ምስ በለት ባሲሎስ ብሕቶኣ ዝተሓነሰ መሰለ። ካብ ዝሕጸዩ፡ ብዛዕባ ፖሊስን ምስኡ ዝተሓሓዝ ስርሓቱን ከዕልላ ከሎ ብዙሕ ግዲ ስለዘይትህበሉ፡ ዘይፈትዎ ባህሪኣ'ዩ ነይሩ። ሕጂ ግን ምግዳሳ እናኾርያ፡ "እቲ ስእሉ'ኳ ተማሊእዮ'ለኹ!…እነህልኪ

ጎፍጓፍ ከልቢ'ዩ ዝመስል። እቲ መደበርና ጭሕምኻ ይኹን ርእስኻ ከተንውሕ ዘፍቅድ ኣይኮነን። እንተኾነ እዚ ትርእዮ ገበነኛ ኣብ ሓንቲ ክፍሊ ንበይኑ ብምንባሩ ዝግደሰሉ ኣይነበረን። ብዘይንሱ ሰብ ኣይቀርብን'ዩ ኔሩ። ሕጂ ሰዓት ክልተ ስራሕ ምስ ተመለስኩ ግን ጸጉሪ ርእሱ ተቐምቂሙ፡ ወይ ጭሕሙ ላጽዩ፡ ወይ'ውን ጠቕላላ ተመሊጡ እንታይ ከምዝመስል፡ ኣባላትና ብኮምፕዩተር ተሓጊዞም ዘውጽእዎ ስእሉ ክህቡኒ'ዮም።"

"የሳልጠልካ በል፡ ከተዕርፍ ዲኻ ዋላ ነብስኻ ክትሕጸብ ኢኻ?"

ባሲሎስ ሰዓቱ እንጠመተ፡ "ኣኺሉ'ዩ ግዜይ...ነዚ ጎፍጓፍ ገበነኛ ክሕዝ'ውን ተሃንጥየ እንድየ ዘለኹ ክኸይድ ደኣ።" ብምባል ንገሊላ ኣብ ግንባራ ስዒሙ፡ ክዳውንቱ ኣብ ምልባስ ኣተወ። ንሲኖድ ከኣ "ከይደ ኣብርሃ።" ብምባል ተፋነዎ። ንስርሑ ንምኻድ ድማ ካብ ቤቱ ኣርሓቐ።

ባሲሎስ ሰዓት 2:07 እዩ ንስርሑ ኣትዩ፡ ብተብተብ ግን 2:23 ክወጽእ ተራእዩ። ገጹ ከፌእዎን ብሕርቃን እናተሓቕየን፡ ብሻቕሎት ገዝኡ በጽሐ። መጀመርታ ኣእዳዉ ዓሚኹ ጸኒሑ እንተላይ እግሩ እናሓወሰ ኳሕኩሐ። ንዕኡ ዝኸውን መልሲ ብዘይ ምርካቡ ግን ካብ መኪንኡ መፍትሕ ብምምጻእ ካንሸሎ ከፈተ። ጉያ እናሓወሰ ድማ ንቤቱ ኣተወ። ውሽጣዊ መዓጹ ጋህ ኢሎም ጸንሕዎ። ኮረድዮ ብዝተዛሕዝሐ ኣጭርቕቲ ጋዕጊዑ ብምንባሩ፡ ቀልቡ ዘምበለ። ኮሞዲኖታት ኩሎም ተኸፊቶም፡ ካብኦም ዝወደቐ ወረቓቕቲ ንምድሪ-ቤት ወዛል መልክዕ ሃበ።

ስም ገሊላ እናድሃየ ኣብ ኩሉ በጽሐ። ክቕብጽ ስለዘይሓለነ ግን ንምድላያ ዓቲቡ ኮለለ። ድሕሪ ኩሉ ኣብ መደቀሲ ክፍሊ ምስ ኣተወ፡ ወረቐት ምስ ወርቃዊት ቀለቤት ተቐሚጣ ተመልከተ። ተቐዳዲሙ ድማ ነታ ወረቐት ኣብ ምርኣያ ኣንፈተ።

"ሲኖድ ናይ ንእስነት ኣፍቃሪየይ'ዩ። ካብ ነዊሕ ዝወጠንናዮ መደብ ሎሚ'ዩ መኽተምታ ገይሩ። ንዓኻ ምሕጻየይ ከይተረረፈ ካብቲ መደባት ሓደ ምንባሩ ክነግረካ ከለኹ ግን እሓዝን። ነዚ

ቅድሚኻ ልበይ ዝወሰደ፣ ከም ገበነኛ ትሃድኖ ዘለኻ፣ "ምይቱ'ዩ ወይ ኣብ ዘይተፈልጠ ሃገር ተሰዊሩ!" ኢልካ ፋይሉ ክትዓጽዎ ብትሕትና እሕብረካ።

"ፍቕሮም ይዓቢ!" ኢልካ ንሕርቃንካን፣ ነቲ ምሳይ ዘሕለፍካዮ እዋናትን እንተ'ንኣኣስካዮ ጽቡቕ፣ ካብኡ ዝተርፈ ግን ካልእ ኣማራጺ ኣለኒ። ብኸቢድ ገበን ተኣሲርዎ ከብቅዑ፣ ናይ ስጋይ ስጋኻ ብዘይ ውዓል ሕደር ዝለቓቕካዮም እሱራት ብዙሓት ምዃኖም ኣብ ዓራት ምስ ደየብና ዘዕለልካኒ ትርስዖ ኢኻ ኣይብልን'የ። ዋላ ብደም ኣይብጹሑ'ኻ ብኣፍልጦ ኣይቕረቡ'ኻ፣ ብገንዘብ ግን ኣሕዋትካን ኣዝማድካን ዝኾኑ ብዘለካ መሪሕነት ነጻ ዝበልካዮም ውሑዳት ከምዘይኮኑ፣ እናኽመስመስኩ ቡን ከፍልሓልካ ከለኹ ዘውጻእካዮም ምስጢር ምሳይ ኣሎ። ልግሲ ገይሩ'ለ ዝሕበነልካ መሲሉካ መቑጸሪ ዘይብሎም ተግባራትካ ምልክት ድኽመታትካ'ዮም ነይሮም። ወረቓቕቲ ስምምዕን ውዕልን ናይቶም ዝፈነኻዮም ከኣ ምሳይ ኣሎ። ሕጂ ግን "ንፍቕሪ ክትብል፣ ምስ ዘይተፍቅሮ ተሓጽያ ነብሳ ዝበጀወት!" ኢልካ ደኣ ዘክረኒ'ምበር፣ ንጠላምን ኣምሰሉን ዝኸውን ወንጀል ዘይግብኣኒ ስለ ዝኾነ፣ ንኣሉታዊ ምስሊ ቦታ ኣይትግበረለይ። ሰሰናዩ ንኹልና...ፍቕሪ ከኣ ይስዓብካ..."

ድሕሪ'ዚ ባሲሎስ ካብ ጅቡኡ ኣውጺኡ ንስእሊ ሲኖድ እናተከዘ ጠመቶ። ቅድሚ ገለ እዋን ዝፈልጠ ወዲ ዓዲ ሕጂ ዕሉል ዕባይ ኅደናታት ኮይኑ ክሕጭጨሉ ተራእዮ። ነታ ስእሊ ኣይጽዋገ ኣይምግራም ኣይ...ዝተደባለቑ ስምዒታት እናንጸባረቐ ኣዕሚቑ ጠመታ። ነታ ምስሊ ዝጸረት ስእሲ ኣዳቂቑ ምስ ቀደዳ፣ ዝብላዕ ዝሰኣነት ኣንጭዋ ዝመታተረታ መሰለት።

ስዒቡ ከም ንፉዕ ከዳሚ ገዝኡ ብግቡእ ወጋገኖ። ነገራት ብጽፈት መስመሩ ዝሓዘ ኮይኑ'ውን ተራእዮ። ድኻሙ ንምዝርዛር ድማ ናብታ ቅድሚ ገለ ሰዓታት ገበነኛን በዓልቲ ኪዳኑን ድላዮም ዝዓንደሩላ መሕጸብ ሰውነት፣ ንብሕቱ ባዶነት እናተሰምዖ ኣተወ።

ንብዓት ተመጽዋቲ

ኣባዱ፡ ካብ ማዕዶ ንሓደ ኣራግጽ ኣእጋሩ ዝዘንበለ ዶግዳግ ሰብኣይ መወጽ ክዕድግ ከሎ ረኣየ። ደርገፍገፍ እናበለን ሓመድ እናጻሕተረን ድማ ኣብ ቅድሚ'ቲ ሰብኣይ ተዓነደ። ምልህላህ ትንፋሱ ንመላእ ኣካሉ እናንቀሳቐሰ ኸኣ ኩምራ መወጽ ካብ ጅቡኡ ኣቓልቀለ።

"ኣቱም ብሩኻን ክቡርን ኣያይ መወጽ ንዓይ ኣለኒ። ዝበለጸ ኣውሊዕ'ኳ ደኣ። እ...ሎሚ ንጉሆ ዝቐንጠብኩዎ፡ ብፍርቂ ዋጋ ክሸጠልኩም!" በለ ብሎኽሳስ መንፈስ። ኣባዱ ኣይኮነን ቁርሲ ቅድሚ'ታ መዓልቲ ዝነበረት ምሸት'ውን ከይተመገበ ስለዝሓደረ ድኹም ድምጽን ናይ ድውያት ዝመስል ዕርበት ሕልና ኣርኣየ።

ሽፋሽፍቲ ዓይኒ ናይቲ ዶግዳግ ሰብኣይ ከም ጽላል ንላዕሊ ተገቲሮም፡ ብናይ ጽሉላት ኣጣምታ ንኣባዱ ክጥምታ ጸኒሐን፡ ከምእንደገና ናብቲ ሽያጥ መወጽ እናተመልከታ፡ "ሃባ'ታ መወጽ!" ምግዓር'ቲ ሰብኣይ ንኣባዱን ነቲ ሽያጥ መወጽን ኣሰንበደ።

"በሉ ኣቱም ብሩኽ ኣያይ ሰበይተይ ሓሪሳ ኾይና፡ ንነብሳ መህነጺ ዝኾና ገዓት ይኹን ጸባ ስለዝሰኣንኩስ በጃኹም ዋላ ገለ ሰናቲም ሓግዙኒ።"

"ኣታ ጠዋይ ኣድጊ! ኣያይ ክትብለኒ፡ ብርሒይን ሽበተይን ዘይርኢ የዒንቲ ድዩ ዘለካ። እዋእ... ንዓኻ'ኮ እየ?"

ኣባዱ ብቓላት'ቲ ሰብኣይ ድህልቲ ጤለ-ቤዱ መሰለ። እቲ ሽያጥ መወጽ፡ ነቲ ሰብኣይ ማልስ ከምዘለዎ እናሓበረ ሰልዲ ክህቦ ኢዱ ለኣኸ።

"ሓዞ፡ ንዓኻ ሓዞ።" ድሕሪ ብምባል እቲ ሰብኣይ ኣብ ደቂ ኣዳም ተራእዩ ዘይፈልጥ {ምናልባት እንተተራእየ`ውን ንቐታሊ ውሉድካ እትጥምተሉ ኣገባብ} ኣጣምታ ኣብ ኣባዱ ተኸለ። ከንፈሩ እናጠዋወየ ድማ፡ "ከም'ዚኦም ርሂጽካ ዘይትበልዕ፡ መታለሊ፡ ለሚንካ'ኳ ኣይከኣልካዮ።" እቲ ሰብኣይ ነዚ ምስ በለ ኣብ ከረጺት ዝተጠቕጠቐ ንብረቱ ተሰኪሙ ኣብ ሓንቲ ናይ ውልቂ ምኻና ብዝኣረገ መራት ሓጺናን ዘምባል ኣቃውምኣን እትልለ ኣውቶቡስ ተሳፈረ።

ኣባዱ ኣውሊዕ መወጹ ምስ ደርበየ ኣብ ሓደ መንደቕ ተጸጊዑ ተኾርመየ። ሰበይቱ ቅድሚ'ታ መዓልቲ ኣብ ናይ ቀትሪ እዋን'ያ ሓሪሳ። ከይተመርዓዉ ስለዝጠነሰት ካብ ኩነኔ ስድራ-ቤታን ደቂ ዓዳን ንምኽዋል፡ ከብዳ ከይተፈልጠ ክሎ'ዮም ንዓዶም ሕቖኦም ሂቦም ንበይኖም ምንባር ጀሚሮም። እታ ክቕመጡላ ዝመረጹዋ ገዛ ሃደንቲ እንስሳታት ስሕት-ስሕት ኢሎም ዝጥቀሙላ ዝነበሩ ኾይና ንምቕማጣ ከም ናይ መወዳእታ ምርጫ ዝሓርያ ሰብ'ውን ኣይምተረ'ኽበን። ናይ መጀመርታ እግሮም ኣብታ ቤት ከንብሩ ከለዉ፡ መሳ'ኹታ ከም ኣስናን ህጻን ዝኾረፈ፡ ማዕጾኣ ድማ ከም ክዳን ኣረገውቲ ብግቡእ ዘይገጥም ኮይኑ'ሽ፡ ንጋፍ ሓመድን ዝረገፈ ኣቑጽልቲ ገረብን ኣብ ምድሪ-ቤታ መሊኡ'ዩ ጸኒሕዎም። ተወሳኺ ሜላ ምንባር ስለዘይነበሮም ግን ናብኣ ምግዓዞም ዘይተርፍ ነበረ።

ካብቲ እዋን ኣትሒዙ ኣባዱ ብሕቡእ ንገዝኡ እናተመላለሰ ቀለቦም ከምጽእ ጀመረ። እዚ ኣካይዳ ነዊሕ ከይገበረ ግን ምስ ሓፍቱ እናተሓባበረ እኽለ-ማይ ይጓርት ምንባሩ ኣቡኡ ፈለጡ። ኣብታ ዝመጸላ እዋን ኣጽኒያም ብምጽናሕ ድማ ኣብ ጥቓ መሶብ ፍጭም ኢሎም ክጽበይዎ ጸንሑ።

ምስ ሓፍቱ ሕሹ'ኽሹ'ኽ እናበለ እንጌራ ክገፉግፍ ከሎ ንእዋኑ ስቕ ኢሎም ተዓዘብዎ። ክብገስ ምስ በለ ግን፡ "ኢሂ'ታ ቖልዓ።" ኢሎም ምስ ተዳሃይዎ ንሱን ሓፍቱን ብፍርሒ ቀልቦም ተሰርቀ።

"ስማዕ፡ ንዓይ ኣሕሲርካኒ እንዲኻ፡ ሕጂ ግን ይኣክል። ካልእ ከይወሰ'ኽካ ነዛ ጓል ሒዝካያ ንዓዲ ትኣቱ። ትሰምዓኒ ዶ'ለኻ? ንቡር ፈጺምካ ካብ ከልበትበት ኣናግፋ። እዚ እንተዘይጌርካ ግን ናብዚ ገዛ ዘምልስ ኣእጋር ከይህልወካ።" ኢሎም ናብ መደቀሲኦም ኣምርሑ።

ኣባዱ ንጽባሒቱ ንግሆ እቲ ናብ ዓዶም ናይ ምምላስ ሕቶ ንኣፍቃሪቱ ኣቕረበላ። ንሳ ብመንገዲ ንብዓታ እናሓወሰት፡ ስድራ-ቤታ ዘበሉ ዘይጽገብ ውርደት ሒዞም ይጽበይዋ ከምዘለዉ'ያ ሓቢራቶ። ንዕኡ ዝኸውን ዓቕልን ጽንዓትን ድማ ከምዘይብላ'ያ ብምረት ነጊራቶ። ብድሕሪ'ዚ ኣባዱ ብሕቡእ ይኹን ብጋህዲ ንዓዱ ገጹ ኣይከደን።

ካብቲ በረኻ ሓንሳእ እናተኸላበተ ማንቲለ ሓንሳእ ድማ ሰስሓ እናሃደነ ንእዋኑ ጥሜት ከብዶም ኣጣጥሑ። እዚ ግን ድኻምን ሃልክን ከይገበርካ ዝሰልጥ ብዘይምንባሩ ንሰውነት ኣባዱ ኣላሕሊሕዎ'ዩ።

በዚ ምኽንያት'ዩ እምበኣር እንተኾነሉ ብምባል ንኽልምን ብለይቱ ንኸተማ ዝወረደ። መሬት ከይወግሐ ገዛ-ገዛ እናኳሕኩሐ ክልምን ስለዘይመረጸ ኸኣ ብዘይ ሓደ ዕላማን ኣፍልጦን ፎቕድኡ ኮለል በለ። ኣብ መንገዱ ብዉሑድ ድምጺ ጫቕ-ጫቕ ዝብል ድምጺ ሰባት ኣብ መዕረፍ ኣውቶቡሳት ምስ ሰምዐ ድማ እናተተስፈወ ኣብ ውሽጢ'ቲ ቀጽሪ ኣተወ።

ኣብ መጀመርታ ለመንኡ ነቲ ዶግዳግ ሰብኣይ ትኾቡለይ ምባል ካብ ምዝማው ዘፍሊ ከምዘይብሉ ገይሮም እኳ እንተፈንፈንዎ ጽንዓቱ ግን ጌና ፍኒሕኒሕ ይብል ነበረ።

ሓንቲ ሰበይቲ ንሓደ በዓል ዓረብያ እኽለን ክጽዕነለን ክሰማምዕኦ ከለዋ ኣባዱ በተን ምፍጣረን ጸይነን ዝነበራ የዒንቱ ገይሩ ተዓዘበ። ካብ ተኾርሚሉ ዝነበረ ብድድ ኢሉ ድማ ናብኣን ገጹ ዘብዘብ በለ።

"ኣትን ኣደዋ፣ ነዚ እኽሊሲ ካብዛ ዘለኽንኣ ናብታ ኣውቶቡስ ብዓረብያ ክትወስድኦ?" ኢዱ ከም ለማኒ እናዘርግሐ፣ "ብሕቖይ ተሸኪመ ክወስደልክን እንዶ በጃኽን ሕራይ በላኒ?"

እቲ መራሒ ዓረብያ ብድንጋጸ ድዩ ዋላ ኣባዱ ክርሕቀሉ ብሂጉ፣ ናብቲ እኽሊ እናተመልከተ፣ "ነዚ ብሕቖኻ ክትስከሞ?" ኪርኪር ኢሉ ብዘይስክፍታ ሰሓቐ። ኣስዒቡ፣ "ኣብዚ ዘለኻዮ ዕድመ ከም ኣረገውቲ ክትጉብጥ ደሊኻ?" ደጊሙ ሰሓቐ።

ኣባዱ ዘረባ'ቲ በዓል ዓረብያ ንምስማዕ ኣቓልቦ ከይሃበ ነተን ሰበይቲ ከም ዝተፋትሐ ቦኽሪ ወደን እናመሰለ ብጥፉእ ውንኡ ጠመተን።

"ኣታ ወደይ ኣብታ ኣውቶቡስ ዘለዋ ኣንስቲ ትሪኤን'ዶ ኣለኻ?" እተን ሰበይቲ ኢደን ብሕቡእ እናመልከታ ንኣባዱ ክዕዘብ ኣገደድኦ።

"እወ ኣደዋ...እርኤን ኣለኹ።" ኣባዱ ብፍጥነት ርእሱ ጠውዩ ምስ ጠመተ ዝሃቦ መልሲ እዩ ነይሩ።

"ጎረባብተይ'የን ዝብጽሓኒ። ነዚ እኽለይ ብሕቖኻ እንተ'ብጺሕካለይ ብሮፋዕ ኣምጺኣቶ'ዛ ጥምይቲ ክብላኒ'የን።" ድሕሪ ምባለን ኢደን ወስ እናበላ ነቲ በዓል ዓረብያ ንኺድ በልኦ።

"እሞ'ትን ኣደዋ ሓራስ ሰበይተይ ኣብ ገዛ ዝብላዕ ስኢና ትጽበየኒ'ላ..." ሕንቕንቕ በለ። ዘረብኡ ከይወድአ ገዲፈንኦ ከይከዳ እናሰግአ፡ "ኣደዋ ዋላ ሰናቲም ሓግዛኒ።"

እታ ሰበይቲ ንኣባዱ ምሉእ ኣካሉ እናተመከተት፡ "ዋእ ካባ'ኻ፡ ካባ'ኻ ዝወለደት ሰበይቲ'ላ።" ገጸን ጠውየን ንምኻድ ኣብ ዝተበገሳሉ ድምጸን ኣትሒተን፡ "ኣታሊልካያ ትኸውን።" ብምባል ናብታ ናይ ውልቀ ዋኒን ኣውቶቡስ ስጉምተን ኣሰላሰላ። ኣባዱ ድሕሪ'ዚ ነተን ሰበይቲ ሕቖኡ ሂብወን ናብታ ተኾርምዩላ ዝነበረ መንደቕ ክምለስ ከሎ ዘካወኖ ናይ ሕዙናት ስጉምቲ ብፍጹም ቅድሚ ሕጂ ኣብ ዝኾነ ጉሁይ ሰብ ተራእዩ'ኳ ኣይፈልጥን። ምናልባት`ውን ብድሕሪ ሕጂ'ውን እታ ስጉምቲ ኣይትርኣን ትኸውን።

ኣብ ጸግዒ ናይቲ ብሸንቲ ሰብኡትን ዝመሸመሸ ኣሕምልትን ኣስፔዛታትን ቦኽቢ'ኹ ዝነበረ መንደቕ ተጎዝጒዙ፡ ከም ሰበይቲ ብብኽያት ተነኽነኸ። በዓልቲ-ቤቱ ኣብታ ጸባብ ቤቶም ቆልዓኣ በ'ኽዩዋ ምእባዱ ስኢና፡ ንሳ'ውን እናበ'ኸየት ክትረርዎ ከላ ተሳእሎ። ወዳ ከተዕንግል ጡባ ምስ ኣውጽኣት ትሕለቦ ስኢና ናይ ዓቕሊ ጽበት ድስትታት ክትፍትሽን ንብረታት ክትገላድምን ተራእዮ'ሞ ርእሱ ብሓይሊ እናሓዘ ንሕሰሙ ኣማረረ። ነቲ ዝተመናጠሰ ዝኾነ ፍጡር ክምነዮ ዘይክእልን ሳእኑን በጃል ክዳውንቱን ርእዩ ነታ ኣብዛ መሬት ሕስርትን ዘይትጠቕምን ነብሱ ቀልዓለም ከይገበረ ረገማ። ከይተረድኦ ድማ ናይ ድሕሪት ርእሱ ብጎነጽ እናሻዕ ምስ መንደቕ ኣናጉዖ።

ኣባዱ ዝኾነ ሽግር መፍትሒ ከምዘለዎ ዝኣመነ ግን ወዲ ዓዱን፡ ከም ኣይታንቲ ድማ ንሓጺር እዋን ምስኡ ዝዓየየ ተድላ ዝበሃል ዓርኩን ብማዕዶ ምስ ረኣየ'ዩ። ተድላ ኣብታ ናይ ውልቀ ዋኒን ኣውቶቡስ ብፍኒስትራ ተቐልቂሉ ብዓውታ ናብ ኣየናይ ዓዲ ከምዝኸይድ ይግዕር ነበረ።

"ተድላ፡ ተድላ ሓወይ ከመይ ትነብር?" ኣባዱ ኣንቃዕሪሩ እናተወከሰ ኢዱ ንሰላምታ ለኣኸ።

"ኣባዱ ዲኻ'ታ?...እንታይ ደኣ መንፈስካ ክፉእ ኣሎ...ገጽካ ሻቕሎት ወሪድዎ'ሎ።" ዓይኑ ኣፍጢጡ ብተገዳስነት ሓተቶ።

"ኣይ ጸገምኒ እንድዩ ኣታ ተድላ ሓወይ...ሰበይተይ ሓሪሳ'ሲ ንቐለባ ዝኸውን ብልዒ ይኹን ገንዘብ ስኢነ።" ርእሱ ናብ መሬት ደፍአ።

"የዕጽምተይ ይሰበራ ምሓገዝኩኻ። እዚ ግዜ ካብ ዓይንኻ ዝኸወል ኣይኮነን፡ ዝሸቀልካ እንተሸቀልካ ገንዘብ ኣይከኣልን'ዩ በጃኻ።" እዚ ድሕሪ ምባሉ እታ ኣውቶቡስ እትኸዶ ዓዲ ብዓውታ ኣድሃየ።

"ኣታ ተድላ ሓወይ፡ ሓወይ ዝብለካ ዘለኩ እናቀባጠርኩ ክልምነካ ስለዝደለኹ ከይመስለካ። ናይ ብሓቂ ሓውኻ እኮ'የ። ብሓደ ብዙሕ ከምዘይረአና'ሲ!"

"እብለካ እንድየ'ሞ ዘለኹ ጁባይ ከፈትሸካ ባህ ምበለኒ። ጥራዩ ምስ ጸንሓካ ግን ኣነ ክሓፍር'የ።" ብዉሑድ መጠን ጸርጸር በለ። ኣብ ከምዚ ዕላሎም ከለዉ ኣውቲስታ (ከምኡ'ውን ወናኒ) ናይታ ናይ ውልቂ ኣውቶቡስ ኣብ ጥቕኦም ተዓነደ። "ተድላ።" ድማ በለ ናብ ውሽጣዊ ሴድያታት'ታ ኣውቶቡስ ኣንቃዕሪሩ እናተመልከተ ወሲኹ፡ "ክትመልእ ኽንደይ ዝኾኑ ሰባት የድልዩና'ለዉ?"

"ሽዱሽተ-ሸውዓተ ኣቢሎም ይተርፉና'ዮም ዓመይ።"

"እሞ ከሳብ ትመልእ ጽቡቕ ቁርሲ ኣብልዓኒ'ምበር...እተን ልዕሊ ደሞዝካ ዝሃብኩኻ ሞቕሸሽ ኣለዋ'ንዶ?"

ተድላ ናብ ኣባዱ ከም ሓፋር ኳለ'ስተይቲ ብሕቡእ ንግዜኡ ምስ ጠመተ፡ "ኣለዋ ዓመይ...ኣለዋ።" በለ ብኣውጺእዎ ዘይፈልጥ ናይ ገበነኛ ዝጥዕም ቃና እናተዛረበ። ብሓደ ድማ ናብቲ ቤት-ቁርሲ ኣተዉ።

ኣባዱ ኣብ ዝነበሮ ቦታ ተዓኒዱ ከሎ እናበረቐት ጨራታታ ኣብ መሬት ክትሽከል ጀሚራ ዝነበረት ጸሓይ፡ ግዜ ይዕዝር ምህላዉ ብዘይ ዘረባ ኣዘኻኸረቶ። ገና ከይመረረት ከላ ድማ ውሽጡ ብጭንቀት ክሓርር ጀመረ።

እዛ ጽግብትን ዝጎደላ ዘይብላን እትመስል መሬት ንልማኖኡ ዝኸውን ትካቦ ወይ ልግሲ ብዘይምግባራ ብየዒንቱ ድርቕትን ጽምእትን ደአ ነበረት።

ኣባዱ፡ ተድላን ዓምኡን ዝኣዘዝዎ ብዝሒ መግቢ ብማዕዶ ምስ ተመልከተ እንተላይ ንምስሓምን ድራሮምን እንተኾይኑ'ዩ ሕልንኡ ሕቶ ኣቕሪቡ። መልሲ ዝሃቦ ኣካል ብዘይምንባሩ ግን ደጊሙ ደጋጊሙ'ዩ ነቲ ቆልዑትን ኣረገውትን ዝድህል ዓይነት ኣተሓሕዛ ኢዶምን፡ ነቲ ከም ሰለፍ ኣመንዝራ ዝግሕተን ዝነበረ ኣካፍታ ኣፎምን ኣብ ምጥማቱ ተኣልከ። እንተኾነ ከብዱ ብጥሜት ዓጺቓ ምህላዋ ዘኪሩ ነቲ ትርኢት ከቋርጾ ተገደደ። ናይ ዓቕሊ ጽበት ናብዝን ናብትን ንየማንን ጸጋምን እናሰጎመ ንግዜኡ ጸርጸር በለ። ጸኒሑን ድማ እተን በረከት ዘይለመደን ኣእዳዉ ኣብ ጅቡኡ ኣትየን ብዘይ ዝኾነ ነገር ይወጻ። ድሒሩ ድማ ነቲ ድሮ ጸፋዕፋዕ ክብል ጀሚሩ ዝነበረ መንገደኛ በብሓደ ተመልኪቱ'ሞ፡ ንጸገሙ ዝርድኣሉ ሰብ ብምስኣኑ ፍጥረት ደቂ ኣዳም ካብ ባህርያት ኣራዊት ዝፍለየሉ ሸንኻት ሃሰስ ኢሉ ሰኣነ።

ኣብ መወዳእታ ክልተ ኣእዳዉ ኣጣሚሩ ናብ ሓደ ቦታ ጥራይ ክጥምት ከሎ ነፍሲ-ወከፍ ኣብዛ መሬት ዝርከብ ጽሉል ዝበሃል ኣብ ቅድሚኡ ዝሓሸ ኮይኑ ምተራእየ።

ኣይደንጎየን ካብታ ንማለቱ ለቢስዋ ዝነበረ ናይ ላዕሊ ክዳን ገለ ክፋላ ቀዲዱ ክቖጻጽራ ጀመረ። ካብ ኣፍንጫኡ ንታሕቲ ዘሎ ክፋል መልክዑ ድማ በቲ ጨርቂ ኣሲሩ ሸፈኖ። ብፍጥነት ድማ ማዕጾ ናይታ ተድላ ዝዓየላ ኣውቶቡስ ከፈተ። ኣብ ሴድያ ኣውቲስታ ድማ ኣጣጢሑ ተቐመጠ። መፍትሕ ናይታ ኣውቶቡስ ኣብ ኣፍ መተንስኢኣ ተሰኩዑ ብምርኣዩ ኸኣ ካብ ልቡ ብሓጎስ ተፈንጭሐ። ከም ወናኒኣ ድማ ገለ ፍርሒ ከየንጸባረቐ ሞተርኣ ኣልዓለ። ኩሎም ተሳፈሮማ ዝነበሩ መንገደኛታት ድምጺ ሞተረ ምስ ሰምዑ፡ ብንግሆኡ ንዓዶም ክኣትዉ ምኻኖም ስለዝተረድኡ ብሓጎስ ዝኣክል መቐመጭኦም ኣብ ኮፍ ዝበሉሉ ፍሕትሕት ኣበሉ። ገለ'ውን ካብ ምፍስሆም ዝተበገሰ ናብ ዘየድልዮም ቦታታት

ይጥምቱ። ገለ ውሑዳትን ፍሉያትን ከኣ ዋላ ቀንጠመንጥን ጭራምን ዕላላት የስሕቖምን የጋይጾምን ነበረ።

ኣባዱ ነታ ኣውቶቡስ ከም ምኩር ኣውቲስታ ካብቲ መደበር ኣውቶቡሳት ምስ ኣውጽኣ ክሕንበብ'ዩ ጀሚሩ። ካብ ከተማ ወጺኡ ናብ ገጠር ዝሕውስ ጽርግያ ምስ በጽሐ ልጓም መኪና ብሓንሳብ ሓዞ። ኣውቶቡስ ነግ ኢላ ጠጠው ምስ በለት ኩሉ ተሳፋሪ ናብ ዝተፈላለየ መኣዝን ተሓቚነ። ኣባዱ ድምጹ እናትረረ፡ "ሕሳብ ክፈሉ።" በለ። ቀጺሉ ብመስትያት ንድሕሪኡ እናረኣየ፡ "ኣታ በዓል ጎልፎ ቀልዓ ገንዘብ'ስከ ኣክበለይ።" በለ።

እቲ ኣዛንን ሸንፋውን ቀልዓ ከም ዝተባህሎ ገበረ።

እቲ ዶግዳግ ሰብኣይ ኣብታ ኣውቶቡስ ተሳፊሩ ብምንባሩ፡ "እሞ ውሰደና'ባ፡ ገንዘብካ መን ከይከልኣካ ፈሪህካ።" በለ ንኹሉ ሰብ ወኪሉ ብምዝራቡ ሓበን እናተሰምዖ ጭሕሙ ደራረዘ። ኣባዱ ብህዱእ ኣካይዳ ኣውቶቡስ ክመርሕ ምስ ጀመረ ሰብ ርግኣት ተሰምዖ። እቲ ቀልዓ ነቲ ብዘይ ትኬት ዝኣከቦ ገንዘብ ነቲ ክሳብ ሽው ገጹ ሸፊኑ ዝነበረ ኣባዱ ኣረከቦ። ብድሕሪ'ዚ ኣባዱ እናንቕሐ ቦታታት ኣብ ምጥማት ኣተወ። ናህሪ'ታ ኣውቶቡስ ክሳብ ተሳፈርቲ ኣብ ነፋሪት ዘለዉ ኮይኑ ዝስምዖም ናይ ዘለዎ ሓንበባ።

"እዛ ኣውቶቡስ ሒዘያ ክጸድፍ'የ!" በለ ብዓውታ። ሰብ ዝሰምዖ ቃል ሓቂ ንምኳኑ ከረጋግጽ የዒንቱን ኣእዛኑን ናብ ኣባዱ ኣበለ። "እንታይ ኮይነ ኢልካ ኢኻ ተጽድፉ?" ውሽጡ ተዳሂሉ ከሎ እቲ ዶግዳግ ሰብኣይ ብዓውታ ኪርኪር በለ። ኣባዱ ጠኒኑ ኣብ ጥቓ ሓደ ጸድፊ ጠጠው ኣበላ።

"ሓደ'ኳ ካብ ዘለዎ ክንቀሳቐስ እንተፈቲኑ 'ዛ ኣውቶቡስ ንታሕቲ ክነቚታ'የ!" ኩሉ ሰብ ብፍርሒ እናንቀጥቀጠ ነቲ መወዳእታ ዘይብሉ ጸድፊ ከይተንቀሳቐሰ ብኅቦ ዓይኑ ተመልከቶ።

"ኣብ ነብስኹም ዘሎ ገንዘብ ኩሉ ከየትረፍኩም ነቲ ቀልዓ ኣረክብዎ።" ኣባዱ ኣብ ውሽጡ ፍርሒ'ኳ እንተነበሮ ኣብ ቃንኡ ግን ኣይተጋህደን። "ዝብለኩም ቀልጢፍኩም ግበሩ።" ድምጺ

ሞተረ ኣሓንሓኖ። ቁሩብ ንቕድሚት ምስ ደፍኣ ዓጠጥ ንምባል ናብታ ጸድፊ ተገማገመት። ኩሎም ተሳፈርቲ ብፍርሕን ስንባደን ጽላሎት ሞት ናይ ህይወቶም ዝበጽሖ ግዲ ጥዒምዎም ምውጫጭን ምግዓርን ኣዛየዱ።

"ስለ ኀይታ ክርስቶስ ኣረገውቲ ረአ...በጀኻ'ታ ወደይ ወለዲ ቆልዑ ኢና።" እቲ ምልማን ዓይነቱ ዝተፈላለየን ዓውታ ዝነበሮን ኮይኑ ብዘደንግጽ መልክዑ ተዳመጸ።

"ኣነ'ኸ ወላዲ እምኒ።" ኣባዱ ብትሑት ድምጺ ንበይኑ ተዛረበ። ቀጺሉ፡ "ኣታ በዓል መወጽ ሰብኣይ ሳንጣ'ኻ እንታይ ሒዙ ኣሎ?... ነቲ ቆልዓ ሃቦ፡ ኣይተዕጠጢ።" እቲ ዶግዳግ ሰብኣይ ሳንጥኡ ከፊቱ ነቲ ቆልዓ ታኒካ መዓርን ጠስምን ሃቦ። "ገንዘብካ ኸኣ ኣረክቦ።" ኣባዱ ብመስትያት እናረኣየ ገዓረ።

ቀጺሉ፡ "ኣቲ በዓልቲ እ'ኸሊ ሰበይቲ ገንዘብኪ ኩሉ ነቲ ቆልዓ ሃብዮ።" ሞተረ ደጊሙ ምስ ኣበራበሮ ኩሉ ተሳፋሪ ጫምጫም እናበለ ዘዘለዎ ገንዘብ ኣዋጽአ። እቲ ቆልዓ ነጠፍጠፍ እናበለ ነቲ ገንዘብ ኣብ ሳንጣ መልአ፡ ምስቲ ጠስምን መዓርን ድማ ብሓደ ገይሩ ንኣባዱ ሃቦ።

ኣባዱ ብመስትያት ንድሕሪኡ እናጠመተ መኪና ንድሕሪት መለሳ።

ዝተፈላለየ ዋጋ ዘለዎ ገንዘብን ጠስምን መዓርን ዝመልኡ ታኒካታትን ኣብ ሳንጥኡ ጸይሩ ድማ ንደገ ወጸ።

መንገደኛ ዘበለ ኹሉ ተሳፋሪ እታ ኣውቶቡስ ነታ ካብ መልኣከ-ሞት ተዋግዮም ዝመለሱዋ ልቦም ክጥብሩ እምበር ንኣባዱ ክንዮ ዘበሃገ እንኮ`ኳ ኣይተራእየን።

ኣባዱ ብዘደንቕ ፍጥነት ናብቲ ኣጻድፍ ዝዓብለሎ ጫካ ሰቲ'ኹ ተሰወረ። እቶም ተሳፈርቲ በታ ንነዊሕ እዋን ብፍርሃት ትሃርም ዝነበረት ጥፍእቲ ቀልቦም ብፍኒስትራ ተቐልቂሎም ክሳብ ካብ የዒንቶም ዝ'ኸወል ካብ ምርኣዩ ግን እምቢታ ኣየርኣዩን።

ምቁር ዓመጽ

ኣዳም. . .እህም. . .በየን እንተጀመርኩ እዩ እቲ ዝሓሸ?

ንሱ ስሕበት ዘይብሉ ክንሱ፡ እንተኾነ ንማራኺ ዘበለ ናብኡ ዝጓትት ፍጡር'ዩ። ንልቢ ጓል-ኣንስተይቲ ከምክኽ ዝኽእል ስብእና ዘይብሉ ክንሱ፡ ናይ ባዕሉ ደረት ስብእና ዝውንን'ዩ። ወናኒ ቀዳድ ጁባ ክንሱ፡ ዋላ'ውን ንእሽቶይ ነኻል ትኹን ናይ ዕርበት ሕልና ዘይርከቦ እዩ።

ግዜኡ ዘጥፈኣሉ ስራሕ ከምዘይብሉ ዝፈልጥ ሰብ ውሑድ'ኳ እንተኾነ፡ ንምንባር ግዜኡ ንኽቐትል ትሑዝ ምኳኑ ዝፈልጥ ግን ብዙሕ ሰብ'ዩ።

ድርብ፡ ዘመን ዘምጽአ ኣካይዳን፡ ውሕሉል ግዜ ዘየብርሶ ኣካውናን ዘጣምር ክኸውን እንክሎ፡ ጎኑ-ጎኑ ድማ ከከም ዝገጠሞ ዓይነት ሰብ ናይ ኣንጎሎታት ቃላትን፡ ናይ ወረጃታት ቋንቋን ንሓደ ኩነታት ብዝቃዶ ኣገባብ ክጥቀመሉ ተኣጊሙ ርእየዮ ኣይፈልጥን።

ኦይ ፈቲነ ክበሃል'ዩ እምበር ንፍጥረቱ ኣብ ደርዘን ገጻት እንተዘርዘርኩዎ'ውን ኣኻሊ ኣይመስለንን።

እቲ ዘደንቕ ነገር ብዛዕባ ነብሱ ጠቕሊሉ ኣይዛረብን'ዩ። ከምዚ ከማይ ዝኣመሰላ ደቂ-ኣንስትዮ ንነፍሲ ወከፍ ቃላትና ከም ዛንታ ንቆልዓ ብዘይ ስሕታን ኣድህቦ ጽን ክብለና እንክሎ ልዕሊ ዝኾነ እብርሃና። ዝያዳ ጸቒጡ ዝዛረበሉ ዛዕባ፡ ሓፈሻዊ ኩነታት፡ ኩነታት ኣየር፡ በዓላት፡ ብዛዕባ ኮፍ ኢሉላ ዘሎ ቤት-ሻሂ፡ ኣብ ከባቢኡ ዘለዉ ሰባት. . .ብቃ እዚታት ጥራይ'ዩ ዘዕልል። ምስጢራውነቱ ዓሚቕ ከም ባሕሪ ፓሲፊክ ኮይኑ፡ ሓደ "ሰብ የንብብ'የ" ዝብል ምኹሕ ነተን ጸለምቲ የዒንቲ ኣዳም ጠሚቱ ኣፋፍኖት ግርምቢጥነቱ ክርዳእ ፍጹም ኣይኮነሉን፡ ኣይከኣልን'ውን።

ኣብ መደምደምታ ከም ዝበጻሕኩዎ መስተታትን ኣወለፍቲ ባእታትትን ዘህልኽሉ ምኽንያት ዝኾነት ጓል ብዓይኒ ቁም ነገር

ንኸይትብህነ ኮነ ኢሉ ዝመሻጠረሉ ኣገባብ ኮይኑ'ዩ ዝስመዓኒ። ደቂ-ኣንስትዮ ድማ ምስኡ ንእዋኑ ኣዝየን ሕጉሳት'የን፣ ንሱ'ውን እንተኾነ ካብ ጓል ባህ ንዘበሎ ነገር ኣብ ቃሕትኡ እዋን ክረክብ ዓቕሚ ስለዘለዎ ንሱ'ውን ማዕሪኤን {ወዲ ብምዃኑ'ውን ምናልባት ልዕሊኤን} ታሕጓስ ፍታው ይረክብ'ዩ ኢለ ብርግጽ ክዛረብ ድፍረት ኣለኒ። ክልቲኦ ጾታ ንኡድን ዘቕንእ እዋንን ብምሕላፍ ነቲ ስያመ ክርከቦ ዘይክእል ቅርርብ ብደስታ ድሕሪ ምንባር፣ ብዘይ ዝኾነ ምቅይያም ይኹን ንስሓ ሓድሕድ ብሰላም ክፈላለዩ ንቡር እዩ።

ዕለቱን ወርሓቱን'ኳ ክንደይ ክብሎ ኣብ ወቕዒ ናይ 2015 ምዃኑ ግን ርግጸኛ ኮይነ'የ ዝዝክሮ። ምስ ሓደ ብቁም-ነገር ዝሓረኹዎ መሳርሕተይ ተቋጺርና ኣብ ሓደ ቤት-ሻሂ ኣብ ዕላል እንከለና እዩ። ኣድህቦይ ግን ምስኡ ኣይነበረን። መንቀሊ እዚ ምኽንያት ድማ ካብ ኮፍ ኢልናላ ዝነበርና ቦታ ስግር ክልተ ጣዋሉ ሓሊፍካ ሓደ ርእየዮ ዘይፈልጥ ወዲ ከም ወናኒየይ ንኹሉ ሸነኻተይ {ብመጠነኛ ንዕቀት} ይጥምተኒ ብምንባሩ'ዩ። ዓይኒ ንዓይኒ ክንራኸብ እንከለና ብዘይ ገለ ምኽንያት ፍሽኽ ይብለኒ። እንተኾነ ብቕጽበት ብህይወት ከም ዘሎ ረሲዐ ድማ ምስ መቓጽርተይ ዕላላይ ቀጸልኩ።

ሓደ ምቾት ዘይህብ ስምዒት ጽቡቕ ገይሩ ዝሓለኸኒ ግን እቲ ጽሉል ኢለ ዝረሳዕኪኡዎ ሰብ ናብ ጣውላና ገጹ ክስጉም ምስ ረኣኹ እዩ።

“ሰላም ክልተ ጽቡቓት ሰባት። ከመይ ትኾኑ?” ክብረት ብዝዓሰሎ ልምዲ በብእብረ ሰላም በለና። ኣነን መቓጽርተይን ቃላት ከየምሎቕና ኣራእስና ጥራይ ነዋነውና።

“ንእዋኑ'ዶ ኮፍ ክብል፣ ከካፍለኩም ዝደልዮ ዛንታ ኣለኒ።” ብዘይ ዝኾነ ፍቓድ ሴድያ ጓቲቱ ምስ ህላዌና ተጸምበረ።

“ክልተ ፍቑራት ልክዕ ከምዚ ከማኹም ኮፍ ኢሎም እንከለዉ'ዩ።” ጸገም ይፈጥር ድዩ ዋላ ደሓን'ዩ ኢሉ ከየጣየቐ ድማ ምስ ሳሕቲ ሰባት ጥራይ ዝርአ ካብ ዓይነታት ሽጋራ ሓደ ወልዐ። ኣስዒቡ “ክልቲኦም እዞም ዝብለኩም ሰባት ብምስትምቓር ድራር እናተመገቡ

ከለዉ፡ ብማዕዶ ሓንቲ ግዜ ዘምጽኣ ማራኺት ጓል ነቲ ወዲ ብሃረርታ ተደፋፊኣ ትጥምቶ ነበረት። ነቲ ወዲ ብምጥማት ጥራይ ንስምዒታታ ዝሓገዘት ኮይኑ ስለዘይተሰምዓ ድማ ቦታኣ ገዲፋ ኣብ ጣውላኣም ተሓወሰት። 'ዓርከይ ስለዝተባተኸኒ፡ ንኽልቴኹም ክርኢ ከለኹ ቅንኣት ስለዝሳዕረረኒ'የ።' ብዝብል ምኽንያታዊ ዘረባ ድማ ብእኣ ተደናጊጾም ኮፍ ንኽብሉዋ ጸገም ኣይረኸቡን። ድሕሪ ገለ ዕላላት እታ ምስቲ ወዲ ዝነበረት ክትተሓጻጸብ ብምባል ናብ መንጽሂ ክፍሊ ኣበለት። እታ ግዜ ዘምጽኣ ማራኺት ጓል ነቲ ወዲ ብድፍረት እናጠመተት 'ንስኻን ዓርክኻን ነንሕድሕድኩም ብፍቕሪ ክትሞቱ ድሉዋት ምኳንኩም ዘገድሰኒ ኣይኮነን፡ ወይ ንኽትምርዓዉ መደባት እንተሃለወኩም'ውን ዝምልከተንን ብሓላፍነት ዘሕትተንን ጉዳይ ኣይኮነን። እቲ ቅኑዕ ዝበሃል ኣተሓሳስባ ከመይ ምኳኑ ክትነግረኒ ኣይትኽእልን ኢኻ፡ ስለዚ ፈትየካ ኣለኹ። ኣነ እቲ ወዲ ዘበለ ኹሉ ካብ ጓል ዝደልዮ ክርእየካ ዓቕሚ ኣለኒ። ስለዚ. . . ' ናይ ውሽጣ ሓሳባት ከይዛዘመት እንክላ ዓርኩ ነቲ ወዲ ካብ መንጽሂ ቤት ወጺኣ ኣብ ኩርሳ ኮፍ በለት። እታ ግዜ ዘምጽኣ ማራኺት ጓል ብድድ ኢላ ብምትንሳእ 'ጽብቕቲ ንዓኺ ብምፍላጠይ ደስታይ'ዩ። ከምኡ ድማ ንዓኻ ብምልላየይ ደስ እናበለኒ'ዩ።' ብምባል ኣቐዲማ ነታ ጓል ድሒራ ድማ ኣትርር ኣቢላ ነቲ ወዲ ሰላም በለቶ። ድሒራ እታ ምሸት እቲኣ ብዘይ ሰብኣይ ከምዘይተሕልፉ መዓኳኹራ እናንቀጥቀጠት ናብ ሽንቲ-ቤት ገጻ ሰጎመት። እቲ ወዲ ቁሩብ ግዜ ምስታ ዓርኩ ግዜ ድሕሪ ምብኻን ኣእዳዉ ንምሕጻብ ናብ ሽንቲ-ቤት ገጹ ኣምርሐ። ኣእዳዉ ተሓጻጺቡ ገጹ ኣብ መስትያት ኣብ ዝመዓራረየሉ ዝነበረ፡ 'ንስኻ'ውን ትደልየኒ ኢኻ ማለት'ዩ እምበኣር።' ዝብል ዘረባ እኳ እንተሰምዐ፡ ምስሉ ጠውዩ መን ምኳና ንኸረጋግጽ ኣይተሃወጸን። እታ ሕፍረት ዘይተዓደላ ጓል ናብኡ ተጸጊዓ ኣብ ተኣፋፊ ዝበሃል ክፍሊ ኣካላቱ ክትተናኸፎ ንድሕሪት ኣይበለትን። እቲ ወዲ ኢዳ እናደፍአ 'ነዚ ተግባራት እዚ ቦታኡ ኣይኮነን።' በላ።ቁጽሪ ሞባይሉ ብሃታሃታ ድሕሪ ምሃቡ ከምዛ ወላ-ሓንቲ ዘይገበረ ናብታ ዓርኩ ተመልሰ። ብድሕሪኡ ምስታ ግዜ ዘምጽኣ ማራኺት ጓል ርክቦም ቀጸለ።”

ወሃ ዘበለ ዛንታ ከምዘዕልለ ድማ ብኹርዓት ሽጋራኡ እናመጠጠ፡ “እምበኣር እዚኣ'ያ እታ ዛንታ፡ ከመይ ረኺብኩማ?”

ሽጋራኡ ሓማሺሹ ብምጥፋእ ግብረ መልስና ንምስማዕ ናብ ክልቴና ብዓብላልነት ዝሕላገቱ ኣጣምታ ተዓዘበና።

“ዝተኸበርካ፡ ከመይ ረኺብካያ?” መምህር እናጠዓመ፡ ነቲ መቓጽርተይ ሓተቶ።

“እወ ብዙሕ ደስ ኢላትኒ፡ ተዘናጊዐላ'የ።” እቲ መቓጽርተይ ዝዓበየ ህያብ ከም ዝረኸበ ህጻን ብፍሽኽታ ተሰንዩ መለሰ። በቲ ዘይጠቅም ሃጠው-ቀጠው ዛንታ ብምስናፉ ተደነቕኩ።

“ንስኺ'ኸ ክብርቲ ደስ ኢላትኪ'ዶ?” ሕቶኡ ቕጭ ኣምጽኣለይ።

“ኣይፈተኹዋን!” ኢለ ብሕርቃን ቁሩብ ዓውታ ሓዊሰ ጨደርኩ። ብሽዕዝበኒ ዝኽእል ኣገባብ ብምዝራበይ፡ ብህድኣት ካልእ ቃላት ክውስኽ ተገደድኩ። “እታ ምስኡ ዝነበረት እምንቲ ኳል'ከ እንታይ ትኹን? ንሱ'ሞ ይጽናሕ፡ እታ ዛንታ እንታይ'ዩ ትርጉማ፡ እንታይ መልእኽቲ'ያ ተሕልፍ?” ጽልኣት ብዝሓደሮ መንገዲ ንሰያፍ እናጠመትኩ ሓተትኩዎ።

ሕቶይ ከም ካብ ሓደ ደንቀሮ ሰብ ይወጽእ ከምዘሎ ድማ ኣበርቲዑ ሰሓቐ። “እቲ መልእኽቲ ደኣ *‘ኣብ ጽልልቲ ዓለም ኢና ንነብር ዘለና'ም፡ ጽሉል ባህሪ እንተዘይብልካ፡ ንስኻ ኢኻ ናይ ብሓቂ ጽሉል’* ዝብል መልእኽቲ'ዩ ዘለዋ።” በለ፡ ኣብ ሃብታማት ዝርኣ ልዕልናን፡ ኣብ ምሁራን ዝስዕርር ርእሰ-ምትእምማንን እናንጸባረቐ።

ነታ ሕቶይ መሊሱ ምስ ወድኣ እቲ መቓጽርተይ ቴለፎኑ ብምድዋላ ይቕሬታ ሓቲቱ ካብ ቦታኡ ብምልዓል ካባና ተፈንተተ።

“ስመይ ድማ ከይነገርኩኺ፡ ኣዳም ይበሃል።”

“ናታልያ።”

“እዚ ምሳኺ ዘሎ ስለምንታይ ነታ ዛንታ ፈትዩዋ ትፈልጢ'ዶ?”

"ዛንታ ከም ዝፈቱ ይፈልጥ'የ። ስለዚ እንተፈተዋ'ሞ እንታይ ዓቢ ነገር ኮይኑ?" እቲ መቛጽርተይ ቴለፎን ምዝራብ ወዲኡ እንተኾነ እናተተስፈኹን እናቛመትኩን ከይተበርሃኒ መለስኩሉ።

"ከምኡ ኣይኮነን፡ ኩሉ ሰብ ዛንታ ይፈቱ'ዩ። ነዚኣ ንበይና ዝፈተወሉ ምኽንያት ግን እቲ ነገር ኣብኡ እንተዘጋጥም ነይሩ ሕጉስ ስለዝኸውን'ዩ።"

"እዚ ዘረባ በጃኻ'ባ ነቛርጾ?" ኣትሪረ ናይ ልበይ ይዛረብ ምህላወይ ኣነጸርኩ።

"ከይተፋነኹኺ'ውን ክዓርብ ይኽእል'የ።" በለኒ ከምዛ ነዊሕ እንፋለጥ። "ብዝኾነ እታ ዛንታ ናይ ብሓቂ ኣይኮነትን፡ ወይ'ውን ኣብ ካልእ ክትሰምዕያ ኣይትጽበዩ። ኣብታ ዛንታ እታ ግዜ ዘምጽኣ ማራኺት ጓል ኣነ ኮይነ ንዓኺ ዝጥምት'የ። ስለዚ ክትረኽብኒ ባህጊ እንተለኪ ኣብ ሽንቲ-ቤት ኮይነ ክጽበየኪ'የ።"

መቛጽርተይ ቴለፎን ተዛሪቡ ስለዝወድኣ፡ ንሱ ኮፍ ክብል ከሎ ብኣንጻሩ ኣዳም ብድድ ኢሉ ብምትንሳእ ንኽልቴና ብግቡእ ድሕሪ ምፍናዉ ናብ ሽንቲ-ቤት ኣምርሐ።

ከም ቀደምና ንብሕትና ተረፍና።

"ጽብቕቲ ዛንታ'ያ ሓቐይ? ማለተይ እቲ ኣብታ ዛንታ ዘሎ ወዲ ቅድሚ ኣብ መርዓ ምእታዉ ክድሰት ኣለዎ ሓቀይ'ዶ?"

"ልክዕ፡ ኣነ'ውን ከምኡ'የ ዝሓስብ።" ገጹ እናተኾልዐ መለሰ።

"በል ሽንቲ-ቤት በጺሐ ክምለስ'የ።" ብሉጽ ዝበሃል ፍሽኽታይ እናገበርኩ፡ ሓድሽ ስምዒት እናወረረኒ ሰጎምኩ። እንተተሓሰበ ክሕጎስ እንተደልየ ስለምንታይ ምስ እፍሊ ዓዋናት ዝቛጸር። እዛ ሃገር'ኮ ውዕውዕ መንፈስ ዝወነኑ ዓዋሉ ዝተመልኣት'ያ።

ኣዳም ብዘይ ርቡሽ መንፈስ እናኾርዐ ኣብቲ ሽንቲ-ቤት ጸንሓኒ። ኣረ ኣነ ከም ዝመጾ ርግጸኛ ዝነበረ ይመስለኒ።

"ሰባት ዝበዝሐ ግዜ ንኽብሮም ክከላኸሉ ክብሉ ንሓቀኛ ስምዒታቶም ጨፍሊቖሞ'ዮም ዝነብሩ።ንስኺ ግን ቅኑዕ ወሲንኪ።" እናበለ ንጸጉረይ ብህድኣት ሓዞ።

"ከምኡ ኣይኮነን፡ ንስኻ ኢኻ እቲ ቅኑዕን ልክዕን ዝተዛረብካ።" ቴለፎን ድሕሪ ምቅይያርና ንራኸበሉ ቦታን መዓልትን ሰራዕና።

እታ ክንራኸበላ ዝተቛጸርናላ መዓልቲ፡ ብልቢ ዲና ብሂግናያ ዋላ ብሕልናና ጸሊእናያ፡ ክትቅልጥፍ ኣይተራእየት ክትድንጒ ኣይተራእየት፡ ከም ካልእ እዋን ደኣ ብርጉእ ኣካይዳ ደበኽ በለት። ሓሙስ ዕለት 21። ኣብቲ ቦታ ቀዲመ ዝተረኽብኩ ኣነ ነይረ። ፈኩስ መስተ ኣዚዘ ንህላዌኡ ብርቡጽ ዓቕሊ ተጸበኹ።

ድሕሪ ገለ መጠነኛ ግዜ ምሕላፉ፡ ቅድሚ ናብቲ ገዛ ምእታዉ ን ኣዳም ይመጽእ ከም ዘሎ ብመስኮት ተዓዘብኩዎ። ብቕልጡፍ ሜላ ኣካውናይ ደሓን ከም ዘለኹ ንኸረጋግጽ ጸዓርኩ። ሰብኣይ ብዝብህነ ኣገባብ ጸጉሪ ርእሰይ ብውሑድ መጠን ፋሕ ኣበልኩ, , ,ዳንጋይ ኣመሳቐልኩ. . .ካልእ ካልእ ድማ ከምኡ።

ናብቲ ገዛ ኣትዩ ናባይ ገጹ ክስጉም ከሎ ከም ልኡል ተጓዕዘ። ተኸዲንዎ ዝነበረ ጸሊም ናይ ቆርበት ጃኬት ዝያዳ ንምስጢራውነቱ ኣጒሊሕዎ ነበረ። ቅድሚ ንዓይ ሰላም ምባሉ ኩርሲ ኣመዓራርዩ ኣብ ጥቓይ ኮፍ በለ። ጃኬቱ ድሕሪ ምውጻእ ብደንጓዩ ተግባር ኣብ ድሕሪት ሴድያኡ ኣቐመጣ። ብድሕሪ'ዚ ኣብ ገጸይ ቀሪቡ ክልተ እዋን ኣብ የማናይን ጸጋማይን ምዕጉርተይ ሰዓመኒ። ከም ቅድሚ ዓሚ እንፋለጥ ድማ ናይ ቃላት ሰላምታ ተቓየርና። ድሕሪ ዕጽፊ ራም ምእዛዙ እታ ዝነበርናያ ጣውላ ብዕስለ ትኪ ሽጋራ ተመረዘት። ከም ኣብ ግመ ዘለና ድማ ገጹ ጸጺኒሐ ጥራይ ይዕዘቦ ነበርኩ።

ብዙሕ ከይተዛረበ ስለ ዝጸንሐ ከምኣ ኢላ እታ ምሸት ከይተብቅዕ ውሽጠይ ተበጽበጽኩ።

ሃንድበት ኣብ ስቕታ እንከለና፡ "እታ ዝተላለንላ መዓልቲ ኣጽፋርኪ ሮዛ ዝሕብሩ ኣዝማልቶ ተለኽየን ኔረን. . .ሊላ ዝሕብራ ቦርሳኺ

ምስ ጫማ'ኺ ማዕረ ሕብሪ ከምዝነበረ. . .ለቢስካያ ዝነበርኪ ሰዓት ራዶ ዝዓይነታ ምንባራ. . .እዚኢታት ብደገ ናይታ ምሸት ዝተዓዘብኩዎ'ዩ።" ናብ ዝተፈላለየ ሽነኽ ከጥምት ጸኒሑ፡ ልክዕ የዒንተይ እናጠመተ ኣብ ርእሰይ ኣትዩ ዝፍትሸኒ ዘሎ እናመሰለ፡

"ቀንዲ ግን ውሽጥ'ኺ'ኸ ተመልኺተዮ`ዶ እዩ'ቲ ሕቶ።"ድማ በለኒ፡ ነቲ ኮፍ ዝበለሉ ኩርሲ ኣብ ገዝኡ ከም ዘሎ መቻቺእዎ እናተቐመጠሉ። "ዋላ'ኳ እንተመልካዕኪ ምስ'ኺ ዘሎ ጽምዋ፡ ምሳ'ኺ ዘሎ ዋሕዲ መሓዙት፡ ምስ'ኺ ዘሎ ጽምኢ ሽታ ወዲ-ተባዕታይ፡ ኣብታ ክፍእቲ ጓል ኣይርከብን። ዝበዝሐ ግዜ ካብ መሓዙትኪ ምስ ዘይትፍልጥዮም ሰባት ዘለኪ ሽግራት ከተዕልሊ ትመርጺ ሰብ ኢኺ። ብደገ'ኺ ዋል'ኳ ተራር እንተመሰልኪ ካብ ነብስ'ኺ ንኻልኦት ትኣምኒ ዋሕዲ ርእሰ ምትእምማን ዘለኪ ሰብ ኢ'ኺ. . .ብዛዕባ'ኺ ክውስኽ'ዶ ዋላ. . ."

"ይኣኽለካ. . .በቃ።" ካብኡ ንላዕሊ ናይ ውሽጠይ ከይነገረኒ ከሎ ድየ ከቋርጾ ደልየ ዋላ እተን ዝበለኒ ብዘይ ጎደሎ ልክዕ ብምዃነን ካልእ እናወሰኸ ጌጋ ግምት ከይህብ ስለዝፈራሕኩሉ ክኾልፎ ዝመረጽኩ። ሓቀይ ከኣ'የ ምኽንያቱ ንሱ ኣብ ህይወተይ ይሃሉ ኣይሃሉ ብዘየገድስ፡ ኣብ ናይ ደቓይቕ ሌላ ውሽጠይ ክርዳእ ዝበቕዐ ናይ መጀመርታ ሰብ`ዩ ንሱ፡ ምናልባት`ውን ናይ መወዳእታ።

የዒንተይ ንፍጥረቱ ሰም ብዘይ ምባል ጠመትኦ። ብኣካውንኡ ልበይ ገለ ህርመታት ክትነጥር ከላ ይፍለጠኒ ነበረ። ንዝዓብለለኒ ስምዒት ብዓቢ ዓቕን ክወረኒ ከሎ'ኳ እንተስተውዓልኩ፡ ገቲአ ንኽቃለሶ ግን ዋላ ንእሽቶይ ሓቦ ሰኣንኩ።

"ብዙሕ ኢ'ኻ ትዝክር፡ ከምኡ ድማ ትዕዝብትካ ሓያል'ዩ። ዘደንቕ ባህሪ'ዩ።"

"ብዙሕ ምዝካር ዓቢ ነገር ኣይኮነን፡ ብብዝሒ ክትዝክር ከለኻ ብብዝሒ ድማ ሓንጎልካ'ዩ ዝህሰ።" ንእምነቱ ኣምኪኹ ዘውድኽ ቃላት ኣይነበረንን። እዚ'ኳ ኣንተኾነ ኣተሓሳስብኡ ትርጉምን ሓቅነትን ዘለዎ'ዩ።

ንገለ ግዜ ጽምዋ ምስ ኣተወና፡ የዒንቱ ተኺሉ ከም ዋንነቱ ዝኾንኩ ብድፍረት ተመልከተኒ።

"ስለምንታይ ኢኻ ብዙሕ ክትጥምት ባህጊ ዝሓድረካ?"

"ሎሚ ምሸት ኣብ ገዛይ ግዜና ከነሕልፎ ይደሊ ኣለኹ።" ከም ሓደ ስምዒት ዘይብሉ ሮቦት፡ ብዘይ ውጥረት፡ ዝንበብ ምስልን፡ ዓቲቡ ብትዕዝብቱ ተኺተኾኒ።

"በዓል ምሉእ ተስፋ ኢኻ መቸም። ኣነ ምሳኻ፡ ኣብ ገዛኻ ከምሲ ደኣ እንታይ'ዩ ኣሕሲቡካ?" ብህድኣት'ኳ እንተመለስኩሉ፡ እተን ዝተዛረበን ቃላት ከም ሓንቲ ፋይቶት ኮይኑ ንኽስምዓኒ ኣገዲደናኒ'የን።

"እሞ እምበኣር ብሓደ ዘይንሓድር እንተኾኑ'ና ንዓኺ ካብ ምጥማት ዘቋርጽ ኣይኮንኩን። ንዓኺ ምጥማተይ ድሒረ ንኽይናፍቐኪ ክሕግዘኒ'ዩ።"

ቃላቱ ካብ ርእሰይ ክሳብ ጥቕሞም ዝውድኡ ሰሓቕኩ።

"መስሓቕ ኢኻ ትፈልጥ'ዶ?"

"ኣይፈልጥን፡ እንተኾነ ሓደ ሰብ ፍሉይ ምኻነይ ይነግረኒ፡ ሓደ ድማ ደፋር ምኻነይ፡ ሓንቲ ጓል ድማ ጸይቂ ምኻነይ፡ ንስኺ ድማ መስሓቕ ምኻነይ ካብ ነገርክኒ እሞ ምሉእ ሰብ ምኻነይ'ዩ ዝኸውን ዘሎ።"

ዝኾነ ሰብ ምስ'ዚ ጊንጢ እንተዘይተዛረበ ይሓይሽ፡ ምኽንያቱ ቃላቱ ኩሉ ንክኸውን ይሕግዙዎ'ዮም።

ካብታ ዝሰትያ ዝነበረ ራም ገለ ማዕጎታት ድሕሪ ምስትምቓሩ ከም ኣመሉ ጀመረ።

"እቲ ኣብ ናይ መንደቕ ስእሊ ዘሎ ሰብኣይ ትርእዮ'ዶ ኣለኺ?" ነፍሱ ጠምዚዙ፡ ብኣጻብዕቱ እናመልከተ ናብ ሓደ ዝና ዘለዎ ዝመስል ዘይፈልጦ ኣረጊት ሰብኣይ ንኽርእዮ ደረኸኒ።

ናይ ኣወንታ ርእሰይ ምስ ነቕነቕኩሉ፡ "ከምኡ ክትኮኒ ትደሊ'ዶ?" ሕቶኡ ንመባእታ ተመሃሮ ዝሕተት ናይ ባህጊ ጥያቐ እናምሰለ፡ ንመልሰይ ተጸበየ።

"እንታይ ኮይነ ኢለ?"

"ማለተይ...ነቲ ጭሕሙ፡ በራሕ ጸጕሩ ኣይኮንኩን ዝብል ዘለኹ፡ እንታይ ደኣ ከምኡ ታሪኽ ንኽህልወኪ ማለተ'የ።" ኣብ ሓንጎለይ ድምጺ ኣዘራርብኡ ከምቲ ዝዛረበሉ ዘሎ ሰብኣይ ዝጠዓመ መሰለ።

"ባዕልኻ'ዶ ክትነግረኒ ምኽኣልካ፡ ሓሳብ ዝበሃል የብለይን?" ክምልሰሉ ከለኹ ምኽንያት ዘይብለይ ንሞባይለይ እናጠዋወቕኩ ዝሩግ ጠባይ ኣንጸባረቕኩ።

ነውራም ባህሪ ከርእ ዝተገደድኩሉ ምኽንያት ኣብቲ ንሱ ከነጽሮ ዝጽዕረሉ ነጥቢ ፈጺመ ክቐርብ ዘይክእል ምኳነይ ስለዝፈለጥኩ'ዩ። በዚ ድማ ቅድሚ ግምታተይ ገምጋም ዓያሹ ምኳኑ፡ ናቱ ሓሳባት ክሰምዕ ደለኹ።

"ድሌት እንተለኪ፡ ዛንታ ከተትርፊ ዝሕግዘኪ ትሕዝቶ ኣለኒ።" እዚ ወዲ ዘይጭበጥ ዓቀብን ቊልቊልን ኮነኒ።

"ናይ ብሓቂ ብኽመይ ደኣ ወደይ?" ብቕጥዐ ቊሩብ ዝወጨጭኩ መሰለኒ።

"ኣብ ቅድሚ'ዚ ኩሉ ሰብ የዒንትኺ ዓሚተ ክስዕመኪ።" እዞም ዝተባህሉ ቃላት ተዛሪቡ ምስ ወድአ ጠመትኡ ኣብ የዒንተይ ዘየቋርጽ ነበረ። ኣብቲ ዘየዕርፍ ድፍረት ዝሰነቐ ኣጣምትኡ፡ ኣብ ገለ ህሞት ድንጉር ሓሳባት ኣስነቑኒ፡ ህውተታ ርእሰይ መጨበጢ ተሳእኖ። *"ንሱ ድዩ ጌጋ ዝዛረብ ዘሎ፡ ወይስ ኣነ'የ ከም ጌጋ ዝቐርጾ ዘለኹ።"*

ዘለኒ ሓይሊ ሓሳባት ኣጣሚረ፡ "እዚ'ሞ ከመይ ኣቢሉ ምስ ታሪኽ ምትራፍ ክኸውን ዝበቅዕ። ካብ ታሪኽ ምስራሕ ዘፍሊ የብሉን ትብል እንተኾንካ ግን ኣይትሰከፍ ቅድሚ ንስኻ ምሕታትካ ኣዝዩ ብዙሕ ታሪኽ ሰሪሐ'የ።"

ምቁር ዓመጽ

ፍሽኽ በለ፡ ሓደ ሰብ ምሳኻ ምስ ዘይሰማማዕ ዘርእዮ ንዕቀት ዘካተተ ፍሽኽታ።

"ትፈልጢ ዲኺ፡ ብዙሓት ሰባት ብዙሕ ነገራት ይፍጽሙ'ሞ፡ ተስፍሶኦም ድማ እቲ ዝገብርዎ ዘለዉ ፋልሶ ዘይኮነን፡ ዘይተረሳዕን ይመስሎም። እንተኾነ ቅርሱስን ንኽዝከር ዓቕሚ ዘይብሉ'ዩ ተግባራቶም። ንስኺ ድማ ካብኣቶም ዘፍሊ ዋላ-ሓንቲ የብልክን።"

"ብምንታይ ምኽንያት ከምኡ ሓሲብካ?" እዚ ትሩፋ ንዓይ ትሕቲ ግምት ብምስርዑ፡ ሕርቃነይን ነብሰ-ምትሓተይን ንኽይርአ ሓርኮትኮት በልኩ።

"ኣብ ዛንታ እትነብር ዘላ ጓል ኮይኑ ክሳብ ዝስምዓኪ ገይሩ ዘደስተኪ ሰብኣይ እንተዝህልወኪ፡ ስለምንታይ ኣብዚ ምሳይ ኮፍ ኢልኪ ኣለኺ?"

ኪዳን ናይ ምንባሩ እንታይ ም኷ኑ ንኽፈልጥ ኣይተዓደልኩን። እዚ ማርሻ-ድሕሪት ፍትረት እዚ ንዘድለዮ ዘበለ ዘይመሻኽንን ዘይዋገን ንጉስ ነብሱ ም኷ኑ ኣርየኒ። ከም ግምታተይ እቲ ዝበለጸ ትዕድልቱ ንደቀቕቲ ነገራት ኣቋሚቱ፡ ካብኦም ፍቕሪ ዝምስርሕ ክእለት ዘጥረየ፡ ተሓጎስ ዝተባህለ ሰብ'ዩ። እቲ ዘሕፍርን፡ ዋጋ ክብረትካ ግድን ዝቕንስን፡ ሓቐኛ ስምዒታት ደቂ ሰብ ማንም ምኩሕ ኣድሚዑ ክዕወተሉ ርእየን ሰሚዐን ኣይፈልጥን። እንተ'ዚ ዘባል-ሕምብርቱ ወዲ'ዚ ግን ነዞም ተነቀፍቲ ስምዒታት ብዘይ ገለ ጻዕርታት {ንኽብረትካ ደርቢኻ ካልእ ክብረት ብዘይ ምዕዳግ፡ ትርጉም ዘይትህብ እናመሰልካ ግን ትርጉም ምፍጣር} ክስዕሮም ይርእ። በዝን ወዲ ከምዝን ከይኮነ ኣይተርፍን ድማ ኣማኢት ሜትሮታት ትሕቲ መሬት ተቐቢሮም ዝነበሩ ስምዒታተይ፡ ኣብ ልዕሊ መሬት ሩሕ ተኺሎም ከስተንፍሱ ዘኽኣለ ሰብ ንሱ ነይሩ።

ኣብታ ምሸት እቲኣ ኣብ ደረት ኣፍ ልቡ ክጋደም ባህግታት ነዋነዉኒ። ካብኡ ናብኡ ግን ካብተን ብትምክሕተን ዝልለያ ኣዋልድ ኮይነ፡ ንመልከዐይ ብግዝያዊ ሓጎስ ዘይሸይጥ ሓቒች ዕላማ ኣለኒ። እንተኾነ ኣብታ ሕማም ረሲዕ ሒዙኒ'ውን ብማንም

ክርስዓ ዘይክእል ምሸት፡ ነቲ ንነዊሕ ዓመታት ክንደይ ሰብ ከሲረን፡ መስዋእቲ ባህግታተይ ኣወፍየ ዘጥረ'ኹዎ ተኸላ'ኻሊ ባህርያተይ በዘን ዝስዕባ ቃላት ገይሩ ሰበሮ፡ *"ኩሉ ግዜ ሰባት ንኽብረቶምን ሓበኖምን ክከላኸሉ ክብሉ ሃረርታ ልቦም ከየተግበሩ'ዮም ምንባሮም ዝኸልፉ።"*

ንሱ ነዘን ቃላት እዚኤን ክብል እንተዘይውለድ ነይሩ ንዕኡ ከይሰዓምኩ፡ ከይዳህሰስኩ፡ ከይጨበጥኩ ከምኡ ድማ ትንፋስን ዋዕን ውሽጠይ ምስኡ ከይተላወጥኩ ንቤተይ ምገስገስኩ። እንተ'ኾነ ግዳ እዚ ዝተጠቕሰ ፡ንምእማኑ ብዘይከኣል ኣገባብ፡ ኣብ ሓደ ተዛዊረዮ ዘይፈልጥ ጸልማት ጎደና ወዓልኩዎ።

ድሕሪ'ዚ ኹሉ ህርፋነይ ኣብ ልዕሊኡ ስስዐ ዝመልኦ ነበረ። መንቀሊ ምኽንያቱ ዘይነጸረለይ ድማ ጽምዋ ቅንኢ ዘይውሕስነትን ከም ጠባይ ኣጥረ'ኹ። በቲ *"እንተኼድኪ ዘገድሰኒ ኣይኮነን"*ዝብል መልእኽቲ ዘለዎ ምንቅስቓሳቱ፡ ርግኣት ውሽጠይ ብህውከት ተተክአ። እዚ ኣዳም ዝብልዎ ሰብ ዋላ'ኳ ንኽምርዓዎ እንተዘይበሃግኩ፡ ንመዋእል ግን ምስይ ክ'ኸውን ደለ'ኹ። ዝከኣል ነይሩ እንተዝ'ኸውን በብ'ኽፋል እናበላዕኩ ኩሉ-እንተናኡ ንዘልኣለም ኣብ ውሽጠይ ን'ኽነብር ክገብሮ ጸገም ኣይም'ኾነንን።

ንጽባሒቱ ዓርቢ ብተዛዊረዮ ዘይፈልጥ ከባቢ ወሰደኒ። ዕላልና ህዱእን ደስ ዘብልን ምልኣት ነበሮ።

"እንታይ ደኣ ጠሚትካ ዘይትጸግበኒ ዝነበርካ፡ ነዛ ምጥማተይ ዘይከኣለካ ዘሎ። ድሮ ኣብ ምምናው በጺሕካ ዲ'ኻ?" ኣእዳዉ ሒዘ ኣብ ኣፍ-ልበይ ኣጸጋዕኩወን።

ብዙሕ ኣድህቦ ከይሃበኒ፡ "ኖ ኖ፡ ከምዚኦም ዝኣመሰሉ ቃላት ድሕሪ ሕጂ ኣባይ ከይትጥቀምሎም።" ቃላቱ ንማለቱ'ኳ እንተህደኣኒ፡ ወሓደኒ ግን ካብኡ ብዙሕ ተመነ'ኹ።

ብዙሕ ለውጢ ዘየምጽኡ፡ ውሑድ ምስ ተዛራረብና ቀስ እናበልና ን'ኽንዛነ ዝሰጎምናዮ ጎደና ከይተፈለጠና ነዊሕ ተጎዓዝና። ሃንደበት

ድማ ኣብቲ ብቐሊሉ ክስምዖ ዝኽእል ክፍሊ ኣኽላተይ፡ ንጓል ብዝጥዕም ኣገባብ ገይሩ ግዝኣቱ ክቆጻጸር ጀመረ።

"ሕጂ ሎሚ ምሸት ምሳይ ክትሓድሪ እንተሓተትኩኺ ርግጸኛ'የ ክብረትኪ ኣብ ሓደጋ ከም ዘሎ ክትኣምኒ ኢኺ። ከምኡ ድማ ዓርከይ ክትኮኒ ሕቶ እንተቕረብኩልኪ፡ ወዲ ንዓርኩ ክገብረላ ዘለዎ ነገራት ካባይ ክትጽበዪ ኢኺ። ጽብቕቲ ኣበር ኣልቦ እንተበልኩኺ ድማ ሩፍታ ተሰሚዑኪ ብኣይ ቅስንቲ ክትኮኒ ኢኺ። እዚ ክብለኪ ከለኹ ግን ስምዒታተይ ተኸላኺለ፡ ክብረተይ ንኽሕሉ ክዋሳእ'የ ማለተይ ከምዘይኮነ ክትርድእለይ ምደለኹ። ትጽቢታት ኣብ ልዕሊ ፍቕሪ እንተቐሚጥካ ፍቕሪ ዘይኮነ ቅድመ-ኹነት ከይከውን ማለተይ'የ።"

ክዕምጸኒ ከም ዝደለየ ድማ ኢደይ ጨቢጡ ሓዘኒ። ሽዑ እቲ ዓመጽ እንተዘጋጥም'ውን ከም ምቁር ዓመጽ ንኽቕበሎ ዘጸግም ሽነኽ ኣይምረኽብኩን።

ቃላት እዚ ጋኔን ሰብ'ዚ፡ "ጽብቕቲ ምበልኩኺ ግን. . .ዓርከይ ክትኮኒ ምበሃግኩ ግን. . .ምሉእ ስምዒታተይ ምነገርኩኺ ግን. . ."በለኒ፡ ንዓይ ዘይኮነ ንኻልእ ሰብ ዘዕልል ዘሎ እናመሰ። ዝኾነ ሰብ ዘበለ ክሰምዖም ዝብህግ፡ ንልቢ ደስታ ንርእሲ ድማ ቅሳነት ዝኾኑ ናእዳታት ምሉእ ገይሩ ተዛሪቡሎም ማለት ዘይሕሰብ ጋህዲ'ዩ። ነዘን ቃላት ርእሱ ስሒቱ ብምሉእ ልቡ ክዛረበለን ኣመና ከም ዝተጸበኹ ክሕሱ ኣይደልን።

"ሎሚ ምሸት ሰበይተይ ክትኮንን፡ ጥራይኪ ክርእየክን ድሌት ኣለኒ።" ሕፍስ ዝበለ ተበሃጊ ድምጽን፡ ክብን ለጠቕን ቀለም ናይ ቃንኡን {ነቲ ዝበሃነ፡ ዋጋ ዝሓተተ ተግባር፡ ረዚን ኣርእስቲ ክንሱ ተራ ዛዕባ ክምስሎ ብምኽኣሉ} ሃማም ክቕይረኒ ጻዕርታት'ኳ ኣየድለዮን። ንወሲባዊ መንገዲ ዝዕድም ኣገባብ ኣብ ክሳዱ ሒዙ፡ "ኣብ ደስ ዝበለካ ቦታ ውሰደኒ።" በልኩ ብሕሹኽታ ኣብ እዝኑ።

ክሳብ ካብተን ብሉጻት ዝበሃላ መዕረፍ ኣጋይሽ እንበጽሕ ዋላ`ኳ ቃላት ኣየምሎ`ቕናን። ዝመችኣትና ሆቴል ምስ ረኸብና፡ ንሓንቲ ለይቲ፡ ንሓንቲ ዓራት፡ ንሓደ ወዲ ብርክት ዝበለ ገንዘብ ባዕለይ ከፊልኩ።

ኣብታ ዝተዋህበትና ክፍሊ ምስ ኣተና ንሱ ናብ መስኮትእዩ ኣቢሉ። ሽጋርኡ ወሊዑ ድማ ነቲ ኣብ ትሕቲኡ ዝነበረ ጎደናታት ኣብ ምዕዛቡ ጽሙድ ኮነ። ኣነ ድማ ቦርሳይ ኣቐሚጠ ኣብ ዓራት ኮፍ ድሕሪ ምባል፡ ነቲ ኣብ ትሕቲ ኣንሶላ ዝፍጸም ተግባራት ዝተወለፍኩሉ መሰልኩ። እንተኾነ ንሱ ንበይኑ ምስ ጓል ዘሎ'ውን ይመስል ኣይነበረን። እቲ ክቡር ኣቃውማኡ ንሰራሕተኛታቱ ዝቆጻጸር ዞሎ ሓለቃ መሲሉ ተራእየ። ብዙሕ'ኳ እንተዘይኮነ ብዝተመኮርኩዎን፡ ብዕላል መሓዙት ብዝኣከብኩዎን፡ ኣብ ጾታዊ ርክብ በጺሑ ዕጉስ ዝበሃል ወዲ-ተባዕታይ ከም ዘየለ ጽኑዕ መትከል ነበረኒ። እንተ'ቲ ኩሩዕ፡ በዓል ዝና መሰል፡ ግን ዝኣኽሎ ከም ዝገበረ ዘምስል ባህሪ ነበሮ። ኣብ ልዕሊ ጾታዊ-ርክብ ዝነበሮ ህድኣት ንኹሎም መትንታት ስምዒታተይ ዋላ ሓደ ነገር ከምዘየዕርፎም ገይሩ ኣበራበሮም።

ብዘይካ ቆማታት ጫማይ፡ ረጂ፡ ኮስትሞ፡ ካልእ ኩሉ ክዳውንተይ ብቐስታ ኣውጻእኩዎም። ንሱ ግን ወይ'ከ። ከም ብሓድሽ ይጥምት ከም ዘሎ ክሳብ ሽው ኣብ ኣፍ ደገ'ቲ መስኮት ነበረ። ዘለኒ ዘበለ ዓቕለይ ምስ ወዳእኩ ረጂቤቶይ ደርበኹሉ። የዒንቱ ኣብ ዝተኸለለይ እዋን ንኣጥቧተይ በእዳወይ ከሽፍን ተጓየኹ። የዒንትና ፊት ንፊት ምስ ተጠማመታ መንፈስ ውሽጥና ዝተበጻጽሓ ኮይኑ ተሰምዓኒ። ብደንጓዪ ምንቅስቓሳት ድም ቀረበኒ። ምስ ተጸግዓኒ እተን ምኩራት ኣእዳዉ ንጸጉሪ ርእሰይ፡ እዝነይ፡ ክሳደይ ብርቱዕ ደስታ ብዘስዓበለይ ልስሉስ መንገዲ ተናኸፈኒ። ትንፋሰይ ድማ ብሓጎስ ዝኣክልክትጠልመኒ ኸላ፡ ኣካለይ ድማ ምስ ድላይ ውሽጠይ ተቓደወ። ኣብቲ ዓራት ድማ ከም ምዉቲ ዘግ በልኩ። የዒንተይ ተዓሚቱ፡ ርእሰይ ድማ ገለ ውሑዳት ኣዋልድ ዝብህግኦ ወዲ ምስ ረኸባ ጥራይ ዝበጽሕኦ ቦታ በጺሐ ክዘለሉ ከለኹ፡ ዝከኣል እንተዝነብር፡ ነታ እዋን ብኸመይ ጠጠው የብላ ይሓስብ ነበርኩ። ክዳውንቱ ኣውጺኡ ጥራይ ዝባኑ ንኽርእዮ ኣይበቓዕኩን። እንተኾነ

ካብ ዝኾነ ሸፋን ነጻ ዝነበረ ኣካላቱ ኣብ ልዕለይ ብደስታ ክዓልብ እንከሎ ኣነ ካብ መግቢ፡ ክዳውንቲ፡ ናጽነት፡ ካብ ትንፋሰይ'ውን ንላዕሊ ብሓጎስ ተጸለልኩ።

ድሕሪ'ታ ምሸት እቲኣ ዝቐጸለት መዓልቲ {ቀዳም ናይ ንግሆ} ብዝተረበጸ ፍትወት ደወልኩሉ።

"ኢሂ'ታ ካብ ጽሉላት ሓደ። ንሎሚ ምሸት ትሑዝ ዲኻ? እንተደሊኻ ንኽንራኸብ ድልውቲ'የ።"

"ናታልያ ናይ ጽባቐ ንግስቲ. . .እ. . .ብኸመይ ከረድኣኪ፡ ኩለን መዓልታት ትሑዝ'የ ብዘይካ ሓሙስ ምሸት. . .እታ ምሸት እቲኣ ድማ ምሳኺ ከሕልፉ'የ።"

"እሞ ዝመጽእ ዘሎ ሰሙን ኢና ንራኸብ ማለትካ ድዩ?" ሃለዋት ናይ ርእሰ-ምትእምማንይ ከም ዘጥፋእኩ ርጉጽ ነበረ።

"እወ ጽብቕቲ።"

"እዚ ጽላለ'ዩ፡ በል ደሓን ሕራይ፡ ዝኾነ ነጻ ግዜ እንተረኺብካ ግን ኣፍልጠኒ ኢኻ። ናፊቕካ እንድየ።"

"ወልፈይ ኣነ'የ ዝያዳ ዝናፍቕ።" እተን ቃላት፡ ከም ዝናፈቀ ቆልዓ ንኣዲኡ ዝብላ ዓይነት ገይሩ ኣድመጸን። ንማለቱ ክስሕቕ ድማ ሓገዝ ኮናኒ።

ሕጉስቲ ከምዘይነበርኩ ዘይሕባእ ነበረ። ንኣነ ዝምስላ ጓል ኣብ ሰሙን ምሉእ፡ ግዜ የብሉን ማለት ድዩ። እንታይ ኮን'ዩ ጸገሙ። ዝነበረኒ ህይወት ክናፍቕ ተገደድኩ። እቲ ብደቂ-ተባዕትዮ ዝተለመንኩሉን፡ ሕራይ ንኽብሉኒ ዝገብርዎ ተረርቲ ጻዕርታት፡ ሰሓቕ ልቦም ገዲፎም ንዓይ ከስሕቑ ዝህርደጉሉ እዋናትን ብሃረርታ ዘከርኩ። ልበይ ከይተረፈት ነዚ መደንገል ተኹላ ብሓቂምምናያ ርእሰይ ክቅበሎ ኣኻእሎ ሰኣነ። በዚ ኢሉ በቲ፡ ነቲ ሰብ እቲ ኣመና ደለኹዎ።

መስደመም'ዶ ኣይኮነን፡ ኣብቲ ትስሕቀሉ ዝነበርካ ቦታ ህይወትካ ኣብኡ ክትረኽባ ከለኻ። ነፍስኻ ብምኺና ግን ክትስሕቃ

ኣይኮነልካን፡ ብሕፍረት ዝኣክል ደኣ ሱቕ ትብል'ምበር።ብቕንዕና ክናገር እንተኾይነ፡ ንዝቖጽሩኒ ዝነበሩ ኣወዳት ምስ ካልኦት ኮይነ ይሕጭጭን ሕሚታ ፋሕ የብልን ምንባረይ ንኽዝክሮ ዘኽኣለኒ እዚ እታይነቱ ዘጠራጥር፡ ጊንጥነት ሓዚሉ ዝጎዓዝ፡ ዓንደረቦ ኣዳም'ዩ። ንሱ ንድምር ተግባራተይ ክቖጽዕ ዝተላእከ ሕጊ ሰባት'ዩ ምበልኩ። ብእኡ፡ ፍቕሪ ሓሊፉኒ ዝሳቐየ ዘለኹ ባዕለይ'የ ዝፈልጦ። ልክዕ'ዩ ኣዳም ከምቲ ኣነ ብኻልኦት ዘባጭዎ ዝነበርኩ ዋላ'ኳ ኣይግበር፡ ንዓይ ግን ከምኡን ልዕሊኡን ዘጋጥመኒ ከም ዘሎ ሓረርኩ። ህልውናይ ንመጀመርታ እዋን ከም እተነጽገትን፡ ኣቓልቦ ዝተሓሰማንንረዲኤት ተጸበየት።

ኦኦ. . .በዚሑ ኣይብዛሕ. . .ኣነ'ኮ ናታልያ እየ!. . .እንተኾነ ንሱ ድማ ኣዳም እኮ'ዩ።

ንጻውዒቱ ብዓቕሊ ክጽበ ወሰንኩ። እዚ'ኳ እንተተባህለ ብእኡ ካብ ምሕሳብ ግን ዓቕሊ ገይረ ከምዘይኮነ ክፍለጠለይ ይደሊ።

መዓልቲ ቀዳም ክጻፈፍ ዘለዎ ብዙሕ ወረቓቕቲ ስራሕ ስለዝነበረኒ ኣዝያ ነዋሕ መዓልቲ ኮይና ተሰምዓትኒ። እታ መዓልቲ እቲኣ *"ስለምንታይ ኣብዛ ጽምዋ፡ መሕዘን፡ ጽልልትን ምሕረት ዘይትፈልጥን ዓለም ተወለድኩ!"* ክሳብ ዝብል ብስራሕ ድኽም ወዓልኩ። ምስ ተፈደስኩ ካብ መሓዙተይ ሓንቲ ብምድዋል ንኽዘናጋዕ ሃቐነታት ገበርኩ። ድሕሪ ዕስራ ደቓይቕ ክንራኸብ ስለዝተሰማማዕና ኣብ ኣፍ-ደገ እታ ቤት-ሻሂ ይጽበያ ነበርኩ። እታ መሓዛይ ካብ ዝተባህለቶ እዋን'ኳ እንተዘይደንጎየት ንምምጻኣ ከማዕዱ ሃንቀው በልኩ። ካብ ትጽቢታት ንምድሓን ኣብ ውሽጢ ኣትየ ክጽበያ'ኳ ዝኽእል እንተነበርኩ፡ ብዝፈልጦን ዘይፈልጦን ሰብ ክርበሽ ፍቓደኛ ኣይነበርኩን።

ካብ ምጽባይ መሓዛይን፡ ካብቲ ዝወዓልኩዎ መበሳጨዊ መዓልትን ንላዕሊ ግን ካልእ ቃንዛ ረኣኹ። ኣዳም ምስ ሓንቲ ሓጺር ጽቡቕ ዝርእሳ ጓል ካብ ሓንቲ ዘመን ዝፈጠራ መኪና ክወጽእ እንከሎ ረኣኹዎ። ኣእዳዎም ንኹሉ እዋን ከምዘይፈላለዩ ተታሓሒዞም፡ ክምስታታት ፍቕሪ ኣብ ክልቲኦም እናተራእየ፡ ካልእ ድማ ምስቲ

ምሒልካ ንዘልኣለም ክትነብር ዝወሰንካሉ ሰብ ዝግበር ካልእ ትርኢታትን እና'ንጸባረቑ ተላሕጉ።

የዒንተይ ከም ጓል-ኣንስተይቲ ሰይጣን ኮይነን ተመልከታኦም። ብቕልጡፍ ነፍሰይ እና'ተባባዕኩ ነቲ ዝገዝኣኒ ጸሊም ስምዒታት ንኽቆጻጸር ብዙሕ ኣስተንፈስኩ። ከይርእ ብምባል ብደርገፍገፍ ብሓደ ደባን መንደቕ ኣብ ጥቓ እንዳ ጎሓፍ ናይቲ ቤት-ሻሂ ተሓባእኩ። ድሒረ ከም ሰራቒት ብዝተዓዘብኩዎም እዋኖም ንብሕቶም ክካፈሉ ናብ ቤት-መግቢ ቻይና ኣተዉ።

ናብ ኣዳም ደወልኩ። ብዙሕ ግዜ ከየባኸነ ተቐበላ።

"ሄሎ ጽብቕቲ ፍጥረት፡ ከመይ'ሞ?"

"ሄሎ ካብ ጽሉላት ሓደ. . .ጽቡቕ ኣነ ደኣ። ንስኻ'ኸ።"

"ኣነ ደኣ እዘን ዝሓለፋ መዓልታት ተጸሊኡኒ ነይሩ፡ ሕጂ ግን ደሓን ኮይነ። ምኽንያቱ ፈውሰይ ብእዝነይ ኣቢሉ በጺሑኒ። ንሱ ድማ ድምጽኺ'ዩ ምጭውቲ።" ብዘእምን ስልቲ ነተን ቃላት ፈነወለይ።

"ናይ ብሓቂ፡ ከምኣ ኢልካ'ለኻ ብመስሓቕካ፡ ኣበይ ደኣ ኣለኻ ሕጂ?"

"ኣብ ቻይና ሬስቶራንት ኣለኹ።"

"ምስ መን?"

"ምስ ሓንቲ ጓል።"

"መን ደኣ ኮይና?"

"ሓንቲ ዝፈልጣ ዝነበርኩ ጓል'ያ።"

"ሕራይ'ምበኣር. . .እሞ ጌጋ ድዩ ቀኒአ እንተበልኩኻ?" እዘን ቃላት ኣብ ውሽጠይ ክስተራ ዝግብአን'ኳ እንተነበራ፡ ሞለቓኒ ግን።

"ቅንኢ'ኮ ምልክት ፍቕሪ'ዩ። ብተዘዋዋሪ ኮይኑ ደኣ'ምበር ከም ተፍቅርኒ ኢኺ ነጊርክኒ። ኣነ'ውን ከማኺ'የ ጽብቕቲ።"

“በል ዓለም ኣብ ዝወድኣትልና መዓልቲ የራኽበና። ገዛ ክትኣቱ ኣይትደንጕ. . .እንተዘይኮይኑ ምሽቓለይ ክገደኒ'ዩ።” ብዓውታ “ዓሻ'ኢ.ለንነፍሰይ ክዝልፉ ቁሩብ ተወሳኺ ሕርቃን'የን ዘድልያኒ ዝነበራ። እቲ ዝሞልቀኒ ዝነበረ ቃላት ናይ ልበይ እምበር ናይ ርእሰይ ብዘይምንባሩ ንታህዋኽይ ረገምኩ።

“ሕራይ ናታልያ፡ ኣብ ቀረባ እዋን ክንርአአ ኢና፡ ዝበለጸ ምሸት ንዓኺ።” ተፋኒና፡ ቴለፎን ተዓጸጸና።

ዋላ'ኳ ቃላቱ እቲ ሓቅን ምቕሉልነትን እንተሃባኒ፡ ውሽጠይ ግን ካብቲ ዝነበርኩዎ ባጎኒ ጎሓፍ ዝኸፍአ ነበረ።

ድሕሪ ገለ ደቓይቅ ምስ መሓዛይ ተራኸብኩ። ገለ ሕሜታታትን ንኣዋልድ ጥራይ ዝምልከት ዕላላትን ተለዋወጥና።

“ምስ ኣዳም ሓሙስ ምሸት ርእየኪ'ዶ ዋላ ተደራቢሸ'የ።” ምስ ሓተተትኒ ንዓውደ ውግእ ዝኸተብ ዘለኹ ፈራሕኩ።

“ጽቡቕ ኣለኺ፡ ኣበይ ደአ ትፈልጥዮ?” ከም መብዛሕትኡ እዋን ንውሽጣዊ ስምዒታተይ እናምሰልኩ፡ ብናይ ተዋስኦክምስታ ተካእኩዎ።

“ኤሊኖር ትዝክርያ እንዲኺ ግዲ?”

“እታ በዓልቲ ግሮሰሪ ማለትኪ ድዩ?”

“ንሳ'ወ ዓርካ'ዩ ነይሩ። ሓደ ምኩሕ ኣብ ዓመት ዘይገብሮ፡ ንሱ ኣብ ሓደ ሰሙን ካብቲ ዓቢ ድኳና እናወሰደን፡ ገንዘባ ከም ናቱ እናተጠቕመን. . .ንዓኣ ድማ ዋንነቱ ገይሩዋ'ዩ። . . . እንተኾነ ናታልያ ነብስኺ ብቐሊሉ እትህቢ ኳል ስለዘይኮንኪ ዘሰክፍ የብለይን። እንተ ንሱ ግን ናይዛ ከተማ ኣለና ዝብላ ኣዋልድ ኣብ ትሕቲ ኢዱ ምኺነን ፍለጢ።”

ልዕሊ'ዚ ምስታ መሓዛይ ኮፍ ክብለኒ ዝኽእል ባህጊ ኣይረኸብኩን። ጽቡቕ ምንዮታት ተለዋዊጥና ድማ ተፋነና።

ብዙሕ ኣብ ትንተናታት ከይኣተኹ፡ ሰኑይ ሰሉስ ረቡዕ፡ ኣብዘን መዓልታት እዚኤን ንኣዳም ብዙሕ'ኳ እንተዘይተባህለ ካብ ባራት ክሳብ መዕረፍ ኣጋይሻት ዝገበሮ ምንቅስቓሳት ኣጽናዕኩ። ስርሐይ ኣወንዚፈ ንዕኡ ክስልን ክኾልልን ኣእጋረይ ዳርጋ ኣብ ነፍሲ ወከፍ ኩርናዓት ናይታ ከተማ ኣንበርኩ። እዚ ክበሃል እንከሎ ግን ህላወይ ንኸይርእ ብድሕሪ መካይን እናተሰተርኩን፡ ብሕቖ ሰባት እናተኸወልኩን፡ ኣብ ትሕቲ ጣውላ {ዝተኣከቡ ሰባት ኣብ ልዕለይ እንከለዉ} ከም ዝተሓባእኩ'ውን ክናሳሕ ይደሊ።

መዓልቲ ሓሙስ ደወለለይ። ከም ቀደሙ ብሉጽ ግዜ ምሳይ ንኸሕልፍ ዝተተስፈወ ሕልና ድማ ነበሮ። ኣነ ዝመንቀሊቱ ድማ እታ መዓልቲ ከነሰጋግራ ተሰማማዕና። ልበይ ናይ ዘለዋ እኳ እንተበሃገቶ ርእሰይ ግን ሓንገደ። ብድሕሪኡ ዝሰዓበ ሰዓታት ናይታ መዓልቲ ግን ንምንታይ *'ሕራይ'* ዘይበልኩዎ፡ ምሉእ ምሸት ክሳብ ድቃስ ዝኣብየኒ ተጠዓስኩ። ሓቂ ሓራ ስለዘውጽእ፡ ንጽባሒቱ ንግሆ ምስ ተንሳእኩ'ውን እቲ ጣዕሳ ከምዘይተጋደፈኒ ክሕብር ከለኹ ወለንታይ'ዩ።

ቀዳም ናይ ምሸት ስራሕ ቀልጢፈ ድሕሪ ምውጻእ፡ ጸላም ኤኩያለ፡ ዘመኑ ዝሓለፈ ሻርባ፡ ትሕቲ ዕድመ ዝሕይኽእ ገዚፍ ማስቲካ ከም ዘይግደሳ ጓል እናኮማሳዕኩ ተጎዓዝኩ። ነዚታት ዝተኸደንኩሉ ምኽንያት፡ ንኣዳም ኣብ ዝስልየሉ እዋን ዘዝረኣየኒ ዘበለ ከም ዘይጥዕይቲ ርእዩ ካብ ስርሐይ ምፍጻም ከየባኸሩረኒ ብምሕሳብን ከምኡ ከኣ ኣዳም ከም ኣጋጣም እንተረኣየኒ ንኸምኡ ዝዓይነታ ጓል ዝኾነ ምስትምቓር ከምዘየምጽኣሉ ብምትእምማን እየ።

ነቲ መኸሰብ ዘይርከቦ፡ ንልበይ ግን ርግኣት ኢለ ዝኣመንኩሉ ተልእኾይ ንምፍጻም ኣብቲ ጎደናታት ኣብ ዝተሓወስኩሉ ግዜ ከም ብሰላሕታ ዝጽጋዕ ሃዳናይ መሮር ኮይና ተሰምዓትኒ፡ እታ ነፍሰይ።

ሰባት ብምጥያቕ፡ ብዘይ ዝኾነ ምጥርጣራት ኣዳም ቀዳም ምሸት ኣበይ የሕልፎ ርግጸኛ ኮይነ ነበርኩ።

ቤት-መግቢ ቻይና።

ኣብታ ቤት-መግቢ ምስ ኣተኹ ኣብ ሓደ ኩርናዕ ጥቓ መጋረጃን፡ ድብን ዝበለ ጽላሎት ዝነብራ ቦታ ኮይነ ኮፍ ድሕሪ ምባለይ፡ ብቐሊሉ ክልለየሉ ዘጸግም ኩነት ንኣካውናይ ተቐጻጸርኩ።

ድሕሪ ገለ ደቓይቕ ሓንቲ ኣሳሳዩት ንኽትሰምዓኒ ኣብ ልዕለይ ምስ ተዓነደት፡ መንቀሊኡ ዘይፍለጥ ፍርሒ ብዝዓሰሎ መንገዲ ኣዘዝኩዋ። ምስ ዝሑል ልስሉስ መስተ ብቐልጡፍ ደበኽ ድሕሪ ምባላ ፍሽኽታ ኣሰንየካብ ገጸይ ከም እትኽወል ገበርኩዋ።

የዒንተይ ኣብ ጸጋማይ ሽነኽ ናይቲ ማዕጸ ብምንባሩ ዝኣቱን ዝወጽእን ሰብ ብግቡእ ይዕዘብ ነበርኩ።

ልኽዕ ንምኽን 7፡02 ናይ ድሕሪ ቀትሪ ኣዳም ማዕጸ ደፊኡ፡ ዘርኡ ከም ካብ ነጋውስ ዝተወርሰ ብጥዑም ምንቅስቓስ ሰጎመ። ኮፍ ምስ በለ ጠመትኡ ናብታ ምልክዕቲ ኣሳሳይት እንተዘይኮይኑ ናብ ካልእ ኣየበለን። ከይተጸውዐት ድማ ናብኡ መጸት። ንሳቶም ጥራይ ክሰምዕዎ ዝኽእሉ ዘረባታት ተቓየሩ። እታ ኣሳሳዩት ብዘይ ዓቐን ሰሓቐት። ከምኡ ድማ ርእሳ ኣድኒና ኣእዳዋ እናጨበጠትን ካልእ መግለጺታት ክርከቦ ዘይክእል ምንቅስቓሳት ከኣ ተንጸባረቓ።

እዚታት እናኾነ ምኽምስማሶም ኣብ መፈጸምታ ዝበጽሓሉ ምኽንያት፡ ሓጺር ጽቡቕ ዝጸጉራ ከደረይቲ ምጭው ዝጽባቔኣ ጓል ምስ ተሓወሰቶም'ያ። ንሳ ብድሕሪ ኣዳም ብምኽን'ኳ እንተሓቘፈቶ ንሱ ግን ብዘይ ዝኾነ ክምስታ ተጠውዩ ክልተ እዋን ኣብ ምዕጉርታ ሰዓማ።

'ክጸፍዖ'ዶ ወይ'ሲ ማይ ክደፍኣሉ! ወይ ድማ ነታ ምስኡ ዘላ ሓደ ክድመር ዘይክእል ምኺኑ ክነግራ።'ሓንጎለይ ብኽፋእ ተመልአ።

እንተ ንሱን ንሳን ብዘይግዳስ ተተናኸፉ። ንሳ ኣብ ዓራት ንበይና ምስኡ ከም ዘላ ኣበርቲዓ ትስሕቕ። ንሱ ድማ ብዘይፍለጡ ሽነኻት ፍናት ዝተበራትዐ ኮይኑ ተራእየኒ። ዝግበር ዝነብረ ካብ ናይ ምጽዋር ዓቕመይ ወጻኢ ነበረ።

'ተዳሎ፡ ተመዓራረ፡ ኪድ' ዝብል ሃለዋት ከም ሰኽራም ሓፍ-ሓፍ ኣበለኒ። በዚ ድማ ካብ ኮፍ ዝበልኩሉ ተላዒለ መንገደይ ናብኣቶም ኣቕናዕኩ። ብዙሕ ከጣመር ዘይክእል ሓሳባት እናተናወጽኩ ኣብ ጣውላኦም ደው በልኩ።

"ከመይ ኣዳም ትፈልጠኒ'ዶ?" ነታ ምስኡ ዝነበረት ኣይኮነንን ሰላም ክብላ ክብሪ የዒንተይ ሂበ ኣይጠመትኩዋን። ኣብነታዊ ዝኾነ ጠባይ ደቂ-ሄዋን ምኽኑ'ዩ ተግባራተይ።

"ከመይ ኣቢልኪ ከምኡ ትብልኒ፡ ንስኺ እታ ጽብቕቲ ናታልያ ዘይኮንክን።"

"መን'ያ እዚኣ?" ናይ ጫካታት ኢለ ዝሓሰብኩዎ ኣጣምታን፡ ቁጥዐን ሓዊሰ ተመልከትኩዋ።

"ሓንቲ ካብ ኣድነቕተይ'ያ. . .ኮፍ ደኣ ኣይትብልን ዲኺ?" ናብ ሓደ ኩርሲ ምልክት እናገበረ {ክልቴና ጥራይ ከም ዝነበርና} ኮፍ ንኽብል እኳ እንተጋበዘኒ፡ ዕድሚኡ ግን ነጸግኩ።

"ክንደይ ኣለዋ?"

"ክንደይ እንታይ. . .እንታይ ማለትኪ'ዩ?"

"ኣብ ህይወትካ ዘለዋ ኣዋልድ?"

"እንታይ ክብል ትጽበይኒ፡ ንምቑጻረን ክእለት ስኢነ'የ።. . .ሓንቲ ካብኣተን ሕጂ እንተትመጽእ፡ ምስላ'ኳ እንተዘይበልኩ፡ ስማ ግን ምናልባት ኣይመድመጽኩን።"

ካብቲ ዝበሎ ንላዕሊ ካልእ ሓቂ ዘሎ ኣይመሰለንን። ነቲ ሕነ ዝተዓጥቀ ሕልናይ ብቕንዕንኡ ዝሃድአ ኮይኑ ጠዓመኒ። ንበይኖም ሓዲገ ድማ ብዘይ ናይ ምፍናው ሰላምታ ካብታ ገዛ ወጻእኩ።

እታ ምሸት እቲኣ ክድቕስ ኣይተዓደልኩን። ሰዓት ክልተን ገለ ሕላፍ ዓሰርተታት ደቓይቕን ድማ ንኣዳም ከምዚ ዝስዕብ መልእኽቲ ገደፍኩሉ። *"ኣብ ጅባኻ ገንዘብ ዘይብልካ ኣዋልድ ትቖጽር፡ ጸባሕ*

*ከምዘየላ ብዘይ ውጥን ትነብር፣ ልዕሊ ነብሰኻ ነዋልድ ተፍቅር፣ ንስኻ ካርድ ዘይብልካ ጠላዕ ህይወት እትጻወት መሕዘን ሰብ ኢኻ።*ንመልእኽተይ ምላሽ ኣይሃበሉን።

ንመዓልታትን ለይትታትን መልሲ ናይ መልእኽተይ እኳ እንተተጸበኹ ግን ወይ'ከ። ካብ የዒንተይ ብምኽዋሉ ግን ልዕሊ'ቲ ትጽቢት ናይ ግብረ መልሱ ኣሕመመኒ። ኣብ ሓደ እዋንከትሞተሉ ቅሩብ ዝነብርካ ሰብ ደሃዩ ዘይብልካ ካብ ክትተርፍ፣ ኣብታ ምስኡ ኣዚኻ ዝተሓጎስካላ ምሽት ሞይትካ ክትተርፍ ይሓይሽ ክብል ምስ ውሽጠይ ብዙሕ ሳዕ ተኸራኺርኩ።

ድሕሪ ሰለስተ ኣዋርሕን ገለ ሳምንታትን ንኣእዛነይ ዘሕዝነ ወረ ተረቢጽኩ። ኣዳም ብሓደ ልሙድ ዘይኮነ ሕማም ከም ዝዓረፈ ሰማዕኩ። ጠንቂ ድማ ማህሰይቲ ሓንጎል ምዃኑ ካብ ብዙሕ ሰብ ሰማዕኩ። ሓደ እዋን'ውን ብዛዕባ ሕሉፉን፣ ተመሊሱ ከዕርዮም ዓቕሚ ዘይብሉ ነገራት ብዙሕ ከም ዝሓስብ የዕሊሉኒ ነይሩ'ዩ። ኣብ ክንዲ ረሲዕዎም ንቕድሚት ዝግስግስ ምስቶም ኪንዮ ትርኢቱ ዝኾኑ ዝሓለፉ ህይወቱ ሓደ-ሓደ እዋን ንበይኑ ኣብ ርእሱ ከም ዝነብሮም ተዛሪቡኒ ከም ዝነበረ ዘከርኩ።

ገለ ክፋል ኣካለይ ጥራዩ ዝኾነን ዝተጎድአን ኮይኑ ተሰምዓኒ። እቲ ዝገርም ሓንቲ ዘይዓገብኩላ ነገር ምስኡ እንተነይራ ንሱ ከምቲ ኣነ ዝደለኹዎ ብዘይ ምዃኑ'ዩ፣ ናይ በይነይ። ከም ግምተይ ድሌታተይ ስስዐ ዝተሓወሶም ምንባሮም ተሰቀረኒ። ንሓደ ነገር ናይ ልብኻ እንተተመኒኻዮ፣ ኣይትረኽቦን ኢኻ፣ ተገምጢሉ ደኣ ልብኻ የቕርዕን እምበር።

የፍቅሮ እየ ዋላ'ውን ኣብ ህይወቱ ብዙሓት ኣዋልድ እንተነበራኦ።ኣብ ሰራቒ ቅንዕና ኣይርከብን'ዩ እሞ ኣዳም ግን ክልቲኡ ከማልእ ዝኽእል ዕድለኛ ፍጥረት'ዩ። ንሱ ዝገበሮ ሕማቕ ነገር ዋላ'ኳ ኣይነብረን፣ እኳ ደኣ ንኹልና ኣዋልድ {ካብ ዓዋናት ዘይረኽብናዮ} ማዕረ ፍቕሪ ከመቓርሕ'ዩ ጽዒቱ።

ኣየ መሬት፡ እንታይ'ሞ ክዓብስ! ከም በዓል ኣዳም ዝኣመሰሉ ሰባት ብኸምዚ ቀሊል ኣገባብ ዝጠፍኡ እንተኾይኖም እሞ ካልእ በሃም ሰብ ደኣ እንታይ ዋጋ ክህልዎ እዩ?

ብዛዕባ ምስኡ ዝነበረኒ ጸገማት ኮፍ ኢለ ብልስሉስ ቃላት ብዘይምርድዳእይ ቅሬታይ ኣብ ልዕሊኡ ከም ጸሊም ክዳን ለበስኩዎ። ኣብ ልዕሊ ሞት፡ትምኒት ዝህበኒ ኣካል እንተዝረክብ ነታ ዝጸሓፍኩሉ መልእኽቲ ክትምለሰለይ ምደለኹ። ምኽንያቱ ዝሓረቐ ርእሰን፡ ዘፍቀረት ልብን ዝብልኦ ነንበይኑ ብምኻኑ። ትምኒተይ ከም ዝሰመረለይ ክሓስቦ እየ'ሞ እታ ናይ ልበይ መልእኽቲ እዚኣ'ያ፡-

"ብኡነት ኢለ ወዲ ማለት ከም ኣባኻ፡ ኣብ ካልእ ኣይረኣኹን። ድምቀት የዒንትኻ፡ ዝተሓርየ ምንቅስቓሳትካ፡ ኣመሳቕላ ኣእጋርካ፡ ደረጃ ኣዘራርባኻ. . .ትመባጽያ ዘይብልካ ንስምዒታትካ ብዘይ ሕፍረት እትገልጽ ንጹህ ኢኻ። ኣረኣእያኻን ኣተሓሳስባኻን ኣብ ልዕሊ ህይወት፡ ነቲ ናይ የዒንተይ ሕልናዊ ቦታ ማዕቀኑን ልዕሊኡን እዩ'ም ዘይጽገብ ምስጋና ንዓኻ።"

ርግጸኛ እየ ንዓይ ሓዊስካ ብቑጽሪ ብዙሓት ኣዋልድ ምስኡ ዝዘራ ነቲ ምስኡ ዘሕለፍኦ ገለ-ገለ እዋናት ከም ናይ መጨረሽታ ምንባረን ገይረን ከም ዝሓስብኦ። ኣምላኽ እኳ እንተዘይኮንኩ፡ ሕጂ ኣብዛ እዋን ገለ ካብተን ምስኡ ፍቕሪ ዘሕለፉ {ዋላ'ውን ምስ ካልእ ሰብኣይ እንተሃለዋ} ይዝክርኦ ከም ዘለዋ ድፍረት ሓዊሰ እዛረብ።

ኣብ መወዳእታ ዕዋላ ዝበሃል ነፍሱ እምበር ነፍሲ ካልኦት ኣይሃስን እዩ። ኣዳም ድማ ካብዚ ኣምር'ዚ ዘምለጠ ኣይመስለንን።

ኣዳም ግርማ ዓለም፡ እንተኾነለይ ኢለ'የ ንውልቀይ ብሂገካ'ምበር፡ ብቐደሙስ ንስኻ'ዶ ንሓንቲ!

እንተ ክዉንነትን

ሕጂ ኣብዛ ብዙሕ ሰብ ዘይረአየላ ጎደና ብስምባደ ተዓኒደ ዘለኹ 15 ዓመት ዝመላእኩ ከደረይቲ ጓል፡ ሰሪና ይበሃል። ብሓደጋ ዝፈረሰ ሓጻውን ናይ ሓደ ህንጻ ዘጋጠመ ትርኢት ኣብ ቅድሚ ዓይነይ ከምዘሎ ክነግር ከለኹ ድማ ኣዝዩ የቐንዝወኒ። ቀይሕ ጎና ምስ ጽብቕቲ ጅለ ዝተኸድነት ጓል ኣብ ትሕቲ'ቲ ረጎድቲ ሓጻውን ተሃሪማ ከምኡ'ውን ተሃስያ ከምዘላ ቀልጢፈ እንተነገርኩ ይሓይሽ።

እቲ ዘሕዝን ማይ ይወቅዕ ስለ ዘሎ ብዙሕ ሰብ ኣይተኣከበን ዘሎ። ውሑድ ደም ናይታ ጓል ምስቲ ዝወቅዕ ዘሎ ማይ ተቓጢኑ ክውሕዝ ከሎ ውሽጠይ ዝሽፍእ ነገራት ይስምዖ ኣሎ።...እ ኣታ ጎይታ ደጊምካ'ባ ከምዚ ዓይነት ኩነታት ኣይተርእየኒ።

ማይ እናተወቓዕካ ሸናዕ ምባል ደስ ስለዝብለኒ እናጀብጀብኩ'የ በይነይ ዝኸይድ ነይረ። ዝንቀሳቐስ ሰብ ስለዘይነበረ ኣብ ርሑቕ ኣንጎሎ እንከላ ንሓንቲ ቀይሕ ጎና ዝለበሰት ማይ እናሃረማ ደኒና እትኸይድ ዝነበረት ጓል ክርኢ ኣይተጸገምኩን። እታ ጓል ጸጉሪ ርእሳ ጠልቀዩ ክዳውንታ ድማ ተርኪሱ ብሓዘኔታ'ውን ትስጉም ነይራ። ኣብ ኣካይዳኣ ክንበቡ ዘይክእሉ ግን ጉሁያት ኢለ ዝገመትኩዎም ስምዒታት ሒዛ ክትሳለ ከላ ኣብ ትሕቲ ቆቡዐይ ዝተሓብኣ የዒንተይ ገይረ ይምልከታ ነበርኩ።

...ኣታ ጎይታይ ከመይ ኢለ'የ ነቲ ዝረኣኽዎ ብዕላል ዘቕርቦ?...እታ ጓል ካብ ሓደ ማርቻፔዲ ናብ ካልእ ክትሳገር ከላ በቲ ዝሃርም ዝነበረ ማይን ንፋስን ዝተነዋነወ ሓጻውን ኣብ ልዕሊኣ ክዘንብ ከሎ ምስ ረኣኹ ከምዝንቀጥቀጥኩ ክነግር ይደሊ። እታ ጓል እቲ ተመሳቒሉ ዝነበረ ሓጻውን ኣብ ልዕሊኣ ክወድቕ ከሎ ዋል'ኳ እንተረኣየቶ፡ ካብኡ ከተርሕቕ ግን ዝገበረቶ ምንቅስቓስ ዋላ ሓደ ኣይነበረን። ኣካውናን ስምዒታትን እታ ጓል ስንባደ እናሓወስኩ ኣገናዚበ ክይወዳእኩ ከለኹ ሕጭጭ ዝብል ልጓም መኪናን ቀጢንን ንነዊሕ ቦታ ዝዓንደረ ጥሩምባን ሰማዕኩ። እቲ ድምጺ ካብቲ ዝነበረኒ ራዕዲ

ስለዘገላገለኒ ድማ ናብታ ጓል ገጸይ ብሸቖረራ ደጊመ ጠመትኩ። እቲ መራሒ መኪና ብሓይሊ ልጓም ምስ ሓዘ ናብታ ጓል ክንየይ ከሎ ኣስተበሃልኩ።

ብራዕዲ ቆቡዐይ ቀሊዐ ድሕሪ'ቲ ወናን መኪና ኣብቲ ቦታ ሓደጋ ዝበጻሕኩ ኣነ እየ። ኣነ በቲ ንየዊንተይ ዘሰክሐ ትርኢት ዓቕሊ ምግባር ስለዝሰኣንኩ ናይ ዘለኒ ብሓይሊ ወጨጭኩ። ብድሕሪኡ ክልተ ሰብኡት ካብ ሓደ ዝዓከሰን ብዙሕ ሰብ ንኽኣትዎ ዘይደፋፉእን ናይ ቀደም ቤት-መሸጣ መጻሕፍቲ፡ ሓደ መንእሰይ ድማ ምስ ጸዕዳ ጋውኑ መቐስ ሒዙ ካብታ ዝቕምቕመላ ስርሑ ተቐልቐለ። ኣቓዲሞም እቶም ሰብኡት ደርገፍገፍ እናበሉ ኣብ ጥቓይ ቀረቡ። ካብኣቶም ሓደ ምስቲ ኣቓዲሙ ዝመጸ መራሕ መኪና ብትሕቲ እቲ ሓጻውን ደኒኖም እንተረኣዩ እታ ጓል ክትጽዓር ጸንሓቶም። እቲ ሕጽር ዝበለ ሰብኣይ ካብቲ ተደቢርሉ ዝነበረ ቦታ ኣብራኹ ኣልዒሉ ንበይኑ ዘይስምዕ ቃላት ጸርጸር በለ። ቀጺሉ እቲ ሰብኣይ ንብኽያተይ ብምስምዑ ሕርቃኑ ኣብ ገጸይ እናደርበየ፡ "ሱቕ በሊ'ቲ ቆልዓ...ኪዲ ካብዚ ተኸወሊ፡ ንሓደጋ'ኸ እንታይ ክትርእይሉ ኢኺ።" በለኒ።

ዘረባ ናይቶም ሰብኣይ ከየተግበርኩዎ ከለኹ ሓደ ወዲ እናእወየ ብጉያ ጽርግያ ሓሊፉ ናብቲ ዝነበርናዮ ናይ ጓሂ ክቢ ተሓወሰ።

"ኣነ...ዓኽ!" እቲ ወዲ ዘይተመልኡ ቃላት እናህተፍተፈን ነቲ ሓጻውን እናልዓለን ገጽ እታ ጓል ክተናኽፍ ርኣኽዎ። ሰለስቲኦም ሰብኡት ነቲ መንእሰይ ጎቲቶም ካብቲ ቦታ ብድሕሪ ብዙሕ ታዕታዕ ኣለይዎ።

"እንታይ ማለትካ'ዩ? ባዕልኻ ዘይጎዳእካያ...ንዓ ደኣ ዝወደይ።" እቶም ነዲሮም ዝተዛረቡኒ ሰብኣይ ክእብድዎ'ኳ እንተጸዓሩ ንሱ ግን መሊሱ ደኣ ብብኽያት ጓሂኡ ኣግደደ።...ኣታ ኣምላኽ ብዙሓት ኣዋልድ ክበኽያ ብዙሕ ግዜ'ኳ እንተረኣኹ፡ ንብዓተን ተኣኪቡ ግን ከንዲ ናይዚ ወዲ ክደንግጽ ኣይክእልን'ዩ።

ነቲ ሓጻውን ብሃታሃታ ምስ ኣልዓልዎ፡ እናተሓጋገዙ ተሰኪሞም ናብታ መኪና ኣደየቡዋ።

እታ ጓል ብምዉት ቃላት "ደሓን'የ...ደሓን'የ።" እናበለት ለዋህ ቆላሕታኣ ናባና ምስ ገበረት እቲ ሓደጋ ባዕልና ዝፈጸምናዮ ኮይኑ ተሰሚዕኒ።

እቲ ጽርግያ ተሳጊሩ ዝመጸ መንእሰይ ብኣውያትን ዕግርግርን ነቲ ኅደና ስለዝበጽበጸ፣ እቲ መራሒ መኪና ካብቶም ዓበይቲ ሰብኡት ንሓደ ምስኡ ተማሊኡ፣ ነቲ ወዲ ገዲፍዎ ናብ ሆስፒታል ንምምራሒ ብናህሪ ካብ የዒንትና ተኸወለ።

እቲ ቀምቃማይን እቲ ዋና ቤት-መሸጣ መጻሕፍቲ ሰብኣይን ከጉረምርሙ ከለዉ በቲ ተመቓቒሉ ዝነበረ ውነይ ይሰምዮ ነበርኩ። ቀጺለ ምሉእ ኣድህቦይ ናብቲ መዕገርገሪ ዝበልዎ ንዓይ ግን ብድንጋጸ ዝበልዓኒ ወዲ ገበርኩ። እቲ ወዲ እታ ዝተጸቕጠት ጓል ዓርኩ ምንባራ ብምውት ምንቅስቓስ እናነብዐ ክገልጽ ምስ ፈተነ፣ ዘረብኡ ንስምዒተይ መሊሱ ብሕማቕ ሸነኹ ቀስቀሶ። እታ ጓል እቲ ሓጻውን ኣብ መናኹባ ክዓልብ ከሎ ብማዕዶ ኣብ ዝነበረት ቤት-ሻሂ ኮይኑ ከምዝተዓዘባ'ውን ቀጺሉ ተዛረበ።

"ኣቱም ኣሕዋተይ ኣነ ከምኡ እንተዘይብላ ሕጂ እዚ.ታት ኣይምሰዓበን።" በብእብረ ናብቶም ሰብኡት ምስ ጠመተ። ስዒቡ ንዓይ በተን ንብዓት ዓቝረን ዝነበራ የዒንቱ ተመልከተኒ። *"ከምዚ ናተይ ኣይግጠምኪ።"* ዝብለኒ ዝነበረ ኮይኑ ድማ ተሰምዓኒ።

"እንታይ'ዶ ኢልካያ ኢ'ኻ?" እቲ ቀምቃማይ ብዘይውዳእ ዝመስል ትጽቢትን ተገዳስነትን ሓተተ።

ቅድሚ ገለ ደቓይቕ ነታ ጓል ተሌፎን ደዊሉ ካልእ ጓል ከምዝጠመተን ካልእ ወዲ ከተናዲ ከምዘለዋ ከምዝሓበራ፣ ዒሕ እናበለን ንመሬት እናተደፍአን ነጊሩና። ዘሰከሓና ነገር እንተነይሩ ግን ከምኡ ኢሉ ንዓርኩ ክነግራ ከሎ ሓቁ ከምዘይነበረ'ዩ ጸጉራ-ርእሱ እናመንጨተ ኣዕሊሉና። ምስቲ ኣቐዲመ እታ ጓል ብፊተይ እናመጸት ከላ ዝርእየላ ዝነበርኩ ዝማሰነ ስምዒታትን ዘረባ'ቲ ወድን እናወሃሃድኩ ነቲ ነገራት ክወሃህዶ ሃቐነ ገበርኩ።

"ዋእ፡ ንምንታይ ደኣ ከምኡ ፈጺምካ? ከተጻውታ ክትብል ልባ ኣጥፊእካዮ ማለት እኮ'ዩ። ሓቅ'ኻ'ንዲ'ኻ ደኣ ባዕለይ'የ ክትብል። ዋእ ንምንታይ ግን ከምኡ ጌርካ?"

"ኣቱም ኣቦታተይ ንጸወታ ዝሓሰብኩዎ ከምዚ ዝወልድ ም'ዃኑ እንተዝፈልጥ ኣበይ'ዶ ምገበርክዎ'የ...ርጉም ዘርኢ ኮይነ'ምበር።" ኣምሪሩ እናነብዐ፡ "ኣቱም ኣቦይ ከምኡ መግበርየይ ምኽንያት እዛ ለዋህ ፍጥረት ክትሓዝን ከላ ብዙሕ'ዩ ዘጸብቐላ፡ እሞ ከኣ ብኣይ እንተ'ኾይኑ ሓዘና...ንዓይ'ሞ ረኣዩኒ እዚኣ ትመስል ጓል ብኣይ እንተሓዚናን ተገዲሳን ናይ ብሓቂ ይነብር ኣለ'ኹ ማለት እኮ'ዩ። ሕጂ ግን... ሎሚ ለይቲ ክመውት ዘለኒ ሰብ'የ። ሎሚ ለይቲ ደቂሰ እንተሓዲረ መሬት ናይ ብሓቂ ሓሳዊት'ያ።" እዘን ቃላት ክዛረብ ከሎ ጠመትኡ ኣብ ሓደ ኣይኮነን ነይሩ። ዝበዝሐ ግዜ ብትሕቲ'ቲ ዓርኩ ዝነበረቶ ሓጻውን፡ ብዉሑድ እዋን ድማ ንዓና እናረኣየ'ዩ የዒንቱ ኣብ ግብሪ ኣውዒልወን። ክሳብ'ታ እዋን እቲኣ ዋላ'ኳ ደኣ ኣይበርትዕ እምበር ማይ ይወቅዕ ከምዝነበረ ክርስዓልኩም ኣይደልን።

ብድሕሪ'ዚ ኣምቡላስን ተራፊክ ሓደጋን ብሓደ ከምእተቛጸሩ፡ ናይ ቁሩብ ደቓይቕ ፍልልይ ጥራይ ጌሮም ኣብቲ ቦታ ተረኽቡ። እታ ኣምቡላንስ ግን እታ ሓደጋ ዝገጠማ ጓል ብናይ ውልቂ መኪና ከምዝ'ኸደት ምስ ፈለጡ ካብቲ ቦታ ተኣለዩ። እቲ ግጅፍ ዝበለ ጸሊም ትራፊክ ፒሮን ጥራዝን ከውጽእ እንከሎ እቲ ካልኣዩ ጽላል ገቲሩ ካብቲ ዝወቅዕ ዝነበረ ማይ ኣጽለሉ። ብዝተፈላለየ ኩርንዓት ኮይኖም ድማ ሓንሳእ ተደቢሮም ሓንሳእ ደኒኖም ሜትሮታት ምስ ዓቀኑ ኩር'ሽ'ውን ክሕንጽጹ ፈተኑ። እንተ'ኾነ እቲ ብዝወ'ቕዐ ማይ ዝተርከሰ ማርቻፔዲ ሕንጻጻት ካብ ምሓዝ ኣበየ።

ግዜ ብዘህለ'ኽ እዋን ኣብ ጥራዞም ምስ ጸሓፉ ካብቲ ቦታ ተኣልዩ። ቀጺሉ ተኣኪቡ ምንባሩ ዘየ'ቕለብኩሉ ሰብ'ውን ካብቲ ከባቢ ኣልገሰ። ነገራት ከምዘይነበረ ኮነ። ኣታ ኣምላ'ኽ 'ሽው ኣነ ንበይነይ ኣብቲ ናይ ጎደና መንደቕ ተጸጊዐ ነቲ ሓደጋ ክዝክር ከለ'ኹ የዒንተይ ከም ጽልልቲ ኣብቲ እታ ጓል ተሰጢሓትሉ ዝነበረት ቦታ ቆይመን

እንተ ክዉንነትን

ነበራ። ኣብቲ ዝነበርክዎ ቦታ ኮይነ ጠጠው ምባለይ ብዘይ ምኽንያት ኣይነበረን። እቲ ዓርኪ እታ ጓል፡ “ኣነ ከምኡ እንተዘይገብር ከምዚ ኣይምኾነትን...ኣይምተሃስየትን።” ዝበሎ ቃል ምስ መዓልታዊ ህይወተይ ዘለዓዕሎ ሓሳባት ይተሓሓዝ ብምኻኑ'ዩ።

እታ ሓሳብ “እንተ” እያ ትብል። ብኸመይ ገሊጸ ከምዝትንትና'ውን ዝፈልጥ ኣይኮንኩን። ንኣብነት በቲ እቲ ዓርኪ'ታ ጓል ዝተዛረቦ ናይ ጣዕሳ ቃላት ክጅምር። ንሱ ተሌፎን ደዊሉ እቲ ዝበላ እንተዘይብላ ኔሩ ካብ ሓደጋ ምደሓነት። ኣነ ንባዕለይ እታ ንኽዛወር ዝሓዝክዋ ጎደና ገዲፈ ብኻልእ መንገዲ እንተዝኸይድ ነይረ ነዚ ሓደጋ ካብ ምርኣዩ ምቦኾርኩ። ቅድሚ ሰለስተ መዓልቲ ዛራ መሓዛይ፥ “ኣፋንውኒ በጃኺ።” ኢላ ክትልምነኒ እንከላ እንተዘይኣብያ ነይረ እተን ንበይና ክትከይድ ከላ ወዲቓን ዝረኸበተን 230 ናቕፋ ናይ ክልቴና ምኾና ማለት እኮ'ዩ። ንዛራ መሓዛይ ገዲፈ ካልእ መሓዛ እንተዝገብር'ውን ካልእ ዓይነት ነገራት ምፈለጥኩ። ኣነ'ውን ጠባየይ ምተቐየረ። ንኣብነት ኣታ ኣምላኸይ ረኣየኒ'ሞ ነዛ ብማይ ትውቃዕ ዘላ እምኒ ኣልዒለ ኣብዚ ጸፍዒ ናይ ማይ ዘይርከቦ መስኮት አቐምጣ ኣለኹ። ሕጂ እታ እምኒ ካብ ብማይ ምኽትካት ድሒና ኣላ። ኣነ ከምኡ እንተዘይገብር ነይረ ግን ብማይ ምተኸትከተት ነይራ። *“እወ ምተኸትከተት።”* ርእሰይ ዝሃበኒ መልሲ'ዩ። ኣነ ግን በታ መልሲ ኣይዓገብኩን። ነታ እምኒ መሊሰ ካብቲ መስኮት ኣልዒለ ኣብቲ ማይ ዝዘንቦ ዝነበረ ጽርግያ ደርበኹዋ። ሕጂ እንተዘይድርብያስ ብማይ እኮ ኣይምተወቕዐትን። *“እወ ኣይምተወቕዐትን።”* እዚ'ውን ርእሰይ ዝሃበኒ መልሲ'ዩ። እዛ “እንተ” እትብል ቃል ኣብ ዓበይቲ ነገራት እንተኣቐሚጢያ ከኣ'ሞ ከተሕመኒ'ያ ትደሊ። ንኣብነት ሽጉጥ ኢለ እንተዘኪረ ኣብ ግንባር ሰብ እንተተተኮሰትን እንተዘይተተኮሰትን እቲ ንሳ ትወልዶ ነገር ናይ ህይወትን ሞትን ናጽነትን ማእሰርትን መኸሰብን መጉዳእትን ክኸውን ይኽእል'ዩ። እታ ናይ ሓንቲ መዓልቲ ጌጋ እንተዘይትፍጸም ምዓበኹ፡ ምማዕበልኩ፡ ምተሓጎስኩ፡ ምጠዓኹ፡ ኣይምኸሰርኩን፡ ኣይምተጎዳእኩን...እዞም ኩሎም ዝፋትሑ ዘለዉ ወለዲ ምስ ናይ ብሓቂ ዝሰማምዖም መጻምድቲ እንተዝምርዓዉ ንሳቶም ኣይምኸሰሩን ደቆም'ውን ናይ ሓደ ወላዲ

ጸግዒ ሒዞም ኣይምዓበዩን። እዚ ሃንፍ'ዚ እንተዝሕተም ነይሩ እዛ ሃገር ርጉእነታ ምበረኸ ነይሩ። ሓደ-ሓደ እዋን ከኣ ኣቦይን ኣደይን እንተዘይምርዓዉ ነይሮም ኣነ ኣይምተወለድኩን ነይረ ይብል። እዚ ኩሉ ግብራዊ ክኸውን ግን እታ "እንተ" እትብል ቃል ሰኲዕካ'ዩ። ኩሎም ነገራትን ፍጥረታትን "እንተ" እትብል ዘረባ እንተኣላጊብካሎም ኣንጻር'ቲ ክውንነቶም ኢኻ መልሲ ትረክብ።

እዚ ሕቶ'ዚ ኣብ ኩለን ዕለታት ናይ ምንባረይ ስለዘልዕሎ'የ ድሕሪ'ቲ ሓደጋ ሰብ ንገዝኡ ከይዱ ክንሱ ክሳብ ሽዑ ንበይነይ ኣብቲ ጎደና ዝነበርኩ። ንነዊሕ ግዜ ኣዕሚቜ ክሓስብ ከለኹ ማይ ይሃርም ምንባሩ ድሒሩ'ዩ ተጋሂዱለይ። ኣሳሓይታ'ውን ኣብ ኩሉ ሽነኽ ከተማ ኣስመራ ክዝርጋሕ ብምጅማሩ ጎተት እናበልኩ ገዛይ ክኸይድ ጀመርኩ። ብዛዕባ'ዞም ዕረፍቲ ዝኸልኡኒ ሓሳባት ንባባ ክሓቶን ወዲኡእ መልሲ ክህበንን ተስፋይ እናዕረግኩ ድማ ኣብ ቤተይ በጻሕኩ። ዝጀብጀበ ክዳውንተይ ምስ ቀያየርኩ ነቲ ብቑሪ ዝተዳህለ ነፍሰይ ብዉዑይ ጸባ ገይረ ናብ ጽቡቕ ኩነታት ኣምጻእክዎ።

"ባባ...ባባ!" ኣብቲ ላዕልን ታሕትን ዝደርቡ ገዛና ኣበየናይ ወገን ከምዘሎ ብታህዋኽ ተዳሃኹ። ቀጺለ ክጽውዕ ኣሰልቸዩኒ'ዩ መስለኒ እናኾለልኩ ክደልዮ'ዩ ባህ ኢሉኒ። ብዙሕ ከይኮለልኩ ግን ኣብ ላዕለዋይ ደርቢ ባባን ማማን ኣብ ኣፍደገ መደቀሲ ክፍሎም ብምኳን ነታ ዝጎደለ ሽሻይ ዘይነበራ ቡን እናሰተዩን ነቲ ዝወቅዕ ዝነበረ ዝናብ እናተዕኣዘቡን ጸንሑኒ። ንኽልቲኦም በብተራ እናሓቘፍኩ ናይታ መዓልቲ ናፍቖተይ ኣውጻእኩ። ሽዑ ጥራያ ዝነበረት ሴድያ'ኳ እንተነበረት ኣብ ሰለፍ ባባ ተሓቝፈ ኮፍ ክብል'የ መሪጸ።

"ሰሪና ጓለይ እንታይ ደኣ ሎምስ ኣጸቢ'ቕኪ'ዶ ሓቝፍክና ሓቀይ?" ባባ ጸጉሪ ርእሰይ እናደረዘ ናብ የዒንተይ እናጠመተን ዝሓተተኒ ሕቶ'ዩ።

"ኩሉ ግዜ ከምኡ፡ ባባስ ትኣርግ ኣለኻ ማለት እኮ'ዩ።" ብምባል'ኳ እንተተዛረብኩ እቲ ንሱ ዝበለኒ ግን ጌጋ ኣይነበሮን። ሓደጋ ብኽፉእ ሽነኻ ግዲ ርእየያ ኾይነ ከይተፈለጠኒ ንህላወኦም ከስተማችርን ከመስግንን'የ ኣጸቢቐ ሓቝፈዮም መስለኒ። ቀጺለ ከምቲ ኩሉ ግዜ

ዝገብሮ ኣብቲ ቁመት መጋረዲኡ ክሳብ መንኮበይ ዝበጽሕ ሓጺን ናይቲ ኮረድዮ ተጸጊዐ ኢደይ ኣብቲ ሓጺን ጨበጥኩ። ጸጸኒሐ ድማ የማናይ ኢደይ ዘርጊሐ ነቲ ዝወቅዕ ዝነበረ ማይ ተንከፍኩ።

ሽዑ ኣብ ዝነበርክዎ ቦታ ኾይነ ጠመተይ ናብ ኩሉ ሸነኽ ገበርኩ። ብፊተይ ምልእቲ ከተማ ብማይ ክትክትከት ከላ መልክዓ ስኽተኛን ርጉእን ይመስል ነበረ። ብጸጋማይ ሸነኽ ናይ ትርኢተይ ድማ ናይ ሕርሻ ቦታታትን ደስ ዘብል ጎላጉልን ተዓዘብኩ። ብየማናይ ሸነኽ ከኣ ነተን ብርሑቕ ተረሓሒቐን ዝርኣያ ሰለስተ ዓድታት ክርኢ ከለኹ ካብቲ ናይ ቅድሚ ሕጂ ዘይፍለ ብዛዕባ ተቐማጠአንን ብዛዕባ ነፍሲ-ወከፍ ስድራ-ቤት እተሕልፎ ህይወትን ክሓስብ ግዜ በላዕኩ። ደሓር ግን "እንተ" እትብል ቃል ኣብ ርእሰይ ከተንከባልል ንጽቡቕ ትዕዝብተይ ስለዝዘረገቶ ከይደንጎኹ'የ ናብ ባባ ጠሚተ።

"ባባ ሎምስ ሓንቲ ጓል ተሃስያ...እቲ ሓደጋ ኸኣ ብሸለልትነት ዓርካ'ዩ ኣጋጢሙ። ሕጂ ንሱ እቲ ሸለልትነት እንተዘየርእዮስ እታ ጓል ምደሓነት'ዶ?"

ንዝሓዛ ፍንጃል ቡን ብህድኣት እናሰተየ፡ "ሰሪና ጓለይ እዚ ትብልዮ ዘለኺ ዓበይቲ ካህናት'ውን ዝምልስዎ ኣይኮነን።" ፍንጃሉ ኣቐሚጡ ኢዱ እና'ንቀሳቐሰ ን'ኽመጽ ሓበረኒ። ብመልሱ'ኳ እንተዘይተሓጎስኩ ናይ ሕርቃን ምልክት ከየርኣኹ ግን ኣብ ሰለፉ ኮፍ በልኩ።

"ሰሪና ጓለይ እተን ማይ እናተወቕዓ ነብሰን ዝሕጽባ ዘለዋ ኣዕዋፍ ትርእየን'ዶ ኣለኺ?" ኢዱ እናመልከተ ናብ ክጥምቶ ዘለኒ ቦታ ሓበረኒ።

"እወ!" በልኩ ዝደልዮ መልሲ ክህበኒ እናተሃንጠኹ።

"ንዕአንን ከምዚ ከምአንን ካልእ ጽቡቕ ተፈጥሮን እናረኣኻ ኣብ ክንዲ ምሕጓስ፡ ብዘይምለስ ሕቶ ምህውታት ግዜኻ ኣጥፊእካ ጭንቀት ምዕዳግ'ዩ 'ዛ ጓለይ።" በለኒ፡ ዋላ'ኳ ኣብ ሓሳቡ እንተዘይተሰማማዕኩ ርእሰይ እናነቕነቕኩ ግን "ሕራይ።" በልክዎ።

ባባ ነታ ብሕጉስ መንፈስ ዝሰተያ ዝነበረ ቡን ምስ ጸንቀቓ ነታ ፍንጃል ንማማ ከረክባ ሃበኒ። ከምዝተባሃልክዎ ምስ ገበርኩ ዕንባባን ባሽኮትን ሒዘ ናብ መደቀሲ ክፍለይ'የ ኣቢለ። መጋረጃ ናይ መስኮተይ ከፊተ ድማ ነቲ ማይ ምውቃዕ ምስ ዘሓለ ንዝሃድአ ከባቢ.ታት ሓሳባተይ እናሰነኹ ከቋምት ጀመርኩ። ብዝናብ ክረምቲ ዝተሓጽበ ገዛውትን ጽርግያታትን፣ ብሓመድን ጸሓይን ተደዊኖም ዝነበሩ ኣቑጽልቲ ኣግራብን ብዝዓሰሎም ጽባቐን ህዱእነትን ኣረኣኢ.ኻ ኩሉ ግዜ ማይ እንተዝዘንብ ዝብል ትምኒት ዘለዎም ይመስሉ ነበሩ።

እዚ እናተመልከትኩ ከለኹ ሓደ ዝተነፍሐ ጃኬት ጌሩ ቆቡዕ ዝለበሰ ሰብኣይ ናብ ኩሉ ሸነኽ ቀባሕባሕ እናበለ ኣብ ማዕጾ'ታ ፊት ገዛና እትቕመጥ ጠንቋሊት ክበጽሕ ከሎ ረኣኹዎ። ሰብ ንኸይርእዮ እናተሰከፈ ማዕጾ ምስ ኳሕኩሐ እታ ስማ ዘይፈልጣ ጠንቋሊት ከፊታ ናብ ውሽጢ ኣእተወቶ። መቸም እታ ኣነ ዝቕመጠላ ክፍሊ ሓደ ደርቢ ንላዕሊ ስለእትነውሕ፣ ኣብ ላዕሊ ኮይነ ምንቅስቓስ ፍጡራት ክትዕዘብ ከለኹ የዒንቲ ኣምላኽ ዝወነንኩ ኮይኑ'ዩ ዝስምዓኒ። በዚ ኾይኑ በቲ ኣብ ውሽጢ ሓሳበይ ዘሎ ርድኢት እንተነገርኩ'ዩ ሕልናይ ነጻ ዝገብረኒ። ካብቲ ከመዛዝን ዝጀመርኩሉ እዋን ኣትሒዘ ክሳብ ሎሚ ዝመላለሰኒ ናይ "እንተ" ሓሳብ ድቃስ ስለዘይሃበኒ፣ ከምኡ'ውን ባባ ንዝሓተትኩዎ ሕቶ ዓበይቲ ካህናት ዘይምልስዎ ሕቶ'ዩ ብምባል ተስፋይ ስለዘጸልመቶን፣ ናብ'ዛ ጎሮቤተይ ጠንቋሊት ምኻድ ማለት ፍታሕ ናይ ጸገማተይ ዝረኽበሉ እንኮ ቦታ ኮይኑ'ዩ ተሰሚዑኒ።

"ንዛ ጠንቋሊት ኣይኮነን ክትለኣኹዎ፣ ገጻ'ውን ቁሊሕ ኢልኩም ከይትርእይዎ!" እዚ ባባ ንኹላትና ደቁ ኣኪቡ ብዙሕ መዓልቲ ዘጠንቀቐና ጉዳይ'ዩ ነይሩ። እታ ጠንቛሊት ኣብቲ ገዛውቲ ኣብ ዝግበር ምትእኽኻባት ኣብ ዋላ ሓደ ኣይትርከብን'ያ። ክሓስቦ እንተጀሚረ ህይወት ናይ'ዛ ደቂ የብላ ሰብኣይ የብላ ንጥቕሞም ክብሉ እንተዘይኮይኖም ፈትዩ ዝመጸ ሰብ ዘይብላ ጠንቛሊት ናብርኣ ብሓቂ'ዩ ዘጨንቐኒ። ኣብ ገዛውትና ዝርከባ ኣንስቲ እናሕሾኽሾኻ ክሓምያኣ ዝሰማዕኩወን፣ ነንበይነን ጸልማት ኣሚነን ናብቲ ገዝኣ ክኣትዋ ከለዋ በታ *"ጠማቲት ኩሉ"*ኢ.ለ ዝጽውዓ መስኮተይ ተቐልቂለ

ምስ ረኣኹወን፡ ሓቂ ኣብ'ዛ መሬት በየን ምዃኑ ስፍርኣ ክሳብ ሕጂ ኣይፈለጥኩን። ኣብ'ዛ ጠንቋሊት፡ መንፈሶም ዘጠፍኦም ዝመስሉ ብዙሓት ሰባት ኣብ ኣፍ-ደገ ገዝኣ እናፈርሑ ክኣትዉ ከለዉ ኣነ'ውን ምኽንያት መፍርሒኦም ክፈልጥ ክብል ከይተፍፈለጠኒ ኣብ ፍርሒ ይኣቱ። ዝደለይዎ ፈጺሞም ካብ ቤታ ክወጹ ከለዉ ገሊኦም ርእሶም ክሳብ ዝሓምም ይንቕንቑ፡ ገሊኦም ኣጻብዕቶም ጨቢጦም ኣብ ከብዲ ኢዶም እናሃረሙ የጭበርብሩ፡ ሓደ-ሓደ ድማ ማዕጾ ናይታ ጠንቋሊት ምስ ዓጸዉ ኢዶም ጸግ እናበሉ ይወጹ።

ሓደ መዓልቲ ግን ዘይርስዮ በታ *"ጠማቲት ኩሉ"* መስኮተይ ተቐልቂለ ነፍሲ-ወከፍ ምንቅስቓሳት ናይ'ታ ጠንቋሊት ይርኢ ነበርኩ። ሕቖኣ ሂባትኒ'ላ ኢለ እናሓሰብኩ ምሉእ ነብሳ ገልቢጣ ክርእያ ከለኹ ተዓዘበትኒ። ሽው ልበይ ኣጥፊአ ካብቲ መስኮት ክኸወል ከለኹ ማዕጾ ናይ ገዛና ብእኣ ክኹሕኳሕ ጥራይ'የ ተጸብየ። እንተ ውሳኔኣ እንተስ ኣምላኽ ኣይፈቐዶን ድማ ከምኡ ኣየጋጠመን። ድሕሪ ነዊሕ እዋን ፍርሐይ ከይረግአ ደጊመ እንተተቐልቀልኩ ከምታ ዝገደፍኩዋ ኣቋውማኣ ከይቀየረት ክትጥምት ጸንሓትኒ። ብድሕሪኡ እናንቀጥቀጥኩ ካብ ዝድቅሰላ ክፍሊ እናጎየኹ ብምውጻእ ኣብ ክፍሊ ባባን ማማን'የ ኣትየ። ሕማቕ ሕልሚ ከምእተራእየኒ ኣመኽንየ ድማ ምስኦም ሓደርኩ። ሽው ለይቲ ድቃስ ከምዝኣበየኒ ግን ክርስዮ ዘይክእል'ዩ። ናይ'ዚ ዝሓለፈ ምጥምማትና እንታይ ክትብለኒ'ያ ከይበልኩ ድማ ናብ ገዛኣ ክኸይድ ኣብ ውሳነይ ጸናዕኩ። ሻርኔራ ናይ ጃኬተይ ዓጽየ ገመድ ቆቡዐይ ኣብ ትሕቲ መንከሰይ ኣሲረ ቀስ እናበልኩ ኣስካላ ናይ ገዛና ወረድኩዎ።

ሰብ ብዘይርእየኒ ምኽንያታትን መንገድታትን ኣቢለ ኣብ'ቲ ናይ'ታ ጠንቋሊት ዘይተቐርጸን ነዊሕን ብዙሕን ሳዕሪ ሰጊረ ኣብ ኣፍ-ደገ ገዝኣ በጻሕኩ። እቲ ዝተነፍሐ ጃኬት ዝገበረ ሰብኣይ ክሳብ ዝወጸለይ ድማ ኣነን ንሱን ብዘይንረኣኣየሉ ኣንጎሎ ተጸጋዕኩ። ብዛዕባ'ቲ ቲፍ-ቲፍ ዝብል ዝነበረ ማይ ግዳሴ ኣሕዲረ ከይተሸገርኩ ከለኹ ማዕጾ ገዝኣ ክኽፈት ከሎ ሰማዕኩ። እቲ ማዕጾ ዓቐቕ ዝብል ድምጹ ምስ ሰማዕካ ነቲ ዘይቲ ዝጎደሎ መላግቦኡ ብሓይሊ ክሽቅል ከሎ ትድንግጸሉ።

እቲ ሰብኣይ ንዓይ ከይረኣየ፡ ኣብ ውሑዳት ፍጡራት ጥራይ ዝርአ መግለጺ ዘይውሃቦ ስምዒት ሒዙ ብደርገፍገፈ ሰጎመ። ኣብ መንገዲ እናኸደ ከሎ ሰዓል ድዩ ምንኽናኽ ናይ ብኽያት ክፈልዮ ዘይከኣልኩ ድምጺ ኣስምዐ። ነቲ ሰብኣይ እናረኣኹ ስጉምተይ ድሮ ኣብ ማዕጾ'ታ ጠንቋሊት በጽሐ። ገጸይ ጠውየ ማዕጾ ክኹሕኩሕ ኣብ ዝፈተንኩሉ እታ ጠንቋሊት ዝኸፍአ ጽዋገ ናይ ሰበይቲ ኣብ ገጻ እና'ንጸባረቐት ኣብ ቅድሚ የዒንተይ ተገቲራ ረኣኹ። ሽዑ እንታይ ዓይነት ፍርሒ ከምእተሰምዓኒ ክገልጽ ይኽብደኒ'ዩ። እንተኾነ ብራዕዲ ዘይጃጀወ ክፍሊ ኣካል ኣይነበረንን።

የዒንታ ኣትኪላ ንግዜኡ ምስ ጠመተትኒ ዘረባ ከይገበረት ማዕጾ ብኽፉቱ'ያ ንቤታ ኣትያ። እቲ ኣመና ዘኽፍአ ኣጣምታኣ እንተዘየቋርጽ ነይሩ ንምውጫጭ ተዳልየ ከምዝነበርኩ እንተተናሳሕኩ ዘኽፍእ ኣይመስለንን። ቀጺለ ኣብ ዙርያይ ህልውና ሰባት ከምዘየለ ምስ ኣጽናዕኩ ናብቲ እሳተ-ጎመራ ከም ማይ እንተዘነበ'ኳ ንኽትኣትዎ ዘይትመርጽ ልዳት ናይ'ቲ ገዛ ረገጽኩ። ኣእጋረይ ከምዘይናተይ እናሰጎማ ድማ ንውሽጢ ኣተኹ። በየናይ ሸነኽ ከምዝመጸ ዘየረጋገጽኩዎ *"ኮፍ በሊ።"* ዝብል ተሪርን ወጫጭን ድምጺ ናይታ ጠንቋሊት ደሃለኒ። ከይደንጎኹ ከም ዝተባሃልክዎ ገበርኩ። መጀመርታ ካብ'ቲ ኮፍ ዝበልኩሉ ዓብን ናይ ቀደም ዘበን ሳሎንን ዝወጸ ሕማቕ ጨና ዕግርግር ኣቢሉ ከምልሰኒ ደለየ። ካብ'ዚ ሕማም ዘኸትል ኩነታት ከምልጥ ብምባል የዒንተይ ፍርሒ እናሓወሳ ትዕዝብቲ ነቲ ገዛ ተተሓሓዝኦ። ኣብ ጠዋሉ ብያትታትን እምኖም ዝተወጣወጠ መናድቕን ምካኹም ዝተኾመረ ሽምዓታት ቃልህኦም ከንገብግብ ከሎ ምስ ህርመት ልበይ ዝተሳነዩ ኮይኑ ተሰምዓኒ። ዛዕጎልን ዑንቅታትን ገለ-ገለ ስሞም ዘይፈልጦም ንኣሽቱ ንብረታትን ብብዝሒ ኣብቲ ገዛ መቓምጦኦም ሒዞም ነበሩ። እቶም ኣብ ውሽጢ'ቲ ገዛ ኣብ ኣረጊት ገመድ ተሰጢሖም ዝነበሩ ቀምሽን ዝተደወኑ ኣጭርቕትን ጽላሎቶም ንፍርቂ እቲ ቤት ስለዘጸልመቶ ህልውንኦም ንሕልናይ ጨፍለቖ። ንዓመታት ዝተቐመጠ ዝመስል ኣብ ሓደ ዓቢ ናይ ኣልሚኒዩም ሽሓኒ ዝዓቖረ መኸደኒ ዘይነበሮ ማይ ድማ የጋንን ከይህሉ'ምበር ዓለም ምልእቲ ደሪቓ'ውን ማይ

እንተዝሰኣን ከም ናይ መወዳእታ ምርጫይ ንሓመድ ምቕሓም ምሓረኹ። እንተቐሪባክዮ ኣዝማ ዘሰዕብ ዝመስል ብዙሕ ሓመድን መንገፍን ከምዝጸረ ንኽትግምቶ ዘየጸግም ክንዲ ምንጻፍ ምድሪ-ቤት ዝምርንዱ ነዋሕቲ መጋረጃ፡ ብምንታይ ከምዝኽፈትን ከምዝስቀልን መልሲ ከይረኸብኩ ከለኹ እታ ጠንቋሊት ካብ ሓንቲ ሽምዓ ክልተ ዑድ ወሊዓ ኣብ በበይኑ ቦታ ሰኩዓተን። ሽታ ናይ'ተን ዑድ ሽታ ከስርንቐኒ ብምድላዩ፡ ኣብ'ዛ መሬት ነቲ ዓይነት ጨና'ቲ ተገዲሱን ግዜኡ ሰዊኡን ዝሰርሕ ሰብ ምህላዉ ብዙሕ ኣገረመኒ። እታ ጠንቋሊት ኣብ ቅድመይ ዝነበረ ምንጻፍ ኣጣጢሓ ኮፍ በለት። መንኩባ ይኹን ርእሳ ከይጠወየት የዒንታ ጥራይ እናንቀሳቐሰት ክትጥምተኒ ከላ ኣብ ሓንጎለይ ዘሎ ሓሳባት እናንበበት ትመዝነኒ ዘላ ኮይኑ ተሰምዓኒ። በዚ ድማ ርእሰይ ካብ ሕማቕ ሓሳባት ነጻ ክገብሮ ተጋደልኩ። እታ ጠንቋሊት የዒንታ ዓሚታ ሰሚዐዮም ብዘይፈልጦ ቃላት ብቕልጡፍ እናህተፍተፈት ክትነዋነው ጀመረት። እዚ እናገበረት ከላ ኩሉ ክፋል ነብሳ ብደቂቕ ተመልከትኩ። እቲ ሽበቱ ዘብረቕርቕ ተሪር ጸጉሪ-ርእሳ፡ ብህኩይ መንፈስ ከምዝተቖነነ ንኽምስክር ኣብ ሰለስተ ዓበይቲ ክፋላት ተተሓሒዙ ነበረ። እቲ ከም ጉንዲ ገረብ ቀጸላታት ዘለዎ ዝዓጠረ ገጻ ካብቲ ዓይንኻ መሊእካ ንኽይትጥምቶ ዘፈንፍን ክፋል ዋንነታ'ዩ ነይሩ። ሱቕሬን ዘይብለን ግን ብኽልቲኡ ወገን ቁሩብ ግፍሕ ዝበለ ሃንፋት ዝርኣየለን ኣእዛን ከኣ ኣለዋኣ። ሕብሪ ነብሳ ቀይሕ ክንሱ ኣእጋራ ግን ኣብ ፈሓም ከምእተለፈጣ ሕልፍ-ሕልፍ ኢሉ ጸሊም ሕብሪ ይርኣየለን። ጽፍሪ ኣእጋራ ኣዝዮም ደረቓት ኮይኖም ጠዋያትን ንታሕቲ ዝቐነኑን ሓመዳዊ ዝሕብሮምን'ዮም። ነዚታት ርእየ ከይዓገብኩ ከለኹ፡ "እንታይ ኢኺ ደሊኺ?" ብምባል ኣሰምበደትኒ። ብዛዕባ ኣብ'ታ መዓልቲ ዘጋጠመ ክስተት ምስ ናይ "እንተ" ሕቶታቱን ድማ ብዘይ ጎዶሎ ዘከርኩላ።

"እቲ ሓደ መዓልቲ ተቐልቂለ እንተዘይርእያስ ሕጂ'ኮ ኣይምተሰከፍኩን ኢልኪ'ዶ ትሓስቢ ኣለኺ?" ኢላ ምስ ሓተተትኒ ንስክፍታይ ብሽመይ ኣንቢባቶ ካብ ምግራም ሓሊፈ ቀዚዘ'የ። መልሲ ንምሃብ ከይተዛረብኩ ከለኹ ግን ንሳ፡ "ኩሉ ግዜ

ብፍኒስትራ ተቐልቂልኪ እንተዘይትርእይኒ ኔርኪ ብዛዕባይን ብዛዕባ ገዛይን ክትፈልጥዮ እትኽእሊ ውሑድ ምኾነ። እቲ ቅድሚኺ ንገዛይ ዝኣተወ ጃኬት ዝተኸድነ ሰብኣይ ኣብ ውሽጢ ቤተይ ከም ዘሎ ብፍኒስትራ ተቐልቂልኪ እንተዘይትፈልጢ ኔርኪ ከይተጸበኺ ንገዛይ ክትኣትዊ ምደለኺ'ሞ፡ ኣብ ገዛይ ሓው'ቦኺ ከምዘሎ መረጋገጽኪ። ንሱ ከኣ "እንታይ ክትገብሪ መጺእኪ?" ኢሉ ብእዝንኺ ወጢጡ ናብ ኣቦኺ ምወሰደኪ።" ገጸይ ክቐያየር ምስ ረኣየት'ያ መስለኒ፡ "እዚ ክነግረኪ ከለኹ ንሓው'ቦኺ ኣብ'ዚ ከምዝኣቱ ንዓኺ ብምዝራብይ ክትጸልእዮ ኢለ ኣይኮንኩን እቲ ምንታይ ንስኺ ንባዕልኺ ኣብ'ዚ ስለ ዘለኺ።"

ንእዋኑ ንበይነይ ከምዘለኹ ሱቕ በልኩ። እታ ጠንቋሊት ካብ ኮፍ ዝበለቶ ከይተሰአት ኢዳ ብምዝርጋሕ ንሓንቲ ናይ ቀደም ምኽና ብዘካበባ ኣረጊት ጣውላን ዝፈሰመ ቬትሮኣን እትፍለጥ ናይ ስእሊ ፍሬም ኣረከበትኒ። ነታ ፍሬም ከጽሪያ ብምባል ብእጅግ ክዳነይ ጌረ'ኳ እንተደረዝኩዋ ለውጢ ግን ኣየምጻእኩላን። ኣብታ ስእሊ ኣርባዕተ ደው ኢለን፡ ሰለስተ ድማ ኮፍ ኢለን ዝነበራ፡ ዘበን ናይ ልብሰንን ኣመሻሽጥኣንን ኣብዚ እዋን ዘይርከብ ሽውዓተ ኣዋልድ ነበራኣ።

"እተን ኮፍ ኢለን ዘለዋ ሰለስተ ኣዋልድ ሕጂ ዘለውአ ህይወት እናገመትኪ ክትነግርኒ ትኽእሊ ዶ?" በለትኒ ዓይና ብዕሙተን ገጻ ብድንኑን።

"እ...እታ ቀዳመይቲ ሓዳር ገይራ ቆልዑት ወሊዳ ትኸውን... እታ ካልኣይቲ ኸኣ መልክዓ ርኢኻ ሓደ ሃብታም ዝተመርዓወት ትመስል...እታ..." ኢለ ናይታ ሳልሰይቲ ጓል ግምተይ ከይሃብኩ ከለኹ የዒንታ ከፊታ፡ "በቃ ይኣኽለኪ።" ብምባል ኮለፈትኒ።

"እታ ካልኣይቲ ዝገመትክያ ጓል ኣብ ንእስነተይ ዝነበረ መልክዐይ'ዩ። ኣነ ባዕለይ'የ። እተን ዝበዝሓ ኣብታ ስእሊ ዘለዋ ተመርዕየን ወሊደን'የን። ካብኣተን ኣብ ሕጂ እዋን ኣብ ዕዳጋ ወይ'ውን ኣብ መንገዲ ክረኽበን ከለኹ፡ "እንተትወልዲ ኔርኪ'ኮ ኣይምጸመወክን።" ይብላኒ። ኣነ ድማ ኣብ ኣፈን ድኣ'የ ዘይብለን'ምበር ብውሽጠይ'ሲ

"ቆልዑት ስለዘይገበርኩ'ባ ኣይርበሽን፡ ኣይጭነቕን፡ ዝተዓደለኒ ውላድ ከይጠፍእ፡ ከይመውት ኢለ'ውን ኣብ መወዳእታ ዘይብሎም ሓሳባት ኣይኣትውን። ኣብ እዋን ሞተይ'ውን ብደቀይን ደቂ-ደቀይን ተዓጂበ ተቐቢረን፡ ብኾዓትቲ ናይቲ መቓብር ጥራይ ተቐቢረን ዝርእዮ ብዘይምኻነይ ኣብዚ እዋን ኮይነ ብዛዕብኡ ክሓስብ ዘገድሰኒ ኣይኮነን።" እብል። እቲ ሓሳብ ኣብ ውሽጠይ ጥራይ ዝገበርክዎ ግን ዘረባ ኣብ እዝኒ ምድርጓሕ ጠፊእኒ ኣይኮነን። እንታይ ደኣ ንሳተን ብ "እንተ" ብዙሕ ክብላኒ'የን ኣነ'ውን ብ "እንተ" ብዙሕ ክብለን እየ። ህይወት ከኣ ብ "እንተ" ዘይኮነ ብምርጫ ክምትነብር ክረድኣን ግዜ ከይወስደለይን፡ ዘገድደኒ ኩነታት ብዘይምርካበይን እየ።" ጠመትኣ ካብ ዓይነይ ኣልያ ናብ'ታ ስእሊ እናገበረት፡ ንሳተን *"ውላድ እንተትገብሪ'ኮ ኣብ ዓለም ዝበለጸ ሓጎስ ምተረዳኣኪ"* ይብላኒ። ኣነ ድማ *"ዝነበረካ እንተስኢንካ፡ ዝጨበጥካዮ እንተምሊቑካን፡ ዝወለድካዮ እንተሞይትካን ካብዚ ዝኸፍእ ጓሂ ከኣ የለን።"* እብል፡ እዚ'ውን ብውሽጠይ። ንሳተን ደጊመን፡ *"ኣብ ግዜ እርጋንካ ውላድካ ጥራይ'ዩ ክኣልየካ ዝኽእል፡ ጸላኢ ናገንዘቡ ሓኪም ይብላዓዮ!"* ይብላኒ። ኣነ ድማ *"ሓሚምካ እንተሞይትካ ኣብ ሳልስቲ'ዩ። እንተነውሐ 'ውን ኣብ ዓመት። ነዘን ዘይጠቕማ መዓልትታት ክትእለ ክብል ንዓሰርተታት ዓመታት ፈትሊ ሽቓቒጥካን ገንዘብ ለቓቒብካን ውላድ ክተዕቢ መርገም'ዩ።"* ይብል፡ እዚ'ውን ብውሽጠይ። ስለምንታይ ኣብ ውሽጠይ ይገብሮ ናተይ ምኽንያታት ኣለኒ። ንሱ ከኣ ኣብ "እንተ" ተጎዝጒዝካ ክትውስንን ምርጫ ክትሕዝን ኣብ ዘይግቡእ መስመር ኢኻ ትኣቱ። ንኣብነት እቲ ንሳተን ዝብላኒ ሓቂ ክኸውን ይኽእል'ዩ፡ ምኽንያቱ ውላድ ዝበለጸ ህያብ ናይዛ መሬት ክኸውን ስለዝኽእል። እቲ ኣነ ብውሽጠይ ዝብሎ'ውን ሓቂ ክኸውን ይኽእል'ዩ፡ ምኽንያቱ ኣብ መሬት ብገንዘብ ክትከስር ትኽእል ትኸውን፡ ብኣካል መጉዳእቲ ክህልወካ'ውን ይኽእል ይኸውን፡ ውላድካ እንተኸሲርካን፡ እንተተጎዲእካን ግን...ውላዳ እትቐብር ኣደ ወይ ኣቦ ጥራይ'ዮም ነቲ ስምዒትን መልስን ዝፈልጥዎ።

ድሕሪ'ዚ ኣነ ክሓስብ፡ ንሳ ድማ ትሓስብ ድያ ነይራ ዋላ መልሰይ ትጽበ ኣይፈለጥኩን'ምበር ንሳ'ውን ስቕ'ያ ኢላ። እታ ጠንቛሊት

ቃዚነ ከለኹ ኢዳ ናብ ኣብ ጥቕኣ ዝነበረት ሽምዓ ልኢኻ ጸለወታ። ከም እተለብለበት ከኣ ጸግ ኣቢላ ኢዳ ሰሓበት።

"ኢደይ እንተዘይሰዳ እዛ ሽምዓ መሕረረትኒ'ዶ ይመስለኪ?"

"ኣይመሕረረትክን።" ተሃንጥየ ብዓውታ መለስኩ።

"ከምኡ ዝበሃል የለን፡ ነገራት ሓንሳእ እንተተፈጺሞም "እንተ" ዝበሃል ነገር ኣይሰርሕን'ዩ። ኣብ ዓለም ክሳብ ዘለና ዝምለስ ግዜ ይኹን ነጢርካ ዝብጻሕ ግዜ የለን። ኢደይ እንተዘይጸሉ ኣይምነደድኩን ክብል ኣይክእልን'የ፡ ምኽንያቱ ሓንሳእ ስለዝነደድኩ። ወይ ድማ ኣቐዲመ ኢደይ ከየንደድኩ እንተዘንድዳስ ምሓረርኩ'ዶ ክብል'ውን ኣይክእልን'የ፡ ምኽንያቱ ዘለኻዮ ኣዋን ዘሊልካ ኣብ መጻኢ ክዝረብ ስለዘይከኣል።" ሕጂ'ውን ዓይና ዓሚታ ርእሳ ኣድነነት። ክትንነው ስለዝጀመረት ስምዒት ናይ ምንቅስቓሳታ ምስቲ ዑድን ዕጣንን ዝኸይድ ዘሎ መሰለ።

ገጻ ብድኑኑ፡ "ደሓር ክኸውን ዘለዎ ነገር'ዩ ኣብ መሬት ዝኸውን።" በለት ትርር ኢላ እናተጸወገት። ወሲኻ፡ "እታ ዝተጎደአት ጓል ነቲ ዝነበረቶ ጎደና ገዲፋ ብኻልእ መንገድታት እንተትኸይድ'ውን እቲ ሓደጋ ኣይምተረፋን።" ካብ ዝነበረቶ ቦታ ተላዒላ ነቲ መቦኮርያ ጸሊም ዕጣን ወሰኸትሉ'ሞ፡ እቲ ገዛ ብትኪ ዒግ በለ። ኮፍ ከይበለት ከላ ግን ማዕጾ ቤታ ተኳሕኩሐ። ውሽጠይ ኣብ ካልእ ሓሳባትን ክትዓትን ከምዘይጸንሐ ብምኹሕኳሕ'ቲ ማዕጾ ተረበሸ።

"ስዓብኒ።" ኢላ ብህድኣት ሰጎመት። ሓንቲ ማዕጾ ምኺና ካልእ ጠንቋላይ'ውን ክግምታ ዘይክእል ቦታ ድማ ከፈተት።

"ቆልዓ ኮንኪ ኢለ'የ በዚኣ ዘውጽኣኪ ዘለኹ'ምበር፡ ሰብ ኣብ ውሽጢ ከሎ'የ ማዕጾ ዝኸፍት። እቲ ምንታይ ኣብ ጥንቆላ ኣይንኣምንን ዝብሉ ዝነበሩ ሰባት ኣብዛ ገዛይ ክራኸቡ ወይ ክራኸባ ከለዋ ከመይ ይስመዓኪ ...ቻው በሊ።" ኢላ ብጠጠወይን፡ የዒንተይ ኣብ ትርኢታ ከይለገሰ ከሎን ዓጸወትኒ።

ንገዛይ ክምለስ ከለኹ ድሮ መስዩ ነበረ። ገዛ ምስ በጻሕኩ ስድራ

ድሮ ተደሪሮም ኣብ ምዕላልን ምክትታል ቴለቭዥንን ጸንሑኒ። ድራር'ኳ እንተ ኣትረፉለይ፡ ዝተዓደገ ፒሳ ግን ኩሉ ተበሊዑ ጸንሓኒ። እንተ ኣምሲና ባባ ከም መቕጻዕቲ ዝጥቀመሉ ኣገባብ'ዩ። ሰኬንዶ ዝበሃል ኣይጸንሓካን'ዩ።

ምንኣስ ሓወይ ፍሽኽ ኢሉ እናተገየጸ፡ "ሓሊፉኪ ናይ ሎሚ ፒሳ ቀልጢፍኪ እንተትመጺ ምኸሰብኪ!" ክሕርቐኒ ብምባል ኣቃጫጭ እናሕእወሰ ቅድሚ ኮፍ ምባለይ ተናገረኒ።

"ጸገም የለን ድራር ጥራይ ይኣክለኒ'ዩ።" ምስ በልኩ ኩሎም ገዛና ጠመትኦም ናባይ ገበሩ። ብዘይምኽንያት ድማ ኣይነበሩን፡ ከምዚ ከጋጥመኒ ከሎ ይጽወግን ይሓርቕን ሓደ-ሓደ ግዜ'ውን ብኹራ ከይተደረርኩ ይድቅስ ብምንባረይን እዚ ሓድሽ ኣቀራርባይ ኣደንጺዎም'ዩ።

ቀጺሉ ምንኣስ ሓወይ፡ "እታ ቆርጫጭ መሓዛኺ ከኣ እታ ተንብብያ መጽሓፍኪ ሃብኒ ክትብለኪ መጺኣስ ምስ ደንጎኽያ ግን ኣነ ባዕለይ ሂበያ!" በለኒ ከምቲ ኣቐዲመ ዝገለጽኩዎ ብሕርቃን ኣጻብዕቲ ኢድካ ዘዕሙኽ ጠባዩ እናንጸባረቐ።

መልሲ ዝበሃል ኣይሃብኩን።

ኣብ እዋን ድራር ዘይጠቅም ኩላሶታት በሊዐ ናብ መደቀሲ ክፍለይ ኣምራሕኩ። ዝግባእ ምሉእ መልሲ ናይ ደቂ-ሰባት ንናይ ተፈጥሮ ሕቶ ዘዕግቦ ከምዘይኮነ እናሕረቐኒ ድማ ድቃስ እንተኾነለይ ኣብ ትሕቲ ኮቦርታ ኣተኹ።

መጽናዕታዊ ጽሑፍ

ኣይተ ንርኣዮ ኣብታ ደስ እተብል ንግሆ እናተሰላኸየ ክዳውንቱ ብኣስገዳድ ለበሰ። ብህኩይ መንፈስ ነቲ ኣብ ገጹ ዝሓደረ ቈልዕነ፡ ገለ ቅብኣን ብኹባያ ማይ ገየሩ ሓጸቦ። ኣፉ ንኹጉጽጉጽ ድማ ንማለቱ ማይ ኣጥዓሞ። ቁርሱ ብኽፉእ ኣበላልዓ ምስ ተመገበ ካብታ ብዙሕ ብርሃን ዘይትኣትዋ ቤቱ ንደገ ክወጽእ'ዩ ተሃዊጹ። ቅድሚ ምኻዱ ግን ናብታ ዝበከዐ ርስሓታ ዝጎስዐ ናይ ቀደም ጋዜጣታትን መጽሄታትን ቀለመን ዝጽንቀቓ ፒሮን ካልእ እዋኑ ዝሓለፈ ኣብ ድኳናት ዘይርከርብ ጥቅሙ ብዙሕ ዘይርድኣካ ንብረታትን እትሓዝኣሉ ልሕልሒቲ ጣውላ'ዩ ኣቢሉ።

ካብታ ዝነጥብ ደምን፡ ናይ ላማ ስእሊ ዘለዋን "ምኽንሻን ነወግድ" እትብልን፡ ካብታ ጣንጡ ስእሊ ዘለዋ "ዓሶ ነጥፍእ" ዝብላን ክልተ ዝማሕምሓ ቆቡዓቱ እናወዳደረ መረጸ ኣካየደ። እንተኾነ ዝሓለፈ ኣርባዕተ መዓልታት ናይዛ ሰሙን ብዘይምቁራጽ ኣብ ገዛን ደገን ኣብ ርእሱ ክወድየን ብምቕናዩ ኣመና ኣጽሊኤንኦ ነበራ። ብዘይ ቆቡዕ ስለዘይንቀሳቐስ ግን ነታ ብረጎድቲ ፊትሊ ዝተኣልመት ናይ ጨርቂ ቆቡዕ ከልዕላ ተገደደ። ኣብ ኣፍንጭኡ ልሒጉ ምስ ጨነዋ ሽታኣ ባህታ'ኳ እንተዘየስዓበሉ፡ ጣዕሳ ከይቀደሞ ከሎ ግን ክሳብ ኣእዛኑ ትሽፍን ተኸድና።

ድሕሪ'ዚ ካብ ቤቱ ኣርሒቑ ንኸተማ ኣተወ።

ንሱ ጎደናታት ኣስመራ ሸንሹጉን መጻብብኡን ምሒር ካብ ምፍላጦም ዝተበገሰ ኣብ ምምናው'ዛ ከተማ ዝተጸምዱ ሰባት ሓደ'ዩ። ብቕድሚኡ ዝዕንቀፎ ነገርን ዝጉንጸ ሰብን ጥራይ ከይህሉ ዝዕዘባ የዒንቲ'ምበር፡ መናድቕን ነባሮ'ዛ ከተማን ተገዲሱ ካብ ዘይጥምት እዋናት በሊዑ'ዩ። ከም ሓወልቲ ናብ ሓደ ኣንፈት ጥራይ እናተመልከተ ክምርሽ ከሎ ብፍጹም ሰብ ኣይመስልን'ዩ። ጉልበት ነብሱ ማራኽነት ስለ ዘይብሉ ተኸለ ሰውነቱ ብጸሓይ ዝተነፍሐ ሬሳ'ዩ ዝመስል። ጸሓይ ካብ ተዘከረት ግን ናይ ንርኣዮ ዝሽፍአ መልክዑ ጸሓይ ክትብርትዕ ከላ'ዩ ዝቕልቀል። ሽዑ ኣመና

ይጽወግ፡ ከንፈሩ ይነቅጽ፡ ጸሓይ ኣዝያ እንተበርቲዓ ድማ ክሳብ ዝፈልጥዎ ሰባት ሰላም ክይበሎም ዝኸደሉ እዋናት ኣሎ።

ብጽቡቓት ጎደናታትን፡ ዕምበባ ዝመስሉ ንትምህርቶም ዝኸዱ ህጻናትን እናረኣየ'ኳ እንተሓለፈ፡ ሓንሱ ግን ብምስልቻው ዝተጨፍለቐ ነበረ።

ርእሱ ቁሩብ ዝነቕሐ ግን ኣብ ሓደ ቤት-ሻሂ ናይ ነዊሕ እዋን ፈላጢኡ ምስ ረኣየ'ዩ። እቲ ኣብ ቤት-ሻሂ ዝነበረ ሰብኣይ ግን ንንራዮ ርእይዎ ክንሱ ዋላ ናይ ሰላምታ ምልክት ኣይገበረሉን።

ንርኣዮ ስጉምቱ ቁሩብ እናወሰኻ ኣብ ውሽጢ'ቲ ቤት-ሻሂ ኣተወ። ብተብተብ ሓደ-ክልተ ሰድያታት እናጎነጸ ኣብ ልዕሊ'ቲ ፈላጢኡ ተዓነደ።

"ልብሰ-ቃል እንታይ ደኣ እናረኣኻኒ ልሳንካ ኣስቂጡ!?"

"ኣይ…ኣይ…ከምኡ ኣይኮነን፡ ኣብ ሓሳብ እንደኣለይ ጸኒሐ። ደሓር ከኣ ምስ'ዚ ክቡር ሓወይ ዛዕባ ሒዘ ጸኒሐ።" ልብሰ-ቃል ናብቲ ካልኣዩ እናጠመተ ክናሳሕ ጀመረ።

ንርኣዮ ሴድያ ስሒቡ ኣብ ጣውልኦም ኮፍ በለ።

"ኣየቐይምን ይኸውን ምሳኹም ኮፍ ብምባለይ…ድፍረትዶ ይሕሰበለይ?"

እቲ ጸሊም ባድላ ዝተኸድነ ሰብኣይ ርእሱ እናንቕነቐ፡ "ጸገም ዝህልዎ ኣይኮነን ዝሓወይ!" ፍሽኽ እናበለ ዕርክነታዊ ዝመስል መልሲ ለገሰ። ልብሰ-ቃል ግን ርእይቶ ዝበሃል ኣይገበረን።

"ዋዕላ ናይ መሬትን ማይን ኣከባብን ኣላ'ሞ ኣብኣ'የ ክሳተፍ… ርኢኻ'ለኻ…ክሳብ ሰዓት ትኣኽለለይ ግን ምሳኹም ክቡራት ክጸንሕ ከለኹ ዘይሕጎስ ኣይኮንኩን" በለ። ብታህዋኽ ቆቡቑ ምስ ኣውጽአ፡ ቀምሻ ዝተቐልዐት ሰበይቲ ክመስል በራሕ መንበስበስትኡ ተቐልቀለ። ቀጺሉ ነቲ ቆርበት ኣድጊ-በረኻ ዝመስል ሓሊፉ ጻዕዳ ሓሊፉ ድማ ጸሊም ዝርኣዮ ናይ ጎድኒ ተሪር ጸጉሪ ርእሱ ደራረዘ።

"ሓጎስ ካብ ተላዕለ፡ "ሓጎስ ደቂ ሰባት ካብ ብሰባት፡ ብዝውንንዎ ንብረታትን ዋኒናትን ክትካእ'ዩ" ዝብል መጽናዕታዊ ጽሑፍ ሓደ ሰብኣይ ዘኪረ። ትማሊ እኮ'የ ኣንቢበያ። እቲ ጸብጻብ ርእሱ ብግቡእ ዝዓዩ ኒገዲሞስ ገንዘቡ ዝተባህለ ኤርትራዊ ሰብኣይ'ዩ ተጻሒፉ... ርኢ'ኻ'ለ'ኻ...እቲ ጸብጻቡ መበቆላውን ቅድሚ ሕጂ ዘይተዳህሰሰን ብምኳኑ'የ ኣድኒቐዮ!"

ንርኣዮ ብጎቦ ዓይኑ ንኣከዳድናን ጽፈትን'ቲ ሰብኣይ ተመልከተ። ኣስዒቡ ንልብሰ-ቃል ዝምህር ዘሎ እናመሰለ ዘረብኡ ቀጸለ።

"ነቲ ሰብኣይ ደኣ ከድንቖ ኸኣ ኣለኒ'ምበር። ንሱ እንታይ ይብል 'መስለካ፡ ኣብ መሬት ኤርትራ ዝቕመጥ ዘበለ፡ እቲ ዘይምዕቡል ክፋል ሕብረተ-ሰብ፡ ኣብ ክንዲ ዘድንቕ ዘቆናጽብ፡ ኣብ ክንዲ ቅዱስ ቅንኢ፡ መርገምን ሕስድናን ዝዓሰሎ ቅንኢ ስለዝሕመስ ኣብ ዘለዎ ክድቆስ ከሎ ምኽንያት መውደቒኡ ዘይፈልጥ ብዙሕ'ዩ።... ርኢ'ኻ'ለ'ኻ...ንፍዮሪ ከም ገላዕታ ዝገልጽን ዝጥምትን ኣረኣእያ እንተ'ሊካ ተቦንቍሱ ዘይውዳእ እሾኽ ኢ'ኻ ተጥሪ። እንተ'ውጻእካዩ 'ውን ዓበቕን ዕንፍሩርን ኣይጋደፉ'ኻን'ዮም።" ብምባል'ዩ ዝዛረብ እቲ ሰብኣይ።

"ኣብ'ዚኣ ዶ ክዛረብ!?" ልብሰ-ቃል ከም ተመሃራይ መባእታ ኢዱ ዊጥ ኣበለ።

"ኣታ፡ ካብ ምዝራብ ምስማዕ ይበልጽ ከምዝበሃል..." ንርኣዮ ጠመትኡ ካብ ልብሰ-ቃል ናብቲ ሳልሳዮም ሰብኣይን ገበረ። "ንገረለይ'ባ ስለ'ዝጊሄር!" ኢዱ ከም ለማኒ እናዘርግሐ ንመጀመርታ ግዜ ዝሃድኡ ቃላት ኣብታ ጣውላ ኣምበረ። እቲ ባድላ ብግቡእ ዝዓጠቐ ሰብኣይ ኢዱ እናሰደደ ንልብሰ-ቃል ተናኸፎ። ልብሰ-ቃል ዘይስምዑ ቃላት ዕሚም እናበለ ምስ ኣህተፍተፈ መወዳትኡ ሃድአ።

እቲ ንኽከታተሎ ዓይኑ ሰለም'ኳ ዘየበለ፡ በዓል ጽቡቕ ባድላ ሰብኣይ፡ "ሓደ-ሓደ ግዜ ሰባት..." ኢሉ ዘረባ ኣብ ምፍላሙ ንርኣዮ ግን እናተጸወገ ከቋርጾ ተራእየ።

“ሓንሳብ...ኣወዳኣኒ!” ካብ ዓውታ መቓልሕ ቃላቱ ዝተበገሰ፡ ኣብቲ ቤት-ቁርሲ ዝነበሩ ሰባት ገለ ፈጢጦም ገለ'ውን መጠናዊ ጽዋገ ገይሮም ተመልኪቱዎ።

“ስማዕ “ምስ ብዙሓት ኣንስቲ ዙር፡ እንተኾነ ንሓንቲ ኢኻ ትምርያ። ዲኽ ዝበልካ ሃብታም ኩን፡ ዕምርኻ ኣናዊሕካ ልዕሊ'ቲ ድኻ ክትነብር ዘይከኣል'ዩ።” ይብል እቲ ሰብኣይ...ርኢኻ'ለኻ...” ኢሉ ዘረብኡ ኣብ ዝብጸሕ ከየብጽሐ ንርኣዮ ኣብ ዝነበሮ ሴድያ እናተመቻቸአ መቓምጥኡ ብግቡእ ኣውሓሰ። ብዙሕ ብዛዕባ ጥዕናኦምን ቅንያቶምን ካልኦት ዘገድሱ ሕቶታትን ከየልዓለ ከኣ ኣብ ካልእ ዛዕባታት ጠለቐ።

ብዛዕባ እታ መጽናዕታዊት ጽሑፍ ዘረስያም መስመር ቃላትን ሓሳባትን ክሳብ ዝዝክር ድማ ብዛዕባ ዝሑል ኩናት፡ ብዛዕባ ግብረ-ሽበራውያን ጉጅለታትን ጠለባቶምን፡ ብዛዕባ ዓበይቲ መራሕትን ጸይቕታቶምን ዘጠፋፍእዎ ገንዘብን...ጫፍ ከናፍሩ ሓፊስ ጻዕዳ ጥፍጣፍ ክሳብ ዝእክብ ኣዕለለ።

ብጥቓ'ቲ ቤት-ሻሂ ዝሓልፋ ዝነበራ ድኹዒ ዝጸዓና ዓበይቲ መካይን ጥሩምባ እናነፍሓ ኣብ መንጎ ዕላሎ ኣተዋ። ናይ ውጥረትን ሕርቃንን ዝመስሉ ስምዒታት ድማ ኣብ ገጹ ተፈጥሩ።

ንርኣዮ ኣብቲ ቤት-ሻሂ ምህላዉ ዘየስተውዓለትሉ ኣሳሳይት ብዓውዓውታ ዘረብኡ ክትርእዮ ኣይተሸገረትን። ኣብ መንጎ ዘረብኡ ኣትያ ድማ ንኽትሰምዮ ኣብ ልዕሊኡ ኮይና ኣቋመተት።

“ዓጺቐ'የ ዘለኹ...ማይ-ጋዝ ሃቢ!” ብምባል ካብ ጥቕኡ ኣፋነዋ። ጌና ዘረባ ከይጀመረ ከሎ ከኣ ዓባይ ጥርሙዝ ኣብ ጣውላ ኣምቢራትሉ መኽፈቲ ከተምጽእ ናብ ካሳ ገጻ ኣበለት።

ንርኣዮ ኣቓልቦ ገርናዋት ኣእዛን ከይተረፈ ዝስሕባ ኩምራ መፋትሕ ካብ ቁልፉ ፈትሐ። ድምጻን እናሕጨልጨለ ድማ ነታ ምሉእ ኣካላ ሓጺን፡ መኽፈቲ ባሊቃ ጥርሙዝ ፈልዩ ሓዛ። ንዝኣዘዛ ማይ-ጋዝ ድማ ባዕሉ ከፈታ።

እታ ኣሳሳይት ከፊትዋ ምስ ረአየት ንድሕሪት ገጻ ተመልሰት።

ካብታ ዝኣዘዛ ማዕነ ከይጠዓመ ከአ ኣብ ዘረባ ኣበለ። ብዛዕባ ኑክሌሳዊ ኣጽዋር ዝውንና ዓድታትን ጽልውአን ኣብ ካልኦት ሃገራትን ሕብረተ-ሰብን፡ ዓይኑ እናፍጠጠን ኢዱ እናጣቐዐን ካብ ቦትኡ ክሳብ ዝለዓል እናተንቀሳቐሰን ሃውተተ። እቲ ዕላል ኣብ ኩሉ ሰብ እንተዝባጻሕ፡ ነቶም ነቲ ኣርእስቲ ኣጸቢቖም ዝፈልጥዎ ከይተረፈ ዘርዕድን ሽበራ ዘሸትልን፡ ህጻናት በኽዮም ዘይእበዱሉ፡ ኣረገውቲ ተኪዞምን ኣስተንቲኖምን ብዘይወጽዎ ኣገባብ ገይሩ'ዩ ነቲ ዝርዝሩ ኣቕሪብዎ።

ገለ-ገለ ካብቲ ዘንበቦ ናይቲ መጽናዕታዊ ጽሑፍ ስለዝረስዖ ክሸይን ብምባል ንኽዝክሮ ርእሱ እናጻሕተረ ናብ ሽንቲ-ቤት ኣበለ። ድሕሪ እዋን ተመሊሱ ድማ ኣብታ ሴድያኡ ተጻዕነ። በብሪጋ የዒንቶም እናረአየ ድማ ቃላቱ ብባህታ ከውጽእ ጀመረ።

"እቲ ተመራማሪ፡ ሓዘን ኣብዚ ዓዲ ክሳብ ሽዱሽተ ወርሒ፡ ገለ ጠገለ ዘይብሉ'ውን ንዓመት ዝጸንሓሉ ምኽንያታት ብሰፊሕ ኣብሪህዎ'ሎ።" ምስ በለ ንዘረብኡ ይስዕብዎ እንተሃልዮም ገጾምን ምንቅስቓሳቶምን ተመልከተ። ብዘይካ ዘይተሓጎሰ መንፈስ ልብ-ሰቃል ገዲፍካ እቲ ኣዕናን ሰብኣይ ምሉእ ቀልቡ ወፊሉ ነበረ።

"ምዕራባዊያን ወይ ድማ ጸዓዱ ስድራ-ቤታት ኣብ ዝወዓላ ውዒለን ገዛ ኣብ ዝራኸባሉ ብዛዕባ ትምህርቲ፡ ስራሕ፡ ብዓባያ'ውን እታ መዓልቲ ብኸመይ ከም ዘሕለፍዎ ንሓድሕዶም ይተሓታተቱ። ወላዲ ውሉዱ ኣብ ዘካይዶ ንጥፈታት፡ ጸወታታት ስፖርት በሎ ዋላ ስልጠና መሳርሒ ሙዚቃ፡ ንኽዕዘቦ ግድን ዝግደፈ ገዲፉ ካብ ዝውዕሎም ግድነታዊ ግቡኣቱ'ዩ። እቲ ውሉዱ'ውን ካብቲ ዝፈትዎ ንጥፈታት ዝያዳ ህላወ ስድራ-ቤቱ ይሃርፍን የገድሶን።...ርኢ'ኻ'ለ'ኻ...ምሸት ክድቅሱ፡ ንግሆ ስራሕ ክወፍሩ ኣብ ዝግደዱሉ፡ ቀዳምነት ከምዝፋቐሩን ዝነፋፈቑን ከይተገላለጹ እንተተፈላልዮም ኣይኮነሎምን'ዩ። ካብዘን ጸዓዱ ስድራ ሓደ ኣባለን ብሞት ምስ ዝፍለየን፡ እቲ ሓዘን ነዊሕ እንተገበረ፡ ሰለስተ መዓልቲ'ዩ። እዘን ስድራቤታት ጓሂኤን ኣብ ሓጸር እዋን ምዕጻወን

ግን ብዘይም'ኸናት ኣይኮነን። እቲ ቅድሚ ሞቶም ክበሃሃልዎን ተገዳስነት ክለዋወጥዎን፡ ኣብ ጎነ ሓድሕዶም ክህልዉዎ ዝግብኦም ኣቐዲሞም ብምትግባርም፡ ኣብ ግዜ ሓዘን ብዓነ ዝኹምተሩሉ ነጥቢ ኣይረኣዮምን፡ ኣይህልዎምን'ውን።...ርኢኻ'ለኻ...ናይ ሓበሻ ስድራ-ቤት እንተተመልኪትና፡ ቁርሲ፡ ምሳሕ ድራር ኣብ ሓደ መኣዲ እናተጠርነፉ'የን ዝምገባ። እዘን ስድራ-ቤት ፍቕሪ ቤተ-ሰብ ብውሽጦም እናስተማቕርኦ፡ ብቓል ግን ዋላ ኣየውጽእኦን'የን።... ርኢኻ'ለኻ ...ገለ ክሳብ ወዲ ኣርብዓ-ሓምሳ ዓመት ኣንሶላ ኣዲኦም ተነጺፎም፡ ካብ ገዛ ዘይወጹ፡ ሓንቲ መዓልቲ'ውን ትኹን ነ'ዲኦ ከምዘፍቅራንወይ'ውን ንዕኦ ንኸተጉብዝ ዝኸርተተቶም እዋናት ምስጋንኡ ዕዙዝ ም'ዃኑ ነጊርዋ ኣይፈልጥን።...ርኢኻ'ለኻ...ሽው ሓዘን ከጋጥም ከሎ ኣውያቶም ንምንባር ክሳብ ዘርዕድ እዚ ዘይብሃል ምግዓርን ቁዘማን የቃልሑ። ክሳብ ንፈጣሪ "ስለምንታይ ንዕኡ/ኣ ንሞት መሪጽካ!?" እናበሉ ኣብ ቁርቁስ ይቦቕሉ። ሰበይቲ ሓዘና ንምግላጽ ንሽዱሽተ ወርሕን ልዕሊኡን ሓድሽ ክዳን ከይቀየረትን፡ ጸጉሪ ርእሳ ከይተቐነነትን፡ ንዓኣ ኣብ ዝጥዕምን ዘዛንን ባህታታትን ፍኒሕኒሕ ክትብል ማለት ዝበኣሰ ነውሪ'ዩ። ሰብኣይ'ውን ከምኡ፡ ክሳብ ዝሽይብን ምዕጉርቱ ነዊሕ ጸጉሪ ክሳብ ዝበቑሎን መላእኸቲ እንተወረዱ'ውን ሓዘኑ ክዓጽ ኣይረኣዮን።"

ንርኣዮ ፍሽኽ እናበለ ርእሱ ብዙሕ እዋን ነቓንቐ።

"ሰብን ኣካይዳ መሬትን።" ኢሉ ዘውጽኦ ጸብጻብ ከኣ ኣዝዩ ሰፊሕን፡ ኣገዳስነቱ ልዑልን'ዩ።...ርኢኻ'ለኻ...ሰብ ጸሎቱ ዘይምለሰሉ ምኽንያትን፡ መዓልታዊ ኣወንታ ጥራይ እናሓሰበ ክነሱ ጽቡቕ ግን ንምንታይ ኣይገጥሞን፡ ብብርክት ዝበለ ኣብነታት ገሊጽዎ'ሎ። ንኣብነት፡ ሓደ ሽሕ ግዜ ኣወንታን ጽቡቕን ካብ ምሕሳብ ስንቁ ኣጉዲሉ ዘይፈልጥ ሰብ ኣሎ ንበል። ኣብ ወቕቲ ክረምቲ፡ "ሎሚ ማይ ኣይወቅዕን'ዩ፡ ጸሓይ'ያ ትወጽእ!" ብምባል ጽላል ከይተማልአ ንስርሑ ክወፍር ይኽእል'ዩ። ቁጽሮም እዚ ዘይብሃል ብትግሃት መሬቶም ኣደላዲሎም ማይ ክወቕዖም ዝጽበዩ ሓረስቶት እንተሃልዮም ድማ በቲ ኻልእ እቲ ኣወንታ ኣብቶም ዝበዝሑን ዝያዳ ዝኣመኑን ደኣ'ምበር ኣብ ውልቀ-ሰባት ከምዘይዓርፍ፡ ክፍለጥ

ኣለዎ። እቲ ብዘይጽላል ካብ ቤቱ ዝወጸ ሰብ ብማይ እንተጀብጀበ ክሓርቕን ክራገምን የብሉን። እንታይ ደኣ እቲ ዝናብ ከቢድ በረድ ዝተሓወሶ ብዘይምኻኑ ጥራይ ከመስግን ኣለዎ። ከምኡ እንተዘይጌሩ ግን ኣወንታዊ ኣረኣእያ ካብ ምሕሳብ ኣብዛ እዋን ኣቋሪጽዎ'ሎ ማለት'ዩ።" ብምባል ገሊጽዎ'ሎ።

ንርኣዮ ኣብ መንጎ ዕላሉ፡ ማሽን ናይቲ ቤት-ሻሂ "ሽሽሽ!" ዝብል ድምጺ ብምግባራ ቃላቱ ናይ ጸማማት መሰለ። ጎረርኡ እናበረኸ ግን ክዕብልላ ሃቀነ። እታ ማሽን ሃንደበት ድምጻ ኣብ ዘቋረጸትሉ ግን እቲ ዝገዓረ ድምጹ ንበይኑ ተቓልሐ። ኩሉ ሰብ ጠመትኡ ናብኡ'ኳ እገበረ ንሱ ግን ስክፍታ ከይተሰምዮ ጉዳይ ምዕላሉ ገበረ።

"ሰብ ብባህሊ ጥራይ ክከይድ ኣለዎ ዝብል ጭርሖ ተሰኪሞም ንዝዛውኑ ድማ ናቶም ሂብዎም ኣሎ። ሰብ ግድነት ካብ ባህሊ እንተወጺኡ ምስ ሓጢኣት ዝጽብጽብዎ'ውን ኣይወሓዱን፡ ይብል እቲ ጽሑፍ። "ዮውሃንሰይ ቅዱሰይ፡ ናይ ዘልኣለም ንጉሰይ" ዝብል ዝማረ ንኣብነት ጌጋ ኣለዎ። ናይ ዘልኣለም ንጉስ ሓደ'ዩ ንሱ ኸኣ ብዓቢኡ ጎይታ እግዚኣብሄር። እዛ መስመር ሓረግ እዚኣ ሓደ ወይ'ውን እንተበዝሑ ክልተ ሰባት'ዮም ቅድሚ ገለ ወለዶታት ኣውጺኦም እንተኾኑ። ንሱ ወይ ንሶም ወይ'ውን ንሰን ዘውጽእዎ ጌጋዊ ዝማረ ከም ባህሊ ተቖጺሩ ካብ ቀደም ኣትሒዙ ሚልዮናት ህዝቢ ኣጋግዩን የጋጊ ኣሎን። ነዛ መዝሙር እዚኣ ብግቡእ ዝተረድአ ሰብ "ኣይዝምራን'የ" እንተበለ ከም ባህሉ ዘየኽብር ጊንጢ ክትቅበሎ ማለት ንባዕልካ ባህሊ ዘይብልካ ሰብ'ዩ ዝገብረካ። ክንደይ ኣሎ ሕጂ ዝረሳዕኩዎ ብዛዕባ ባህልን ክውገዱ ዘለዎም ልምድታትን ዝጸሓፎ።" ንርኣዮ ኩርዕርዕ እናበለ ንኽልቲኦም በብተራ ተመልከቶም። ቀጺሉ "በዚ'የ ጽን ኢልካ ስማዕ ዝበልኩ'ኻ ልብሰ-ቃል፡ ኣበይ'ሞ ክርድኣካ።" ሃብታም ንዝጸልአ ኸዳሚኡ ዝህቦ ኣጠማምታ ንልስብሰ-ቃል ወተፈሉ።

ልብሰ-ቃል ዓቕሉ ምስ ጸንቀቐ "ግደፈና'ታ ሰብኣይ፡ ይኣኽለካ ካብዚ ንንየው ክሰምዓካ ዓቕሚ ኣይክረክብን'የ።" ካብ ሴድያኡ ተላዒሉ

ብቓላቱ ደበለ። "እዚ ኣብ ጎንኻ ዘሎ ሰብኣይ ኒገዲሞስ ገንዘቡ ይበሃል። ቃላቱ ኢኻ ክትደግመሉ ዊዒልካ!" ታዕታዕ ኣባህልኡ ዘሰንብድ ነበረ።

ንርኣዮ ዝብሎ ምስ ሰኣነ ናብ መናድቕ'ቲ ገዛ የዒንቱ ኣኹለለ። ነብሱ ዘይጸንሖ ምቅይያራት ክገብር ጀመረ።

እታ ፍልሖ ዝበልዕዋ ትመስል ኳሌታ ካምችኡ ምስ ርሃጽ ኣካሉ ከይትላገብ ብምባል ንድሕሪት ደፍኣ። ከባቢ መዓናጥኡ ብርቱዕ ዋዒ ክስምዖ ብምጅማሩ ድማ ነታ ብምህሳሳ ቋንጣ ትመስል ቊልፉ ሓንቲ ነኻል ኣዝሊቑ ቆለፋ። ጻዕዳ ኣእዳዉ ከይተረፉ ብምርሃጾም ኣብታ ኣብ ቦታታት ብርካ ካብ መበቆላዊ ሕብራ ወጻኢ ዝፈሰመት ድህልቲ ስሪኡ ኣእዳዉ ደረዘ። ኢዱ ልኢኹ ርእሱ እናድነነ ንኒገዲሞስ ሰላም በሎ። ከይደንጎየ ካብታ ኮፍ ኢሉላ ዝወዓለ ጣውላ ደርጓዕጓዕ እናበለ ተንስአ። ርእሱ ብዘይትምነዮ ስምዒታት እናተቐልወት ከላ ቆቢዑ ወደየ። ኣብተን ኣእጋሩ ግርም ዘሳፍሓ ግን ኮለል ከብለን ዝውዕል ብምኻኑ ሽግረን ክምስከረለን ዝህንጠያ ዘባላት ጫምኡ ተወጢሑ ድማ ካብቲ ቤት-ሻሂ ወጸ።

ንዓኻ'የ ዝወቅስ

ካብቶም ዝተኸብሩ ዓማዊልና ሓደ፡ ኣቶ ማቴዎስ ከበደ ዝተባህለ፡ ስለ'ቲ ኹሉ ትካልና ዝገበረትሉ ግቡእ ምክንኻን፡ ኣብ'ታ ምሸት እቲኣ ምስኡ ንኽማሲ ብጥሕትና'ዩ ለሚኑኒ። ንኽምኡ ዝኣመሰለ ላዕለዋይ ዝደረጃኡ ሰብኣይ ኣሉታ ንኽምልስ ዘይመስል'ዩ። እዚ ክብል ከለኹ ግን ብጸብለልታ ዓወታቱ ወይ'ውን ብመጠን ገንዘቡን ዋንነቱን ዘይኮነ፡ ብዘለዎ ኣደብን ብቕዓት ሰብኣዊ መንነቱን ካልእ ዘይጽገብን ተመኒኻ ዘይትረኽቦ ባህረታቱን ዝያዳ ስለዝዓጅበኒ'ምበር። ብኽምዚታትን ካልእ ወረጃንነቱን ንኽስተማቕር ድማ ንኽተማ ተሳኢና ወረድና።

እቲ ዕድመ ናይታ ምሸት ዘቕረበ ጋባዚ ንሱ ብምንባሩ፡ ኣብ ሓንቲ ህድእቲ ቤት-መግቢ ብዝወሰደኒ እቲ ኣብ ገገዛና ብቐሊሉ ክንረኽቦ ዘሸግረና ዓይነት መግቢ ኣዘዝና።

“ሙሴ ኣብዛ ከተማ ካብ ዘለዋ ዕዉታት ኩባንያታት ርእሰ ፈጻሚ መኮንን ንምኳን በቒዕካ። ማሕበራዊ ደረጃኻ ኪንዮ ዝሓለምካዮ ኮይንልካ። ህይወት ብዘይ ምሽቓል ክትመርሕ ጀሚካ። ካብዚ ዘለኻዮ ንላዕሊ ዝሕጎሰልካ ኣይመስለንን እሙን ዓርከይ።” ኣብ ምውዳእ ድራርና ኣቶ ማቴዎስ ዝጀመሮ ዘረባ'ዩ ነይሩ። ብርግጽ ንዝበሎ ከምዝኣምንሉ ይፈልጥ'የ። ጋቢዝኒ ዘሎ ምኽንያት ድማ ኣብ ገለ ጉዳይ ደገፍ ንኽህቦ ከምዘይኮነ ብዕሊ'የ ዝኣምን፡ ንሱ ዘለዎ ክቡርነት ማንም ሰብ ካብ ዝስሰዓሉ ካብ ጠባያቱ ሓደ'ዩ።

“ኣብዚ ዘለኹዎ ደረጃ ንኽህሉ ብኽምዚ ከማኹም ጥዑያት ሰባት'ዩ። ካባኹም እዚ ዘይብሃል ብቕዓታት ወሲደ'የ ነዚ ዘለኹዎ ንምኳን በቒዐ።ሰባት ነዚ ዘይፈልጡ ድማ ነብሰይ ባዕለይ ዝሃነጽኩዋ'ዩ ዝመስሎም። ኣቶ ማቴዎስ ምስጋናይ ኣብ ልዕሌኹም ዓቢ'ዩ።” ነዘን ዝተዛረብኩወን ቃላት ድማ ብፍሽኽታን ኩርዓትን ሓጎስን ሓዊስና ጠራሙዝና ኣንቃዕሪርና ኣጋጨና።

ተደሪርና ምስ ወዳእና ኣብ ሓደ ባር ሒደት ጠራሙዝ ቢራ ክንሰቲ ተኣለና። መቓምጠና ምስ ሓዝና ብዛዕባ ዝሓለፉ ጌጋታትናን፡ እቲ

ዝበለጸ ዘይድገምሉን መንገዲን፡ ናይ መጻኢ ውዕላትን፡ ኣገባባት ንግድን ዝኣመሰሉ ዛዕባታት ብሕጉስ መንፈስ ተዛተናሎም።

ድሕሪ ገለ እዋን ነብሰይ ይቕሬታ ሓቲተ ናብ ሽንቲ-ቤት ኣምራሕኩ። ኣብታ ናይ ደቂ-ተባዕትዮ ክፍሊ ማዕጾ ምስ ኣርሓኹ፡ ጓልን ወድን ብምስዕዓምን ነንሕድሕዶም ብምጭብባጥን ንእዋኖም ክብለጽሉ ጸንሑኒ። እታ ናይ ተባዕትዮ ሽንቲ-ቤት ንሳ ጥራይ ብምንባራ፡ ነብሰይ ንድሕሪት ገጸይ ብምግታእ ክሳብ ዝለቁ ብዓቕሊ ተጸበኹ።

ድሕሪ ሓድ ደቒቕን ገለ ሰከንድታትን ካብታ ክጥቀመላ ዝበሃግኩ ቦታ ወጹ። የዒንተይ ስያፍ ብምግባር ድማ ነታ ጓል-ኣንስተይቲ ብዓሙቑ ኣስተንትኖ ተዓዘብኩዋ። ድሒረ ግን ህዋሳተይ ተቖጻጺረ ናብ ጉዳየይ ኣበልኩ።

ናብቲ ባር ምስ ተመለስኩ እቲ ሙዚቃ ስምዓኒ ዝብል ኮይኑ፡ ዝበዝሐ ሰባት ድማ ኣብ "ከምዚ ኢለ ንዘልኣለም እንተዝነብር" ዝብል ትምኒታዊ ሃለዋት ተጸሚዶም ረኣኹ።

ካብታ ኮፍ ኢለያ ዝነበርኩ ቦታ የዒንተይ ብዝተሓዋወሰ ስምዒት ብልክዕ ነታ ኣብ ሽንቲ-ቤት ምስ ካልኣያ ዝተዓዘብኩዋ ጓል-ኣንስተይቲ ኣቋሚተን ነበራ። ብዛዕባ'ታ ቅድሚ ሕጂ ዝፈልጣ ጓል ክሓስብ ጀመርኩ። ድሮ ንኣቶ ማቴዎስ ኣብ ጎነይ ምህላዉ ክርስዖ ደለኹ። ኩሉ ሓይለይ ኣብ ተዘክሮታተይ ኣማእዘንኩዎ... ካብ መጀመርታኡ ኩሉ ብኸመይ ከም ዝጀመረ ድማ ዘከርኩ...

ቅድሚ ሽዱሽተ ዓመትን ፈረቓን፡ ተራ ሰብ ኮይነ ዝኽተሎ ፍሉይ ቅዲ ዘይነበረኒ ፍረ ዘርኢ ናይዛ ከተመ'የ ነይረ። ብምስሊ ክዳውንተይ፡ ብምንቅስቓሳተይ ይኹን ብዝኽተሎ ኣገባብ ኣዘራርባ ቀልጢፈ ተረሰዓይ ሰብ እየ። ኣብ ርእሲ ደቂ-ሰባት ተጣቢቐ ንኽዝከር እምብዛ'ኳ እንተዓየኹ፡ ኣይከነለይን። ዋላ'ኳ ምሉእ መዓልቲ ኣብ ከተማ ክዛውን እንተጸዓርኩ፡ እኳ ደኣ ኣብቲ ጎደናታት ከምዘለኹ ዘስተውዕለለይ ኣይርከብን። ብድምሩ፣ ኣነ ቅሳነት ዘይብሉ ሽክና ሃብታማትን ከይተዘርበሉ ዝሃስስ ዛንታ ድኻታትን'የ።

እቲ ዝያዳ ዘስሕቕ ነገር እንተሃልዩ ንዘይብጽሑኒ ጓኖት ኣተኹረ ዝዕዘብ ምንባረይ'ዩ። ምንቅስቓሳቶም፡ ግዜኦም፡ ኣብ ልዕሊ መሬት ዝገብርዎ ምርኢታትን ካልእ ተወሳኽን የጽንዕ ነይረ። ተግባራተይ ኩሉ ዘበለ ናይ ደቂ-ሰባት ባህሪ ንኸጽንዕ ኣብ ተልእኾ ዘለኹ የምስለኒ ነበረ። እዚ ትዕዝብቲ እዚ ዋላ ሓደ ሓገዝ ኣብ ልዕሊ ህይወተይ ኣየምጸለይን። እኳ ደኣ ውሽጠይ ሃሰየኒ፡ ምኽንያቱ ንሓደ ሰብ ኣዕሙቝካ እንታይነቱ እናረጋገጽካ ክንስኻ ንሱ ወይ ንሳ ግን ንዓኻ ኣብ ገጽ መሬት ርእዮምኻ ኣይፈልጡን'ዮም። ዛጊት ግን ንሳቶም ብየዒንተይ ዕድለኛታት'ዮም፡ ኣብታ ዘለዋ ዘይብላ ርእሰይ ኣቐሚጠ፡ ውሽጠይ ድማ ህይወት ከልብሶም ብምኽኣሉ። ሓንቲ ካብኣቶም ድማ ሜሪ እያ ነይራ። ሜሪ ማሪቆስ።

ንሳ ዝተፈልየ ዘመን ዘምጽኦ ቅዲ እትኽተል ሰብ'ያ። ካብቲ ማእከላይ ጸጉሪ ርእሳ ክሳብ'ቲ ብቕዓቱ ዝሓለወ ዝናን ስምን ዘለዎ ጫማታታ፡ ካብቲ እንኮ ዝዓይነቱ ምንቅስቓሳታ ክሳብ'ቲ ተራእዩ ዘይፈልጥ፡ ብድሕሪ ሕጂ'ውን ዘይርአ ህያውነታን…ካልእ እምብዛ ብልጫታታን ብደቂ-ተባዕትዮ ተጸማኢት ዝገብራ'ዩ። እቲ ልሙድ ኣገባብ ህላዌኣ ካብ ጎደና ሃራን ክሳብ ጎደና ፔርጋ ሕላገት ኣለዎ።ኣብ መዓልቲ ሓንሳእ በተን ጎደና እንተዘይ ተዛዊራ፡ እቲ መንገዲ ዝባኸነ ጎደና ኮይኑ ይረኣየኒ፡ ወይ'ውን ህይወት ናይታ መዓልቲ ቦዘኔ ኮይኑ ይስመዓኒ፡ ከምዚታት ካልእን ብሰንካ ናይ ጽሉላት ክብሎ ዝደፍር ኣእምሮኣዊ ስእሊ ድማ ነበረኒ። እቲ ንዝደንዘዘ ህዋሳት ከበራብር ዓቕሚ ዝነበሮ ጨና ክዳውንታ ድማ ክርስየ ኣይደልን። ሓደ ዕድል እንተረኺቡ'ሞ ደድሕሪኣ ንኽስጉም እንተበቒዑ ዋኒኑ ኣወንዚፉ ኣሰር'ቲ ምኡዝ ሽታ'ዩ ዝስዕብ። ካልእ ክትዝንጋዕ ዘይግብኣ ድማ ነቲ ከደራይ ክሳዳ ትዕጅብ ዝነበረት ሓሞኽሽታይ ዝሕብራ ሻርባኣ፡ ኣብ ዓለም እታ ዘይትትንከፍ ጓል-ኣንስተይቲ ተምስላ ነበረት። ኣብ ዝኾነ ክፋል ናይታ ከተማ እግራ ኣብ እተንብረሉ ቦታታት፡ ብቑንጅነት ዝተቀብለ ፍሉይ ስፍራ ኮይኑ ይስምዖ፡ ነቲ ካብን ናብን ተላኺዑ ካብ ክዉንነት ዝረሓቐ ኣእምሮይ። ኣብ ዘላቶ ከባቢ፡ ኣብ ግዜ መዓልቲ ናይ ከተማ መብራህትታት ናቶም ጸርገ ብርሃን ይፈጥሩ፡ እቲ ድምጺ ጫውጫውታ ናይታ ከተማን ህዝባን ድማ ተሰሚዑ ዘይፈልጥ ጽቡቕ ዜማ ዝመልአ ቃና ይስማዕ። ድቃስ

ዘይብሎም ለይትታት ብሰሓቕ፣ ብጭርቃን፣ደስታ ዘለዎ ቃንዛን ምስኣ ኣሕሊፈዮ'የ። እዚ ግን ኣብቲ ብሕልምን ምስልን ዝተባረኸ፣ ብኽዉንነት ግን ዝተረግመ ርእሰይ ጥራይ እምበር።

ኦ ውቕብቲ ሜሪ...ኣብዛ መሬት ምፍጣራ'ኮ ዝኾነት ኀል-ኣንስተይቲ ክትኮኖን ክትመስሎን ዘለዋ መንነት ንኽተርኢ፣ ኣምላኽ ግዜኡ ወፍዩ ዝሰርሓ ዝበለጸት ኣብነት'ያ።

ፍቕራ ኣብ ውሽጠይ ንበይነ'የ ዓቝረዮ። ዋላ'ኳ ዝኣምኖም ክልተ ኣዕሩኽቲ እንተነበሩኒ፣ ኣነ ዝገብሮ ዘበለ ብዓይኒ መስሓቕ ዘርእይ የዒንትን፣ ቁሩብ ቁራቦ ድማ ካብ ምፍራድ ድሕር ስለዘይብሉን'ዩ። ስለዚ ንዕኦም ምንጋር ማለት ናብቲ መሕዘን መድረኽ ህይወተይዳግማይ ሽግር ሞዕዳም ማለት'ዩ። እቲ ጉደይ ስለዘይተወድአ ድማ ፍቕራ ናብ ዘበለቶ ኣንፈት'ዩ ኣቢልኒ። እቲ ዘይለመዶ ነፍሰይ ድማ ኣብ ፈቀዶ ባራት፣ ለይታዊ ትልሂታት፣ ውልቃዊ ክፍልታትን ኣገደስቲ ሰባት ዝኣትዉዎ ክቡር መዛነዩ ቦታታትን ኮብለልኩ። ዝገብሮ ዘለኹ ኣብ ክፈልጠሉ ዘይክእል ደረጃ ድማ በጻሕኩ። ደድሕሪኣ ክስዕብ ድማ ንገዛእ ርእሰይ ጓናን ሓሳውን ኮንኩ።

ካብ ኩለን መዓልታት ዝተፈልየት ዕለት ግን ሜሪ ሰብ ዘይብላ ንበይና ኮፍ ኢላ ረኣኹ። ኣብታ መስትያት እትመስል ዘመን ዘምጽኣ ሞባይላ ትጠዋውቕ ነበረት። ኣየገርምንዶ ሓደ ፍሉጥ ሰብ ንበይኑ ኮፍ ክብል ከሎ። የደንቕ'ባ! ምኽንያቱ ንኽምዚ ከማይ ዝኣመሰሉ ብጽምዋ ዝተባረኹ ሰባት እዚ ዝስዕብ መልእኽቲ'ዩ ዘመሓላልፍ "እንድሕር ደኣ ኣነ ተጠማቲ ሰብ ንበይነይ ኮፍ ኢለ ኣለኹ፣ ንስኻን ንበይንኻን ደኣ'ሞ ኣብ ገሃነም ትህሉ'ምበር" እዚ ኣብቲ ብነፍሰ ምትሓት ዝሳቐ ርእሰይ ዝተቐመጠ ሓሳብ ብምንባሩ ካብ ሓንጎለይ ደምሲሰ ናብ ካልእ ሓሳባተይ ኣበልኩ። ኣብታ እዋን እቲኣ ርእሰ ተኣማንነት ይኹን ካልእ ኣትቢዑ ምስኣ ከቃርበኒ ዝኽእል መንፈስ'ኳ እንተዘይነበረኒ፣ እንተኾነ ካብታ ህሞት እቲኣ ንላዕሊ፣ ንዕኣ ንኽዛረብ ዝበለጸ ዕድል ብድሕሪኡ ዝህሉ ኮይኑ ኣይተሰመዓንን። ነፍሰይ ኣልዒለ ድማ ናብኣ ገጸይ ሰጎምኩ።

እቲ ዝነውሐ ስጉምቲ ናይ ሂወተይ ኮይኑ ዝተሰመዓኒ እንተላይ ናይ ብርከይ ራዕራዕታ ተወሲኽዎ ፍርሐይ ጥርዚ በጽሐ። ኣብቲ ዝተኸብረ ኮይኑ ዝተሰመዓኒ ኣከባቢኣ ምስ በጻሕኩ ሓንሳእ ምስ ጠመተትኒ ከም ዘይረብሕ ርእያትኒ ስቕ በለት።

"ሰላም..." ብምባል ኢደይ ንፍቐሪ ለኣኽኩላ።

ተገዳስነት ዘይነበሮ ዝመስል ወስታ ኢዳ ምስ ሰደደትለይ፡ "ስመይ ሙሴ'ዩ። ስምኪ እንተ'ፍሊጥክኒ ሕጉስ ኽኸውን'የ።"

"ናይ ብሓቂ? ስመይ ፈሊጥካ ብኡ ትሕጎስ እንተኾንካ ደኣ ንዓይከ እንታይ መኽሰብ ኣለኒ። ማለተይ፡ ኣነ ዘሕጉስ'ሲ የብለይን።" በለትኒ ንምስለይ ክትጥምቶ ባህጊ ከየርኣየት። ዓው ኢላ ኣይበለቶን'ምበር ዝኾነ ይኹን ዝምድና ብዘይ ዝኾነ ነገር ከምዘይትምስርት'ዩ ኣገላልጸኣ ነይሩ።

ጎሮሮይ እናጸረግኹ "ናይ ሓደ ሰብ ሓጎስ ንካልኣት ዕጋበት ምዃኑ ኣይትፈልጥን ዲኺ?" ብትሕትና ኣጣየቕኩ።

"ሕራይ ፍላስፋ ዝኣክል ሰሚዐካ'የ።" በለትኒ ኣኺሉ ዝተርፍ ከምዝተዛረብኩዋ፡ ቀጺላ "እሞ ንምንታይ ኣነ ከምዝሕጎስ ዘይትገብር፡ ንስኻ ሽው ብኡ ትዓግብ፡ ኣይመስለካን?"

"ግዜኺ እንተሂብክኒ ደኣ መተግበርኩዎ።"

"በጃኻ ካብ ጓል-ኣንስተይቲ ግዜ ኣይትለምን፡ ሰብኣይ ምሰል!" ካብ መቓምጦኣ ብድድ ብምባል ንበይነይ ራሕሪሓትኒ ተዓዝረት። ሓሊነዮ ዝተበገስኩ ስለዘየስለጥኩ ኣመና ሕፍረት ተሰምዓኒ። ንስማ ክትነግረኒ ከም ሓደ ዓቢ ነገር ቆጺራ ዘቋሰለትኒ ምኽንያት ንኽርዳእ ድማ ሓርበተኒ። እቲ ብወሲባዊ ስምዒት ተደፋፊኡ ዝግዕር ሰብኣይ ደፊሩ ዝሓቶ ሕቶ እንተዝሓታ ደኣ ግብረ መልሳ እንታይ ኮን ምኾነ? ኣየ ንሳ፡ ብጽባቐ ዝማዕረገት ክንሳ ልባ ግን ብኣስሓይታ ቑሪ ዝተመልአ'ዩ። ኣየ'ወ ንሳ፡ ተፈጥሮ ዘጉደለላ ዘይብሉ ክንሱ፡ ዓዘራ ደሚራ እትነዝሕ መልሓስ ግን ኣላታ።

ከምዝመስለኒ "ጽባቐ" ንኻልኦት ሰባት ልዕሊ ዓቐን ርእሰ ተኣማንነት ይፈጥረሎም። ካብ ሽቃጠ ንላዕሊ ድማ ስሱዕ ዓይኒ ይገብረሎም። ካብ ተዓዘብቲ ንላዕሊ ድማ ሓራዱ ጠባይ ይዓስሎም። ብዝኾነ በቲ ንሳ ትብሎ ዘላ ኣገላልጻ ሰብኣይ ንምኻን እንታይ ኮን የድሊ ይኸውን። ኣብ ርእሳ ተቐሚጠ ነፍሲ-ወከፍ ድሌታታ ንኽርዳእ {ካብቲ ብደጊኣ ርእየ፡ ውሽጣ እንታይ ኮን ይሓስብ ይህሉ፡ ኢለ ዝገመትኩዎ እዋናት ንላዕሊ}ዋላ-ዋላ ዓቕብ ኣይምኾነንን።

እንተኾነ እዛ መሬት ደምን ንብዓትን ርሂጽን ብምኻና ዝያዳ ክትጽዕር ከምዘለካ ኣይሰሓትኩን። ተሪር ምኻን'ዩ። ካልእሲ ይትረፍ ንድሌታትካ ክትጭብጥ ኩሉ ክህልወካ ኣለዎ'ኳ እንተዘይተባህለ ጥቓኡ ክትበጽሕ ግን ግዴታ ኮይኑ ይስመዓኒ።

ካብ ምዕጃባ ኣይደሓርኩን፡ እዚ ግን በዒንተይ ጥራይ'ምበር። ካብ ምዕላላ መልሓሰይ ኣይለኸትኩን፡ እዚ ግን ብውሽጠይ'ምበር።

ሜሪ ናይ ህጻናት ባህሪ እውን ነይሩዋ እዩ። ከም ኣብነት፡ ኣነ ናብኣ ገጸይ እናሰጎምኩ ይመጽእ ከምዘለኹ እንተፈሊጣ ኮነ ኢላ ኣብ ሰለፍ ካልእ ሰብኣይ ኮፍ ትብል ወይ'ውን ኣእዳዎም ትሕዝ። ኣነ ካብ ምስላ ንኽጠፍእ ዝግበርን ዘይግበርን ገበረት። ምናልባት ግን ንሳ ትሓስብ ትኸውን ናይ ደቂ-ሰባት ጠባይ ምስኣም ኮፍ ምስ በልካ ጥራይ ዝፍለጥ። ኣነ ግን ምስኣ ብዘይምኻን ካብ ጣውላኣ ርሒቐ እንከለኹ ንሳ መን ምኻና ይፈልጥ'የ። ምኽንያቱ ንሱ'ዩ ተግባራተይ፡ ንሰባት ይዕዘብ። ንሳቶም ብዘይርድእዎ መንገዲ ኣብ ቆላሕታይ ኣለዉ።

ንሳ ክብርሃ እንከሎ ክሳብ ሃለዋታ እተጥፍእ ትሰቲ፡ ዝኾነ ስሱዕ ሰብኣይ ግን ኣብ ጥቓኣ ኣቕሪባ ዕድል ናይቲ ዝጠፍአ ቀልባ ኣይተረከብን። ጠሚተ እኮ'የ ብዙሓት ደቂ-ተባዕትዮ እዝን እትን ክጋብዙዋ...ንሳ ግን ካብ ነቲ ብሃረርታን ክብረትን ዝጥብራ ነቲ ዘይጠመታ ሰብ እተማዕዱ ገያሺት ዓይኒ እትውንን፡ ሕልፍቲ ጓል`ያ። ክልተ ኣንብዘ ኣናቐጉታ ምስ ሳልሳይ ሰብኣይ ኮፍ ከምእትብል'ኮ ካብ ትርኢተይ ኣየምለጠትን። ብቁንጅናኣ ዋዒ ነዲዶም ካቦቶም እንተዘየውጽኡ፡ ብኽምስታኣ ርሂጾም መላጉም ካምቻኦም እንተዘይፈትሑ፡ ቅሳነትን

ዓወትን ዘይስምዓ ስስዕቲ ልዕልና'ያ። ተዓዚበ እኮ'የ ልዕሊኣ ግን ዝኾነ ፍጡር ንኣድህቦ ምስሓብ ከምኣ ገይሩ ዝረዓም ዋላ'ኳ ኣየጋጠመንን። ኣድህቦ ካብኣ ርሒቑ እንተሃልዩ ባዕላ ትፈጥሮ፡ ልክዕ ከምዛ ንኣድህቦ ምስሓብ መሃዚቱ። እዝን ካልእ ተወሳኺን ተዓዚበላየ። ፍርዲ ኣብ ልዕሊ ሰባት ግን ኣብኣ በጺሑ ጠፍኣኒ። ኩሉ ጉዕዞ ህይወታ ዘበለ ሰናይ'ዩ። መልክዕ መላእኽቲ ዘለዎ። ጌጋ ዘይብሉ ተግባራት። እዚ ግን ነቲ በሃም ተምሳጣዊ ትርኢተይ።

ድሕሪ ክልተ ኣዋርሕን ገለ ሕላፍ መዓልታትን ኣቢሉ ሜሪ ናጽነት ብዝዓብለሎ ኣገባብ ኣብ ጎደና ፔርጋ ክትዛወር ረኺብኩዋ። ከባቢ ሰዓት ኣርባዕተ ክንሱ ጸሓይን ጩራታታን ካብ ገጽ ደበና ሃጢማ ነበረት። ቁሪ ድማ ብመሳኹትን ናሕስታትን ዘይደልደሉ ማዕጾታታ ናይታ ከተማ ኣቢሉ ይፋጺ ነበረ። ዝበዝሐ ሰብ ወይ ኣብ ገዝኡ፡ ስርሑ ወይ ድማ መዘናግዒ ቦታታት ኮይኑ ካብቲ ጸዋግ ተፈጥሮ ተኸዊሉ ነበረ። ጎደናታት ተቐማጠኦም ከም ዝፈንፈኑ ብባዶነት ዘቕቢቦም ነበሩ። ስለዚ እንተተሓስበ ብዘይካ ሓንቲ ጎደና ትሳገር ዝነበረት ናይ ቀደም ቦርሳ ዝሓዘት ኣረጊት ሰበይቲ እንተዘይኮይኑ፡ ኣንጎሎታት ጎደና ፔርጋ ንዓይን ንሜርን ዝተሓዝአ ስፍራ መሰለ።

ንሳ ቀስ ኢላ መሬት እናረገጸት ናባይ ገጻ ምስ በጽሐት፡ ነቲ ብናይ ቁሪ ጓንቲ ተሸፊኑ ዝነበረ ኣእዳዋ ንሰላምታ ለኣኸትለይ።

"ሞስ ከመይ ትኸውን?" ምስ በለትኒ፡ ኣነ ድማ ከም ሰብኣይ ጨቢጠ ሰላምታ ምስ መለስኩላ፡ ነፍሰይ ብዘይምቁጽጻር ብፍሽኽታ ኣጌጽኩ። ንስመይ ከምታ ዝብህጋ ገይራ ብምድማጻ ክኣምን'ኮ ኣይከኣልኩን። ዘገረመኒ'ውን ገጸይ ንየዒንታ ወቓሕ ብምባሎም'ዩ። ካብ እኩብ ህዝቢ ፈልያ ከተለልየኒ ኣይትኽእልን'ያ ዝብል ሓሳባት እኮ'ዩ ሳዕሪሩኒ ነይሩ። ንምስለይ ቁራቦ ኣንፈት'ዩ ዘለዋ ዝብል ኣምር ኣሉታ ኮይኑ ምጽንሑ ብዙሕ'የ ተሓጒሰ።

"መወዳእትኡስ'ባ ሰብ ኮንኪ።" ቃላተይ ብወጥሪ ተጻጊመ'የ ኣድሚጸ።

"ስለምንታይ'ዩ ከምኡ ኮይኑ?"

"ድሕሪ'ዚ ኹሉ ስመይ ኣድሂኽያ…ንሱ ንረስዓዮ'ሞ ከመይ ኣለኺ?"

"ናይ ልብኻ ዲኻ…እዚ ኹሉ መንገዲ ተሳጊርካ መጺእካስ ከመይ ከምዘለኹ ንኽትሓተኒ'ዩ። እዚ ደኣ ጓና ክሓተኒ ዝኽእል እዩ'ዩ። መሰልቸው'ባ ኢኻ። ክሳብ ሎሚ ጓና ኢኻ ንዓይ።" እተን ቃላት ብህድኣትን ናእዳ ብዝግብአ ተምሳጣዊ ትንፋስ ፈነወትለይ። እንታይ ክብላ ከም ዝደለየትኒ ዋላ'ኳ ኣይፈለጥኩን፡ ግን ብርቡሽ መንፈስ ሓሰብኩ። ጸጥታ ኣብ መንጎና ግዝኣቱ ኣወጀ። ንሳ ድማ ብግዲኣ ብጽኑዕ ኣጣምታ ሓለወትኒ።

"ምተቐበልክኒ'ዶ ልክዕ ከምቶም ምሳኺ ዝዛወሩ ደቂ-ኣዳም እንተዝኸውን?"

"ምናልባት።" ሓንሳብ ምስ ጠመተትኒ ብድሕሪኡ ኣይተገደሰትን።

"እሞ ካብ መሰረቱ ሓሰውቲ ኢኺ ተፍቅሪ፡ ክኣምን ኣይክእልን'የ፡ ነብሰይ ብዘይኮነቶ ነገር ክትቅበልያ ምድላይኪ። ንሱ ከማን ምናልባት ኢኪ ኢልክዮ።"ብሓዘኔታ ቀምረርኩ።

"ሓደ ወዲ ዋላ ቃላቱ ኣይእመንሉ፡ መዓልታዊ ከምዚ ከማይ ጽብቕቲ ጓል ከምዘየላ ዝነግረኒ እንተድኣ ኮይኑ፡ ንስለ መልሓሱ ክብል መፍቅርኩዎ።…ሓደ ወዲ ድማ ክትግበሩ ዘይክእሉ፡ ዘይተነግሩ ውጥናት መጻኢ ዘዕልለኒ እንተደኣ ኮይኑ፡ ስለቲ ሓሶቱ ምስኡ ኮፍ ምበልኩ። ከም ሓቂ ገይሩ ዘጸይን እንታይ ከይህሉ'ዩ። ንስኻ ድማ ኣብኡ ትነብር ኣለኻ።…ሰባት ንሓቂ ዝያዳ ሓሶት እንተዝደልዩዋ፡ ካብ ንመጽሓፍ ቅዱስ፡ ንፈጠራዊ ዛንታ ከንብቡ ኣይምተዓዘብካን። ስለዚ ነብስኻ ነዛ ዓለም ኣጣምር። ኣብ ቅንዕቲ መሬት ትነብር ከም ዘለኻ ዝኣምን ክፉል ሓንጎልካ ኣስተኻኽሎ። ሓቅነትካ ንመንግስቲ ኣምላኽ ዓቅቦ። ምኽንያቱ ኣብኡ ሓሶት የለን።" ኳሌታኣ ድሕሪ ምትዕርራይ ቀይሕ መተራኸሲ ኣብተን ምጭዋት ከናፍራ ለኸየት። ቀጺላ ናባይ ገጻ ብምቕራብ ብሕሹኽታ ነዘን ቃላት በለትኒ "መዓረይ ንኽትዕወት ተዋሳእ። ንሓደ ሰብ እንተ'ፍቂርካ፡ ከምዝፈተኻ ኣይትምሰል እኳ ደኣ ከምዘይደለኻ

ኩን። ንሓደ ነገር ኣዚኻ እንተብሂግካዮ፡ ኣደበኛ ኣይትኹኑሉ እኳ ደኣ ኣይግዱ ምሰለሉ። ነገራት ክትረኽቦም ኣዚኻ ኣይትጽዓር... ርግጸኛ'የ ንግሆ ክትበራብር ብዙሕ ጻዕሪ ዝበሃል ከምዘይሓተካ፡ ብባህርያዊ ኣገባብ ብዘይ ምጭናቕ ኢኻ ትበራብር። ስለዚ *"ክትትኮኖ ዘለካን፡ ክትመስሎ ዘለካን" ፈላልዮ።"* ተዛሪባ ምስ ወድኣት ካባይ ተፈንቲታ ከም ሓደ ምዕራፍ ዝዛዘመ መምህር ተዓዘበትኒ።

"ደሓን ብኽምዚ እንተቐመጥኩልካ ይሓይሽ፡ ኣወዳት መብዛሕትኡ ግዜ ዝኾነ ኣብነታት ብደቂ-ኣንስትዮ እንተተገሊጽሎም'ዮም ዝርድኡኻ።" ነዚ ዝበለትሉ ምኽንያት ኣብ ገጸይ ገለ ምድንጋራት ስለዘንበበት ይመስለኒ። ከምዚ እናበለት ድማ ቀጸለት "ጥዑይ ሰብኣይ እንተኾንካ ጓል ከተፍቅረካ ዘይመስል'ዩ። ልቦና እንተ'ለዋ ግን ተፍቅር'ያ። እንተኾነ ሰብ ዝበሃል ፍጡር፡ ኩሉ ግዜ ኣብ ጉዕዞኡ ንሓደ ንጹህ ነገር ከድሚ፡ ንጥዕይቲ ልቢ ክሰብር፡ ንንኡድ ፍሽኽታ ከጸውግ፡ ንሓጎስ ድማ ከንብዓሉ ዝኽእል ዕድላት ምስ ኣናደየ'ዩ። ስለዚ ሓንቲ ጓል ጥዑይ ምኻንካ እንተፈሊጣ ምሳኻ ናይ ዓበይቲ ኣተዓማማት እንተዘይ ተጻዊታ ጽልልቲ ምኻና ዝነግር ጸሊም ባህሪ ኣብ ውሽጣ ይነግራ'ዩ።..." ሰዓታ እናቋመተት "ተስፋ ይገብር ቁሩብ ግንዛበ ሂበካ ክኸውን መዓረይ!"

ርእሰይ ዝያዳ ካብቲ ዝሃበትኒ መረዳእታ ንላዕሊ ኣብተን ናይ መወዳእታ ቃላታ ተቓነየ። እተን ኣርባዕተ ፊደላት ቃላታ ዝያዳ ህይወታዊ ገበራኒ። "መዓረይ" ካብ ጽብቕቲ ፍጥረት ነዚ መን ይረኽቦ። ስለቲ ጥዑም መልሓሳ ኣፍቀርኩዋ። ዋላ ንዝበለቶ ኣይትእመነሉ ምስኣ ክኸውን በሃግኩ። እንታወይቲ'ያ እዛ ጓል? ንሕቶይ ባዕለይ ክምልስ ኣይተጸገምኩን። ንሳ ብናታ ኣብነታት እትነብር ሰብ'ያ። ኣብ ሓሳባት ክጥሕል ምስ ጀመረኩ ኣእዳዋ ኣብ መንኩበይ ክትንክፉ ከለዋ ተፈለጠኒ። ከም መፋነዊ ስለዝሓሰበቶ ድማ ክልተ ግዜ ጠብ-ጠብ ኣቢላትኒ ከምቲ ዝብቆጽ ዝነበረ ንፋስ ብፍጥነት ካባይ ተኸወለት።

ኣነ ድማ ኣብቲ ጽንጽንታ ናይ ፍጡራት ዘይረኣየሉ ጎደና፡ ኣብ ሓደ ብማይ ዝዓሰወ ቦኽባኽ መንደቕ ተጸጋዕኩ። እቲ ስጋ ገዲፉ ዓጽሚ

ሰብ ዘናዲ ዝነበረ ቁሪ እናሽካዕለለይ፡ ሓሳባተይ ክሳብ ዝውድእ፡ ንበይነይ ኣብዛ መሬት ከምዘለኹ ነታ መሕዘን ነፍሰይ በቲ መኻን ርእሰይ ደንገጽኩላ።

ድሕሪ ክልተ መዓልቲ ባድላን ካራባታን ለቢሰ ኣብቲ ብብዝሒ እትኣትወሉ መዘናግዒ ማእከል ኣተኹ። ንበይና ከም ዘላ ምስ ኣረጋገጽኩ ድማ ብፍስሃ እናሰጎምኩ ኣብ ጥቓኣ በጻሕኩ።

"ሜሪ ሰብ ኣለኪ ድዩ?" ናብታ ጥራያ ዝነበረት ሴድያ እናመልከትኩ ሓተትኩ።

"ስመይ ደኣ መን ነጊሩካ?" ኮፍ ንኽብል ኢዳ ናብታ ሴድያ እናመልከተት ሕቶ ሃበትኒ።

"ዳርጋ ኩሉ ሰብ ክጽወዓኪ ይሰምዕ'የ፡ ብዛዕባኺ'ውን ከዕልሉ ይሰምዕ'የ።"

"ብጽቡቕ ድዮም ብሕማቕ ዘልዕሉኒ?"

"ሕማቕ እንተዝኸውን ምሳኺ'ዶ ኮፍ ምበልኩ ኢልክኒ።"

"እሞ ኣወዳት ንግዚኡ ንጓል እንተደልዮማ'ኮ ካብ ጥዑይ ወረ ዘለዋ ሕማቕ ወረ ዘለዋ ይመርጹ...ብዝኾነ ግን ብጽቡቕ'ዩ ካብ በልካኒ የቐንየለይ።" ካብ ኣካውናኣ ንናእዳ ዝለመደቶ ኮይና ተሰምዓትኒ። ድሕሪ'ዛ እዋን ንምዕላላ ዝኸውን ግዜ ሰኣንኩ። ሞባይላ ከም ሓደ ብስራሕ ትሑዝ ቤት-ጽሕፈት ተደወለት። ዝፈልጡዋ ሰላም ክብሉዋ፡ ሓደሽቲ ንኽላለዩዋ፡ ኣሳሰይቲ ልኢኾም ንኽትሕወሶም ዝሓቱዋ ክቐጽር ተዳኸምኩ። ምስኣ እንታይ ይገብር ኣለኹ። ገለ ነገር ከይጎንፋ ክከለኽለላ? ካባይ ንላዕሊ ብልቦና ነብሳ ክትከላኸል እትኽእል ሰብ'ያ። ከምቲ ኩሉ ግዜ ዝዕዘባ ምስ ዘዝመጸ ሰብኣይ እንታይ ከም እትገብር ተመልከትኩዋ። ኣብ ሓደ ሰብ ኣቃልቦኣ ክጸንዕ እንተኾይኑ ብኹሉ ሸነኹ ምሉእ ክኸውን ኣለዎ። ተምሳጥ፡ ዘይተሰምዐ ዕላላት፡ ሰብኣይን ፈረቓን፡ ዓብላሊ፡ እዝን ካልእን ወኒኑ ኣብ ዝለዓለ ጽፍሒ ስብእነት ዝርከብ እንተኾይኑ ኣብ ጥቓኣ ኮፍ ክብል ትርእዮ። ነዚ.ታት ዘየማልእ እንተኾይኑ ኮነ ኢላ ሞባይላ

ትጠዋውቕ፡ ኣድህቦኣ ናብ ካልእ ሸነኽ ትጠማዝዝ፡ ወይ ድማ ንሰብኣይ የንድድ'ዩ ኢላ ዝሓሰበቶ ምንቅስቓሳት ተርኢ። እዚ ነቲ ዝቐረበ ሕጹይ ንኣድህቦኣ ብቑዕ ዘይምዃኑ ንምርኣይ እትገብሮ ኣቓጣዒ ግብረ-መልሳ እዩ።

ንፍርቂ ሰዓት ኣቢሉ ዝ'ኸውን ኣፈይ ኣብ ዕጹው ቦታ ነበረ። ውሽጠይ ብረሃጽ ቆለጭታ ይስምዖ ነበረ።ነፍሰይ ተቓጸለ። ብሰንኪ ምስኣ ኮፍ ኢለ ምህላወይ ዝዓለቡኒ የዒንቲ ካልኦት ክቆጻጸር ዓቕሚ ወሓደኒ። እንተኾነ ዝበዝሐ ብሕፍረት ዝኣክል ካብ ገጽና ምስ ጠፍኡ ኣነን ንሳን ኣብ ስፍራና ተረፍና።

"ፈቲ'ኺያ'ዶ ነዛ ባድላይ?" ነቲ ዓሲልና ዝነብረ ስቕታ ክብትኖ ፈተንኩ።

"ፈቴያ እንተዝ'ኸውን ኣቐዲመ'ዶ ምነገርኩ'ኻ፡ ኣይመስለካን? ምሳኻ ስለዘይት'ሽይድ ኮይና ኣይኾንኩን። እንተኾነ ንነብስኻ ኢልካ ኣይኮንካን ተ'ኽዲንካያ ዘለ'ኻ፡ ንዓይ ክትማር'ኽ ብማለት'ምበር። ንባዕል'ካ ክትሕጎሰላ ዓዲግካያ ኔርካ እንተት'ኸውን ዘደንግጽ ፍጥረት መሲልካ ኣይምተረኣ'ኻን። ኣነ ምሳ'ኻ ብዘይምቅዳወይ ጥራይ ከምኡ ክትከውን ግቡእ ኣይመስለንን...ንቕንዕና ትስዕባ እንዲ'ኻ ሓቀይ? ዝበዝሐ ግዜ ምስ ሰባት ብዛዕባ ከምዚታት ፈጺመ ኣይዛረብን'የ። ምሳ'ኻ ዝዛረበሉ ዘለ'ኹ ምኽንያት ድማ ኣብዛ ዓባይ መሬት ዝጠፍኣ ቆልዓ ኮንካ ኢ'ኻ ትስምዓኒ።"

ብድሕሪ'ዚ ኣነ ዝበልኩዋ የብለን ንሳ'ውን ክትብለኒ ዝበሃገቶ ኣይነበራን። ድሕሪ ቁሩብ ግዜ ናይታ ምሸት ነናብ መንገድና ኣበልና። ኣነ ድማ ምስቲ ግሩም ኢለ ዝሓሰብኩዎ ባድላይ፡ ኣብ መዓልቲ መርዕኡ መርዓቱ ራሕሪሓቶ ዝተሸርበት መርዓዊ ክመስል፡ መንገዲ ጉዕዞይ ርእሰይ ብድንኑን፡ ምንጻግ ኣእዳውን በይን'ኻ ምህትፍታፍን እንደባለ'ቕኩ ንገዛይ ብምስቁርቛር በጻሕኩ።

ብድሕሪኣ ዝቐጸለት መዓልቲ ኣብታ መዘናግዒ ማእከል ንበይነይ ኮፍ በልኩ። ከም ሰብ ቆጺራ ናባይ ብምምጻእ ሰላም እንተበለትኒድማ ተጸበ'ኹ። ዋላ'ኳ ንነዊሕ እዋን ሰብ እንተዘይነበራ፡ ኣይኮነን ሰላም ክትብለኒ ዋላ ን'ኽትጥምተኒ ባህጊ ኣየሕደረትን። በታ ደቒቕ እቲኣ

ምስዚ ኹሉ ምንጻግ፡ ክሳብ'ቲ ዝተጠቕሰ እዋን ጌና ብዘይጎደሎ ከምዘፍቅራ ርጉጽ ነበረ። ንነፍሰይ ድማ ከም ሓደ ፍሉይ ዝጽላሌኡ ፍጡር ንኽቕበላ ዋላ'ኳ ድምብርጽ ኣይበለንን።

እቶም ምስኣ ዝዓጎኹ ደቂ-ኣዳም ኣጸቢቐ ምስ ተመልከትኩዎም፡ ዝተፈልየ ባህሪ፡ ዝተፈልየ ኣካይዳ ካብ ማንም ሰብኣይ ዘለዎም ኮይኖም ሓንቲ ተራ'ኽቦም ጠባይ ግን ንእዋኑ ዝነብሩ ዓይነት ሰባት ምዃኖም'ዩ። ንዓይ እትጸልኣሉ ምኽንያት ድማ ንሱ ኮይኑ ይስመዓኒ፡ ንህይወት ዝያዳ እዋናዊ ሓጎስ ካልእ ልዕሊኡ ካልእ ከም ዘለዋ ክትዝክር ፍቶተኛ ኣይኮነትን።

በታ ሜሪ ኪንዮ ምጭባጠይ ምዃና ዘረጋገጽኩላ እዋን፡ ንመዓልታተይን ለይቲታተይን ከም ዝበኣሰ ክፍወስ ዘይክእል ሕማም ዘለዎ ሰብ ገይረ ንኽቐጽራ፡ እቲ ህይወት ካብ ዘይትፍለጠ እዋናት ዘቍጸረ ሓንጎለይ ተቓውሞ ኣይገበረለይን። ምናልባት ሓቀኛታት ኣፍቀርቲ ፍቕሪ ድሌቶም ካብ ካልእ ሰብ ዘይኮነ ኣብ ርእሶም ጥራይ'ዮም ክረ'ኽብዎ ዘለዎም ብምባል ምስ ፈንጠዚያ ርእሰይ ጥራይ ክቀራቐስ ወሰንኩ።

ኣተኩሮይ ኣብ ህይወተይ ጥራይ ክገብር ጀመርኩ። ነፍሰይ ነቲ ብሰንኪ እታ ሓልያትለይ ዘይትፈልጥ ሰብ እትፈልጠ ቦታታት ምእታው ኣገድኩዋ። ኣብ ልዕሊ ሜሪ ዝነበሩኒ ስምዒታተይ ብቐሊሉ ኣፋንየዮም'የ እንተበልኩ ፍትሓዊ ኣይመስለንን። ምኽንያቱ ምስቲ ሓቀኛ ምስለይ ክራኽብ ኣመና ግዜ'ዩ ባ'ኺኑኒ። ኣካውናይ ናብ ንቡር ክመልስ ዘድለየኒ መስርሕ ከም ዝተሰብረ ጥርሙዝ ከም እደገና ምምስርሑ ንኽመሳሰል ምግናን ዘየድልዮ ሓቂ ኮነኒ።

ዕስራን ኣርባዕተን ሰዓታት መዓልትን፡ ሰሙን ምሉእ ናይ ሓንቲ ወርሕን ብዘይ ቅያር ምዝንጋዕ ሰራሕኩ። እንተኾነ ስርሐይ ጻምኡ ምስ ረኽበ ዝያዳ ሓጎስ ተሰምዓኒ። ናይ ሓንቲ ዕውትቲ ትካልርእሰ ፈጻሚ መኮንን ንምዃን ብቑዕ ኮንኩ። ዋላ'ኳ ኣይብዛሕ'ምበር ገለ ክፋል ብርኪ ናይታ ትካል'ውን ዋንነተይ ኮነ። ካብ ስንኩፍ ምዃን ዝረሓቐ ህይወትን ዝጠዓመ ጸጋ ምንባርን ብምርካበይ ንኣምላኽ ኣመስጊነ ምጽጋብ ሰኣንኩዎ።

በዚ'የ ድማ በርቂ ከምዝወቕዓኒ ንሜሪ ምስ ሓደ ጎበዝ ኣብ ሽንቲ-ቤት ምስ ረአኹዋ ስጋይ ተቖንጢጡ ዓጽመይ ጥራይ ዝተረፈ ኮይኑ ዝተሰምዓኒ።

ከመይ ከም ዘላ ንኽጣይቓ ብዙሕ ህንጥዩነት ሓዘኒ። ደጊመ ንኣቶ ማቴዎስ ትሕትና ብዝመልአ ኣገባብ ይቕሬታ ሓቲተ ናብቲ ሜሪ ኮፍ ዝበለትሉ ጣውላ ኣምራሕኩ። እቲ ጥራዩ ዝነበረ ዳንጋኣ ኣመሳቒላ ትድሰት ዝነበረት ሜሪ፡ ትዝክረኒ'ዶ ብዝብል ሕቶታት እናለዓዓልኩ ኣብ ቦታኣ በጻሕኩ።

“ሄለው ጽብቕቲ...ተለልይኒ'ዶ?” እቲ ደቢኑ ዝነበረ መብራህቲ ብግቡእ ንኽትርእየኒ ስለዘይሓገዛ፡ ገጸይ ንኽበርሃላ ናብ ጥቃኣ ቀረብኩ።

ድሕሪ ገለ እዋን ናይ ምጥርጣራት ምስሊ፡ “ሞስ! ንስኻዲኻ?... ጠፊእካ...እዋይ...ብዙሕ' የዝዝክረካ። በጃኻ ሕቖፈኒ።” ንልበይ ብዝተፈለጠ ኣገባብ ተሓቛቑፍና ሰላምታ ተቓየርና።

እቲ ምስኣ ዘምሰየ ሰብ ብግናይን ቅንኢ ዝዓሰሎ ኣጣምታ ሸቑረረኒ።

“ስማዕ ዝሓወይ፡ ዓርካ ዲኻ ሰብኣያ ዝፈልጠ የብለይን፡ እንተ ንሳ ግን ናይ ልበይ መቐረት ዝነበረት ሰብ'ያ።”

እንተስ ተሰማሚዕኒ፡ እንተስ *‘ዝደለየ ይኹን’* ብምባል ደምዲሙ ድማ ብኣወንታ ርእሱ ነቕነቐለይ።

ገጸይ ናብ ሜሪ ድሕሪ ምጥምዛዘይ ንብዓታ ብንጹህ ወረቐት ክትሕብስ ጸንሓትኒ።

“እንታይ ኣጋጢሙ ድዩ ሜሪ?” ክትነብዕ ብምርኣዩ ውሽጠይ ተሃስየ።

“ሰብኣይ ኮንካ ክርእየካ ከለኹ ዘስዓበለይ ሓጎስ'ዩ። በቃ ናይ ሰብኣይ ሰብኡት።” ናብ ጥቓኣ ቀሪበ ኮፍ በልኩ።

"መንእሰይኮንካንመዋእልአይንበርን'ዩሓቀይ?" ንመጀመርታ እዋን {ካብ ዝላለያ ማለት'ዩ} ኣእዳወይ ኣብ መንኩባ ኣቐመጥኩ።

"ሕጂ ብተኸዲንካዮ ዘለኻ ልብሲ ሕጉስ ኣለኻ።" ድማ በለትኒ፡ ሕፍረት ዘሳቐያ እናመሰለት።

"ክሳብ ሎሚ ኣብዞም ፍልስፍናታት ኣለኺ? እንተኾነ ይናፍቐም'የ።... ዓመታት ኮይኑ..." ኣብ ትዝታ እናኣተኹ ኣስዕብ ኣቢለ።

"ሕጂ ከመይ ኣለኺ ብምባል እንተሓተትኩኺ '*ናይ ልብኻ ዲኻ...እዚ ኹሉ መንገዲ ተሳጊርካ መጺእካስ ከመይ ከም ዘለኹ ንኽትሓተኒ'ዩ። እዚ ደኣ ጓና ክሓተኒ ዝኽእል እኮ'ዩ። መሰልቻው'ባ ኢኻ። ክሳብ ሎሚ ጓና ኢኻ ንዓይ!*' ከም ዘይትብልኒ ርግጸኛ'የ። እዞም ቃላት ትዝክርዮም ዲኺ?" ነቲ ቆራሪ ባህርያታ ክደግመላ ፈተንኩ።

ክልቴና ካብ ግቡእ ንላዕሊ ብሰሓቅ ተኸርተምና።

ንብዓታ ኣጥፊኤ ብሰሓቕ ብምቕያረይ ኣዝዩ ሓበን ተሰመዓኒ። እዚ'ኳ እንተኾነ ፍሽኽታኣ ምጭንናቕን ቃንዛ ምንባርን ዘንበብኩሉ መሰለኒ። ዋላ'ኳ ነዛ ትንፋስ ህይወተይ ከም ዝጸልእ ዝገበረት ሰብ እንተነበረት፡ ምስዚ ዘንበብኩላ ሕሰም ክወዳደር ኣይክእልን'ዩ።

የዒንተይ ንፍቕርን ጽልእን፡ መቐረት ልብን ብላሽን፡ ጽብቕትን ጊንጥን ጠመቱዋ። ሕጂ ግን ኣበየናዮም ከም ዘለኹ ኣይፈልጥን።

ብዛዕባ ህይወትን ካልእ ሽነኻት ናብራን ኣዕለልና። ኣብ መንጎ መንጎ ድማ ብዛዕባ ንኽልቴና ዘጣምሩና ግን ንድሕሪት ዝገደፍናዮም መዓልታት ህይወትና ዘከርና።

ድሕሪ ገለ እዋን ካብ ቦታኣ ናባይ ብምቕራብ ናብ እዝነይ ብምቕራብ ነዚ ዝስዕብ ሕሹኽ በለትኒ።

"ጓል ትሽዓተ ዓመት ከለኹ ንዝፈትዎ ዝነበርኩ መማህርተይ ክስዕሞ'የ ኢለ ሓሲበ ኣይፈልጥን። ጓልዓሰርተ-ኣርባዕተ ዓመት ከለኹ ዓርኪ ክሕዝ'የ ኢለ ሓሊመ ኣይፈልጥን። ጓል ዓሰርተ-ሸውዓተ ዓመት ኣብ እንዳ-ባር ክኣቱ'የ ብምባል ገሚተ ኣይፈልጥን። እንተኾነ ኩሉ

ኮይኑ። እዞም ኣይክገብሮምን'የ ኢለ ዝሓሰብኩሎም ነገራት ፈቲዮም ድየ ጸሊኤዮም መጺኦምንስ ተተግቢሮም'ኳ። ሕጂ ድማ ረኣየኒ ምስ ገንዘብ ዘይብሎምን ክፉኣትን ክወድቕ'የ ኢለ ጠርጢረዮ ዘይፈልጥ እንኸሉካ ግን...” ናብቲ ምስኣ ኮፍ ኢሉ ዝነበረ ሓንሳብ ጠሚታ ኣቓልቦኣ ናባይ ገበረት። “ስለዚ ነብስኻ ናብ ተማእዝና ተጠንቀቕ። ሎሚ ንኣሽቱ ጌጋታት ትገብር ጽባሕ ተደሚሮም ክዓብዩ'ዮም። ሕጂ ኣብዛ እንዳ ባር ኣለኻ፡ ጽባሕ ትሰክር፡ ድሕሪ ጽባሕ ናይ ጎደና ኣዋልድ ትሕዝ፡ ገንዘብካ ኣብ ዘይእዋኑ ተባኽን። ስለዚ በጃኻ እዚ ቦታ ንዓኻ ኣይመስልን'ዩ።” በለትኒ። ቃላታ ዋዒኦም ኣብ እዝነይ፡ እሳተ-ጎመራኦም ድማ ኣብ ርእሰይ ኣትረፈ።

ኣዝያ ከም ዝናፈቐትኒ ገይራ ተዓዘበትኒ። የዒንታ ነቲ ነዊሕ ጠፊእዎም ዝነበረ ምስለይ ዝጸገብዎ ኣይመሰሉን።

“ስራሕ...ሰብኣይ...ቆልዑት'ከ ጌርኪ'ዶ?”

ኣዝዩ ዕቱብ ዝኾነ ኣገላልጻ ኣብ ገጻን ምንቅስቓሳታን ረኣኹ።

“ኣቦይ ብግቡእ ንኸዕብየኒ ዝተቓለሶ ተዓዚበዮ'የ። እታ ዝረኸባ ንእሽቶይ ግዜ ንዓይ ይውፍየለይ ነይሩ። ኣበይ-ኣበይ'ሞ ዘየዛወረኒ። ስፍራ ኣታኽልቲ፡ ሲነማታት፡ ካፈታት...ዝተረፈ ባዕልኻ መልኣዮ። ዝኾነ ቆልዓ ካብ ወላዲኡ ዝሓልሞ እነ ይነብሮ ነይረ። እንተኾነ ምስ ዓበኹ ንሓደ ቅዱስ ዝበሃል ወዲ ኣፍቀርኩ። ንሱ መናፈሻ ይኹን ሲነማታት ኣየዛወረንን እንተኾነ ግን ኣዝየ ኣፍቀርኩዎ። ኣቦይ ናብ ኦክስፎርድ ዩኒቨርሲቲ ስነ-ጽሑፍ ንኽመሃር ምስ ደለየኒ፡ ንዕኡ ነጺገ ብምስጢር ምስ ቅዱስ ሃዲመ ጠፋእኩ።” ክርድኦ ብዘይከኣልኩ ምኽንያት ምሉእ ዘይኮነ ፍሽኽታ ገበረት። መሊሳ ግን ብሓንሳብ ፍሽኽታ ኣቋሪጻ ከምዚ በለት “ዝምድናይ ምስቲ ዓርከይ ከምቲ ዝጀመሮ ኣይቀጸለን። ተፈላሊና። ናይ ኣቦይ ተግባራት ረሲዐ ነቲ ንህይወተይ ጓና ዝኾነ ሰብ ክፍቅር ከለኹ ፍትሓዊ ኣይኮነን። ስለዚ ናይታ ዘይትትካእ ህይወትካ ሕልምታትን ሸቶታትን ኣጎናዲብካስ ቆልዑት ከተዕቢ፡ እሞ ድማ ምስ ዓበዩ ተገምጢሎም ንኻልኦት ልዕሌኻ ክፍቅሩ። ኖኖኖ እዚ ንዓይ ዘይከውን'ዩ። ብኸምኡ እኮ'ዩ ጎይታ *'ብቐድመይ ካልኦት ኣማልኽቲ ኣይትስርዑ'* ዝበለ።”

ንዓኻ'የ ዝወቅስ

ምስኣ ዕላለይ ክቕጽል ዋላ'ኳ ኣይምጸላእኩን እንተኾነ ኣቶ ማቴዎስ ንዓይ ይጽበ ብምንባሩ ኣመና ተሰከፍኩ።

"እሞ ሜሪ ጽብቕተይ ጽባሕ ደውልለይ፣ ዝያዳ ከነዕልል ኢና። ጽቡቕ ምሸት።" ድሕሪ ምባለይ ቁጽሪ ቴለፎን ናይ ውልቀይን ናይ ስራሕን ሃብኩዋ። ደጊምና ነፍስና ብምቅርራብ ተሓቛቚፍና ምስ ተፈላለና ንሳ ካባይ ኣነ ድማ ካብ ትርኢታ ተኸወልና።

ኣነን ኣቶ ማቴዎስን ዝያዳ ንኽንጸንሕ ምኽንያት ስለ ዘይነበረና ነናብ ቤትና ኣበልና።

ንጽባሒቱ ልክዕ 9፡43 ናይ ንግሆ ሜሪ ናብ ቤት-ጽሕፈተይ ደወለት። ኣብቲ ደወል ብዙሕ ኣዕለልና። በቲ ዝተዘራረብናሉ ድማ ኣብ ስምምዕ በጻሕና።

ኣብቲ ኣነ ዘካይዶ ትካል ቦታ ናይ ስራሕ ሃብኩዋ። ወረቐት ስራሕ፣ ብቕዓት፣ ተመክሮ ዝምልከቱ ሕቶታት ከይተሸገረት ድማ ኣተወት። ምስቲ ቦታ ስራሕ ከኣ ዝተቓደወት መሰለት።

ንጽባሒቱ ዝነበረት መዓልቲ ኣብ ናይ ድሕሪ ቀትሪ ግዜ ኣብ ማዕጾ ቤት-ጽሕፈተይ ኳሕኩሐት። ብሰሓቢ ኣገባብ ድማ ሰላም በለትኒ።

"ስራሕ ድሕሪ ምዝዛምና፣ ሻሂ ቡን ዘይንሰቲ?" ኣብቲ ኮፍ መበሊ ኣጋይሽ ብዙሕ ምቾት ከይተሰምዓ ኮፍ በለትሉ።

"እምም...ብዙሕ ዝሳለጥ ስራሕ ኣለኒ። ምናልባት ካልእ መዓልቲ።"

"ሕራይ ክጽበየ።" ገጻ እናድነነት ካብ ቤት-ጽሕፈተይ ወጸት። ማዕጾ ምዕጻው ግን ረስዓቶ። ማዕጾ ቤት-ጽሕፈተይ ክስሕብ ምስ ተሳእኩ፣ ሜሪ ካብ ክሳድ ንላዕሊ ፍሽኽ እናበለት ተመልሰትኒ።

"ትፈልጥ ዲኻ...ምሳይ ክትከውን ዝበሃግካ ኣይመስለንን።"

"ኖኖ ከምኡ ኣይኮነን..." ካብቶም መስማር ንልቢ ዝኾኑ ቃላት ካብ ምውሳኽ ከቋርጻ ሃቀንኩ።

"በጃኻ ሞስ ውሽጠይ ከገልጽ ዕድል ሃበኒ። ንስለ ኣምላኽ። ዝኸሰቦ ዘይብለይ እኮ'የ ከሲረካ። ኣነ ዝንጸገሉ መዓልቲ ኣላ ኢለ ገሚተ ኣይፈልጥን። እንተኾነ እታ መዓልቲ ሎሚ'ያ። ነቲ ጽሉል ዝነበረ ኣካይዳይ ከዕሪ ብዙሕ ምተመነኹ። እንተኾነ ዋላ'ውን ጥዑይ መንገዲ ህይወት ሒጂ እንተሓዝኩ ውሽጣዊ ሰይጣነይ መልኣኽ ንክኸውን ቦታ ኣይገድፈለይን'ዩ።" ተሪር ዝኾነ ንፋስ ኣስተንፈሰት። ድሒራ ንካራባታይ ብኣንክሮ ተመልከተታ፡ ናባይ ቀሪባ ድማ ሰበይተይ ከም ዝኾነት ክትተናኽፋ ጀመረት። እቲ ዝበለጸ ዝበሃል ፍሽኽታኣ እናገበረት ድማ ቁሩብ ኣስጢማ ኣሰረትለይ።

"ኣዝየን ብዙሓት ደቂ-ኣንስትዮ ለይትን መዓልትን ንከምዚ ከማኻ ሰብኣይ ንምርካብ ኣብ ጸሎት ኣለዋ። ኣነ ድማ እታ ዝነበረትኒ ዕድለይ ንዓሻ ምኽንያት ኣጥፊኤያ'የ። ንፍቕሪ ብግዚያዊ ደስታ ተቓይረዮ'የ። ኣብዛ ዓለም ከማይ ገይሩ ጽሉል ርእሲ ዝተዓደለ ክንደየናይ ከይህሉ። ልቦና ክህልወኒ ኣይተመረቕኩን በጃኻ። ክገርመካ የዒንትኻ ክርኢ ከለኹ ዝነበረኒ ህይወት ከም ዝጠዓሰሉ ክገብራ ዓቕሚ ኣለወን። ንዝተረፈ ህይወተይ ብእትምርዓወካ ጓል ብቕንኢ ክሕመስ ክነብር'የ።"

"ጽብቕቲ እኮ ኢኺ..."

"በጃኻ ኣቋርጽ ኣብዚ እዋን ናይ ልብኻ ኣይኮንካን።" ኣይተሰምዐን'ምበር ሕርቃን ዝተሓወሶ ውጫጩ ኣብ ልባ ነበረ።

ገጻ ናብቲ ነዊሕ ኮረዲዮ እናጠመተት "እዛ ሕጂ ምሳይ ዘላ ሰብ ኣብቲ ቀደም ኔራ እተትኸውን ምተመነኹ። እቲ ቀደም ዝነበረ ንስኻ ድማ ሕጂ ምሳኻ እንተዝህሉ ምተመነኹ። ካብዚ ክልቲኡ ትምኒታት ሓዲኡ እንተዝሰርሕ ፍቑራት ምኾንና። እንተኾነ ግዜ ከም ደስ ዝበሎ ጌሩ ተጻዊትልና። ምቁር ኔርካ ሕጂ ድማ መጺጽካ፡ ኣነ ድማ መጻጽ ኔረ ሕጂ ድማ ምቅርቲ። ኢቲ ቅድም ኣብ ዘይከውን እዋን ኢኻ ረኺብካኒ፡ እንደገና ድማ ኣነ ኣብ ዘይከውን እዋን ረኺበካ። ዝገበረናዮ ሕማቕ ነገር ዋላ ሓንቲ የለን። ጠባያትና ግን ምስ ግዜ ተጋጭዩ።" ቃላታ ካብቲ ሓቀኛ ባህሪኣ ወጽኡ።

ካብቲ ኮፍኢላትሉ ዝነበረት ተላዒላ ንዓይ ከይጠመተት ናብቲ ኮረዲዮ ገጻ ኣበለት። እቲ ድምጺ ናይ ርጋጽ ጫማኣ ክሳብ ካብ ኣእዛነይ ዝሃስስ ከኣ ሰማዕኩዎም።

እንታይ'ዩ እዚ በጃኻ። ንኽቕበላ ኣዝዩ ከቢዱኒ፡ ከምቲ ንሳ ንዓይ ክትቕበል ዝኸበዳ። በቲ ንሳ ዝገበረትኒ ሕነ ክፈዲ ኢለ ኣይኮንኩን። ኣምላኽ ይፈልጥ ኣነ ሕነ ቀዳማይ ፍቕሪ ድማ መወዳእታ ከም ዘይሰርዕ። ከምቲ ቀደም ዝርእያ ዝነበርኩ ክኾነለይ ክንደይ ምተመነኹ። ከምቲ ኣብዛ ዓለም ንሳ ጥራይ ጓል ዘላ ኮይኑ ዝስምዓኒ ዝነበረ። ሕጂ ግን ከም ካልእ ተራ ጓል'ያ ንዓይ። እንተኾነ ግን ክሳብ'ዛ እዋን ንሳ ጽብቕቲ ሜሪ ማርቆስ'ያ ምኽንያቱ ክሳብ'ዛ ናይ ሎሚ ትንፋሰይ ከምኣ ገይራ ብፍቕሪ ዘነቓቕሓትኒ ጓል የላን።

ድሕሪ'ታ ናይ መወዳእታ ዝተዘራረብናላ እዋን ንስራሕ ገጻ ኣይተቐልቀለትን። ብብዙሕ መንገድታት ክረኽባ'ኳ እንተፈተንኩ ክሰልጠኒ ግን ኣይከኣለን።

ድሕሪ ወርሒ ኣቢሉ ይኸውን ግን፡ ሓንቲ ቆራሪት ቀዳም መዓልቲ ምስ ሓደ ክንዲ ዕጽፍን ፈረቓን ዕድሚኣ ዝኸውን ሰብኣይ ረኣኹዋ። ኣብቲ መጀመርታ ኣቦኣ መሰለኒ። ከምዘይኮነ ዘረጋገጽኩሉ ምኽንያት ግን ሓንሳብ መዓኮራ ጠፍ ኣቢሉ ከኺሽማ ስለ ዝረኣኹ'ዩ። ንዓይ ብማዕዶ ምስ ረኣየት ገጻ ጸልማት መሰለ። ሰላም እንተበለትኒ ብምባል ካብ መንገደይ ጠጠው ብምባል ተጸበኹዋ። እንተኾነ ኣይወዓለቶን። ኣነ'ውን ከም ናታ ገበርኩ። ንናጽነታ ክግህስ ኣይደለኹን። የዒንተይ ጠውየ ግን ጠመትኩዋ ከምዛ ምንእስ ሓፍተይ። ዋላ'ኳ እቲ ሰብኣይ ጨቢጡ ሓቝፉዋ እንተነበረ ግልጽ ኢላ ንኽትጥምተኒ ሽግር ኣይረኸበትን። ክልቴና እናተጠማመትና ተራኸብና። እምብዛ ቃላት ነቲ በዒንትና መንገዲ ዝተበሃሃልናዮ ክገልጹ ዋላ ሓንቲ ዓቕሚ የብሎምን። እንተኾነ ንነዊሕ ኣይቀጸለን። ንሳ ናብ መንገዳ ኣነ'ውን ናብ መንገደይ ኣበልና። ተፈጥሮ ጣዕሙ ዝቐየረ ኮይኑ ተሰምዓኒ። ሓንጎለይ ድማ ካብ ኣብ ጥቓኡ ዝነበሩ ነገራት ኣርሒቑ ነበረ። ኣብታ እዋን እቲኣ ህይወታ ህይወተይ ኮይኑ ተሰምዓኒ። እቲ ልቢ ዝሰብር ትርኢት ምስቲ ሰብኣይ ካብ

ርእሰይ ከድምስስ ሃቀንኩ፡ ልበይ ግን ምግባር ኣበየትኒ። መንገደይ እናገበርኩ ድማ "ሕራይን፡ እምቢታን" መዓረ ክንደይ ኣብ ልዕሊ ህይወት ሰብ ጽልዋ ኣለዎም እናሓሰብኩ ተሳለኹ።

ንጽባሒቱ ከም ኩሉ እዋን ናብ ስርሐይ ኣበልኩ። ቅድሚ ናብ ቤት-ጽሕፈተይ ምእታወይ ድማ ጸሓፊተይ መልእኽቲ ከም ዘለኒ ሓበረትኒ።

ካብ መን ምዃኑ ምስ ሓተትኩዋ ድማ "ሓሳብ ዝበሃል የብለይን፡ ኣብዚ ጣውላይ'ዩ ጸኒሑኒ።"

"ሽም የብሉን ድዩ?"

"ካብ መን ምዃኑ ይኹን ኣድራሻ ዝበሃል የብሉን፡ ናባኻ ከም እተላእከ ጥራይ'ዩ ዝነግር።"

ነታ ንእሽቶይ ባኮ መሳሊት ምስ ብዙሕ ህንጥዩነት ኣብ ርእሰይ ኣሰንየ ተማላእኩዋ። ብኹሉ ሸነኻታ ተመልከትኩዋ። ናይ ዝኾነ ይኹን ኣንፈት ኣይረኸብኩላን። ተገዲሰ ድሕሪ ምኽፋተይ ኣብ ውሽጣ ሓንቲ ቀያሕ ዕንባባ ጸንሓትኒ። ሓንቲ ንእሽቶይ ጭራም ወረቐት ድማ ምስኣ። ከምዛ ንምርዳኣ ዝተጸገምኩ ድማ ደጋጊመ ኣንበብኩዋ።

"ንዓኻ'የ ዝወቅስ። ንዓኻ'የ ዝወቅስ ነቲ ዝነበረኒ ህይወት ከም ዝጠዓሰሉ ብምግባርካ። ኣብ ህልዉናይ እንተዘይትቕልቀል ክሳብ'ዛ ሎሚ ህይወተይ ምተሓጎስኩላ፡ ኣብ ቅኑዕ መንገዲ ኣለኹ ኢለ ድማ ምሓሰብኩ። ንስኻ ግን ቅኑዕ ዝበሃል ከም ዘይብለይ ኣነጺርካዮ። ስለዚ ድማ ክወቕሰካ'የ። እንተኾነ ከምዚ ፍቕራት ብጽቡቕ መንገዲ ዝወቻቐሉዎ ገይርካ ሕሰቦ።

ምስ መዓረይ እቲ ዝዘንብ ማይን፡ ዝወድቕ ኣቐጽልትን'ሲ ተስተውዕለሉ'ዶ? ተፈጥሮ ግደኡ ዘተግብር ዘሎ ክይመስለካ፡ ንብዓተይን ልበይን'የን መሬት ዝወድቃ ዘለዋ። ግን ብዛዕባይ ኣይትሻቐል ሕጂ ዓባይ ጓል ኮይነ'የ። ኣብ መወዳእታ ካብ ኩሉ ህዝቢ'ዛ መሬት ዝያዳ ዘተባረኸካ ኩን፡ ስለቲ መልክዕ ምስ ፍቕሪ

ንዓኻ'የ ዝወቅስ

እንተዘይተሓዊሱ መልክዕ ከፉእ ምኻኑ ዘፍለጥካኒ ሰብ ንስኻ ብምኻንካ። ኣብታ ንሞት ዝተቓረብኩላ ሰዓት ካብዞም ኩሎም ደቂ-ተባዕትዮ ንዓኻ ከም ዝዝክር እመንኒ። ከምቲ ክርስዓካ ዘይብህግ ኣይትረስዓኒ። ስራሕ ምቁራጸይ ኣይትቀየመለይ። ነቲ ዝተወለፍኩዎ ህይወተይ ብቐሊሉ ክርሕቀሉ ስለዝኸብደኒ እየ። ናትካ መጻጽን ምቅርትን ሜሪ ማሪቆስ።"

ገምጢለ ምስ ረእኩዋ ናይ ሜሪ ስምን ፌርማን ረኣኹ። ኣብታ ምችእቲ ሴድያይ ብምኻን ድማ ንእዋኑ ሓሰብኩ።

ሓሳባተይ ፈንጠዝያ ጥራይ ኮነኒ። እቲ ክዉንነቶም ንዕኦም ጥራይ ኮይኑ ተረፈ። ናይ ሜሪ ወረቐት ኣብ ተመዛዚ ኣእትየ ብመፍትሕ ዓጸኹዋ። ብድሕሪ'ዚ ድማ ናብ ስርሐይ'ኳ እንተበልኩ ርእሰይ ግን ኣብ ትምኒታት ነበረ። ተስፋታቱ ከምቲ ኣብቲ ትሑት ህይወተይ ከለኹ ዝነበረኒ ዓይነት ፍቕሪ ተጸምደ። ምኽንያቱ ዘለኒ ደረጃን እታ ምችእቲ ናይ ሓለፍቲ ወንበረይን ከምኡ ክህባኒ ዓቕሚ ስለዘይብለን።

ግዜ ኣብ ዘይግዚኡ

ሰለሙን ኣብ ተርሚናል ቁጽሪ ሸውዓተ ናይ መዓርፎ ነፈርቲ ኒው-ዮርክ ምስ በጽሐ'ዩ ነታ ኣብታ ንእሽቶይ ቦርስኡ እትርከብ ዲያሪ ኣውጺኡ ከንብባ ዝጀመረ።

"ንዳየሪ ፈጢሩ ኣብ ግብሪ ዘውዓለ ሰብ ክሳብ ኣብ መሬት ዘለኹ ከመስግኖ ክነብር'የ። ከምኡ ምባለይ ምኽንያት ዘይብሉ ኣይኮነን። ሕፍረታተይ ኣሕሊፈ ዘዕልሎ ፍጡር ብዘይምርካበይ'ዩ። ድርሳነይ ግን ጽውጽዋይ ክሰምዕ ከም ዝበሃገ ህጻን ጻዕዳ ወረቐት ኣንጺፉ ብዘይ ተቓውሞ ስለትቕበለኒ'የ።"

ተመሃራይ ኣብ ዝነበርኩሉ ኣብ ሓንቲ መዓልቲ ሓሙሽተ-ሽዱሽተ ሰዓታት ምስ መዛኑ መማህርተይ ይራኸብ ብምንባረይ ንዘልኣለም ካብ የዒንተይ ይኸወሉ'ዮም ኢለ ይሓስብ ኣይነበርኩን። ሸው እዋን ኣብ መዓልቲ ሽዱሽተ ሰዓት፣ ኣብ ሓሙሽተ መዓልቲ 30፣ ኣብ ወርሒ 120፣ ኣብ 10 ወርሒ ድማ 1200 ሰዓታት ንራኸብ ወይ ንርእእ ነይርና። ኣብ 3 ዓመታት ናይ ካልኣይ ደረጃ ድማ 3600 ሰዓታት ብሓደ የሕሊፍናዮ። እቲ ዘገርም ኣብቲ ሸው እዋን ኴንና ድሕሪ 15 ዓመት ንኽንራኸብ ኢና ተቛጺርና። ዘዛርበኒ ዘሎ ግን ንምንታይ ነዚ ዝተጠቕሰ ሰዓታት ምስትምቓር ሓዲግና ኣብቲ እዋን ኴንና ነዘን ድሕሪ 15 ዓመት ዝመጻ ካብ ሓሙሽተ ዘይዛይዳ ሰዓታት ግብጃ ዝበሃግና ኣይርድኣንን። ነዞም ዝበልኩዎም መማህርተይ ንኽረኽቦም ገለ መዓልታት'ዩ ተሪፉኒ ዘሎ። ንኹሎም መማህርተይ ምስ ምሉእ ጥዕንኦም ከይጎረፉ ከይሸረፉ ንኽረኽቦም ዘለኒ ሀንጡይነት መቸም መዐቀኒ ኣይርከቦን።

ሰናይት። ኣየ ሰናይት! እታ ነቲ ክፍሊ እትኣልዮን ምትእኽኻባት ተወሃህድን ዝነበረት፣ ሕጂ'ውን ቅድሚ ዓመት ኣቢላ ስርሓ ገዲፋ ነዚ ግብጃ ናይ ክፍልና ምሸብሻባት ትገብር ከም ዘላ ሰሚዐ። ቁጽሪ ተሌፎነይ ካብ መዓሙቕ ደልያ ብምርካብ ነዛ ዕለት ንኸይርስዓ ቅድሚ ገለ ኣዋርሕ ዘዘከረትኒ ሰብ'ውን ንሳ'ያ። ንሳ ሕልንኣ እምብዛ'ዩ ዓቢ። ተመሃሮ ኣብ ዝነበርናሉ "ዘይስልችዋ ፍጥረት!"

እናበልኩ'የ ብውሽጠይ ዝድንግጸላ ነይረ። ምስ ግዜ ልቦናይ ብዝዓበየ ግን እዛ ጓል ልዕሊ ማንም ሰብ ፈቃርን ሓላፍነት ካልኣት ንኽትጸውር ዘይከብዳን ምንባራ ሕጂ ይርዳኣኒ። ቅድሚ ዝኣገረ ዝረኸበ ሰብ'ውን ንዕኣ'የ። በቲ ሽዑ እዋን ትገብሮ ዝነበረት ዕጽፊ ምስጋና ክልግሰላ'የ።

እንተዘይተጋግየ ሓደ ሰብ ናይ ካልኣት ሰባት ሓላፍነት ዝስከም እንተኾይኑ፣ ናይ ገዛእ ርእሱ ሓላፍነት ዝኸብዶ አይመስለንን። ህይወት'ውን ብኡ መጠን ትቐለሉ ኮይኑ'ዩ ዝስመዓኒ። ሰናይት'ውን ከምኡ።

ሓደ ነይሩ ዘይርስዖ (ኽርስዖ'ውን ዘይደሊ) መምህርና ካብቲ ናይ ኩሉ እዋን ምዕዶታቱ "ዝለኹም እዋን ንበሩሉ። እንተዘይኮይኑ ነዚ ህይወት ዘኪርኩም እህህታ ትዝታ ናፍቖት ጥራይ ኣብ ኣእዳውኩም ከይተርፉ!" ቅድሚ 15 ዓመታት ዝበለና ዘረባ ቅድሚ 15 ደቓይቕ ዝበለን ኮይኑ ይስመዓኒ። ኣብቲ ሽዑ እዋን ከም ተራ ዘረባ ዝሓለፍኩወን ቃላት ሎሚ ኣብ ህይወተይ ብግብሪ ክሰርሓ እንክርእይ ከለኹ ጓሂ ንደመይ እዝርጎ።

ሓደ-ሓደ ግዜ እዚ ዝበልኩዎ መምህር ዝጸሓፍ ጽሒፉ ዝግለጽ ገሊጹ ምስ ወድአ የዒንቱ ተኺሉ ንደቓይቕ ይጥምተና ነይሩ። ሽዑ "መን ረቢሹ መንከ ብስነ-ስርዓት ኮፍ ኢሉ'ሎ" እናበለ ዝከታተለና ዘሎ ይመስለኒ ነይሩ። ሕጂ የዒንተይ በዝቕሐ ኣብ ትሕቲ ግንባሩ እንክሶኽዐን ግን "ንኹሉ ግዜ ከምዚ እንተትኾኑ ክንደይ ኮን መምሓረልኩም። ኣነ ከምዚ ከማኹም ተመሃራይ እንከለኹ ዘሕለፍኩዎ እዋን ዘኪረ ብቕንኢ እሕመስ! እዚ ሕጂ ኣነ ዝስመዓኒ ዘሎ ነገራት ብልክዕ እንተገለጽኩልኩም'ውን ዘረባይ ዝስወጠኩም እይመስለንን። እንተኾነ ንየዒንተይ ኣቃውማይን ፍሽኽታይን ርኢኹም ኣባህላይ ተረዱኡኒ!" ዝበለና ዝነበረ ይመስለኒ። ትምህርቲ ብዝዛዘምና ንተኸታታሊ ክልተ ኣዋርሕ'ኳ እንተረኸብኩዎ ብድሕሪኡ ግን ምንቅስቓሳቱ ኣብ ጎደናታት ኣስመራ ኣይተዓዘብኩን። በዚ ኮይኑ በቲ ግን ኣብ ዘለዎ ሰላም ንዕኡ ይኹን።"

ግዜ ኣብ ዘይግዚኡ

ሰለሙን ነዚ ምስ ኣንበበ ናብ ትምልከቶ ኣየር ብምድያብ ነታ ድርሳኑ ብጸሊም ፒሮ ጽሕፈቱ ምዝርዛር ቀጸለላ። ከይደቀሰ ድማ ኣብ ጉዕዙኡ ወድኣ።

ናብ ስድርኡ ከይተኣለየ ድማ መዕረፍ ኣጋይሽ ኣተወ። ንሰዓታት ድማ ብዘይቅሳነት ደቀሰ።

ንገለ መዓልታት ምስ ዝኾነ ሰብ ከይተራኸበ ንበይኑ ኣብ ጽሙው ጎደናታት ተዛወረ።

ከም ኩሉ እዋን ሓንቲ ምሸት ካብ መዕረፊ ኢሉ ዝሓዞ ሆቴል ንኽናፈስ ጃኬቱ ደራሪቡ ወጸ። ርእሱ ብዝተፈላለዩ ዝኽርታታን ቁርቁስ ናይ ሓሳባትን እናኮማሰዐ ክዛወር ከሎ ኣብ መንገዲ ብተብተብ ትጓዓዝ ንዝነበረት ሰናይት ከስተብህለላ ኣይተሸገረን። ፉጽያ ሓዊሱ ድማ ብዓውታ ተዳሃያ። ናይ ነዊሕ ዓመታት ናፍቖቶም ድማ ካብ ሰለስተ ኣርባዕተ ካብ ዘይሓልፉ ናይ ገጽ ምስዕዓም ከውጽዎ ፈተኑ። ኢዶም ከይተፈላለየ ድማ ጥዕናን ናብራ ክልቲኦምን ብዕምቆት ተሓታተቱ።

"ኣቲ 'ዮርሳሌምን ሳሚልን'ከ ጌና ተመሃሮ ይመስሉ ይህልዉ'ምበር?... እቲ ቐደም'ሲ እዛ ከተማ ብፍቕሮም ተስተንፍስ፡ ዝቐምሰለ ኣቑጽልቲ ብምትሕላልዮም ዝጸድቕ ኮይኑ'ዩ ዝስመዓኒ ኔሩ። ሕጂ ካብ ዘይርእዮም ግን ዝያዳ ዓሰርተ ዓመት ኣለኒ።" በለ ሰለሙን ፍሽኽትኡ ናይ ህጻን እናመሰለ።

ሰናይት መልሲ ከይሃበት ምውት ዝበለ ፍሽኽታ ለጊሳ ቆላሕታኣ ብድኹም ተመልከተ።

"ትዝክርዮ'ዶ ኩሉ ተመሃራይ ኣብ ሴድያ ፍጭም ኢሉ ብትምህርቲ ክከላበት ንሶም ግን ፎቐዶ እንዳ ሻሂታት ብፍቕሪ ክሕንቅቑ... ሓደ መዓልቲ ኣቡኣ ንዮርሳሌም ብዛዕባ ትምህርታ ክሓትት ኣብ ዝመጸሉ ኣብ ክፍልና ክትሰኣን ከላ ካብ ሓንጎለይ ኣይሃሰሰን። ድሕሪ እዋን ግን ኣቡኣ ኣካይዳ ጓሉ ንመዓልታት ብምጽንጻን ኣበይ ከምእትውዕል ፈሊጡ። እታ መዓልቲ'ኳ ኣይርስዓን'የ ሓሙስ መዓልቲ ናይ ድሕሪ ቀትሪ'ዩ ነይሩ፡ ዮርሳሌም ምስ ሳሙኤል ኣብ

ሓደ መናፈሻ ክትሰዓዓም'ያ ጸኒሓቶ። ኣቡኣ ሓያል ብምንባሩ ንሳሙኤል ድሕሪ ሕጂ ምስ ጓሉ ከይርአ ኣጉባዕባዓሉ። ንጓሉ ኸኣ ንኽልተ ሰሙን ዝኸውን ካብ ገዛ ከየውጽአ ብማህረምትን መግናሕትን ጮኲኑዎ'ዩ። ድሕሪኡ ትምህርቲ ኣብ ዝጀመረትሉ መማህራን ይኹኑ ተመሃሮ ዝሰኩሑሉ ነገር እንተሄሩ ፍቕሪ ክልቲኦም ብተዓጻጻፊ ምቕጻሉ'ዩ። ኣቤት...እዋይ ንእስነት...ሕጂ ደኣ ተመርዕዮም ኣነ ዝበለ ሓዳር ኣቑሞም ይኾኑ'ምበር ገለ'ዶ ድሃዮም ኣለኪ።"

"ዝበለጹ እዋናት ክሳብ ሕጂ ኣብ ርእሰ'ኻ ምጽንሖም ጥራይ ምስ ዕድለኛ'ዩ ዘቑጽረካ። ዮርሳሌም ካብ ሳሙኤል ድሕሪ ምጥናሳ ገዛእ ሽንቱ ክሒድዎ። እቲ ክንዲ ኩሉ ፍቕሮም ፍረ ዝተሓሰበ ቆልዓ ፈቒዶ ቤት-ፍርድን ቤት-ጽሕፈታትን ኣንከራሪቶሞ...ፈጣሪ ብኡ ይዛዝም እንተዝብሎ ኣበይ ምተጸልአ፡ ዮርሳሌም ሕጂ ስራሕ ፋይቶትነት ናተይ ኢላ'ያ ተተሓሒዛቶ።"

"እንታይ ትብሊ ጓለይ፡ ዮርሳሌም ትመስልሲ ኣመንዝራ ኮይና ኢኺ'ኮ ትብልኒ ዘለኺ።"

"ኣብ ቦታኣ ኳንካ ክትርእዮስ ከለኻስ እዚ'ኳ ንሳ ኮይና ወደይ። ሰብ ዘዛርብ ዝነበረ ፍቕሮም ክህሞኽ ከሎ ልባ ይኹን ሓንጎላ ጥዑይ ከም ዘይሰርሕ'ባ ፍለጥ። እቲ ዘሕዝን ግን ሳሙኤል ክልተ ወርሒ ድሕሪ ን'ዮርሳሌም ምጥላሙ ቀታሊኡ ዘይፍለጥ'ዩ ብመኪና ተረጊጹ ሞይቱ።" ናይ ጓሂ ዝመስል ትንፋስ እህህ እናበለት፡ "መስጣ እዮርሳሌም'ምበር መዓልቱ ስለዝኣኸለ'ዩ ሞይቱ ክትብል ዘድፍር ኣይኮነን።"

"ኣቲ ነዚ ክሰምዕዶ ናብዚ መጺኤ።"

"እቲ ዝገርም 'ዮርሳሌም ኣብ ቀብሪ ሳሙኤል ዝበኸየተን ንብዓትን ዝገዓረቶም ቃላትን ንዘልኣለም ካብ ኣእምሮይ ሰተት ዘይብሉ'ዩም። *"ሳሚኤል ናተይ ተፈዊስካ ኣለ'ኻ'ምበር ትጠልም ልቢ የብልካን! እቲ ሓቂ ንገረኒ፡ በጃ'ኻ ሓንሳብ ተበራበር። ኣይጠለምንኩኽን በለኒ ክቐስን!"* እናበለት እያ ኣልቂሳትሉ። ክገርመካ ክትቀብሮ'ያ ዝብል ግምት'ውን ኣይነበረንን። ንነዊሕ እዋን ብዘይምቁራጽ ኣብ

መቓብሩ እናኸደት የዒንታ ኣሕቢጣ ንጽላለ ተቓሪባ ኔራ'ያ። ኣቡኣ ን'ዮርሳሌም ካብ መጀመርትኡ ምስ ሳሙኤል ኮለል ምባል ስለዘይፈተዎ ተቓውሞታት'ውን ኣብዚሕላ ብምንባሩ ገዛ ናይ ኣቡኣ ራሕሪሓቶ'ያ ወጺኣ። ወዳ ሒዛ ኸኣ ናብራ ከልበትበት እንታይነቱ ብግቡእ ፈሊጣቶ። ንምዉት ኣይትኸሰስ ኮይኑ'ምበር ሳሙኤል ነዛ ንጽህቲ 'ዮርሳሌም ጥዑይ ኣይፈደያን። 'ዮርሳሌም ከምዚ ሕጂ ከይኮነት ዝፈልጣ ዘበለ ንዕኡ እናዘከረ ዘይራገም ሰብ የለን።"

"ሎሚ ደኣ ኣስከሬኑ መልሲ ምስ ኣቢያ ከም ጠላም ተቐቢላቶ ት'ኸውን፡ ምስክነይቲ።"

"ክገርመካ "ክሒድኪ'ምበኣር'ዚ ኣምሰሉ" ንዝበላ "ኣይጠልለመንን ዘይ'ቲ ሓላፍነት ምስካም'ዩ ኣፍሪሕዎ።" እናበለት'ያ ተመ'ኽንየሉ።" ርእሳ ብኣንክሮ እናንቕነቐት፡ "ስማዕ'ስኪ ዋላ'ዚ እንተፈደያ ሰብ ዘየሕለፎ ከምዘየሕለፉ ንሳ'ውን ከምኡ ሕቖኣ ሂባ ከም ካልእ ተራ ሰብ ክትዝልፎ ኣይመረጸትን። "ኣማነይ" እናበለት ዝተመክሓትሎም ቃላት ንኸንቱ ምንባሮም ከተእምን ኣይደለየትን።" በለት ስምዒታ ጥርዚ እናበጽሐ።

ሰለሙን ካብ'ኡ ንላዕሊ እንተሰሚዑ ዝዓብድ ግዲ ጥዒሙዎ ን'ኽገድፉ'ዩ ተረቢጹ።

"በሊ ናይ ምሸት ኣብቲ ግብጃ የራ'ኽበና።" ኢልዋ ድማ ካብኣ ተፈልየ። ካብኡ ምስ ተፈልየት ቀው ኢሉ ጠመታ። *"ተኪአ ንክልተ ዓመት ዝኣክል ኣእጋሩ ለሚሱ ብዘይምቁራጽ በጺሓቶ ኢሎማ። ትዕግስቲ በዓል-ቤታ ሓሚሙ ንኣርባዕተ ወርሒ ማይ-ጨሎት ምስኣም ተመላሊሳ ሰሚዐ። ኢንጅነር በረኸት ገዛ እናሰርሐ ክልተ ሸቃሎ እናዓየዩ ናሕሲ ወዲቑ ጸቒጥዎም ምስ ተሃሰይዎ ንዕኣም ዝኸውን ካሕሳ ንሳ'ያ ካብዝን ካብትን ብምባል ኣተኣ'ኻኺላትሉ።"* እዚታት እናዘከረ ክጥምታ ጸኒሑ ኣብቲ ጽዑቕ ህዝቢ ተዋሒጣ ግን ጠፍኣቶ። ድሒሩ ርእሱ እናንቕነቐ መንገዱ ሓዘ።

መዓልቲ ግብጃ ኣኺሉ ኩሉ ተመሃራይ ዝነበረ ሎሚ ግን ሸቃሊ በዓል ሓዳር ገለ'ውን ንእስነት ዘይተመነዎ ሰብ ኮይኑ ክዳውንቱ ኣጽፊፉ ተመላኺዑ ኣብቲ ቦታ ቆጸራ ተኣከበ።

ክልተ መማህርቲ ነበር ካብቲ ግብጃ ኣዳራሽ ብምውጻእ ንኽናፈሱ ናብቲ ኣግራብ ገጾም ኣምርሑ።

"እዚ መደብ ግብጃ ቀልጢፉ እንተዝጅመረልና፡ ኣይመስለካን?"

"ሓቅኻ ኣነ'ውን ተሃንጥየ'የ ዘለኹ።" ክርቢት ኣብሪሁ ሽጋርኡ ወልዐ። ትካ ውሒጡ ምስ ኣስተንፈሰ፡ "ካብ ግዜ ትምህርቲ ጀሚሩ ክሳብ'ዚ እዋን፡ ንስኻ እንተዘይኮይኑ፡ ሽጋራ የትክኽ ምንባረይ ዝፈልጥ መማህርትና'ኮ ኣይነበረን።"

"ከምኡ'ዩ፣ ከማኻ ዝኣመሰሉ ስቕታኦምን ወረጃ ኣካይዶኦምን ርኢኻ ኣይኮነን ሽጋራ እቲ ጻዕዳ ኣስናኖም ጽሩይ ማይ ዝሰቲ'ኳ ዘይመስል።"

"ንኽትድነቕ'ሲ ሊድያ ኮፍ መባህልትኻ ዝነበረት፡ ሓደ እዋን ቁሩብ ሰኺረን ሽጋራ እናሰተኹ ረኺባትኒ…ዮሲፍ'ከ ትዝክሮ ዲኻ፡ ዋላ ንሱ ረኺቡኒ ኔሩ። ነታ ዝሓዝኩዋ ሽጋራ እናጠመተ *"ሓደ ንስኻ ጥዑይ ሓለኻ እናበልኩ!"* ኢሉኒ ኣብ ታኽሲ ተሰቂሉ ካብ የዒንተይ ተኸዊሉ። ብድሕሪኡ ኣብ ዝቐጸለ ዓመታት ብዙሕ ግዜ'ዮም ኣብ መንገዲ ተጓኒፎምኒ። ስክፍታይ ዓቢ ብምንባሩ ግን ንዕኦም ሰላም ከይበልኩ መንገዲ'የ ዝቕይር ኔረ።...እቲ ዝገርም ሎሚ ምሸት'ውን ካብ ክልቲኦም ተኸዊለ ከምሲ'የ መዲበ ኔረ። ካብቲ ናተይ ምኹዋል ዝዓቢ ከውሊ ከም ዘሎ ግን ድሒረ'የ ፈሊጠ። ካብቶም ካብ ክፍልና ብብዝተፈላለየ ምኽንያት ዝሞቱ 6 ሰባት፡ ክልቲኦም ካብኦም ምንባሮም ኣቐዲምካ ነጊርካኒ።"

ዕላሎም ከይወድኡ ግን ሓደ ካብኦም ስጉምቱ ፍርሒ እናሓወሰ ጠጠው ኣበለ። እቲ ሽጋራ ዝሰቲ ዝነበረ ምኽንያት ምቁራጽ ስጉምቲ ካልኣዩ ንምፍላጥ ተጠውዩ ጠመቶ። እቲ ካልኣዩ ግን ብዘይ ዘረባ ፊዘዝ እናበለ ኣመልካቲት ጻብዑ ጥራይ ኣመልከተ። እቲ ሽጋራ ዝሰቲ ዝነበረ ተጠውዩ ምስ ተዓዘበ ብስንባደ ሽጋርኡ ደርበየ።

ኣብ ዓባይ ጽሕዲ ገመድ ኣሲሩ ዝተሓንቐ ሰብ'ዩ ነይሩ። ጸልማት ብምንባሩ ብሓገዝ ወርሒ'ዮም ርእዮሞ'ምበር ንእንታይነት ከጣይቑ'ውን ዕድል ኣይነበሮምን።

"ኣብ ከምዚ ዝበለ መዓልቲ፡ እንታይ መኻልፍ ደኣ'ዩ'ዚ?" ፍርሒ እናወረሶም ብምትሕግጋዝ ኣውረድዎ። መብራህቲ ናይ ሞባይል ወሊያም ብዝረኣይዎ ድማ ሰለሙን ነበረ።

ካብ የማናይ ጁባኡ ክትወድቕ ከላ ዝጠመቱዋ ደብተር ድማ ኣልዓሉዋ።

"እንታይ ደኣ ሰብ ክንነግር ዲና?"

"በይንና ደኣ እንታይ ኢና ክንገብሮ? ኣቐሽሽቲ`ዶ ኺንና ገነዝቲ!"

"ማለተይ ሰቕ ኢልና ንሆስፒታል ዘይንወስዶ…ሰብ እንተነጊርና እዛ ግብጃ ክትዝረግ'ያ።"

"ሓውኻ ሞይቱ ከሎ መርዓ ከየካየድካ ኣይትተርፍን ኢኻ ንስኻ፡ ሰብ ሞይቱ ከሎስ ክትዕንድር ሓሊምካ ማለት ድዩ?"

እናተጓየዩ ድማ ብዝሒ ሰብ ጸውዑ።

ሰብ ምስ ተኣከበ ምድንጋጽን ዝሑል ብኽያትን በብኹርንዑ ተሰምዐ። ንሰለሙን ተሰኪሞም ድማ ብሓንቲ ናይ ስድራቤት መኪና ጽዒኖም ወሰድዎ።

ኣብ ጁቡኡ ዝጸንሓቶም ዲያሪ ግን *"ናብ የሩሳሌም ኣባይ"* ዝብል ጽሑፍ ምስ ረኣዩ ከይተደናገጹ'ዮም ንእየሩሳሌም ኣረኪቦማ። ንሳ ድማ ቁንቁኝኡ ዘይተረድኣ ነገር ምስ ነፍሰ ቅትለት ሰለሙን እናተሓዋወሳ ብፍርሒ ተሓመሰት።

ካብቲ ንሞት ምስላ ክርኢ ዓትጒ ዝነበረ ብዝሒ ሰብ ተፈንቲታ ድማ ናብቲ ኣዳራሽ ምስ ወዳ ተመልሰት።

እቲ ዝቐደመ ጽሑፋት ኣንቢባ ምስ ወድኣት ናብዚ ዝስዕብ ተሰጋገረት።

"ሓደ ንግሆ ኣብ የሩሳሌም "ስምዕኒ'ስከ፣ ዘርኡ ዝነፍሖ ናይ ኣዋርሕ ከብዲ ሒ ዝክስ እንታይ ከፈእዎ'ዩ ንሕክምና ዘየበጽሓኪ ዘሎ!?"

ሳሙኤል ገለ ከብዳ ርእዩ ናብ ካልኡ ኣቢሉ እንተኾነ ብምትስፋው ክሓቱዋ ከለዉ ኣብ ገዝኦም ነይረ'የ።

"ሓዉ ሓሚምዎ ኣብ ገዛ ክኣልዮ'ዩ ዝውዕል ዘሎ። ምባይል ስለዝድውለለይ ከኣ ዘይመጻእካኒ'ለ ኣይኩርየሉን'የ።" ካብቲ ኮፍ ኢላቶ ዝነበረት ወገን ክትቅይር ብምባል እናተጻዕረት'ያ ዮርሳለም መልሳ ሂባ።

ንምሽቱ ኣቦ ዮርሳሌም መስተ እናስተዩ ብኹነታት ሕማም ሓው ንሳሙኤል ከዕልሎም ደፋፋኡኒ። ከየትረፍኩ ከይወሰኽኩ ድማ ዝፈልጦ ዘበለ ንእዝኖም ኣረከብኩ። ኣይጸንሑን ብዝሓበርኩዎም ምርኩስ ብምግባር ናብ ገዛ ሳሙኤል ከዱ።

ክብርቲ ድርሳነይ ዓይነት ሕማም ሓው ሳሙኤል ዘድልዮ ዓይነት ኣፋውስን እናዘርዘርኩ ጠቐ ኣይከብለክን'የ። ሕማሙ ከቢድ ፈውሱ ከኣ መጠኑ ዝሓለፈ ዋጋ ከምዘውጽእ ምፍላጥ ጥራይ ንዓኺ እኹል'ዩ።

እቶም ሰብኣይ ንሳሙኤል እቲ ንሓዉ ዘድልዮ ኣፋውስ ከምጽእሉ ከምዝከኣሎም'ዮም ከም ሕያዋይ ሓቢርሞ። ሳሙኣል ድማ ሰብኣይ ጓሎም ምኽኑ ከምዝይተርፎ ተሰቍርዎም ዝተቐበልዎ መሲልዎ ሕጉስ በለ። ስምዒት ሓጎሱ ተወንዚፉ ብጓሂ ዝተተከአ ግን እዚ ዝስዕብ ምስ በልዎ'ዩ። "ጥቕሚ ከይሓሰብካ ዝግበር ነገር የለን ዝወደይ፡ ጓለይ ዝጠነሰቶ ናትካ ከምዚይኮነ ንኽትክሕዳ ትሰማማዕ እንተኾንካ ኣፋውስ ሕማም ሓውኻ ኣንጊሀ ክቐርበልካ!" ኣብ ሓሳቦም ዝርዕም እንተኾይኑ ሕቶኦም ብዘይተገዳስነት ኣቕረቡ። ኣማራጺ ዘይነብሮ ሳሙኤል፡ ኣንጻር ሕልንኡ ብምጉዓዝ ምስ ሰንፈላል ልቡ ክሰማምዖም ከሎ እቲ ነገር ኣባይ ዘይወረደ ብምኽኑ ኣምላኸይ ብልቢ'የ ኣመስጊነ።

ኣብታ ዝቐጸለት መዓልቲ እቲ ኣፋውስ ክህብዎ ከለዉ፡ "እየሩ ጓለይ ብዝኾነ ምኽንያት ናይ ሓሶት ትኽሕዳ ምህላውካ ክትነግራ እንተፈቲንካን ዝሕብኣኒ ከይመስለካ። እየሩ ጓለይ ንስኻ ብሕቡእ ስለዝነገርካያ ንኽተምስል እትበኽዮን ናይ ብሓቂ ጠላም ኮንካ

ቀሪብካያ ተሰሚዕዋ እትብኽዮን ፍልልዩ ዝጠፍእኒ ከይመስለካ!" ፍሽኽ እናበሉ ናይ ምጉዕብዕባዕ ቃላት ሰንደዉሉ። ሳሙኤል ካብ'ታ መዓልቲ'ቲኣ ንደሓር ንእየሩሳሌም ኣብ ከብዱ ዘሎ ዝርኢ ናቱ ከምዘይኮነ ክከራኸራ ጀሚሩ። ኣቦ ዮርሳሌም ምስኡ ኣብ ዝሃለወሉ ብምድዋልን፡ ንሶም ኣብ ዘለዉሉ ኣብ ገዝኣ ብምምጻእ ኣሉ ምባልን ተተሓሓዞ። ብድሕሪ'ዚ ሞባይል ጓሎም ሰሪቖም ሰወርዋ። ስርሖም ጉዴፎም ነፍሲ-ወከፍ ስጉምታ ተኸታተሉ።

"እዚ ቆልዓ ከምዘይናቱ ካብ ከሓደኒ ጥንሰኺ ዘይተሰድድዮ፡ ዘይ ጌና ዘሎ። ዲኤንኤ ከይነመርምሮ ከኣ ሰብኣይ ብሓይሊ ውላድካ ተቐበል ክትብሎ ኣይጽቡቕን'ዩ።" በልዎ ድሕሪ ክልተ መዓልቲ ክሕደት ናይ ሳሙኤል።

ንሳ ግን "ነዚ ኣብ ከብደይ ዘሎ ዋላ እንተ'ስደድኩዎ ድሕሪ ሕጂ ከምኡ ጌረ ብሓጎስ ዝጠንሶ ቆልዓ ስለዘይብለይ እይፍጽሞን'የ!" ብምባል ጠቐላላ ኣቕበጸት።

ልክዕ ኣብታ ዝሰዓበት ንጉሆ ሳሙኤል ኣብ ገዛይ መጺኡ ካብ ድቃሰይ ኣበራበረኒ። "ብጃኻ ንእየሩ እዚ ዝኽሕዳ ዘለኩ ብጸገመይ ምኻኑ ብሕቡእ ኣረድኣለይ!" ብምባል ከቢድ ስምዒት እናወሰኸ ጓህሂኡ ገለጸለይ። ዝክኣለኒ ከምዝገብር ኣተስፍየ ምስ ኣፋነኽዎ ድማ ናብ ድቃሰይ ተመለስኩ።

ናይ ኣጋ ፋዱስ ናብ ኣቦ ዮርሳሌም ብምኽያድ'የ ከበጻጽሕ ተሃንጥየ። ምስ ነገርኩዎም ናይ ሕርቃን ምልክት ይኹን ናይ ዘይምስምማዕ ትርኢት ኣይተመልከትክሎምን። ወረ ተሰኪመሎም ብምምጻኣይ ጥራይ ገንዘብ ገዘሙኒ። ናይ ምሸት ኣብ ስራሕ ንኽምጽእ ምስ ሓበሩኒ ድማ ተፈላሊናን።

ናይ ምሸት ምስ ረኸብክዎም፡ ናይ ጉዕዞ በረርኣ ዝተሳለጠ ስእለይን ሕጋዊ ማሕተምን ዝነበራ ቪዛ ኣርኣዩኒ። እናቐረቡ ከኣ ኣብ ቅድሚ ዓይነይ ገተርዎ። ክልተ ኢደይ ዘርጊሐ ንኽቕበሎም ኣብ ዝፈተንኩሉ ነታ ቪዛ ካባይ ብምርሓቕ ተጸዊንም ትዕዝብቶም ኣውደቑለይ። ንዕኣም ረሲዐ ነታ ወረቐት ክጥምት ድማ መንፈሰይ ኣሕመምኩ።

ግዜ ኣብ ዘይግዚኡ

"ንዚኣ ክትረክብ ዝጽበየካ ስራሕ ምስ እተጻፍፍ'ዩ!" በሉኒ፡ ነቲ ዕዮ ከምዝትግበር እናተኣማመኑ። "በሉ ቀልጥፉ ንገሩኒ!" ብዘስምዕ ቅርብ ኢለ ክሰምዖም ነቓሕኩ። ድሕሪ ገለ ቃላት ምዝራቦም ግን ስንባደ ሳዕሪሩኒ የዒንተይ ኣፍጢጠ ተመልከትክዎም። ዋላ ናይ ምድሣል ስምዒት ከይተነበም ከኣ ንመልሰይ ካብ የዒንተይ ተጸበዩ። ጸጸኒሖም ነታ ቪዛ ከም ምስ ቆልዓ ዚጻወቱ ዘለዉ ናብዝን ናብትን እናበሉ ኣወዛወዙለይ። ዘረባ ከየምሎቕኩ ኢደይ ምስ ዘርጋሕክሎም መፍትሕ ናይታ ኣብ ኣፍደገ ዝነበረት መኪና ኣረከቡኒ።

ልክዕ ዕስራ ጎደል ክልተ ናይ ለይቲ ናብ ሳሙኤል ብናይ ጎደና ኣቢሎም ደወልሉ። ስራሕ ከምዝወዓሉ ኣመኽንዮም፡ "ጽባሕ መገሻ ስለዘለኒ ንግሆ ኣፋውስ ናይ ሓውኻ ክህበካ ከጸግመኒ'ዩ።" ብምባል ኣብ ዘለውዎ ቦታ መጺኡ ኣፋውሱ ክወስድ ሓበርዎ። እቲ ዝቖጸርዎ ቦታ ካብ ገዛኦም ናይ ነዊሕ ኪሎ-ሜተር ራሕቂ ሽፈኑ ነበረ። ኣነ ድማ ሳሙኤል በየን ቦታ ኣቢሉ ናብቲ ቦታ ከምዝመጽእ ምግማቱ ስለዘይጽግመኒ ኣብ ሓደ ኣንጎሎ ተላሒገ ይጽበዮ ነበርኩ። ብዛዕባ'ቲ ዝጽበየኒ ዝነበረ ዕዮ ዘይኮነ ብዛዕባ ኣብ ወጻኢ ሃገር ከይደ ዝገብሮም ነገራት ኢዩ ሓሳባተይ ጸሚደዮ። ካብ ሓሳበይ ዘቋረጸኒ ግን ሃታ-ሃታ ዝተሓወሶ ስጉምቲ ሳሙኤል ምስ ረኣኹ'የ። መብራህቲ መኪና ኣጥፊኤ ከኣ ንሱ ክሰምዓኒ ብዘይክእል ርሕቀት ምጉዓዝ ጀመርኩ። ተብተብ እናበለ ብሓደ ኣንጎሎ ተጠወየ። ኣነ'ውን በቋራጭ ተኸተልክዎ። ካብ ሓደ ማርቻፔዲ ክሳገር ከሎ ድማ ምስኡ ተጋጠምኩ። ንኽሓልፍ ኢደይ ብመስኮት ኣሕሊፈ ሓበርኩዎ። ናይ ምስጋና ርእሱ ኣድኒኑ ክሳገር ክብል ከሎ መኪና ኣንሂረ ዘወርኩዎ። ብኽልቲኡ እግሪ ትማታት ተሃሪሙ ከም ዘሎ ምስ ኣረጋገጽኩ ካብ መኪና ወሪደ ረኣኽዎ። ብቕልጡፍ ዓንተይ ለቢሰ ሞባይሉ ወሰድኩዎ። ኣብቲ ቦታ ከምዘይነበርኩ ድማ ብፍጥነት ተሰወርኩ። ኣብ ዮርሳሌም ነታ መኪና ብዘይ ፍቓድ ፖሊስ ትራፊክ ብሕቡእ ዘሓድሰሎም ቫትላሜራ ከምዝረኽቡ ድሮ ኣዕሊሎምኒ ብምንባሮም፡ ከይተሰከፍኩ'የ ንጽባሒቱ ካብ ሃገረይ ወጺአ።

እዛ 315 ዓመት ብቐትሩ ዝጸልመታ ጥዑም ንፋስ ከም ኣሳሓይታ ቁሪ ኮይኑ ዝገረፋ፡ መልኣኽ ክኑሳ ስሪኤል ዝተሰምየት ምስኪን

ጓል ሂዋን ኣብዚ ዝተጠቕሰ ህይወት ንኽትወድቕ ዝሓንኮላ ሰብ እንተነይሩ ኣነ ባዕለይ'የ። ክንደይ ምስ ድንግልአን እንከለዋ ካብተን ኣመንዝራ ዝተጠመቓ ንሳዕሊ ለኸባጥ ልብን ዘይጸናዊት ዓይኒ ዘላተን ይፈልጥ'የ። እዛ ለዋህ ጓል ሂዋን ግን ዋላ'ኳ ንቑራቦ ሰልዲ ነብሰ-ስጋኣ ኣብ ፈቐዶ ጎደናታት ዘርጊሓ እንተሸጠት ብዘይ ክፍሊት ልባ ዝተረከበ ሰብኣይ ሓደ ብምንባሩ ግን ጻድቕ ዘየጸውዓ ኣይኮነን።

እንተኾይኑ ከምቲ ዝመስለኒ ከምታ ብፍታዋ ዘይኮነ ብሓይሊ ወዲ-ተባዕታይ ዝተዓመጸት ጓል-ኣንስተይቲ እግዚኣብሄር ኣረኣእያ ዝገብር እንተኾይኑ እዛ ኣብ ጽርግያታት ዝተደርበየት ጓል ኣነ ብዝኣለምኩዎም ነውርታት ዕጫ ዝበጽሓ ምኽና ፈሪዱ ጎይታ ነዚ ተረዲኡ መቕጻዕቲ እቲ ሓጢኣታ ናባይ እንተዘውዕሎ ናይ ብሓቂ ምሉእን ፍትሓውን ፈጣሪ ምኻኑ ምኣመንኩ!”

እዮርሳሌም ኣንቢባ ምስ ወድአት እዚ ዘይብሃል ትንፋስ ኣስተንፈሰት። ዕዱም ኩሉ ብዘይ ገለ ሓጎስ ነናብ ቤቱ ከምዝተመልሰ ኣየስተውዓለትን ነይራ። ጠመትኣ ናብቲ ገዛ ምስ ኣኹለለት ከኣ ክልተ ሰለስተ ኣሳሰይቲ ሴድያታት ክሰቓቕላ ከለዋ ተመልከተት። እቲ ንቑመት ሽዱሽተ ሜትሮ ኣቢሉ ዝኸውን ተዘርጊሑ ዝነበረ በብዓይቱ መግብታት ዝለኸፎ ሰብ ስኢኑ ክዝሕትልን ክቕምስልን ረኣየቶ። ምድሪ ቤት ናይቲ ኣዳራሽ ካብ በበይኑ ኩርንዓት ዝተበገሱ ብርሃናት'ኳ እንተብረቕረቐ ዝስዕስዓሉ ይኹን ብትርኢቱ ዝድሰት ሰብ ብዘይምንባሩ'ውን ካብቲ ገዛ ንኽትወጽእ ታህዋጽ ሓደራ።

ነቲ ድሮ ነቡኡ ክመስል ዝጀመረ ወዳ ብኢዱ ጨቢጣ ድማ ርእሳ እናቕንዐት ካብቲ ኣዳራሽ ወጸት። ዝቕጽላ መዓልታት ህይወታ ድማ ምስ ስምዒቶም ዝመጽዋ ሰብኡት ዘይኮነ ምስ ወዳ ከም እትሓድር እናሓለነት ድማ ናብ ገዝኣ ኣበለት።

ዘይተሰምዐ ስምዕታ

ኣብ ወቕቲ ክራማት መራር ጸሓይ እንተወጺኡ፡ ኣብ ሓጋይ ድማ ሰመያዊ ሰማይ ብጸሊም ደበና እንተተዘሪጉ፡ ምኽንያት መንቀሊ'ዚ ጊንጢ ትርኢት፡ ነድሪ ናይተን ብምፍልላይ ጉዕዞአን ዝፈጸማ ስቡራት ልቢ ምዃኑ ነቲ ነገር ዝሓለፎ ሰብ ጥራይ'ዩ ዝርድኦ።

ብምፍልላይ ኣላይን ሶቤትን ሰብ እንተዘይደንገጸ ዘደንጹ ኣይኮነን። ምርሕሓቕ ከም ቅቡል ካብ ዝልመድ ንደሓር፡ ንምትዕራቕ ዝግደስ ፍጡር ክሳብ'ዛ መዓልቲ ኣብ መሬት ኣይተቐልቀለን። ተፈጥሮ ግን ምስዚ ኹሉ ዓባስ ስቕትኡ ኣብዚ ጉዳይ'ዚ በጺሑ፡ ኣፍ ኣውጺኡ ከጉረምርም ከምዝርኦ፡ እቶም ኣዕሚቖም ዝተመልከትዎ ጥራይ'ዮም ዝፈልጡ። ምትሕልላይ ሰባት ብጥቕሚ ክትካእ ዘሰልከዮ'ሞ፡ ቁጥዕኡ ክሳብ ዕርቃኑ ዝልለ ኣቑጽልቱ ዘርግፍ ገረብ። ካብ ዝስሕቃ ዝነብዓ ነብሳት ብምብዝሐን፡ ብጓሂ ዝኣክል ዋሕዙ ዝኾልፍ ሩባ። ማሕላን መብጽዓን መልክዑ ክቕይር ዝተፈለጠ'ሞ ሳዕርን ዕምባባታትን ኣቐምሲሉ ዝኸፍአ ምስሉ ዘርእይ ጸዋግ ኅቦን ንምግላጽ እኹላት'ዮም።

እምበኣር ነዚ ቃላት ዝብሎ ዘለኹ ፍጡር እንተተላለኹኹም እዋኑ እዩ። ኣብ ኩሉ ስጉምትኹምን ዕረፍትኹምን፡ ኣብቲ ዝበዝሐ ዕምሩ ጥራዩን ብጓሂ ዝላህልህን ልብኹም ኣለኹ። እዚ ኹሉ ጽቡቕኩምን ሕማቕኩምን፡ ጽድቅኹምን ሓጢኣትኩምን ዝርኢ'ኳ እንተኾንኩ፡ ዝተፈራረቐ ስምዒት ይኹን ወገን ናይ ውልቅኹም ዘይብለይ መልኣኽ'የ። እዚ ግን ምኽንያት ዘይብሉ ኣይኮነን። ዝጸደቐ ክሓጢ፡ ዝሓጠየ ድማ ክጸድቕ ባህሪ ሰባት ስለዝኾነ ላዕላይ ሰማይ ዘይርድኦ ኣይኮነን። በዚ እዩ'ምበኣር መልክዕና፡ መልክዕ መላእኽቲ ፍሽኽታ ይኹን ጽዋገ ዘይርኣያ፡ ሓንትን ቀዋሚትን።

ካበየኖት መላእኽቲ ምዃነይ ክነግር ዝጽበየኒ ፍጡር እንተሃልዩ፡ ዕድሚኡ ከይውድእ ስለ'ዝጊሄር መዓዱለይ። ካብቶም "ኤል" ዝውድኡ መላእኽቲ ሓደ ምዃነይ ክሕብር ግን ዝሕንግድ ኣይኮንኩን።

"መልኣኽ ፍቕሪ" ክበሃል ከሎ እዝንኹም ቆሊብዎ'ዶ ይፈልጥ? ስቕ ኢሉ ዝለዓል ዘረባ ከምዘይኮነ ግን እነኹ ሕጂ ይሕብረኩም። ሰባት ነታ ቃል ከልዕልዋ ከለዉ፡ ህልውናይ ኣብ ከባቢኦም ከይተፈለጦም ክፍለጦም ከሎ'ዩ።

ካብዛ ምልእቲ ከተማ ክዛረበሎም መሪጸ ዘለኹ ፍቑራት ዝነበሩ'ሞ ዝተፈላለዩ ኣላይን ሶፎትን ዝበሃሉ'ዮም።

ኣብ ግዜ ምፍልላዮም፡ ብዙሕ ካብ ንእስነቶም ዝፈጸምዎ ተራ ዝመስል ዝነበረ ሕጂ ክዝክርዎ ግን ዘስሕቕ ዘስተንትን ሕሉፍ፡ ከም ህሉው ኮይኑ ይርኣዮም። እዚ ኩሉ ሓሊፎም ብሓደ ዘይምህላዎም ግን ዝኸሮም ኣብ መወዳእታ ብዘስቆርቍር ትንፋስ ይድምደም።

ኣብ 8 ዓመቶም፡ ካልኣይ ክፍሊ ኣብ ዝነበሩሉ፡ መምህር እናገለጸት ሕሹኽሹኽ ብምባሎም ካብ ክፍሊ ተሰጎጉ። እታ መምህር ክፍላ ወዲኣ ምስ ወጸት፡ ሕቆ ንሕቆ ተወሃሂቦም ብዘይ ዘረባ ተንበርኪኾም ጸንሕዋ።

"እንታይ'ዩ ጸገምኩም?" በለቶም መቕጻዕቲ ንኽትብይን እናተሃንደደት።

"ንሱ'ዩ!" ሶፎት ገጽ ኣላይን ገጽ'ታ መምህርን ከይረኣየት ብትሪ መለሰት።

"ንሳ'ያ!" በለ፡ ኣላይ'ውን ኣብ ቁልዕነቱ ሰብኣይ እናጠዓመ።

ብድሕሪ'ዚ ናይታ መምህር ህላዌ ዘንጊዮም፡ ምቁያቕ ዝጥዕም ክትዕ ፈጠሩ።

"ንጉሆ ተጸብየካስ፡ ምስ የዕሩኽትኻ ክትከይድ ደሊካስ ኪዲ ሕለፊ ትብለኒ!"

"ትማሊ ምሽ ነጊረኪ፡ ናይ ትምርቲ ኩዕሶ ኣለኒ'ለኪ ምሽ!"

"እሞ ንትምርቲ እንዲኻ ትመጽእ ምሳይ እንታይ ኮንካ ዘይትኸይድ ነበርካ፡ ንግሆ በይነይ እኮ'የ መጺአ!"

"እሞ ኣይትሓዝለይ በሊ፡ ማማ ዝሃበትኒ ካራሜላ ኣሎ ትበልዒ ዲኺ?"

"ሕራይ...ኣነ ኸኣ ማይን ሽኮርን ለሚንን ዝተበጽበጸ ኣለኒ፡ ትፈቱ እንዲኻ ምሽ?"

"እወ ይፈቱ፡ ደሓር ብሓደ ኢና ንገዛ ንኸይድ ምሽ?"

"ሕራይ፡ መታን መገዲ ክነውሓልና ብላዕለዋይ ጎደና ኢና ክንከይድ፡ ሕራይ'ዶ?" ሶቬት ሓተተት። ኣላይ ሓጎስ እናተሰምየ ርእሱ እምብዛ ነቕነቐ። እዚ ምስ ሓለፈ እታ መምህር ተገቲራ ኣብ ልዕሊኦም ምህላዋ ምስ ተጋህደሎም፡ ብሕፍረት ኣብ ምሕካኽ ርእሶምን፡ ናብ ካልእ ሸነኻትን ምጥማትን ተጸምዱ። እታ መምህር ምልልሶም ብዘይ ጎደሎ ምክትታል ክትሰዕቦ ጸኒሓ ምስ ኣቋረጹ ግን ትርር እናበለት፡ "ተስኡ'ሞ፡ ተስኡ!" ትብሎም ጠፊእዋ ኢዳ እናመልከተት፡ "ኪዱ ክፍሉኹም እተዉ!" በለቶም። ክሳብ ማዕጾ ከፊቶም ዝኣትዉ፡ ርእሳ እናነቕነቐት ትዕዝብታ ኣውደቐትሎም።

ንምሸቱ ሶቬት ተረዲእዋ ክንሱ፡ "ቁጽሪ ዘይተረዳኣኒ ደኣ?" በለቶ ህልውንኡ ኣብ ክፍሊ ጥራይ ምጽጋብ ኣብይዋ።

ኣላይ ኣብ ቁጽሪ ሕማቕ ክንሱ፡ ሰብ ኣረዳኣኒ'ሉ ከምዝመጽእ ተኣማሚኑ፡ "እዚ ቀሊል፡ ናይ ምሸት ገዛ ክመጽእ'የ!" በለ።

ከም ውዕሎም ምስ ተራኸቡ፡ ጥራዞም ጌና ከይገንጸሉ ከለው ሶቬት፡ "ትምርቲ ምስ ወዳእና ክልተ ሰሙን እንዳ'ባሓጎይ ዓዲ ክቕኒ'የ!"

"ክልተ ሰሙን፡ ክልተ ሰሙን! ክናፍቐኪ...ክትተርፊ ኣይትኽእልን ኢኺ?"

"ኣባሓጎይን ዓባየይን ናፊቐዮም'ንድየ፡ ንስኻ'ኸ ዓዲ ትኸይድ ዲኻ?"

"ኣይከይድን'የ!" ጽውግ በለ።

"እሞ ንባባ'ሞ ክሓቶ'የ፡ ምሳና ናብኡ ትኸይድ። ገዛኹም ሕራይ ይብሉኻ'ዮም ምሽ?" መሽከንከን በለት።

"እንድዒ።" ብሕቶኣ እንተረግአ'ኳ ፍቓድ ወለዱ ኣሻቂልዎ ግን ኩሉ ነገራቱ ሃሰሰ። እግሮም እናነቕነቑ፣ ሰሰሪቖም ክጠማመቱን ግዜ ምስ ኣሕለፉ፣ ቀንዲ መቋጸሪኦም ከይገበሩ ነንቤቶም ተፋነዉ።

ሽዑ ምሸት ኣቡኣ ንሶቬት ናብ ስድራ-ቤት ኣላይ ብምኻድ ጓሉ ከምዝበለቶ ሓተተ። እቶም ስድራ ግን ንወዶም ድሮ ክረምታዊ ትምህርቲ ስለዘመዝገብዎ፣ እቲ ነገር ከምዘይከኣል ሓበሩ። ኣቦ ሶቬት ዝተዋህቦ መልሲ ንጓሉ ምስ ነገረ ዘይተጸበዮ'ዩ ረኺቡ። ጓሉ "ወይ ኣላይ ክኸይድ ኣለዎ ወይ ኣይከይድን'የ።" ብምባል'ያ ክሳብ የዒንታ ትውጽዕ በኺያ። ኣቦኣ ምእባዳ ዘይሰርሕ ፈተነ ምኗኑ ካብ ነዊሕ ዝገበረ ንብዓታ ክርዳእ ኣይተጸገመን። እናተገረመን እናተሰከፈን ደጊሙ ናብቶም ስድራ-ቤት ምብጻሕ ኣካየደ። እቲ ዝተኸፍለ ናይ ክረምታዊ ትምህርቲ ባዕሉ ክኸስር፣ ጥራይ ወዶም ምስኦም ንዓዲ ክኸይድ ብትሕትና ተወከሶም። እቶም ስድራ-ቤት፣ ናይቲ ዝተሰልዓሎም ገንዘብ ተደቢሶም ዘይኮኑ ካልኣይ ግዚ ሕቱኡ ከቢድዎም ቃሕትኡ ንምምላእ ከይተላዘቡ ተማእዘዝዎ።

ብድሕሪኡ ሶቬት ምስ ኣላይ ኣብ ዓዲ ዘሕለፍወን ክልተ ሰሙን ክነግር እንተፈቲነ ካልእ ሓጺር-ዛንታ ምፍጣር ስለዘድሊ፣ ኣብዚ እንተብቅዐ ተመራጺ'ዩ።

ሶቬትን ኣላይን መጀመርታ ኣብ ከተማ ወሪዶም ሻሂ ዝሰተዩላ መዓልቲ ነዚ ትመስል ነበረት።

ኣብታ ንግሆ፣ ሶቬት ንኣላይ ኣብ ቤቱ ብምኻድ ኳሕኩሓቶ'ሞ ኣዲኡ ብዝግባእ ፍሽኽታ ተቐቢላ ንውሽጢ ኣእተወታ።

"ብላዕለዋይ ጎደና ቀስተ-ደበና ወጺኡ ኣሎ'ሞ ንዓናይ'ባ ንርኣዮ?" ሃንቀውታ ብዝዓብለሎ ኢዱ ንኽትሕዝ ኣጻብዕታ ኣብ ሃዋሁ ኣየር ኣንጠልጠለት። ኣላይ እታ መዓልቲ ኣብ ምጅማሩ፣ ድምጻ ብምስምዑ እናሐጎሰ'ዩ ሰላም ክብላ ኢዱ ሰዲዱ። ብኢዳ ሒዙ እናጎየየ ክወጽእ ከሎ ድማ ኣዲኡ "በርበረ ዝጠሓን ኣለኒ፣ ክትሕግዘኒ ኢኻ ከይትደንጒ!" በለት፣ ወዳ ድሮ ካብኣ ርሒቑ ምንባሩ ምሕጽንታኣ ዓውታ እናገበረትሉ።

ኣብ ጥርዚ'ቲ ላዕለዋይ ጎደና ምስ ደየቡ፡ እቲ ቀስተ-ደበና ኣይጸንሐን። ሶፎኒት ርእሳ እናደረዛት ግልጽ-ምልጽ ኣብዝሐት። "ከተማ'ኮ ብሓደ ኬድና ኣይንፈልጥን ኢና...ሕጂ'ባ ንኺድ?" ኣብ ምምራርን ሕቶታት ጠንቂ ምጥፋእ ናይቲ ቀስተ-ደበና ግዜ ከየጠፍኡ እንከለዉ ሶፎኒት ዘዳለወቶ ሕቶ'ዩ ነይሩ።

ኣላይ መልሲ ከይሃባ ንታሕተዋይ ገዛውቲ ክወርድ ገለ ስጉምትታት ኣበገሰ።

"ኣይትምልሰለይን ዲኻ ደኣ?"

"ነየናይ ክምልሰልኪ?" ንድሕሪት ተመሊሱ ኢዳ ምስ ጨበጠ፡ ንቑሩብ ግዜ ዝጸንሐ ናይ ሕፍረት ዝመስል ተጠማመቱ። ቀጺሎም ንኸተማ ዘምርሕ ጎደና ረገጹ።

ኣብ ዝበሃግዎ ቦታ ምስ በጽሑ፡ በዝን በትን ብዝፈልጥዎን ዘይፈልጥዎን ቦታታት ኣእጋሮም ኣምበሩ።

ንነዊሕ ኮለል ኢሎም ምስ ተዳኸሙ፡ "ኣብዚኣ ሻህን ፓስተን ንብላዕ'ባ?" ሶፎኒት ደስ ዝበለታ ካፌ ኢዳ እናመልከተት ሰጎመት። ኣላይ ሰልዲ ስለዘይነበሮ፡ በቲ'ውን ምስ ስድራ-ቤቱ ክዘናጋዕ እንተዘይኮይኑ፡ ብውልቂ እሞ ከኣ ምስ ጓል ኣትይዎ ዘይፈልጥ ቤት-ሻሂ ስክፍታን ክብደትን ፈጠረሉ።

"ገዛ ዘይንኸይድ?" በለ ጸጉሪ ርእሱ እናሓኸኸ።

"ንዓናይ በጃኻ።" ኣብ ጥቕኡ ምስ ቀረበት ዓይኒ-ዓይኑ እናቋመተት'ያ ሓቲታቶ። ኣስዒባ፡ "ሰልዲ'ኮ ኣለኒ...በጃኻ ንእቶ!"

ኣላይ ክልመን ስለዘይደለየ፡ ድሌታ ከስምር ርእሱ እናንቕነቐ ደድሕሪኣ ሰዓበ። ኣብ ውሽጢ'ቲ ቤት ምስ ኣተዉ፡ ብንግዲ ዝዘራረቡ፡ ብስድራቤታዊ ጸገማት ዝዝትዩ፡ ቁርቁስ ክልተ ጫፋት ናይ ዝተባእሱ ከህድኡ ታዕ-ታዕ ዝብሉን...ዳርጋ ኩሉ ዕቱብ ገጽ ዝነበሮ ተገልጋሊ'ዩ ጸኒሕዎም። ሶፎኒት ከይተጋየሸት ሴድያ እናመዓራረየት መቓምጦኣ ሓዘት። ኣላይ ዝጥምትዎም ዝነበሩ ተገልገልትን ኣሳሰይትን የዒንቶም ንሰውነቱ ከውድቖ እናደለየ ኣብ ጥቓ ሶፎኒት ኮፍ በለ።

"የሕዋት ዲኹም ጽቡቓት?" ዝነበረ ብኬሪ ኣለዓዒላ፡ ጣውላ እናጸራረየት ኣሳሳይት ተገዳስነት ዝነበሮ ብዘይመስል ኣገባብ ሓተተት። ኣላይን ሶፎትን ዝምለከቶም ሕቶ ንምምላስ ገጽ ንገጽ እኳ እተተረኣኣዩ፡ ብዘይ መልሲ ክጠማመቱ እዋን ኣህለኹ። እታ ኣሳሳይት ስርሓ ውልቃዊ ሕቶ ምሕታት ብዘይምኻኑን፡ መልሲ'ውን ብዘይምርካባን፡ "በሉ እንታይ ኢኹም ትደልዩ ክሰምዓኩም?" በለት የዒንታ እናበራረየት በብተራ እናተመልከተቶም።

"እ...ሓንቲ ካፑቺኖ፡ ሓንቲ ዘቢብ ፓስተ፡ ሓንቲ ከኣ ሻሂ።" ሶፎት በጸብዕታ እናቖጸረት ብታህዋኽ ኣዘዘት።

ዝጠለብዎ ኣብ እዋኑ ኣብ ጣውልኦም ተቐመጠ።

ሶፎት ብህዉኽ ምንቅስቓስ ነታ ሻሂ ናብኣ ስሒባ፡ እታ ካፑቺኖን ፓስተን ናብ ኣላይ ደፍኣተን።

"ንግሆ ባባ ዘምጽኦ ጸባን ፓስተን ክሳብ ሕጂ ኣጽጊቡኒ'ዩ ዘሎ... ፓስተ ክትህበኒ ከይትደሊ፡ ስቕ ኢልካ ብላዕ ሕራይ።" እቲ ልመና ዝነበሮ ህዱእ ምቅብጣራ ንኣላይ ካብ ምምልካት እቶም ዝጥምትዎም ዝነበሩ ሰባት ኣናጊፍዎ'ዩ። ውሽጡ ሓጎስ ብምውላዱ ኣብ ንእስነቱ በታ ዓቕሙ ንህልውንኡ ኣብዛ መሬት ኣመስጊኑ ምጽጋብ ሰኣነ።

ኣብታ ካፑቺኖ ሽኮር ክገብር ምስ ጀመረ፡ "ጽናሕ...ሓንሳብ።" ብምባል ሶፎት ኮለፈቶ። "ብቐዳማይ ዝረኣኽዋ ፊልም፡ እታ ጓል'ያ ባዕላ ነቲ ወዲ ሽኮር ትገብረሉ።" ሶፎት ሓንቲ ማንካ ሽኮር ኣብታ ካፑቺኖ ምስ ገበረት፡ እተን ዘብረቕርቓ የዒንታ ናብ ኣላይ ኣመልከተተን። እተን ንመዋእለን ከይኣረጋ እንተዝነብራ እትምነየለን ከናፍራ እናንቀሳቐሰት፡ "ዓንተዎይ ቀስተ-ደበና'ኮ ኣይነበረን...ክርኤካ ደልየ'የ ካብ ገዛ ኣውጺኤካ...ትኹሪ ዲኻ?" ድማ በለቶ። ኣላይ ርእሱ ጥራይ እና'ንቀሳቐሰ ከምዘይሕዘላ ሓበራ።

ኣላይ ብፊታ ብምንባሩ፡ እናተመጣጠረት ሽኮር ክትገብረሉ ክትብል ሻሂ ዓቕሪ ዝነበረት ቢኬሪኣ ከይተፈለጣ ብግንቦ ኢዳ ደፉኣታ። ካብቲ ጣውላ ወዲቓ ድማ ኣብ ምድሪ-ቤት ዓለበት። "ሸዋሕ!"

ዝብል ድምጺ ምስባር ናይታ ቢኬሪ፡ ናይ ኩሉ ሰብ ኣንፈት ጠወየ። ሶፎት ብሕፍረት ዝቖረረት ጫቝት መሰለት። ነቲ ንኣሽቱ ኣልማዝ ክመስል ብዥሉ ሸነኽ ፋሕ ኢሉ ዝነበረ ድርቅምቃም ጠራሙዝ እናኣረየት ድማ ልባ ኣጥፍአት።

እታ ኣቐዲማ ዝሰምዓቶም ኣሳስይት ብተብተብ ናብኦም ገጻ ሰጎመት። ኢዳ ኣብ መንኩብ ሶፎት እናዕረፈት፡ “ኣጆኺ. ጽብቕቲ ካልእ ሻሂ ከምጽኣልኪ'የ፡ ሕራይ ዶ።” ድሕሪ ምባላ፡ ነቲ ኣብ ስሚንቶ ተዘሪኡ ዝነበረ ስብርባር ጥርሙዝ ኣርያ ወላወለቶ። መብጽዓኣ ከይጠለመት ከኣ ኣብ ጣውላ ክልቲኦም ሓዳስ ቢኬሪ ሻሂ ኣምጽአት። ድሕሪ'ዚ ዝምልከቶም ዕላልን ስሓቕን እንተዘይኮይኑ ንኻልእ ሰብ ዝኸውን ቦታን ኣድህቦን ኣየርኣዩን።

ኣብታ ቤት-ሻሂ መጀመርትኦም ብምንባሩ፡ እታ ዝነበርዋ ጣውላ፡ ብጎደና ዝሓልፍ ዘበለ ኩሉ፡ የዒንቱ ብፎትሮ ልኢኹ ዝዕዘበካ ቦታ እዮም ነይሮም። ኣደ ኣላይ'ውን ዘጥሓነቶ በርበረ ተሰኪማ እናኸደት በቲ ፎትሮ ካብ ዝረኣይዎም ሰባት ሓንቲ ነበረት። መሸማዓ ኣብ ደገ ኣቐሚጣ፡ ነጸልኣ እናነገፈት ድማ ኣብቲ ቤት-ሻሂ ኣተወት።

ኣላይን ሶፎትን ንዓኣ ብምርኣዮም ስንባደን ሸቑረራን ኣንጸባረቑ። እታ ኣደ ኮፍ ከይበለት፡ ንኽልቲኦም ፍሽኽታ እናገበረት ኣብ ምዕትርቶም ከም ህጻናት ሰዓመቶም። “ምሳሕ ኣይትደንጉዩ'ዞም ደቀይ።” ፍሽኽታኣ ከይወድአት ምሕጽንታኣ ሃበቶም። ንሳቶም'ውን ብሓደ ርእሶም እናነቕነቑ ቃላታ ብትግሃት ተቐበሉ። እታ ኣደ ዕላሎምን ብሕታውነቶምን ክትዘርግ ብዘይምድላያ፡ ነታ ኣሳሳይት ብምጽዋዕ ሕሳብ ዓጽያትሎም መሸምዓ ተሰኪማ'ያ ከይዳ።

ብድሕሪ'ዚ ንሶም'ውን ኣብቲ ቤት ኮፍ ክብሉ ኣይተበረሆምን።

ቅድሚ ካብታ ገዛ ምውጽኦም ግን እነህለትልኩም ሓንቲ ቅይሕ ኢላ ርጉድ ዝበለት ሰበይቲ፡ ወናኒት እቲ ቤት-ሻሂ ኣብታ ጸግዒ ሴድያ ኮፍ ኢላ ኣላ። ኣላይን ሶፎትን ካብዚ ገዛ ክወጹ ከለዉ ትጥምቶም። ኣጣምታኣ ከመይ ነይሩ ይመስለኩም? ቅንኢ ነይርዎ'ዩ እቲ ምንታይ ከማኡ ገይራ ስለዘይሓለፈት፡ ሓጎስ'ውን ነይርዎ'ዩ እቲ

ዘይተሰምዐ ስምዕታ

ምንታይ ብዓይና ከምኡም ብምርኣያን፡ ኣብዛ ከተማ'ውን ካብቶም ውሑዳት ከም ጨና ኣዳምን ጨና ሪሓንን ብዙሕ ዘይርከቡ ዓይነት ሰባት ብምኻኖምን ብዙሕ ኣደሲትዋ'ዩ።

ኢድ ንኢድ ተተሓሒዞም ካብቲ ገዛ ምስ ወጹ፡ ሶቬት ከይደንጎየት'ያ ፓስተ ክትዕድግ ሃታሃታ ኢላ። መግቢ ጥዒማ ከምዘይትፈልጥ ድማ ንዝዓደገታ ፓስተ ከተኾምስዕ ከላ ኣላይ ኣዝዩ ገረሞ።

"ኣቦኺ ዘምጽኦ ፓስተ ኣብ ገዛ በሊዐ ኢልክኒ ምሽ...ሓሲኺ ኢኺ ኔርኪ ምሽ?"

ሶቬት ተጠቕሊሉ ዝነበረ ልስሉስ ጸጉራ-ርእሳ እናነቕነቐት፡ ነተን ጨራ ጸሓይ ዝዓለበን ንኣሽቱ ዒላ ዝመስላ የዒንታ ንኣላይ ምርኣዩ ተሰኪፈን፡ ናብቲ በቲ ጎደና ዝሓልፍ ዝነበረ ሰብ ክጥምታ'የን ተገዲደን።

"ስለምንታይ ነታ ዘቢብ ፓስተ ብሓደ ዘይንበልዓ ነበርና...ምሽ ትኣኽለና ነይራ'ያ?...ድሕሪ ሕጂ ነብስኺ ገዲፍኪ ንዓይ ከይትህብኒ ሕራይ?" እናደንገጸቶ ብለውሃት ተዓዘባ።

ሶቬት ዝተዋህባ ርእይቶ ካብ ካልኢት ናብ ደቒቕ ከይመልአ ከሎ፡ ካብታ ዝሓዘታ ፓስተ ቆሪሳ ንሽተኾልሶ ኢዳ ናብ ከንፈሩ ሰደደት።

ኣላይ፡ ሶቬት ዘይትሰምዕ ፍጥረት ምኻና እናስደመሞን፡ ብዙሕ ስምዒታት እናተሓዋወሶን ዓይና ከንፈራ፡ ጸጉሪ ርእሳ በብእብረ ተመልከተ። ሕያውነታ ድሮ ንውሽጡ ስለዘቃጸለ ምቕሳን ሰኣነ። ብዘይፍታዉ ድማ ነታ ቁራስ ፓስተ ተቐበላ። ተመሊሱ ንዓኣ ከኾልስ ኣብ ዝፈተነሉ ድማ ፈጺማ ምቕባል ኣበየቶ። ከርሱ ብዙሕ ከይሃረፈቶ ከኣ ነታ ንእሽቶ ፓስተ ብሓይሊ በልዓ። ብጎረርኡ ወሪዳ ናብ ከብዱ ክትበጽሕ ድማ ኣመና ግዚ ወሰደትሉ። ብድሕሪ'ዚ ብኢዶም ተጨባቢጦም ንገዛውቶም ብሓደ ኣምርሑ። ከምቲ ነንበይኖም ተወሊዶም ነንበይኖም ዝቕበርዎ ግን መወዳእትኡ ነንበይኖም ደኣ ኣበሉ።

ኣላይን ሶፎትን ኣብ 17 ዕለተ-ልደት ሶፎት ስድራ-ቤታ ብዝገበሩላ ግብጃ ብሓደ ምስ ወዓሉ፡ ናይ ምሸት ንብሕቶም'ዮም ንኽተማ ኣትዮም። ክረምቲ ብምንባሩ ምስ ኪፍኪፍታ ማይ'ዮም ተሰንዮም። ብኢዶም ተጨባቢጦም ምቁር መንገዲ ድሕሪ ምስጓሞም፡ ኣብ ዘለዉዎ ጠጠው ንኽብሉ ኣላይ ሓተተ። ጁቡኡ ሃሰስ እናበለ ድማ ሓንቲ ንእሽቶ መፍትሕ ብተርባጽ ኣውጽአ። ንላዕሊ ሓፍ ኣቢሉ እናጠመታ፡ "ህያበይ ንዓኺ እዚኣ'ያ።" በለ። ሶፎት ብግቡእ ስለዘይተረዳኣቶ ትጽቢት ተወሳኺ መብርሂ ኮነት። ኣላይ መሊሱ ሓንቲ ዝተዓጽወት ሊኬቶ ኣውጺኡ፡ በታ መፍትሕ ከፈታ። ክልቲኦም ብሓደ ነታ ሊኬቶ ኣብ ሓጹር ንኽኣስርዋ ድማ ሓገዝ ሶፎት ኣጣየቐ። እታ ልኬቶ ምስ ተቐልፈት፡ ካብኣ ተፈንቲቶም ተመልከትዋ። ዝኻፈ ዝነበረ ማይ ኣብ ርእሲ'ታ ሊኬቶ እናዓለበ ፍሉይ መልክዕ ክህባ ከሎ ድማ ተዓዘቡ።

"ኣብዛ መሬት ካብ ዘሎ መፋትሕ፡ እዛ ትርእያ መፍትሕ ጥራይ'ያ ነዛ ልኬቶ ትኸፍታ።" ምስ በለ ኣላይ ነታ መፍትሕ ኪንዮ'ቲ ሓጹር ኣርሒቑ ደርበያ። ኣስዒቡ ጸጉሪ ርእሳ እናደረዘ "ናተይን ናትክን ከኣ ብደገ መጺኡ ኣእዳውና ካብ ምትሕሓዘን ዝፈሊ ሰብ የለን። እዛ ሊኬቶ ከኣ ንኹሉ ግዜ መግለጺ ፍቕርና ክትከውን'ያ።"

ሶፎት ዓይና ዓሚታ ካብ ዝተጸግዓቶ ኣፍልቡ ምፍላይ ኣበየት። ንሱ'ውን ግዜ ወሲዱ፡ ግብረ-መልሲ ካብ ገጻ ክርኢ ብምባል ደጊሙ'ኳ ካብ ነብሱ ክለቃ እንተሃቀነ፡ ዝኸውን ግን ኣይነበረን። ካብ ኣካሉ ክፈልያ ክፍትን ከሎ ዘርኣየቶ ምጭባጥን ምጥባቕን ክንዱኡ ሓይሊ ርኢላ ኣይፈልጥን። ክሳብ ድሌታ ዝኾነ ግን ስቕ ምባል መረጸ። ምስ ነብሱ ተላሒጋ ከላ ደረት ኣፍልቡ ክውዒ ተፈለጠ። ጸጉሪ-ርእሳ እናደረዘ ካብ ኣካሉ ምስ ፈንተታ፡ ዝተኸድና ካምቻ ብወዑይ ንብዓታ ጠስጢሳ ጸንሓቶ። ሶፎት ደኒና ንብዓታ እናደረዘት ንምጥማቱ ተጸገመት።

"እንታይዶ ኴንና ኢና? ኣብ ክንዲ ትሕጎሲ'ቲ ሶፎት።"

ብኽልተ ኢዳ ሓቑፋ ኣብ ክሳዱ ብምትርኣስ፡ "ንሳ'ያ እታ ዓቕመይ ክበኪ'ባ ግደፈኒ።"

ብኽያታ ንልቡ ገማጢልዎ ብድንጋጸ ተወረ። "ንምንታይ'ሞ ኣድለየ፡ ፍሽኽ'ሞ በሊ፡ ኣነ ጽቡቕ ደቂሰ ክሓድር?"

"ኣምላኽ ሕጉስቲ ጓል ንክኽውን ብዘይ ሰሓቦ ጉተቶ ምሳኻ ኣቀራሪቡኒ ከይኣክል፡ ንዓኻ ከኣ ከምቲ ዝምነዮ ዓይነት ሰብ ጌሩለይ።" ብሕንቕንቕ ጀሚራ ኣብ ብኽያት ደጊማ ኣተወት። ሱቕ ከምዘይትብለሉ ተረዲኡ፡ ርእሳ እናደረዘ፡ ኣብ ምጽባያ ዓቕሊ ገበረ። ጸንሒቶም ኣብቲ ቦታ እዋን ምስ ኣህለኸ፡ ርእሳ ኣብ መንኩቡ ኣተርኢሳ ብኣእዳዋ ድማ ንሽምጡ ሓዘት። ንሱ ከኣ ኣትሪሩ መንኮባ ሓቖፈ። ዘረባ ዘይነበሮ ፌኩስ ስጉምቲ እናገበሩ ከኣ ኣብ ገዛውቶም በጽሑ። ክፈላለዩ ከለዉ ሶቬት ከምቲ ኣላይ ዝበላ ድቃስ ዘይብሉ ከይሓድር ግዲ ደንጊጸ፡ ናይ ልባ ፍስኽ እናበለት'ያ ኣፋንያቶ።

ንጽባሒቱ ኣብ ሓደ ጎደና ኢድ ንኢድ ተጨባቢጦም ኣብ ዝኸዱሉ ዝነበሩ እዋን ኣብቲ ኩሉ ግዜ ዝኣትውሉ ዝነበሩ እንዳ ሻሂ ከም ኣሳሳይት ትዓዩ ዝነበርት ጓል ረኸበቶም። ሰላምታ ተዋሃሂቦም ምስ ተጻገቡ፡ ምኽንያት መግደፊኣ ስራሕ ሓተትዋ።

"ፍቕርኹም ኣቕኒእና፡ ኣብ ሓዳር ኣቲና።" በለቶም እናኸመስመሰት። ክልቲኦም ትጨርቕ ዘላ መሲልዎም ብሓደ ደሃይ ሰሓቑ። ስሓቖም ብዙሕ ከይዓንደረ ከሎ ግን ኣብ ራብዐይቲ 'ጻብዓ ዝተሰኽዐት ካቲም ኣርኣየቶም።

"ሕጸ ጌርና ኢና፡ ኣብ ዕለት መርዓና ግን ግድን ክትመጹ'ለኩም።" ኣጻብዕታ እናሓዘት ነታ ናይ ቃል-ኪዳን ካትማ ብኽምስታ ተመልከተታ። ዕድለኛ ሰብኣይ ድኣ መን ኮይኑ፡ ዝብሉ ሕቶታትን ኩነታት ናብራን ተጠያየቑ።

"ስምዑንዶ ግዳ ኣብ ስራሕና ኩሉ ግዜ ዝኽፍለልኩም ዝነበረ ሰብ'ሲ ፈሊጥኩሞዶ?" ካብኣ ክፍለዩ ኣብ ምብጋስ ከለዉ'ያ ሓቲታቶም። ኣብታ ንፍቕራዊ ዕላሎምን ጸወተኦምን ምችእቲ ዝኾነት ካፈ በሊያም ሰትዮም ሕሳቦም ክኸፍሉ ኣብ ዝፍትንሉ "ተኸፊልልኩም'ዩ።" ዝብል ዘረባ ጥራይ'ዩ ዝመጸም ነይሩ። መንነት ዝኸፈለሎም ሰብ ኣፍልጦ ክረኽብሉ ኣብ ዝፍትንሉ ድማ ብዘይ

ፍረ ይተርፉ ነይሮም። ንነዊሕ እዋን ካብ ጅቦኦም ሰልዲ ዝብሃል ከየውጽኡ ድማ ካብታ ካፌ ይወጹ ነበሩ።

"ክገርመኪ ሕጂ'ውን ኣብኡ ጸኒሕና፡ ተኸፊልልኩም ብምባል'ዩ ተነጊሩና። ከይንስከፍ ከኣ ዝልግሰልና ዘሎ መን ምዃኑ ብዘይምፍላጥና'ዩ።" በልዎ፡ መንነት እቲ ሰብ ክትነግሮም ኢሉ ሓቲታቶም እንተኾነት እናተተስፈዉዮም መሊሶምላ።

"እምበኣር ከሳብ ሎሚ ኣይነገረትኩምን'ያ።" ርእሳ ነቕነቐት። "ኣይ ኤልሳ እንድያ።"

"ኤልሳ ዋና'ቲ ካፌ?" ኣላይ ምግራሙ ንቃላቱ ዓውታ ገዚሙ፡ ንኣቃውማኡ ኣፍዘዘ።

"ዕድሜኣ ምሉእ ውልቃዊ ዕላማኣ ክትወቅዕ'ያ ኣሕሊፋቶ። ናይ ፍቕርን መርዓን ግዚኣ ከይተፈለጣ ከም ቋሕ ሰም'ዩ በኒኑ። ንሓድሕድኩም ክትጠማመቱ ኣየስተውዓልኩምላን'ምበር፡ ንዓኹም ክትርኢ'ያ ትነቅጽ። ሓደ መዓልቲ ንኹልና ኣሳሰይቲ ኣኪባ፡ "ንኣላይን ሶፎትን ኣብ ዝመጽሉ እዋን ከይተክፍልዎም!" ኢላ ነጊራትና። ደሓር ኣብታ ካፌ ጌና ቆልዑ እከለኹም`ያ ትፈልጠኩም። ብዝኾነ ፍቕሪ ዕድመ ምዃኑ ዝጠፍኣ ዓመታት ኤልሳ፡ ምትሕልላይ ድማ ዕግበት ዝርከቦ ዝበለጸ ስራሕ ምዃኑ ከኣ ንስኹም ኢኹም ኣዘኻኺርኩምና።" እዚታት ምስ ተበሃሃሉ ነናብ ዘምጽኦም ኣበሉ።

ልክዕ ንምኳን ድሕሪ ክልተ ወርሕን ሓሙሽተ መዓልትን ነዛ ጓል ምስ ረኸቡ ርክቦም ኣይከምቀደሙን። ተፈላለዩ፡ ብሰብ ወይ ብሸርሒ ከይመስለኩም፡ ሰባት እናዓበዩ ክኸዱ ከለዉ እናጎርሑ ይኸዱሞ ግርህናን ንጽህናን ዝበሃል የጠፍኡ።

ኣላይን ሶፎትን ኣብቲ ጽቡቕ ምሸት ብፍቕሪ ክሰራሰሩ ኣምስዮም እናተነፋፈቑ ዝፈላለይሉ እዋን፡ ኣብ ገዝኦም ከይዶም ግን ከምቲ እናተሰቀቑ ዝፈላለይዎ ኣይኮነን። ሓንጎሎም ከይተዘርገ ከንብቡ፡ መንፈሶም ብህዱኡ ስርሖም ከሳልጡ፡ ብምሉእ ኣድህብኦም መምስ መሓዙቶም ከዕልሉ ኣይጽገሙን።

ተኻርዮም ወይ ደሃይ ከይተሓተቱ እንተውዒሎም ግን ንብልዒ ዝኸውን ሸውሃት፡ ንድቃስ ዝኸውን ቅሳነት፡ ንሓሳብ ዝኸውን ንቑሑነትን ካብኦም እምብዛ የርሕቕ ። እዚ እናኾነ ግን እቲ ፍቕርን ስቅያቱን፡ ንነብሶም ወጊዶም ብዛዕባ ሓድሕዶም ጥራይ ክሓስቡ ስለዝገበርዎም ቃንዝኡ እናቕሓሙዎ ዋላ ኣይጸልእዎን። ዕረፍቲ ከይዓገቡ ዝበራበሩሉ ንጉሆ፡ ሃለዋት ዘይብሉ ቀትሪ፡ ቆራሪ ምሸት፡ ሩፍታ ዘይርከቦ ውሪሕሪሕ ለይቲ እናገረፎም መቐረት ግና ኣይስእንሉን። እንተነውሐ ክልተ መዓልቲ ጥራይ ዝጸንሕ ዝነበረ ምፍልላዮም ሎሚ ግን ኣብ ፍቕሪ ባእታ ክኾኑ ዘይበቕዑ ኩርዓትን ኣንነትን በብቑሩብ ከጥቅዮም ጀመረ። ሓዲኦም ተገዲሱ ኣብ ዝድውለሉ እቲ ሓደ ብስራሕ ከምዝተጸምደ ብሓሶት ይምልስ። እቲ ተገዲሱ ዝደወለ'ውን ግዜ ቀርቂሩ ይድውል ምህላዉ'ምበር፡ ትሑዝ ከምዘሎ ኣብ ዓራት ኣሳፊሑ ደቂሱ ከሎ ኣንጻር ሓቂ ይምስክር። "ቻው!" ተበሃሂሎም ሞባይል ምስ ተዓጻጸዉ ግን ዉሽጦም ከም ንኣብ ኣፍ ሞት ዝተገማገመ ውላዲኦም ብሕማም ክውጻዕ ከሎ ውሉዳት ዝርእዩዎ ሸገርገርን፡ ሞት ከይትምንጥሎ ዘለዎም ፍርሓትን ቁዘማን ብዘይፍለ ይትክዙ። ከምዚ እናበሉን፡ ንሳ ትገደስ፡ ንሱ'ባ ይደውል፡ ብምባል ሓላፍነት ካብ ምጻር ንምምላጥ ኣብ ዘይተደልየ ህልኽ መሳሊ ትዕቢት ተሸኽሉ። ቅድሚ ሕጂ መምስ ዓርከ-መሓዙቶም እናተዛወሩ፡ ኣጋጣሚ ኣብ ዝራኸቡሉ፡ ንመኻይዶም ራሕሪሖም ንበይኖም ተፈንጪሎም ዝብሕቱ ዝነበሩ እዋናት ተረሲዑ ሎሚ ኣብ መንገዲ ክራኸቡ ከለዉ ንበይኖም ክነሶም፡ "ሰብ ኣሕሊፉ'ለኹ፡ ናይ ቆጸራ ሰዓተይ ሓሊፉኒ'ሎ!" እናበሉ ኣንነቶም ብመልሓሶም ብዓውታ እናገለጹ፡ ልቦም ግን ብዘይ ድምጺ ክትጉዳእ ከላ ድሒሮም የቕልቡላ። በዚ ሕቕኦም ተወሃሂቦም ብተብተብ ኣብጻር መንግዲ ኣብ ዝስጉሙሉ፡ ዝወረዶ ውጹዕ መንፈስ ክልቲኦም ግን ኣብታ ጠጠው ኢሎም ሰላምታ ዝተለዋወጡላ ጎደና፡ ቀልባዕባዕ እናበለ ብዘይብእኦም ይዕነድ። መምስ ካልእ ኣንጻር ጾታ ኣብ ዝህልዉሉ'ሞ ይጠማመቱ ከም ዘለዉ ምስ ፈለጡ፡ ሕጉሳት ምህላዎም ንምርኣይ ብዘየስሕቕ ዘረባታት ክምስ ክብሉን፡ መሰማምዒ ነጥቢ ዘይብሉ ዛዕባታት ናይ ኣዎንታ ርእሶም ብሓይሊ ክንቕንቑን፡ እንተኾነሎም'ውን ክቀናንኡ ሓኾት ክበሃሉ ይርብርቡ። ንቤቶም ኣብ ዝምለሱሉ ግን ከም ድኑስ

ተረሚሶም የምስዩ። ከምዝን፡ ህጻናት'ውን ይገብርዎ'ዮም ኢልካ ዘይትጽበዮ ካልእን፡ ብህልውና ትንፋሶም ጭርጭር ክጻወቱ ሽውዓተ ኣዋርሕ ኣቑጸረ።

ከም ኣላይን ሶቬትን ዝኣመሰሉን ንካልኦት ምኽንያታት ፈቓቕ ዝሃቡ ፍቑራትን ኣብ ነፍሲ-ወከፍ ኣንጎሎታት'ዛ ከተማ ከዕንንዩ ይረኣዩ'ዮም። እቲ ዘይርአ ግን ኣምላኽ ከምዚ'ታት ጎደሎ ኣብ ሓንቲ መዓልቲ እንተተራእዩ፡ ካብታ ንሱ ምጽኣት ዓለም ኢሉ ዝሓንጸጻ ዕለት፡ ሓንቲ መዓልቲ እናጉደለ፡ ነታ ናይ ፍርዲ እዋን ከምዘቀላጥፋ መላእኽቲ ሕሹኽ ዝብልዎም ጻድቃናት ንዝኣምንዎም ለባማት ከተምብሁ ይስምዑ'ዮም። ምፍልላይ ብምብዝሑ፡ ናይ ፍርዲ መዓልቲ ተጎዝጒዛቶ ከምዘላ ዘይፈልጥ ዘበለ ኩሉ ድማ ኣብ ገማግም ጥፍኣት ይርከብ።

ኣቱም ሰባት ጎይታ ሓዊ ክፈጥር ከሎ ንማይ ኣይረስዖን፡ ጸልማት ክፈጥር ከሎ'ውን ንቐትሪ ኣይረስዖን፡ ሰባት ብወገኖም ጥርዚ ፍቕሪ ክፈጥሩ ከለዉ ንጥርዚ ጽልኢ ብፍጹም ረሲዖሞ ኣይፈልጡን።

ምፍልላዮም ነቲ "ፍቕሪ የለን" ኢሉ ብምእማን ንውልቁ ዝምራሕ ዝበዝሐ መንእሰይ መራጎዲ እምነቱን፡ መርትዖ ንዝካትዖን ረኺበ። ፍቕሪ ክሳብ ትማኖ፡ ክሳብ ድሌታትካ ትረክብ እትጽግዖ ሽፋጥ'ምበር ልብታት ነጺህን ዝጥመራሉ ረቂቕ መንፈስ ኣይኮነን። ንሓደ ሰብ እንተፍቂርካ እቲ ፍቕሪ እናበልካ ዝጽዋዕ፡ ርውየት ስምዒት፡ ግንየ ገንዘብን፡ ምቅሊት ዝናን ሃሪፍካ እትጉዝጎዞን እምባ'ዩ። ገለ'ውን ኩሉ ንፍቕሪ ከም ክዳን ስለዝለበሶ'ሞ ከም ሰቦም ክመስሉ ዝኣትዉዎን ካልእ በለጸዊ ሸነኹ ኣለልዮም ክጭብጥዎ ዝህቅኑ ብምኻኖምን "ፍቕሪ ስስዐ'ምበር ሕያውነት ኣይኮነን" ዝብል መደምደምታ ዝበጽሖ ሰባት መምለሲ ተሳእኖም። ምእንቲ ሕዋስ ደምካ ዘይብሉ ጓና ክትስዋእን ንስድራኻን ነብስኻን ረሲዕካ ምእንቲ ካልእ ምንባር እንተኾይኑ እዚ ፍቕሪ ዘይኮነ መራሒ ዓያሹ ገይሩ ጎይታ ንዝሃበካ ነፍሲ ፈንፊንካ ንኻልእ ምፍቃር ማለት'ዩ። ኢሎም ብዘይ ስክፍታ ዝግዕሩ ዝነበሩ ሰባት፡ ምፍልላይ ኣላይን ሶቬትን ፍልስፍንኦምን ኣካይድኦምን ሓቀኛ ምንባሩ ዘብርህት መዓልቲ'ያ ነይራ።

ዘይተሰምዐ ስምዕታ

ናይ ኣላይን ሶቬትን ጽቡቕ ክርኢ. ዝምነ ገለ ቁንጣሮ ለባም ንኸተዓርቖም'ኳ እንተሓለነ ንሓንጋዲ ክፋል ባህሪኦምን ርእዩ ተስፋ ይስእን። ንሶም ንሓድሕዶም ብነውራም ቃላት መምስ ዝኣምንዎ ተሓማመዩ። ዝሓለፈ ህይወቶም ጌጋ ምንባሩን ምስ ዘይኮነሎም ሰብ ክፋቐሩ ዝሕለፍዎ እዋናት ከምዝጣዕሶምን ንዘዝሓተቶም ፈላጢ ብዘይ ካልኣይ ሓሳብ ደርጉሑሉ።

ኣካይዳኦም ከድንቕ ከንፈሩ ዝነቅጽ ዝነበረ ሓቀኛ ፍቕሪ ክረክብ ዝደሊ ገለ ዉሑድ ድማ ኣላይን ሶቬትን በበይኖም ኣብ ዝጎዓዙሉ ቦታታት ሓደ ብዘይ እቲ ሓደ ክኸይድ ከምዝከኣሎ ብዘይ ጸገም ብምርኣዮም *“ ትንፋስ ሰብ'ኳ መደምደምታ ካብ ሃለዎ ኣብ ውሽጢ ትንፋሶም ዝዓምበበ ፍቕሪ ከመይ መፈጸምታ ዘይህልዎ!”* ክብሉ ንምፍንጫሎም ብሓዘኔታ ተቐበልዎ።

በዚ ምፍልላይ'ዚ ዓይኑ ዝነቑሐን ኣእዛኑ ንወረ ዝገተረን መልሓሱ ኣህጢሩ ዝልፍልፍን ሰሰነ። ናይዚ ርድኢት`ዚ ግብረ መልሲ ድማ ናብ ገንዘብ ዝጓየ መንእሰይ፡ ፍልጠቱ ከዛይድ ዝህንደድ ምሁርን፡ ንሓላፍነት ክጎራፈጥ መሬት ዝመስዮ ስሱዕን፡ ዝለመዶ ሃልይዎ ንደቂ ወጊድ ኢሉ ዝፋታሕ ወላድን፡ ውርሻ ንዝገድፈሉ ሰብ ስኢኑ ብዘይ ለበዋ ዝቐበር ኣረጊትን ምስ ምፍልላይ ኣላይን ሶቬትን ሓዊስካ ብዘይ ምግናን እዛ ከተማ ጨው ሰኣነት።

ኣቱም ሰባት፡ `ኣወዳት ናይ ፍትወት ስጋ ጽምኣቶም ከርውዩ፡ ንምቕሉላት ደቀ'ንስትዮ ዘይርኢ የዒንቶምን፡ ደድሕሪ ሰለፈን ኣጥባተንን ዝተቐልዐት ኣዋልድ ክፈጥጥን፡ ኣዋልድ ድማ ብወገነን ዝፈትውኦ ገዲፈን ዘናብረን ሃሰው ክብላ ፍቕሪ ተወጊዱ ምጽኣት ዓለም ከርክብ'ዩ።` ዝብል ፍልቀተ-ሓሳብ ኣብ ህዋታት'ዛ ከም ፈላሲ ገዳም ንጥልመትን ሃርገፍገፍን ቦታ ዘይነበራ ከተማ ንኽዕብልል መዕገቲ ተሳእኖ።

ኣብ መንጎ'ዚ ምፍልላዮም፡ ሶቬት ሓደ ንጉሆ ናብ ቤት-ፖስታ ብምኻድ፡ ንሓንቲ ደብዳቤ፡ ካብ ኣላይ ናብ ሶቬት ዝብል ጽሒፉ፡ ናብ ገዛእ ኣድራሻኣ ለኣኸታ። እታ ባዕላ ዝጸሓፈታ ግን ኣላይ ከምዝጸሓፈላ ንነብሳ ዘእመነት ደብዳቤ ድሕሪ ክልተ መዓልቲ ንገዛኣ መጸት። ንርእሳ እናዓሸወት ከኣ ከተንብባ ፈለመት።

“ልብኺ ብመጥባሕቲ እንተተቐየረት፡ ርእስኺ'ውን ካብ ምሕሳብ ተኣጊዳ እንተትጽለል፡ ምሉእ ቆርበትኪ ማድዩ እንተትርመሲ'ውን ካብ ምፍቃርኪ ከምዘየብኩር ክገልጸልኪ'ለኹ፡ ኣብ ጎነይ ከምዘየለኺ ምስ ተፈለጠኒ ግን ትምኒተይ ሓሳብ ጥራይ ኮይኑ ኣብ ሓንጎለይ ኮብሊሉ።

እቲ ቐደም ለባም ዘለኹ መሲሉኒ፡ ቅድሜኺ'የ ክመውት ዝምነ ነይረ። ፍቕርና ናብ ትንፋስ ተሰጋጊሩ፡ ቀልብና ብዘይምለሰለይ ምስተቐያየርና ግን ድሕሪ ሞተይ ትቕምስልዮ ተራእዩንስ፡ ቀዲምክኒ ክትሞቲ'የ ብሂገ። “ቅድመይ ክትሞቲ'የ ዝደሊ።” ምስ በልኩኺ ምኽንያት ሓሳበይ ከይተረዳእኪ፡ ብንሂ ክትጭበጥስ ትዝክሪዶ? ክሳብ መናፍስቲ ዝጻብኡኒ፡ ኣብ ጥቓ መቓብርኪ ከድቕስ፡ ንፈትዎ ዝነበርና ሙዚቃታት ክውዓልኪ እንተረብሪበ፡ ንነብሰይ ምኽን ስኢነ ማለይ'ዩ ምስ በልኩኺ ግን “ኡፍፍፍ!” እናበልኪ ሃዲእኪ። ምስ ሞትኪ ከምዘይነብዕ እንተነጊረክስ፡ ምጸፋዕክኒዶ ወይስ ልሳንኪ እናተለኸተ ምጸረፍክኒ? ሕቶይ ጸይንኪ ገዲፍክኒ ነዊሕ ከይከድኪ ግን፡ ምስ ሞትኪ ኣብ ኣመና ጓሂ ርእሰይ ሓንሳብ ንመሬት ምስ ተደፍኣት ከምዘትቐንዕ ምስ ነገርኩኺ ከይተጠራጠርኪ ምኣመንክኒዶ?

ኣብታ ዝሞትክላ ንጉሆ ጻዕዳ ባድላ ክኸደን ምኻነይ ሕሹኽ እንተ'ለኪ'ኺ፡ ካብ ነቲ ዘረባ ምስማዕ ጸማም እንተትኾኒዶ ምተመነኺ ወይስ እታ ኣብ ዕለት መርዓና ዝለበስኩዎ ጻዕዳ ባድላ ተኸዲኑ፡ ክሳብ ደጊላ ትጽልም፡ ብሓዘን ከምዝልሎ ክሳብ ዝነግረኪ ጽን ኢልኪ ምሰማዕክኒ?

ድሕሪ ሞትኪ ምንባር ከም ዝሓሪ እንተ ተዛሪበስ “ጠላም!” 'ዶ ምበልክኒ፡ ወይስ “መልኣኸ ጠፊኣትኒ!” ኢለ ንዓኺ ከናዲ ጽላለ ከምዝኳልመኒ ወይ እርጋን ከምዘርክበኒ ተረዲእኪ፡ ንብድሕሬኺ ዘሕልፎ ሀልውናይ ኣይምተቓወምክዮን።

እዚ ከየጋጠመ ከሎ ግን ኣይንረሓሓቕ'ባ!”

ሶፎት ኣንቢባ ምስ ወድኣት፡ ክምስታኣ ናብ ፍሽኽታ ተቐይሩ ናብ ምሉእ ሓጎስ ከይተጸረየ ከሎ፡ እታ ጽሕፍቲ ናይ ገዛእ ርእሳ ምኻና ንኽዝከራ ግን ካልእ ኣካል'ውን ኣየድለየን።

ሕርቃን እናሓወሰት ከኣ ነታ ወረቐት ኣብ ገጻ ዓማጸጸታ። ብብኽያት ድማ ዕረፍቲ ሰኣነት።

እቲ ዝገርም ኣላይ'ውን ኣብ ሓደ መዓልትን፡ ብሓደ ዓይነት መንገድን ኣይኹን ደኣ'ምበር፡ ንሱ'ውን ከም ናታ ዘይፈተነ ኣይኮነን። ሞባይል ናይ ዓርኩ ንግዜኡ ተለቂሑ ናብ ገዛእ ሞባይሉ መልእኽቲ ሰደደ። እዚ ዝስዕብ መልእኽቲ ከምዝመጾ ድማ ሞባይሉ ኣድሃየት።

"ናይ ብሓቂ ዝርእያ የዒንቲ እንተ'ልየናኻ፡ ልበይ ተኸርምያ ክትክዝ ንኽትዕዘብ ኣይክትሽገርን ኢኻ። በዲለካ ክነሰይ "ይቕረ!" ክትሓተኒ ከለኻ፡ ደገይ ተማእዲዱ፡ ብውሽጠይ ግን ከምዝበክስ ነገረካ'ዶ ይፈልጥ? ስለ'ታ ሓንቲ ትንፋሰይ'ባ እዚ ጠባይ'ዚ ኣይትግደፎ። ኣምሰሉ ኮይነ'ምበር እንተ'ስተብሂልካ፡ ይቕሬታ ለሚንካ ክንስኻ፡ ተገምጢለ ከቀባጥረልካ ዝሽፍኣኒ'ኮ ኣነ ባዕለይ'የ። ነዚ ዝበልኩኻ ጠባይ ግን ልዕለይ ስለት'ኸእሎ፡ ኣብ እንኳረየሉ እዋን ኣይትረስዓዮ'ባ። ዘለኽዎ ምስ ህልውና ስለዘይሕሰብ፡ ሕጂ ነዛ ጸገማት ተጎዝጒዛ ዘላ ነብሰይ ፍትሓት'ባ ግበረላ። ናይ ፍቕሪ መዘናኻ ሶፊት!"

ኣላይ ብፍሱህ የዒንቱ ከንብብ ጸኒሑ፡ እታ ቁጽሪ ሞባይል ናይ ጓና ምኻና ስለዘይስሓተ ግን ክጉሂ ተቐሰበ። ሞባይሉ ደርብዩ፡ ካብ ኣብ መሬት ካብ ዝርኣዩ ዝበኣሱ ጽዋገን ዓሚቝ ሓሳብን ኣብ ነብሱ ኣንጸባረቐ።

ኣቱም ኣህዛብ፡ ሃብታም ዝኸስሮ ዋላ`ኳ የብሉን ብዘይካ ገንዘብ። ወናኒ ዝና ዝኸስሮ ዋላ`ኳ የብሉን ብዘይካ ስም። በዓል ስልጣን ዝኸስሮ ዋላ`ኳ የብሉን ብዘይካ ሽመት። ፈቃር ዝኸስሮ ዋላ`ኳ የብሉን. . .ዝኸስቦ ግን ዝተጨፍለቐ ሩሕ፡ ጎደሎ ሰብኣውነት፡ ዝተዘርገ ትርጉም፡ ዘምባሁቕ ጸጋ፡ ዕዳ ምንባር፡ ጸራ ዘይራገፍ ልብን ተበራርዩም ይህምኹዎ።

ኣቱም ህልኸኛታት ህዝቢ ኢድ ሰብ እንተሰበርኩም፡ ንስኻትኩም ኣብ ሓጢኣት ኣተኹም። እቲ ቀራጽ ኢዱ ግን ኣይፍለጦን'ምበር ካብ ጠልቀፍቀፍን ስርቅን ደኣ ደሓነ፡ ንጽድቂ ድማ ተቓረበ። ኣእዛን ሓደ ገልዲምኩም እንተጽመምኩም፡ ንስኻትኩም ኣብ

ሓጢኣት ኣተኹም። እቲ ጸማም ግን ኣይፍለጠን'ምበር ካብ ሕሜታን ቤላቤለውን ደሓነ፡ ንጽድቂ ድማ ተቓረበ። ነታ ከይረብረበት ፍቕርን እምነትን እናሃበት ክነሳ ብዝተፈላለየ ምኽንያት ዝጎዳእኩማ ልቢ እንተሃልያ ግን ንስኻትኩም ኣጸቢቕኩም ኣብ ሓጢኣት ኣተኹም። እታ ዝሰበርኩማ ልቢ'ውን ኣይፍለጣን'ምበር ኣብ መሬት ዝእመን ፍጡር ከምዘየለ ክትሓስብን፡ ኣሰር'ቶም ጠላማት ክትስዕብ ብምግዳዳን ንሳ'ውን ኣብ ርኽሰት ትሽከል። ንስኻትኩም ድማ ደጊምኩም ከም ተጎሮ ጓሳ ደኣ ዓጸፌታ ሓጢኣት ደረብኩም።

ጥዑያትን ውርዙያትን ዘምስለኩም ክዳውንትን ልዕሊ ሰብ ምኳንኩም ከእምን ዝጋደል ዝመኣዘ ሽቶ ሰውነትኩምን ስለምንታይ ከምእትለብስዎን እትቕብእዎን ምስ ሰባት ኣዕሊልክምሉ`ዶ ትፈልጡ? መሬት ካብ እትውለድ ክሳብ'ዛ ዓመተ-ምህረት እዚኣ፡ ሰብ ዘበለ ኹሉ ነዛ ሕቶ'ዚኣ ብውሽጡ ብዘይ ሰጋእ-መጋእ ይምልሳ'ዩ። እንተኾነ ነታ መልሲ ካብ ኣፉ ኣውጺኡ ግን ኣይኮነን ምስ ሰባት፡ ኣይኮነን ሓሊሙ እንተህተፍተፈ፡ ኣይኮነን ብመስተ ሰኺሩ ዘሎን ዘየለን እንተተዛረበ፡ ንበይኑ ኣብ በረኻ ተደርብዩ'ውን ነታ መልሲ ኣምሊቑዋ ኣይፈልጥን። እንተኾነ "ኣብ ፍቕርን እምነትን ክትሽሓሓጡን ክትተናኾሉን ደምኩም ጸሊም ደም ሱር ስለዘፍለሰ፡ ነቲ ካብ ኣብ ውሽጢ ጨጎራ እንስሳታት ዝርከብ በዳን ፈርሲ ንላዕሊ ውሽጣዊ ሓሳብኩም ዝያዳ ከም ዝብከዕ ስለእትፈልጡ'ዩ፡ ደጌኹም ከተጽፍፉ ትጓየዩ።

ጎደናታት ብሰባት መሊኡ እንተዕለቕለቐ፡ ሰብ ኣይተሳእነን ኣይትበሉ። ዝጠፍአ ሕልናታት ጸይራ ትትክዝ ዘላ መሬት ዓው ኢላ ንሓሶትኩም ክትምጉት ኣይትጸበዩዋ። ኣየ መሬት ትረኽቦ? ዕድሚኦም ዓቢ፡ ተግባራቶም ናይ ህጻውንቲ ፍጡራት ካብ ዓቕማ ወጻኢ ኮይኖማ። ተስፋኣ ካብ ብሕጂ ዝመጹ ሓደስቲ ወለዶ ከይትገብር ድማ ካብ መን ዝተወልዱን ብመን ዝዓበዩን ደቂ እያ'ሞ ባህጋ ከተቐምጥ። ፍቕሪ ከይሃበ "ኣብ ፍቕሪ ዝግበኣኒ ኣይረኸብኩን" እናበለ ዘእዊ ሰብ፡ ዝበልዓላን ዝሸነላን መሬት *'መለሳ ልግሰይ ይደሊ ኣለኹ'ኢላቶ* ከምዘይትፈልጥ'ባ እቶም ዝሓሸኩም ትበሃሉ ንገሩለይ። ካብ ብዕሽነት ዝጸገቡን ምቕሉልነት ዝጠመዩን ኣህዛብ ዝበዝሑዋ

ከተማ`ሞ እንታይ ዝሰምር ሰናይ ከይህሉ`ዩ። ለባማት ግን ኣሰሮም የለን ማለት ኣይኮነን። ዘይትጽበዮም ንኣሽቱ መንእሰያት ኣብ ገለ መጻሕፍቶም . . . *"ብርግጽ ኩልና ናብ ገሃነም ኢና። እቶም ኑቲ ሓጢኣት እንፍጽምን፡ እንተላይ እቶም በቶም ሓጢኣት ዝፍጽሙ እንዛረብን። እቶም ኑታ ጸባብ መንገዲ ገዲፎም ቢታ ገፉሕ መንገዲ ዝዛውኑን፡ እንተላይ እቶም ኣብታ ጸባብ መንገዲ እንከለዉ ቢታ ገፉሕ መንገዲ ዝሓልሙን። እቶም ብነውራም ተግባራቶም ጣዕሳ ዘይስምዖምን፡ እንተላይ እቶም ዝጠዓሱ ግን ዘይናስሑን...ብርግድ ንኤደን ክንኣቱ ዘይንበቅዕ`ሲ ኩልና ደኣ።"* ከምዚ ዝብል ኣንቢበ ነበርኩ`ሞ፡ ኣሰሓኮ ዘለዎም ገለ ውሑዳት ሰባት ከም ዘለዉ ክኣምን ተገዲደ`የ።

ኣልይን ሶቬትን በብሸነኾም ንነፍሶም ከታልሉ ሙዚቃ ሰምዑ፡ ፊልም ተዓዘቡ፡ ግን ካብ ክዉንነት ንኽምልጡ ሓራ ዘይትገብር ልቢ`ያ ከም ሰቦም ተዓዲላቶም። መሲልዎም ደኣ`ምበር *"ኣብ ዓለም እቲ ዝበለጸ ዝበሃል ግጥሚ ካብ ተራ የዲንቲ ደንቆሮ ንላዕሊ ክገልጽ ዓቕሚ የብሉን። ዝኾነ ግኑን ዝስሙ ቀበኣይ ልዕሊ እታ ዓሻ ዘውንና ልቢ ቅኑዕ ክኸውን ከቶ ኣይበቅዕን`ዩ። ዝኾነ ብርቂ ጸሓፋይ ክንድ`ታ ዝተጎድኣት ልቢ ስምዒታት ክቕልብ ተስፋ`ውን የብሉን። ምኽንያቱ ስነ-ጥበበኛታት ዝበሃሉ ክፈጥሩ ከለዉ እቲ ደንቆሮ ይርኢ፡ እቲ ዓሻ ቅኑዕ፡ እታ ሀስይቲ ልቢ ድማ ጠብላሕታታት ተኣንግድ።"* ስለዚ ልዕሎ'ቲ ብስነ-ጥበብ ከስተማቕርዎ ወይ'ውን ከምልጡሉ ዝሕልኑ ኣገባብ፡ ማዕረ'ቲ ልቦም ትሃርሞን ርእሶም ዝህረሞን ከበቅዕ ዘይክእል ህላዌ ዓለም ተራጸሙ።

ኣላይ ኣብታ ንሸውዓተ ኣዋርሕ ብዘይ ምቁራጽ ወርትግ ምሸት ሰዓት 9:00 ዝበጽሓ ዝነበረ ሊኬቶ ዝኣሰሩላ ቦታ ሎሚ'ውን ብጓሂ ተሰንዩ በጽሓ። ኣብ ትካዘን ዝኽርን ከሎ ሓደ ህውኽ ዝመስል ዉዑይ ሰብኣይ ናብኡ ክጽጋዕ ኣስተብሃለ።

"ስማዕ'ስከ፡ ልክዕ ኣብዛ ዘለኻያ ቦታ ደው ኢላ ካብ 9:30 ክሳብ ሰዓት 10:00 ናይ ምሸት ዘሎ እዋን ኣብዚ ዝሓለፈ ኣዋርሕ ብትሑት ድምጺ እትበኪ ጓል እሰምዕ'የ። እንታይ ኮንኪ ኢለ ግን ሓቲተያ

ዘይተሰምዐ ስምዕታ

ኣይፈልጥን። ትማሊ ግን ሶፍት ጥራይ ሂበያ ከይደ። ሕጂ ግን ጸገማ ክሰምዕ እንተኽኢላትኒ ኣነ'ውን ክሕግዛ ዝከኣለኒ እንተኾይኑ ድሕሪ ገለ ደቓይቕ ክፈልጥ'የ። ስለዚ ካብዛ ንሳ ደው ኢላ ትጽገዓላ ቦታ እንተተኣሊኻ ንውጥነይ ሓጋዚ'ዩ። እንተዘየለ ንዓኻ ተሰኪፋ ነዛ ስፍራ ክትገድፋ ትኽእል'ያ።" በልዎ፡ ተርባጽ ተጻዊንዎም ዝብልዋ ዘለዉ ጓል እንተመጸት የማን ጸጋም እናተመልከቱ።

ኣላይ ካብ ዝነበሮ ቦታ ከይተንቀሳቐሰ ክንኽነኽ ምስ ጀመረ ድምጹ ናይ ዝዓከሰት ሞቶ'ዩ ጥዒሙ።

"ኣነ'ዶ፡ እታ ዘለኻያ ስፍራ ንብኽያት ድያ ትዕድም። ናይ ሰብኣይ ብኽያት ክሰምዕሲ ድሉው ኣይኮንኩን ዝወደይ። ጸበልኩም ኣይልከየና!" ብምባል እቲ ሰብኣይ ብዘይምድንጓይ ካብቲ ቦታ ተሰወረ።

ኣላይ ካብቲ ዝነበሮ ተኣልዩ ብሕቡእ ክዕዘብ መረጸ።

ድሕሪ ነዊሕ ናይ ህንጡይነት እዋን ሶቬት ኣብታ ንሱ ዝነበራ ቦታ ክትጉዝጎዝ ረኣያ። ኣቐዲማ ነታ ሊኬቶ ምስ ተናኸፈታ ድሒሩ ፊፍፊፍ ክብል ደሃያ ተሰምዐ። ኣላይ ብህድኣት ናብ ኣንፈታ ሰጎመ። ህላዌኡ ኣብ ጥቕኣ ምስ በጽሐ ሶፍት ንኽቕብላ ኢዱ ዘርግሐ። ንሳ ግን መን ምዃኑ ከይፈለጠት ኢዳ ዘርጊሓ ጥራይ ተቐበለቶ። ንብዓታ ሕርቃን ሓዊሳ ምስ ሓበሰት "የቐንየለይ!" ክትብል ትርኢታ ኣብ ገጹ ኣንበረት። ትፈልጦ መልክዕ ብምንባሩ ፈዛዝ ክትቅየር ኣገደዳ። ካብቲ ዝነበረ ዝገድድ ከምእንደገና ንብዓታ ቲዕቲዕ በለ። ብኽልተ ኣእዳዋ ኣፋ እናኸደነት ሓዘን ንብዓታ መዕገቲ ሰኣነትሉ። ዓቕሚ ሓጺርዋ ኣብ ዝነበረቶ ኮፍ ኢላ ርእሳ ብምድፋእ ኣብ ግንቦ ኢዳ ተተርኣሰት። ነቲ ምውሓጡ ዝኣበያ ብኽያት ድማ ተቓለሰቶ። ኣላይ ኣብ ጎና ኮፍ ኢሉ ጸጉራ ክተናኸፍ ኢዱ ኣመጣጠረ። ሃዲኡ ርእሳ ደጊፉ ምስ ኣቕንዓ ድሕሪ ኣዋርሕ የዒንቶም ክጠማመታ ክእለት ረኸባ። ኪሎ-ሜተራት ዝነበረ ነፍሰ ፍልልዮም ናብ ሰንቲሜተር ለጠቕ ክብል በቕዐ። ንትርኢቶም ዝሓደሰ መልክያም ከይተጻገቡ ንኽጠማመቱ ዝዓበየ ምኽኒት ነበረ። ብምዕንዛዝ ነቒጾም እንከለዉ ኣላይ ነታ ዝሓዘታ ሶፍት ካብ ኢዳ ተቐቢሉ ደርበያ። ብየማናይ

ኢዱ እናለሳለሰ ንብዓታ ካብ ገጻ እናሳጎገ ጸረገላ። ብኸልተ ኢዳ ሓፍ ኣቢሉ ድማ ካብ ዝተኾርመየትሉ ቦታ ኣልዓላ። በጻብዕቶም ተጨባቢጦም ከኣ ውሽጦምን ደጊኦምን ብሓደ ሰጠሙ። ዘረባ ክልቲኦም ብጩቕታ ከየስምዐ ኣብቲ ቦታ ከምዘይነበሩ ረሓቑዎ።

ንጽባሒቱ ምሸት እቲ ውዑይ ሰብኣይ በቲ ቦታ ተኣልዩ ትበኪ ጓል ትኹን ወዲ ኣየጋጠምዎን። ኣላይን ሶቬትን ኣብ ግዜ ኩራኦም ዕርቅን ጸግዕን እትኾኖም ቦታ ሎሚ ግዜኣ ስለዘይኮነ ተሃን እቲ ብዘይጠቅም ዝቐምሰለ መዓልታቶም ከሕውዩ ኣብ ካልእ ክፋል'ዛ ከተማ'ዮም ብሓደ ነይሮም።

ኣቱም ነዛ ኣፍ ኣውጺኣ ዘይትራገም ሕያወይቲ ከተማ፡ ብሰሪ ምፍልላይኩም፡ ብጓሂ ተሕብጥዋ ዘለኹም እዚ ጎደሎ'ዚ እንተዘየቋሪጹ ኣብ ዝመጽእ እዋን ክፉእ መጋብርኩምን ሓቀኛ ስምኩምን፡ መቓምጦ ቦታኹምን ከይነከኹ ከጋልጸኩም ምኽንያይ ክሕብር ከለኹ ስክፍታ ዘይሓድረኒ ከይመስለኩም። ከምቲ ኣነ ኣባኹም ዝውዕሎ፡ ጎይታ'ውን ኣባይ ይሓድር ብምኽኑ፡ ሕጂ ነዛ ናይ ስክፍታ ቃል ክጽሕፍ ከለኹ ድሮ ኣብ ርእሰይ ብምንባሩ ከይደንጎየ'ዩ እነሀኩም ኣብ ጥቓይ መጺኡ ዘሎ። ከምዚ ድማ በለኒ፡ "ንሳቶም'ኳ ንምፍልላይን ተንኮልን ዘይተሰከፉስ፡ ንስኻ ንምግላጸም!?" ዝተኸብረ ጎይታይ እዚ ምስ በለኒ፡ ኣብ ሓሳቡ ክርዕም ከለኹ ብዘይ ኣስገዳድ እዩ'ሞ፡ ጠዋይ ጠባይኩም እንተዘይተፈዊሱ፡ ብመንገዲ ጽሑፍ ንኸቃልዓኩም ናብ መሬት ምምላሰይ ዘይተርፍ'ዩ። መልኣኽ ፍቕሪ።

ሞት ከም ኣራም

ከተማ ኣስመራ ሕጂ'ውን ደቂ 90 ዓመትን ልዕሊኡን፡ ኣብ ዓራት ማህሚኖም ሞት ክትመጸም እናተማህለሉ፡ ንወዲ 27 ዓመት ኣራም ዝተባህለ መንእሰይ ኣብ ጉድጓድ መሬታ ሎሚ ፍርቂ መዓልቲ ደቢናቶ። ኣማውትኡ ብድንገት'ኳ እንተኾነ ንቕታሊኡ ረኺቢ ኣይረኸበን። ኣራም እዛ ከተማ ካብቶም ብመልክዖምን ቁመንአምን እትሕበነሎም ሓደ ብምንባሩ፡ እቲ ሓዘን ዝያዳ ንደቒ-ኣንስትዮ ዝምልከትን ዝጸልውን'ዩ መሲሉ።

ኣብቲ ቀብሪ ዝወዓሉ "መቕዘፍቲ መንእሰያት ብኸምዚ ዘለዎ እንተቐጺሉ፡ ኣብ መጻኢ ኣብዛ ከተማ ኣረጊት ዝበሃል ሰብ ኣይክህሉን'ዩ።" ብምባል'ዮም መሪር ጓሂኦም ብፍርሒ ገሊጾም።

ኣራም ምሸት ቅድሚ ምቕታሉ ካብ ንግሆ እታ መዓልቱ ነዚ ዝስዕብ ፍጻሜታት ነበሩ።

ምናሴ ዓርኩ ሓደ ጉዳይ ሓግዘኒ ስለ ዝበሎ ኣብታ ንግሆ ዝነበሮ ዕዮታት ሰሪዝዎ'ዩ። ከም ኣመሉ ኣንጊሁ ስለዝተስአ ዝነበሮ ቆጸራ ክሳብ ዝኣኸለሉ እቲ ግዜ ኣበይ ከም ዘጥፍኦ ሓርበቶ። ነብሱ ተሓጺቡ ክዳውንቱ ቀይሩ'ኳ እንተጻፈፈ እቲ ሰዓት ግን ጎተት ዝብል ዘሎ ኮይኑ ተሰምዮ። ኣብዝን ኣብትን ብምባል ኣብ ገዛኡ ኮለል በለ። እንታይ ምኽኑ ምግላጹ ዝኸበዶ'ውን ውሽጡ ተረበሸ። ሙዚቃ ወሊዑ ክድስት'ኳ እንተሃቀነ እዚ'ውን መፍትሒ ካብ ምኳን ኣበዮ። ጸኒሑ በቲ መስኮት ተቐልቂሉ ክዕዘብ ጀመረ። ኣብ ከምዚ ኩነታት ሰብ ይደልዮ ምህላዉ ሞባይሉ ጨደረት።

"ሄሎ፡ እንታይ ክሰምዓኪ?"

"እቲ ናይ ኩሉ ግዜ ቃለይ'ዩ፡ ንምንታይ ኢኻ ሓድሽ ትኸውን። ንሕውነት ዝደልየካ ሰብ ክንድዚ ተገዲሱ ዝድውል ኣሎ ኣይብልን'የ።"

"መን ኢኺ'ሞ?"

"ድምጸይ ረሲዕካዮ ማለት ድዩ፡ ክንደይ ደንዲንካ ትኽእሎ በጃኻ። ንኣዋርሕ ብፍትወትካ ዝተመላለስኩ'ዶ ኣይኮንኩን።"

"እህ...እሞ ንኽትጸልእኒ ደኣ እንታይ'የ ኸገብር፡ ጥራይ ነብሰይ ከም ጽሉል ክዛውር?"

"ክዳን ተኸዲንካ ከለኻ ንደገ ክትወጽእ'ኳ ዘይበሃግኩ፡ እቲ ትርኢት እትስ ንበይነይ ደኣ ይኹነለይ።"

"ኢለኪ እኮ'የ፡ ብቑመናይ፡ ተባዕታዊ ስብእነተይ ወይ ብኹርዓተይ'ምበር ውሽጠይ መርሚርኪ ዝፈተኽኒ ዘይምኳንኪ ደጊመ ክነግረኪ ይደሊ።"

"ንስኻ ትመስል'ሞ ሰኽራምን ዘማውን ዋላ ዘይትኸውን፡ ጥራይ ናተይ ኩን።"

"ሕጂ ግዜ የብለይን፡ ሰኽራም ወይ ዘማዊ እንተደሊኺ ግን ኣብ ናይ ገዛውትኹም ባራት ኣይትስእንን ኢኺ።"

ደዋሊት ሞባይል ኣብ እዝና ከላ ሕርቃን ሳዕሪርዋ ስቕ በለት።

"ትሰምዕኒ ኣለኺ'ዶ" ኣራም ጨደረ። ትሰምዮ ምህላዋ ብትሑትን ዘደንግጽ ልሳንን ምስ ነገረቶ ቃላቱ ከም እንደገና ምስንዳው ጀመረ።

"እዚ ትድውልለይ ዘለኺ ብስራሕ እንተዝኸውን ክልቴና ብሃብቲ ምሃጠርና፡ ፍትወትኪ ግን ንዓይ መኽሰብ የብሉን።"

"ብዙሕ መዘናግዒ እንከለካ ንልበይ ክትጻወተሉ መሪጽካ ማለት ዲዩ?"

"ዎው! ዎው! ዎው! ንልብኺ ግዳይ ዝገበርኪ ባዕልኺ ኢኺ። ንምስለይ እናረኣኺ ንሓንጎልኪ እንተዘይትብጽብጽዮ ሎሚ ብፍቕሪ ኣይምተሃወጽክን።"

ኣብ ሞባይሉ ድምጺ ብኽያት ተሰምዐ።

ሞት ከም ኣራም

"ንዲ በጃኺ ኣብ ሂወት ዝሰማዕናዮ ብኽያት ብዙሕ'ዩ፡ ብሕጂ ዝመጻና'ውን ኣይከውሕድን'ዩ።"

"በል ድሓን ዝገብሮ ኣለኒ፡ ካብቲ ብሕጂ ዝመጻካ ብኽያት ሓደ ንስኻ ብኣይ እትነብዖ ኽኸውን'ዩ!" ሕንቕንቕ እናበለት ፈኸርኣ ገበረት።

ኣራም ብዘይ መልሲ ንገለ ደቓይቕ ኣበርቲዑ ሰሓቐ።

"ኣይትቕሰን፡ ፍቕሪ ብሕነ ክትካእ ብኣኻ ዝጀመረ ኣይኮነን።" እዚኤን ቃላት ምስ ተዛረበት ኣብ እዝኑ ክትዓጽዎ ከላ ተፈለጠ። ንሞባይሉ እናረኣየ ኸኣ፡ "ኣበይ'ሞ ናይ ጎደና ቴሌፎን'ንዶ ኾይና።" ምምራር እንዳሓወሰ ቃላቱ ፈነወ።

ልኽዕ ኣብታ ሰዓት እቲኣ ሰብኣይ ዲያና፡ ሰበይቱ ነብሳ ክትሕጸብ ንሽቓቕ ቅድሚ ምእታዋ፡ ንሱ ሞባይሉ ከም ዝሰኣና`ሞ ብናታ ደዊሉ ክረኽባ ኣመኻንዩ ብሕቡእ ናይ ሞባይላ መልእኽታት ከንብብ ዓይኑ ኣፋጠጠ።

*"ኣታ ኣዳመይ ኣብ ኦፊስ ብሓደ ከም ዘይውዓልናስ ናፊቐካ፡ ሕጂ'ባ ደውለለይ ኣብ ስራሕ ብህጹጽ ይድለ ምህላወይ ንገረኒ'ሞ፡ ንሰብኣየይ ኣሽካዕሊለ ክመጸካ። ብድሕሪኡ ኣብ ኦፊሰይ በቲ ፍኒስትራ ተቐልቂልና፡ ከነዕልል ንሓድር። ኣብቲ እዋን ፍቕርም ዝገላለጹ ስለ ዘየለዉ እቲ ግዜ ናተይን ናትካን ክንገብሮ ኢና! በጃኻ ኣዳመይ ደውልወይ ድቃስ ኣቢኒ!!!"*እትብል ቀዳመይቲ መልእኽቲ ኣንበበ። ዝተሰደደትሉ ሰዓት ከኣ 2፡15 ናይ ለይቲ ይብል ነበረ። ብሕርቃን ፍሽኽ እናበለን ናብ ካልእ መልእኽቲ ሰገረ።

"ኣዳመይ ኣብ ውሽጢ ኦፊስ ተዓጺና፡ ብኸገልጾ ዘጸግመኒ ኣጠማምታ ክትርኤኒ ከለኻ...ስግር ማዕጾ ኦፊሰይ ግን መሳርሕትና ብስራሕ ክከላበቱ እንከለዉ ዓለምም ርኤ ናይ ዘለኒ እድንግጽ። ብኢደይ ሒዝካ ካብ ሰድያ ምስ ኣተሳእካኒ ኣብ መንደቕ ከተጸግዓኒ እንከለኻ... ሰራሕተኛታት ከቢቦም ኣኼባ እናተገብረ፡ ሰብ "ካብ እከለ ዝበልጽ ሓሳብ፡ ነቐፌታ፡ ርእይቶ ክህብ ኣለኒ" ኢላ ኢዳ ኣወጣወጠት፡

ሞት ከም ኣራም

ሓጺዳውና ግን ብትሕቲ ጣውላ ናብ ደስ ዝበሎ ክፋል ሓድሕድና ክድህስስ እንከሎ፡ ኣብ ዓለም ናይ ብሓቂ ይነብር ምህላወይ ሽዑ'ዩ ዝገሃደለይ። ብጽፈት ተወጊኑ ዝነበረ ኦፊሰይ፡ ንስኻ ምስ ኣተኻዮ ሕንፍሽፍሽ ክብል እንከሎ፡ ካብኡ ዝዓቢ ስኑ-ጥበብ ክሳብ ሎሚ ብቕብኣ ይኩን ስኑ-ጽሑፍ ኣይረኣኹን። ኣዳመይ በኛኻ'ባ ምንባረይ ከይኩለፍ ንዘላለም ንስ ኣይትኽላኒ!!!" ሳልሰይቲ መልእኽቲ ከንብብ'ኳ እንተኸፈታ ካብኡ ዝኸፍእ ከይርአ፡ ብምፍርሑ ግን ዓጸዋ። ነብሰ ምትሓት እናሳቐዮ ድማ ነታ ቁጽሪ ናይ መልእኽቲ እናረኣየ ኣብ ሞባይሉ ጠዋወቓ። ናብ ኣራም ድማ ደወለ።

ኣራም ካብ ገዛ ሰልቺዎ ምስ ወጸ ምናሴ ዓርኩ ክሳብ ዝመጽ ኣብ ሓደ ቤት ሻሂ ኮይኑ መጽሄት የንብብ ነበረ። ሞባይሉ ይድወሎ ምህላዉ ምስ ሓበረት እታ ኣቐዲማ ዝደወለትሉ ጓል ከይትኸውን እናተበሳጨወ እዩ ተቐቢልዋ።

"ሂሎ፡ ንስኻ ዲኻ ኣራም ዝብሉኻ?" ዘይፈልጦ ድምጺ ኣብ እዝኑ ጨደረ።

"ዝብሉኒ ዘይኮነስ ዝተጠመቕኩሉ ስመይ'ዩ።" እናሃድአ ኣሽካዕለለ።

"ናቱ ዘገድሰኒ ኣይኮነን። ክትመጻኒ ምኽኣልካ'ዶ፡ ምሳኻ ንእሽተይ ጉዳይ ነይሩኒ?"

"ደሊኻኒ እንተኾይንካ ኣብ ዘለኹዎ ቦታ'ዩ ክትመጽእ ዘለካ።" ቁም ነገር'ኳ እንተተዛረበ ቃንኡ ግን ምሕጫጭ ኣይተጋደፎን።

ኣራም ኣብ ዝነበሮ ቦታ ምስ ሓበረ፡ ኣይደንጐየን ደዋሊ ድሕሪ ገለ ደቓይቕ መጸ።

"ኣራም ሓቀይ?" እናተጸወገ ሓተቶ።

"ንስኻ ዲኻ ደዊልካለይ ጸኒሕካ።" ሓንሳብ ገጹ ምስ ረአየ ኣብ ምጥማት ዝሓዛ መጽሄት ተጸምደ።

"ምስ ዲያና እንታይ'ዩ መራኽቢኻ?"

"ሕቶ ድዩ መርመራ፡ ኣቦኣ ዲ'ኻ፡ ኣየነይቲ ዲያና ኢ'ኻ'ሽ ትብለኒ ዘለኻ?" ሕቶታት ከም ካሴታ ጸፍጺፉ ኣውረደ። ብዕድመ መሳቱ'ኳ ዝመሳሰሉ እንተነበሩ ምልጋጽ ግን ተተሓሓዞ።

"ክንደይ ዲያና ዲ'ኻ ትፈልጥ? ኮብላሊ ምኳንካ ዘነጽር እኮ'ዩ።"

ኣራም ዘሰዓቦ ዘረባ ኣይነበረን። መጽሄት እናጠመተ ግን ይገናጽል ነበረ።

"ዲያና ማናጀር ኣነ በዓል-ቤታ'የ። ክርሕቃ'የ እንተ ኢልካ ሰናይ፡ እንተዘየለ ካልእ መፍትሒ'ሎ።"

ኣራም የዒንቱ ተኺሉ እናጠመተ፡ "ንመን ከም እትውንጅል ኣፍልጦ ዝወሓደካ ኢ'ኻ ትመስል። ነዚ ክትብል ኢ'ኻ...ስማዕ እዚ ቆየጃ ንዓኣ'ዩ ዝምልከት። ንዲያና ስለዝፈራሕካ ንዓይ ዓይንኻ ተፍጥጠለይ ኣለኻ?" ንግዚኡ ስቕታ ኮነ።

ድሒሩ ግን ሰድያ ሕቖ'ቕ ክብል ተሰምዐ።

ኣራም መልሲ ወይ ሕቶ'ኳ እንተተጸበየ ዘይገመቶ ግን ክሳዱ ብኽልተ ኣእዳው ጓና ኽትሕነቓ'ዩ ተፈሊጥዎ። ዝሓዛ መጽሄት ደርቢዩ ኽኣ ኣብ ምቕላስ ተጸምደ። እናተጋደለ ከሎ ግን መንእሰያት መጺኦም ኣታዓረቕዎም።

"ኣይትቅሰን ኣታ ሰራቒ፡ ትንፋስካ ጸልየላ!" በዓል-ቤት ዲያና'የ በሃሊ እናፈከረ ካብቲ ቤት-ሻሂ ወጸ። ኣራም ከኣ ከምዛ ወላ ሓንቲ ዘየጋጠሞ ክዳኑ ኣመዓራርዩ ምንባቡ ቀጸለ።

ድሕሪ ገለ ደቓይቅ ግን ተብተብ እናበለ ካብቲ ቦታ ወጸ።

ምስ ምናሴ ዓርኩ ምስ ተራከቡ ድማ ናብ ሓደ ቤት-ቡን ብሓባር ኣምርሑ። ኮፍ ኢሎም ቦትኦም ምስ ሓዙ ሓንቲ ምልክዕቲ ኣሳሳይት *"እንታይ ክሰምዓኩም።"* በለቶም። መልሲ ከይሃብዋ እንከለዉ ግን ሴድያ ስሒባ ምስኦም ኮፍ ክትብል ግዜ ኣይወሰደላን። ንምናሴ ኣብቲ ቦታ ከምዘይነበረ ሓሲባ ድማ ገጽ ኣራም እናረኣየት፡ *"ካብ ዝርኤካ ሓጺር ኣይገበርኩን። ኣብ መዓልተይ ከይዘከርኩኻ፡*

ከየፍቀርኩ'ኻ ዝሓለፉ ሰዓታት ኣይነበራን...”

ምናሴ ብድሕር'ዚ ኣእዳዋ ልኢ'ኻ ንኣራም ክትተናኸፎ ምስ ረኣየ ንብሕቶም ክገድፎም'ዩ ወሲኑ። ምስ ደንጎይዎ ኸኣ ቡኡ ኣቢሉ ንገዝኡ ኣምርሐ።

ንምሸቱ'ዩ እምበኣር ምናሴ ሞት ናይ ቀንዲ ዓርኩ ብቴለፎን ዝተረድአ።

ንቐታሊ ንምርካብ ዝምልከቶም ኣካላትን ትካላትን፡ ኣብ ጽዑቕ ክትትልን መርመራን ተኣልኩ። ኣንፈት ካብ ዘለዎ ቦታን ሰብን ሓበሬታ ተኣከበ። መርመራ ሬሳ ተኻይዱ ነቲ ጉዳይ ሓጋዚ'ዩ ዝተባህለ ሸነኻት ተለልየ። እዚ ኹሉ እናኾነ ግን ቀታሊ ክርከብ ኣይተኻእለን።

ኣብቲ ዳስ ሓዘን ኣደ ኣራም፡ ሞት ወዳ ክሳብ ሽዑ ስለዘየቕበለቶ ኣብ ምግዓርን ቁዘማን ነበረት። ብብኽያት ናብትን ናብትን ክትጻፋዕ ጸኒሓ፡ ናብቲ ቀዚዙ ዝነበረ ምናሴ ቀሪባ፡ “ዓርክ'ኻ ጠፊኡ...ኣበይ ደኣ'ሎ እቲ ሕውነትኩም...ንወደይ ዘየድሕን ዕርክነት ድዩ ነይርኩም!” እናበለት ኣብ ርእሲ ሓዘኑ፡ ነእዛኑ ብኣውያት ሓርጎጽጎጽ ኣበለት።

“ቀታሊ ኣራም ዓርከይ ኣይስሕቶን'የ። ካብ ሎሚ ከኣ ኣይከሕልፎን'የ።” ምናሴ ጸርጸር እነበለ ብጸዋግ ገጽ ካብቲ ዳስ ወጸ።

“ሓዙለይ ኣብዘይ ደሙ ከይኣቱ!” ኣደ ኣራም ብምዉት ልሳን ክትዛረብ ፈተነት። ምናሴ ግን ካብቲ ቦታ ድሮ ኣርሒቑ ነበረ።

ምናሴ ከም ክጋልብ ዝወዓለ ፈረስ ኣፍንጭኡ እናተነፍሐ ኣብ መቓብር ኣራም በጽሐ። ኣሳጉሙኡ ዝቐመሰ ዓወት ንስድራቤት ኣራም ቅድሚ ምብሳሩ ንኣራም ክነግር ዝተሃንጠየ መሰለ።

ክልተ ጉድጓድ ዝኹዕቱ ንዝነበሩ ሰብኡት ሰላምታ ሂብዎም ናብ መምጽኢኡ ኣበለ። ኣብታ ኣራም ተቐቢሩላ ዝነበረ መቓብር ምስ በጽሐ ድማ ኣብ ጥቕኣ ኮፍ በለ። ካብ ጅቡኡ ወረቐት ድሕሪ ምውጻእ እምኒ ኣልዒሉ፡ ኣብ ልዕሊ'ቲ መቓብር ጸቐጣ።

ኣይደንጐየን ብድድ ኢሉ ብምትሳእ ንኸባቢኡ ኣጽንዐ። ዘሰክፍ ከም ዘየለ ምስ ኣስተውዓለ ከም እንደገና ኮፍ በለ። ኣብራኹ ኣሳፊሑ ድማ ዘርገሐ። ኢዱ ሰዲዱ ጅቡኡ ድሕሪ ምጉርጓር ሽጉጥ መዚዙ ኣውጸአ። ኣፈሙዛ ድማ ኣብ የማናይ መታልሑ ኣጸግዓ። ትርግታ ልቡ ብዕጽፍታት ወሰኸ። ሓንሳብ ንሰማይ ኣንቃዕሪሩ ድሕሪ ምጥማት፡ ትንፋስ ኣኻኺቡ "ኡፍፍፍ!" ብምባል ተፍአ። ቃታ ምስ ሰሓበ "ጓሕሕሕ...!" ዝብል ድምጺ ተቓልሐ። በቲ ድምጺ ኣዕዋፍ ካብ ዝነበርኦ ኣግራብ ነፊጸን በረራ። ሓሳኹ ዘበሉ ድማ ኣብ መሬት ዕግሽግሽ በሉ።

ምናሴ እታ ዝተኮሳ ጥይት ብየማንናይ መታልሑ ፈንጺጋ ብጸጋማይ መታልሑ'ያ ወጺኣ። ትንፋሱ ሓሊፉ ምስ ወደቐ፡ እታ ዝሓዛ ሽጉጥ ካብ ኢዱ ተሰንዲያ፡ ነታ ወረቐት ጸቒጣ ዝነበረት እምኒ ከምበለታ። እታ ወረቐት ድማ ብንፋስ ንኽትኩብኮብ ምድንጓይ ኣየርኣየትን። ኮዓትቲ መቓብር ኣፍራዝኦም ደርብዮም ደርገፍገፍ እናበሉ ናብቲ ቦታ ቶኽሲ ኣበሉ። እቲ ክኣቱ እንከሎ ደሓን ዝመስል ዝነበረ መንእሰይ ብሞት ተሰጢሑ ረኣይዎ። እታ ወረቐት እናምበልበለት ኣብ ኣፍልቢ ሓደ ካብዞም ሰብኡት ዓለበት። ካብ ክዳኑ ኣልዩ ምስ ሰንደዋ፡ ሓዲኦም ሰብ ክጽውዕ ሓዲኦም ድማ ኣብኡ ክጸንሕ ተሰማምዑ። እታ ወረቐት ድማ ነፊራ ተዓዝረት።

እታ ወረቐት ብዙሕ ገዛውትን ጎደናታትን እናንከባለለት ሓለፈቶ። በቲ ክዝንቢ ዝወዓለ ንፋስ ድማ ፎቐዶ ኣየር ኮብለለት። ድሕሪ ግዜ ንፋስ ምስ ሃድአ ቀስ እናበለት ብልዕሊ ተኣኪቦም ኮፍ ኢሎም ዝነበሩ ቆልዑ ድሕሪ ምዝንባያ ኣብ ቅድሚኦም ዓለበት። ኩሎም'ኳ እንተተጠመትዋ፡ እቲ ዘልዓላ ግን ካብኣቶም እቲ ዚዓበየ ነበረ። ኣብ ምንባብ ዘለዎ ብሉጽነት ኣብ ልዕሊ'ቶም ካልኦት ንምርኣይ ከኣ ዓው ኢሉ ብፍጥነት ከንብብ ጀመረ። ኣብ ናይ ምንባብ ጻንሓቱ ዋላ'ኳ መስመር ቃላት እንተነጠረ፡ ንገለ ቃላት'ውን እንተዘየድመጸ፡ እታ ወረቐት ግን ብትኽክል እዚ ዝስዕብ ቃላት ነበራ።

"ንነዊሕ ዓመታት "ምሉእ ዘይጉዱል ሰብ'የ" እናበልክኩ ዝተጀሃርኩዎ እዋናት ዝተዘርበ ዘይምለስ ኮይኑኒ ብሕፍረት'የ ጎሲመዮ ኣስቂጠ።

እቲ ምንታይ ልበይ ጥርሓ፡ ህይወተይ ድማ ዝባደመት ስፍራ ምንባራ ንሳቤላ ምስ ረኣኹ'ዩ ተሰቍርኒ። ሰብ ፍቕሪ ዘይብሉ ክንሱ "ይነብር ኣለኹ!" እናበለ ቃል ክፍኑ ከም ዘይብሉ ዘረጋገጽኩ በዛ ጓል ክሓስብ ድቃስ ለይቲ ከም ጓና ምስ ኣማዕደኹዎ'ዩ ። እቲ "ሕጂ ሞት ከም ኣዳም !" እናበለ ክግዕር መሬት እትዓርቦ ዘላ ሰብ'ሲ መልክዕን ጭውነትን ሳቤላ ምስ ረኣየ'ዶ ይኸውን ዕጋበቱ ከይተዘርገ፡ ጉዕዞ ህይወት ብሞት ክዛዘመሉ ተመንዩ። እዛ ዘሕለፈትለይን ዘሕለፍኩላን ዘይብለይ ጓል፡ ነቲ ብተፈጥሮ ዝተዋህባ ጽባቐ ኣብ ክንዲ ዘድንቕ ቅንኣት ንሕልናይ ክትብጥስ ምስ ምንታይ ይጽብጸብ። ን መጀመርታ እዋን ፍጡር ወዲ ሰብ ዓለም ምልእቲ ኣብ ኢዱ ሒዝዎ ዝኸይድ ዘሎ ኮይኑ ዝተሰማዓኒ፡ ሓደ ዘይፈልጦ መንእሰይ ነታ ሊላ ጐና ለቢሳ ጐኑ ጐኑ ሰለይ እናበለት ትስጉም ዝነበረት ሳቤላ ብኢዳ ጨቢጡ ክሕዛ ብሕልመይ ምስ ረኣኩ'ዩ ። ካብቲ ጫውጫዉታ ከተማ ወጺእና ንብሕትና እናተዘናጋዕና ከናፍራ ኣብ ኣእዛነይ ልሒጋ "ኣርኪብካ ሓዚኒ።" ምስ በለትኒ ክጐያ እንክለኹ ፡ እቲ ሸዉ ሸዉ ዝብል ንፋስ ንጸጉሪ ርእሳ ንድሕሪት ፈሽ-ፈሽ ከብሎ ፡ ንክዳና ከኣ ብሸፊል ቀሊዑ ክግንጽሎ...ኣርኪበ ምስ ሓዝኩዋ ኣብ ሮማዲ ዝተሸፈነ መሬት ደቂስና ብፍቕሪ ሕሹክ ክንበሃሃል ብቐትሩ ዝሓለምኩዎ እታ እንታይነተይ ዘይትፈልጥ ሳቤላ ብጥቓይ ምስ ሓለፈት ዝተቐብኣቶ ጨና ሽትኡ ሃንገፍ ኢሉ ንህዋሳተይ ምስ ኣበራበረ'ዩ።

እዛ ሰብ ዘይርእዮ መብራህቲ ኣብ ውሽጠይ እትኩልዕ ፍጥረት እንተዘይረኺበ ኣኺልኒ ጸልማት ህይወት ጥራይ'ዩ ዝጽበየኒ። ቁዛመን ብስጭትን ድማ ከም ወተሃደራት ዝሰኣነ መዓስከር ንመንፈሰይ ሓንንፉይ እናበሉ ክቕበልዎ'ዮም።

እዚ ብዛዕባ'ታ ፍቕራ ንህይወተይ ላዛ ከም ዝሰኣና ዝገበረት ጓል ዘዕለልኩኻ ቃላተይ'ዩ ነይሩ። እቲ ዝገጠመኒ ብሓደ ከም እንፈትሖ ምስ ነገርካኒ ሽኣ ናብ ንሳ እትሰርሓሉ ቦታ ሒዘካ ክኸይድ ኣዝየ'የ ተረቢጸ። ኣብኡ ምስ በጻሕና ኣሳሳይት ንኽትእዘዘና ንሳን ጽላሎታን ኣብ ቅድሜና ተገተረት። እታ ዘፍቕራ ጓል ንሳ ምዃና ከይነገርኩኻ ከለኹ ግን "እንታይ ክሰምዓኩም" በለትና። መልሲ

ክይሃብናያ እንክለና ድማ ሴድያ ስሒባ ምሳና ኮፍ ክትብል ግዜ ኣይወሰደላን። ንዓይ ከምቲ ብዘይ ሰብ ጥራይ ዝነበረ ሴድያታት ሓሲባ ድማ ገጽካ እናረአየት “ካብ ዝርኤካ ሓጺር ኣይገበርኩን። ኣብ መዓልተይ ክይዘከርኩኻ፣ ከየፍቀርኩኻ ዝሓለፉ ሰዓታት ኣይነበራን...” ብድሕርዚ ኣእዳዋ ልኢኻ ክትተናኸፈካ ምስ ረኣኹ ልበይ ቅድሚ'ቲ ኩነት የዒንተይ እንተዝነቐራ ተመንዩ። ኣእዛነይ'ውን ካብ ነቲ ዝበለትካ ቃላት ምስማዕ ጺን ዝብል ከቢድ ነትጉ እንተዝኾነሉ ኣይምጸልአን። ዕላል ንብሕትኹም ክኸውን ስለ ዝተመነኹ ከኣ ንሽንቲ-ቤት ይኸይድ ኣለኹ ኢለ ናብ ቤተይ'የ ኣምሪሐ።

ኣራምእቲ ኣብ ሀይወተይ ክረኸቦ ዝግባኒ ብጽሒት ካብ ኣፈይ ኢ'ኻ መንዚዕካኒ። የዕሩኽ ብምንባርና እቲ ዝጉድኦ ዝነበርኩ ከነግረካ'ዩ ነይሩኒ። እንተኾነ ኩሉ ክትዛረበሉ ዘሕፍርን ነብሰ ምትሓት ዝፈጥረለይን ብምዃኑ ተባዕ መልሓስ ክረክብ ኣይከኣልኩን። ግዚኡ ኣኺሉ ግን እነኹ ብጽሑፍ እናሳሕ።

ዝኾነ ዝፈልጠና ዘበለ ኣነ ዝቐርቦ ክንሰይ ብምቕድዳም ንዓኻ'ዩ ተመጣጢሩ ሰላምትኡ ዝልግሰልካ። ተረፍ ስምዒቶም ከኣ ድሒሮም ሰላም ይብሉኒ፣ ንሱ ኸማን ንዓኻ እናረአዩ። ብሓደ ኣብ እንኣትዎ ቤት-መግቢ ይኹን ቤት-ሻሂ ሕሳብ ባዕለይ እናኸፈልዎ ክንሰይ ኣሳሰይቲ ኩሉ እንተናኻ እናጠመታ “የቐንየልና! ኣይትጥፋእ በል!” ይብላኻ።

ትዝክሮ'ዶ እታ ስምዒታ ዝሳዕረራ ምዕባይ ሓፍተይ በዓልቲ ሓዳር ክንሳ ክትሃርፈካ። ኩሉ ኣብ ምንቅስቓሳታ'የ ዝዕዘቦ ነይረ። ንዓኻ ክትርኢ እንከላ እትገብሮን እትኾኖን'ዩ ዝጠፍኣ። ሰብኣያ ኣብ ስራሕ ሃለኸለኸ ክብል ውዒሉ፣ ገዛ ኣብ ዝኣትወሉ ክንድኡ ሸበድበድ ኣይትብልን ኢያ። ሰብኣያ'ስ ሓደ ፈዛዝ'ዩ ባዕሉ ይፈልጥ ኣነ ናተይ እንተተዛረብኩ ይሓይሽ። ሓደ ግዜ ገንዘብ ኣድሊዋ ብምሽጋራ፣ ካብ ገለ ተለቅሓለይ ምስ በለትኒ፣ ሰሙን ሙሉእ ስርሐይ ኣወንዚፈ ናብዝን ናብትን ተጓይየላ። መውዳእትኡ ምስ ረኸብኩላ ምሳኻ ኢና ብሓደ ናብ ገዝኣ ኣምሪሕና። እታ ንሕጊ

ዓለም ይኹን ሕጊ ተፈጥሮ ብስምዒታ እትዓብጠ ሓፍተይ "እቲ ዝበልክኒ ገንዘብ ረኺበልኪ።' ምስ በልኩዋ፡ ካብ ኢደይ ተቐቢላ ከም ሓደ ረሳሕ ወረቐት ኢያ ኣብ ዓራት ሰንደያቶ። ምኽንያት ዘይመዕገቢኣ ንምድላይ ኢለ'ኳ ንነብሰይ እንተሓተትኩ መልሲ ግን ኣይደንጎየንን። ግይጽ ምይጽ እናበለት ንዓኻ ሓቑፋ ክትስዕም'የ ርኤያ። ቡን ተቐልያ ክሳብ ዳካ ትቕየር ገጼይ ክይረኣየት፡ ከም ኣብ ሕጽኖት ምስ ናይ ሕልሚ በዓልቲ-ቤታ ዘላ ምሳኻ ወጃዕ ክትብል ውዒላ። ኣነ ድማ ከም ዘይፍጡር ኣቓልቦ ተሓሪሙኒ።

ዕለት 17 ናይ ወርሒ መስከረም ክፉት ናይ ቦታ ስራሕ ቦታ እንተረኸብና ክንሓትት ዝተበገስናሉ መዓልቲ'ዩ ነይሩ። ወረቓቕትና ተራእዩ መልሲ ክንጽበ እንክለና ትርስዕ ኢኻ ኣይብልን'የ። ኣብ ዩኒቨርስቲ ዘምጻእክዎ ነጥቢ ልዕሊ ናትካ ኢዩ ነይሩ። ዝነበረኒ ናይ ስራሕ ተመክሮ'ውን ካባኻ ብኣርባዕተ ዓመት ይዛይድ። ብዝኸነ እታ ንወረቓቕትና ዝመመየት ቃለ-መሕተት'ውን ዘካየደትልና ኣለ'ንስተይቲ'ያ ነይራ። እታ ኣካያዲት ስራሕ ንዓኻ ምስ ረኣየት፡ ከም ሓንቲ ተራ ሴክረታሪ ክምስምስ ክትብለካ እንክላ ምስ ረኣኹ ሓንቲ ንግስቲ ካብ መዝነታ ወሪዳ ከም ከዳሚት በኪዓ ዝረኣኹ ኮይኑ'ዩ ጥዒሙኒ። እቲ ዝገርም ግን እዚ ኣይነበረን። እቲ ብዙሕ ብልጫታተይ ኣብ ልዕሌኻ ከም ብግቦን ቀጠፍጠፍን ዘምጻእኩዎ ነጺጋ፡ ነቲ ስራሕ ብቑዕ ኮይኑ ዝሓረየቶ ሰብ ንዓኻ'ያ። እዚ ምስ ኣጋጠመ "ኣየ ሓቂ ብድልየትን ስምዒትን ክትዕምጸጽ እንክላ!" ብምባል'የ ቃዚነ። ዓርከይ ከኣ ኣበይ ኢልካዮ፡ ዘዝቐረባካን ዘዝረኣያካን ደቂ'ንስትዮ ዘርእይኦ ጠባያት ብምኳኑ ከም ምልክት ፍትወተን ዘይኮነ ከም ተፈጥሮኦን ጌርካ ኢካ ወሲድካዮ።

ሓደ እዋን ነታ ምንኣስ ሓፍተይ ክትምርያ ባህግኻ ምኳኑ ምስ ሓበርካኒ ፍሽኽ ኢለ ነይረ። ክምስታይ ግን ናይ ሓጎስ ከምዘይነበረ ሕጂ ክነግረካ። ዝኾነት ኣለ'ንስተይቲ ንሽምዚ ከማኻ ምምርዓው ልዕሊ ተናሲሕካ ሓጥያት ነብስኻ ምንጻህ ዝርእይኦ ከምዘይስኣና ምሳኻ ምስቀረብኩ'የ ፈሊጠዮ። ምስ ንእሽቶይ ሓፍተይ እንተተመርዒኻ ንዓይ ዝተራእየኒ ግን ካልእ'ዩ። ሓዳር ምስ ገበርኩም እተን ዘይቀበጻካ ፈተውትኻ ንሓፍተይ እናሓመያ ክርብሽኣ። ቴሌፎን

ደዊለን "ኣራም ሃብና" እናበላ ክብጽብጻኣን፡ ሓዳርኩም ዝብተነሉ መንገዲ ከናድያን ዝቐስን ሰብ ኣይክህሉን'ዩ። ንስኻ'ውን ነተን ዘምልኻኻ ገላዩ እንተገደፉኻ ክትብል ክትጽገወን ኢኻ። ንምሽቱ ምስክነይቲ ሓፍተይ ንሳ ዘይተፈልጠ ጨና ተነስኒስካ ምስ መጻእካያ፡ "ተወሺሙ'ዶ ደኣ ኮይኑ!" እናበለት፡ የዒንትኻ ብድቁሰን ንሳ ግን ከተዕለብጥ መሬት ከተውጋሓ'ያ። ቆልዑት ወሊድኩም ኣብ ከተማ እናተዛወርኩም ኣብ ነፍሲ ወከፍ ስጉምቲ ኣዋልድ ጠጠው እናበላ ተኸኽ ምስ ኣበላኻ፡ እታ ንዓኻ ብምምርዓዋ ንግስቲ ኮይኑ ዝስምዓ ዝነበረ ውጽዕቲ ሓፍተይ ድማ ብቐንእን ሕርቓንን ዝኣክል ኣብ ስድራና ተራእዮም ዘይፈልጡ ሕማማት ኣብ ነብሳ ክዕንብቡ'ዮም። እታ በዓልቲ ሓዳር ምዕባይ ሓፍተይ ከኣ ትምኒታ ጥርዚ ምስ በጽሐ፡ ሕውነት ምንኣስ ሓፍታን፡ ቃል-ኪዳን'ቲ ፈዛዝ ሰብኣያን ጕሒፉ፡ ምሳኻ ኣብ ርክሰት ክትጭፍቕ ምኽኣል ማለት ቕድሚ ሕጂ ዘይተገብረ ሓጥያት ከይመስለካ። እዝን ካልእን ብቐትሩ ድዩ ብለይቲ ተራእይኒ'ሞ፡ ናትካ ምንባር ኣብዛ መሬት ካብ ጽድቒ ርኽሰት ዝጠንሶ ስለ ዝበዝሕ ብሞት ምቕባጽካ እቲ ዝሓሸ ፍታሕ ኮይኑ'ዩ ተሰሚዕኒ። ንዓኻ ብምቕታለይ ንዓይ'ውን መቕጻዕቲ ዘይግባኣኒ ኣይኮነን። ንስድራቤትካ ነቲ ቀታሊኻ በታ ዘሕረረትካ ሸጉጥ ከም ዘሕርሮ መብጽዓ ኣትየ ነይረ'የ። ንክፍጽሞ ድማ ሰይጣን ብግናይ መንፈሱ ይሓግዘኒ!"

እቲ ቆልዓ እናንበበ ከሎ ካብቶም መዛኑኡ ጽን ኢሉ ዝሰምዖ ዋላ ሓደ ኣይነበረን። ገሊኦም ኣብ ካልእ ሓሳብ እንክለዉ፡ ገሊኦም ላቺ ናይ ጫምኦም ይኣስሩ፡ ሓደ-ክልተ ድማ ኣብ መንጐ እናሕሸኹሸኹ ይዛረቡ። ሓደ ፋሕሻው ቆልዓ ኸኣ'ሞ እቲ ምንባብ ጀሚሩ ክሳብ ዝውድእ ኣፍንጭኡ ክቱኽቱኽ'ዩ ግዜ ኣሕሊፍዎ።

"እውይ ዓወት ኩዑሶ ኣምጺእዎ!" ሰላችዎም ዝጸንሖ ቆልዑ ብሕጉስ መንፈስ ናብታ ኩዑሶ ጐየዩ። እቲ ዘንብብ ዝነበረ ኸኣ ንብሕቱ ተረፈ። ኣይጸንሐን ግን ነታ ወረቐት ሰንድዩ ደድሕሪኦም ሰዓበ። እቶም ቆልዑ እናተጻወቱ ነቲ ከባቢ ዶሮና ስለ ዝዓብለኹዎ፡ ሓንቲ ሰበይቲ ክልተ ግዜ ተመላሊሰን ሩኻን ማይ ነቲ ቦታ ከዓዋሉ። እታ ወረቐት ድማ ካብ ምጥስጣስ ኣየዕቀለትን። ምስቲ መሬት ድማ

ከም ኣብ ጥርዚ ስምዒቶም ዝበጽሑ ፍቑራት ተጣበቕት። እቶም ቆልዑ ካልእ ቅያር መጻወቲ ሜዳ ስለ ዘይነበሮም ጨፊቕ እናበሉ ምጽዋቶም ቀጸሉ። ኣብቲ መሬት ካብ ምሒር ምዕንዳሮም ዝተላዕለ ነታ ወረቀት በናጠስዋ። ገለ ከፋላ ኣብ ጫማ'ቶም ቆሎዑ፡ ገለ ድማ ተመናኒሁ ተበታተነ። ምሕማሳ ድማ ናብ ኣሰር ዘይብላ ፍጥረት ኣበላ።

መሬት ጸልመተ። እቶም ቆልዑ ጸወትኦም ወዲኦም ኣብ ሓደ ኣንጉሎ ኮፍ በሉ። ድኹምን ስልቹውን ዕላላት ድማ ከፈቱ። ኣብ መንጐ ግን "ቆሪረ፡ ጠምየ፡ ኣደይ ጸዊዓትኒ።" እናበሉ በብሓደ ተበታተኑ። ድሕሪ ግዜ ኣብቲ ከባቢ ምንቅስቓስ ፍጡራት ጠቕሊሉ ኣቋረጸ። መሬት ከኣ ምስ'ዞም ኲሎም ፍጡራት ኣብቲ ሰዓት'ቲ መኻን ሰበይቲ መሰለት።

ብነፍሰ ቅትለታዊ ሞት ናይ ምናሴ ኣረገውቲ ኣቦታትን ኣዴታትን መንእሰያትን ነታ ኣምላኽ ዝፈጠራ ነፍሲ ባዕሉ ብምጥፍኡ ካብቲ መጽሓፍ ቅዱስ ኣብ ወንጌል ማቴዎስ ምዕራፍ 18 ፍቕዲ 18 *"ኣብ ምድሪ ዝኣሰርኩምዎ ዘበለ ኣብ ሰማይ እሱር ክኸውን እዩ። ኣብ ምድሪ ዝፈታህኩምዎ ኹሉ ድማ ኣብ ሰማይ ፍቱሕ ክም ዝኸውን፡ ብሓቂ እብለኩም ኣለኹ።"* ዝብል ቃል ሓራ ከምዘይኮነ ተረዳድኡ። እንተኾነ ድሕሪ ፍቱው ዓርኩ፡ ንነፍሱ ከም ብጻዩ ብምርኣይ፡ ምንባር ከይመረጸ ኣሰሩ ብምስዓቡ ግን ኣብነታዊ ከምዘቑጽሮ ርእሶም ኣቕኒዮም ተዛረቡ። ጸኒሖም'ውን ጸሎተ-ፍትሓት እንተዝግበረሉ ብዝብል ክርክር ኣርእስቶም ኣበራበሩ። ጸሎተ-ፍትሓት ግብራዊ እንተዘይኮይኑ ግን ምናሴ ከም መመሰሊ ጽኑዕ ዕርክነት ክዝከር ብዘይ ተቓውሞ ተሰማምዑ።

ድግስ

እዛ ኣብ ጎደና 207 እትርአ ዘላ'ሞ፡ ነጸላ ዝወድያ ኣንስቲ፡ ጽፉፍ ልብስታት ዝተኸድኑ ሰብኡትን፡ መንእሰያት ጸፋዕፋዕ ዝብሉላን ዘለዉ ዳስ፡ ዳስ ናይ ተዝካር'ያ። ተስካር ናይ ሓንቲ ሉልያ ዝተባህለት ድሙ።

እታ ድሙ ቅድሚ ሞታ ብደቂ ሰባት "ሉልያ" ዝተጸውዓትሉ ስም'ዩ ነይሩ። ኣብ መዓልትታት ምንባራ እንከላ ልክዕ ከም ፍጥርቲ መጠን ብግቡእ'የ ዝፈልጣ። ንሳ ከም ሰብ ጥቅውቲ ብምንባራ፡ እንስሳ'ያ ካብ ዘየብለካ ኣካውንኣ'ዩ። እትሸነሉ፡ እትድቅሰሉ፡ እናነጠረት እትዘናገዓሉ ቦታታት ፍሉጥን ዘይተቐያርን'ዩ። ህዱእ ኣራግጻ ኣእጋራ ንመሬት ተጽዕኖ ከምዘይኮነ ከእምነካ ይጋደል። ኣብ ቅድሚኻ ይኹን ብድሕሬኻ፡ ብየማንካ ወይ`ውን ብጸጋምካ ኣላ ከይበልካያ ንህላዌኻ ክትጽምበሮ ከላ ብመጠኑ ትስምብድ ወይ ድማ ካብ ጽምዋ ዝተገላገልካ ኮይኑ ይስምዓካ። ኣዝዩ ዉሑድ ጸሊም ንጣባት ሕብሪ ገዲፍካ ምሉእ ጸጉሪ ቆርበታ ጻዕዳ'ዩ። እዚ ሕብሪ'ዚ፡ ብየዒንተ እቶም ኣብ ዓለም ዝፍጸም ነገራት ብኣጋጣሚታት ዘይኮነ ብልክዕነት ዝተሰረተ ምዃኑ ዝኣምኑ ሰባት ክትርድኦ እንተፈቲንካ፡ እቲ ጸሊም ሕብሪ ናይ ደቂ ሰባት ሓጢኣት ክኸውን ከሎ እቲ ዝበዝሐ ጻዕዳ ድማ ናይ ዝበዝሑ እንስሳታት ግርህነት፡ እሙንነት፡ ደኒንካ ናይ ተገዛእነት መግለጺ ኮይኑ ትረኽቦ።

ኣዲኣ ንሉልያ ነዞም ተዝካር ዘካይዱ ዘለዉ ስድራ-ቤት ብግቡእ ኣገልጊላ'ያ። ንሳ ክልተ ደቃ ምስ ወለደት ከየሐንቀቐትንን ከየዕበየትንን`ያ ብድንገት ሞይታ። እታ ኣደ መዓልታዊ ኣብ ትሕቲ መኪና ዝርከብ እግሪ ጎማ ጎቦ ኮይና እናጽለለት'ያ ዝበዝሐ ናይ ዕረፍቲ ግዚኣ ተሕልፎ ነይራ። ቅድሚ'ታ ዝዓረፍትላ መዓልቲ ንለይቱ ኣናጹ ክትጎዩ፡ ሃለኸለኽ ክትብልን ካብ ንቑሓት ወተሃደራት ንላዕሊ'ያ የዒንታ ከይከደነት ብዘይትእዛዝ ተካል ሓዲራ። ንጽባሒቱ ነቲ ብድኻም ዝሃለኸቶ ናይ ለይቲ ድቃሳ ከተሕዊ ብምባል ከም ኣመላ ኣብ እግሪ ጎማ ተላሒጋ ሃለዋታ ብምጥፋእ'ያ ደቂሳ። ጆርጆ "ሞትካ ድሕሪ ፍርቂ ሰዓት'ዩ፡ ስለዚ ብጉያ ናብ ዝቐረበ ቤት-

ክርስቲያን ኬድካ ተናሳሕ" ከምዝተባህለ ኣደ ሉልያ ኣብ ትሕቲ መኪና ከምዘላ ከየስተብሃለ ብተብተብ መኪና ኣበገሰ። እታ ኣደ ድምጺ ሞተረ'ኳ እንተሰምዐት ኣብ ሕልሚ ዘላ መሲልዋ ግን ተማጣሊዓ ደኣ ናብ ምዉት ድቃሳ ተመልሰት። መኪና ምስ ተበገሰት ከምቲ ንላዕሊ ዝተደርበየ ነገር ግድን ናብ መሬት ክምለስ ዘለዎ ህይወታ ድማ ካብቲ ክኸውን ዝነበሮ ሕጊ ዓለም ክተምልጥ ብዘይምኽኣላ ብድቁሳ ከላ ደኣ ተረግጸት። ሓንቲ ዓይናን ገለ ክፋል መዓናጡኣን በብሸነኹ ተበጥቁሉ ወጸ።

ብድሕሪ'ዚ እቲ ክስተት ከም ገበን ተጠሚቱ ናይ ፖሊስ መርመራ ይኹን ንዝተኾልፈ ትንፋስ እንስሳታት ዝጣበቕ ወገን ብዘይምንባሩን ሞታ ከም ተራ ነገር ተሓልፈ። ክልተ ዘኽታማት ንኣሽቱ ደቃ ድማ ኣብ ቤተ-ሰብ ጆርጆ ምዕባይ ስለዘይተኻእለ፡ እታ ሓንቲ ካብቲ ገዛ ክልተ ኣንጎሎታት ሓሊፍካ ዝርከብ መንበሪ ቤት ከም ህያብ ተመጠወት። ሉልያ ግን ኣብቲ ገዛ ተረፈት፡ ቁሩብ ዓበየት፡ ምስሊ ናይ ኣዲኣ'ውን ተላበሰት። ምስ ሓብታ ድማ ሰብ ከየስተውዓለለን ብዘይ ትሕዞ ይበጻጽሓ። ብዝረዳድኣሉ ቋንቋ የጉረምርማ፡ ካብ ብህይወት ከለኻ ምጥልላም ንላዕሊ ዝኸፍእ ምፍልላይ ከምዘሎ ዝተረድኣ ክመስላ ድማ ንሓድሕደን ሕስይስይ ይብላ። ዝበዝሕ እዋናት ስለዘይራኸባ ግን ምንፍፋቐን ዛይዱ ሕውነተን ድማ ብውሽጠን ደኣ'ምበር ኣብ ግብሪ ዝውዕለሉ ግዜያት ኣዝዩ ውሑድ ነይሩ።

ሰበይቲ ጆርጆ ሉችያ እታ ንሉልያ ዝያዳ ተሐንቅቓን ትንከባኸባን ሓንቲ ንሳ'ያ። ሕጂ ግን ኣብቲ ገዛ ዘይመህለዊኣ ምኽንያት፡ ኣብ ቡካሬስት-ሩመንያ ዝርከቡ ደቃ ክትበጽሕ ብምኻዳ እቲ ሓልዮት ካብታ ካብ ቤታ ዝገሸትላ መዓልቲ ኣትሒዙ ምስ ኣቋረጸ ብድሕሪኡ ኣይተራእየን።

እዞም ሰብ ጸጋ ስድራ-ቤት ምስ ኤለትሪክ ዝተሓሓዝ ጸገማት ምስ ዘሸግሮም፡ ንዓይ ይጽውዑ ብምንባሮም ኣብቲ ገዛ ኣታውን ወጻእን ክኸውን ክኢለ'የ። ኣብቲ ገዛ ዝፍጸም ግብርታት ይጥዐ ይኅብጥ ተኻፋሊኡ ካብ ዝኸውን ብዙሕ ኮይኑ'ሎ። ዘመዱም ወይ'ውን

ናይ ቀረባ ፈላጢኣም ብዘይምኻነይ ከኣ ነገራት ኣብ ቅድመይ ክፍጽምዎም ከለዉ ስክፍታ ከምዘይህልዎም ክገብሮም ክኢሉ'ዩ።

ሓሙስ ናይ ንግሆ ምኻኑ'ዩ ጆርጆ ብህጹጽ ክመጽእ ብቴለፎን ሓበረኒ። ካልእ ዕዮታት ስለዝነበረኒ ግን ኣርፍድ ኣቢለ'የ ናብቲ ገዛ ኣትየ። ምድጃ ከምዝተበላሸወት ከዳሚት ናይቲ ገዛ ምስ ነገረትኒ ብዘይምድንጓይ`የ ኣብ ክሽነ ኾይነ ሓኾት ክብል ጀሚረ።

ድሕሪ ገለ እዋን ጆርጆ ስጋ ኣብ ዓቢ ፌስታል ሒዙ ከም ጃስማ ዝወደየ ሓረስታይ ገልጠምጠም እናበለ ኣተወ። ሉልያ እቲ ስጋ ስለዝሸተታ ኣብ እግሩ ሕል'ክል'ክ ክትብል ከላ ን'ክድህበላ ጸገም ኣይረኽብኩን። ንሱ ሓንሳብ ኣኽፊኡ ምስ ጠመታ በቲ ዶግዳግ ጫምኡ ብዘይ ንሕስያ ረግሓ። ንሳ ድማ ትሑት ናይ ቃንዛ ድምጺ ኣስሚዓ ኣብቲ ስሚንቶ ተገምሰሰት። ጆርጆ ዓቢይ እንስሳ መሮር ከምዘውደቐ ድማ እናተታዕነነ ብ'ኾረዲዮ ኣቢሉ ገስገሰ።

“ኣናጹ ኣብ ገዛይ እና'ኹደዳ ዘይሓዘትሲ ስጋ ተራእይዋ...ጎልሓጥ!” በለ፡ የዒንቱ ኣፍጢጡ ኣብቲ ዝተደርበየትሉ ቦታ ከም እንደገና ተገምጢሉ እናረኣያ። ሉችያ በዓልቲ-ቤቱ ስለዘየላ'ዩ ሻዲኑ'ምበር ንሉልያ ብሕማቕ ዓይኒ'ውን ጠሚትዋ ኣይፈልጥን'ዩ። በዓልቲ-ቤቱ ኮፍ ኣብ ዘዝበለቶ እናሓቑፈት ክትደራርዛ ከላ ዘሐጉሶ ትርኢት ኣይኮነን። ሰበይቱ ነታ ድሙ ክትሓስያ ውዒላ ኢዳ ከይተሓጽበት፡ እንጌራ ትተና'ክፍ፡ ጸብሒ ተ'ኹስ ኮይኑ'ዩ ዝስምዖ። በዚ ድማ ካብ ምጽያን ድሒሩ ኣይፈልጥን። ጆርጆ ጸይኑ ማለት ግን ዝተቐረበ መኣዲ ገዲፉ ማለት ከምዘይኮነ እንተላይ ባዕሉ ዝፈልጠ ሓቂ ምኻኑ ክገልጽ ኣፍቅዱለይ። እታ ድሙ ኣብ ዓራቱ ወይ'ውን ኣብ ልዕሊ ክዳውንቱ እንተተቐሚጣ ሉችያ ከረኣየቶ፡ ብሽጎማኖ ይጸፍዓ። ዝኾነ ደቀ'ቕቲ ምንቅስቓስ ኣብቲ ገዛ እንተተሰሚዑ፡ “ሃብተይ በናጹ ክጸንት!” እናበለ መረርኡ ኣብታ ድሙ ከጽዕኖ ይደናደን። እንስሳ ምኻና ረሲዑ፡ ኣብ ምርጋማን፡ ኣብ ቁርቁስ ቅርሕንትን ከይተፈለጠ ምስኣ ይጠላቐ።

ሉልያ እዚ'ታትን ካልእን በደላት እናውረደላ እያ እምበኣር ተገይሩ ከምዘይተገብረ ረሲዓ ዘይጠቅም ስጋ ን'ክድርብየላ ሕል'ክል'ክ

ዝበለቶ። ጆርጆ ግን ኣብ ውሽጡ ጥሙሕ ቂምታ ምስታ ድሙ ስለዝነበሮ ቀሊዑ ካብ ጥቕኡ ከባርራ ዝተሃንደደ። ሹዑ ምስ ረግሓ ዝተዛረብኩዎ ወይ'ውን ትንዕ ዝበልክዎ ነገር ኣይነበረንን። እንተኾነ እታ ድሙ ሸብረኽ እናበለት ካብቲ ቤት ብድኑን ርእሳ ክትወጽእ ከላ ብድንጋጸ ምዕዛባ ጥራይ ኣኻሊ ኮይኑ'ዩ ተሰሚዑኒ።

ጆርጆ ከዳሚት ናይቲ ገዛ ካብኡ ራሕቂ ዘይነበራ ክነሳ ብዓውታ ስማ ረቑሐ። እታ ከዳሚት ዋላ ክሽነ ብሓዊ እናተቓጸለ ጆርጆ እንተተዳህዩዋ ክትመጾ ጥራይ'ዩ ዘለዋ። ዝገደፈት ገዲፋ ድማ ኣብ ቅድሚኡ ምስተገተረት ንሱ ነቲ ስጋ ክንደይ ሪጋ ፈናጢሱን ካብ ርሑቕ ዓድን ከምዝምጽኦን እናመሰለ መግለጺ ብዘይርከቦ ኣገባብ ሃባ።

እታ ከዳሚት ነቲ ስጋ ካብ ውራይ ብዘይፍለን፡ ስጋ ዝጸልእ ዘበለን ከይፈተወ ከምዝብህጎን ገይራ ሰሓቶ። ጆርጆ ሬድዮ ወሊዑ እናሰምዐ፡ ኣብቲ ሳሎን ድሮ ተታኺሱ ነበረ። እዚ ኹሉ ስርሐይ ብጨርባሕባሕ እናካየድኩ ኣይኮነን ክበራበር፡ ክገላበጥ ኣይተራእየን። ድሕሪ ገለ ሰዓታት ከዳሚት'ቲ ገዛ ቀስ ኣቢላ ሕቑኡ ጠፍ-ጠፍ ኣቢላ ንጆርጆ ከተበራብሮ ፈተነት። ምትሳእ ስለዝኣበያ ግን ነቓኒቓ ካብ ድቃሱ ኮለፈቶ።

ምስ ተንስኤ፡ ናባይ ገጹ ብምቕራብ ብተሪር ቃላቱ ከይተመሳሕካ ኣይትኸይድን ኢኻ ስለዝበለኒ፡ ኣብ መኣዲ ስድራ-ቤቶም ክቕረብ'ዩ ነይሩኒ። ጆርጆ ኢዱ ተሓጺቡ ካምችኡ ሰብሲቡ ናብ ክፍሊ መመገቢ ኣምርሐ። ከብዱ ዘፍጣጥ ብምኧኑ {ሰበይቱ ጠናስ ከላ ክንዲ ናቱ ከብዲ ከምዘይነበራ ክሕብር ይደሊ} ማሕኳል ኣሳጉማ ክኸይድ ንቡር'ዩ። በዚን ወዲ ከምዝን ኣገባብ ተመዓራርዩ ኣብቲ ጣውላ ዓጠጦ እናበለ ተቐመጠ። ቀጺሉ ንኽልተ ደቁ ንኽምስሑ ብዓውታ ተዳሃየ። ንሱን ደቁን እንተላይ ኣነ በሊዕና ክንውድእ ዘይትጽበዮ ብልዒ ኣብ ጣውላ ተቐረበ። ኣብ ምሕያኹ ይኹን ምግሃጹ ድማ ሕምቀት ዘርኣየ ኣይነበረናን።

"ኣሰይ ስጋ፡ ምሳኻስ ክሳብ ሞት ኣይፍለየና!" በለ ጆርጆ ዝብኢ ኮይኑ እንቋዕ ኣይተፈጥረ ብዘብል ኣገባብ። ንኣሽቱ ንጣራት ስጋን

ጣይታን እናውደቐ፡ “ዓጽሚ’ስከ ኣውጽእለይ!” ኢሉ ንኸዳሚቱ ብዝበረኸ ድምጺ ኣዘዘ። ነዊሕ ጻንሖት ኣብ ብልዒ ክንገብር ከለና፡ ሉልያ ርእሳ ጥራይ ኣቐልቂላ ድሁል ብዝኾነ ቀልቢ፡ ብትሕቲ ሳሎን ኮይና ትዕዘብ ነበረት። ካብቶም ኣብቲ መኣዲ ዝነበርና ንዓይ ንበይነይ ስጋ ክድርብየላ ትምሕጸነኒ ዘላ ኮይኑ ድማ ተሰምዓኒ። በዚ እቲ ዝጎደሎ ዘይብሉ መኣዲ ዝብላዕ ኮይኑ ኣይተሰምዓንን። ካብቲ ኣዕጽምቲ ከይለኸፍኩ ድማ ተዓኒደ ተረፍኩ።

“ማቴዎስ!” ብምባል ጆርጆ ብዓውታ ኣሰምበደኒ። ምስ በዓልቲ ሓዳር ሰበይቲ ክዝሙ ከም ዝተረኸበ እናጠዓመኒ ድማ ብስምባደን ሰንፈላል ልብን ጠመትኩዎ።

“ድኹም እባ ኢኻ፡ የእኪልካ ማለት ድዩ? ወይ ጽጋብ...ኣሕምልቲ እንተንቕርበልካ’ኸ ደኣ...ኣታ ሰብ ዝብልዎስ ምስጢሩ ዘይርከብ ፍጥረት...በል ተለዓል ንዓኻ ርኢና ከይንዕገት!” እዚ ምስ በለኒ “ኣይበላዕ” እናበልኩ ኢደይ ክሕጸብ ተሳእኩ።

ኣእዳወይ ኣጽርየ ምስ ተመለስኩ ኣብቲ ሳሎን ንበይነይ ኮፍ በልኩ። ኣብቲ ገዛ ዘጽንሕ’ኳ እንተዘይነበረኒ ሕሳብ ክቕበል ኣብ ምጽባይ ኣተኹ።

ጆርጆ ምስ ደቁ እናበልዐ ሉልያ ክሳብ ሸው ብሃለፍታ ትሳቐ ነይራ። እቲ ደብዛዝ ኣጠማምታኣን፡ ብዘይዕረፍቲ ብተደራራቢ ዘስተንፍስ ዝነበረ ከብዳን ንጥሜታ ክሕብሩ እኹላት’ዮም ነይሮም። ጸጸኒሓ፡ “ኛው!” ኢላ እናነቀወት ክትድህ ከላ ክንድንገጸላ ዝበሃገት ትመስል ነበረት። ድምጻ ምትእምማን ዝጎደሎ፡ ፍርሒ ዝዓብለሎን ብምንባሩ ከም ጓል ገዛ ዘይኮነት ከም ጓና’ያ ልማኖኣ ኣቕሪባ። ጆርጆን ደቁን ኣቕሊቦሙላ ክንሶም ኣድህብኦም ግን ኣብ ምምጻው ኣንጉዕን፡ ምምንጫት ጬማን ደኣ ገበሩ።

ጆርጆ፡ ኣነ ምቑጻር ሰልኪኒ ከየቋረጽኩዎ ጥራይ ከምልስ ዝደለየ እናመሰለ ሸሞንተ ግዜ ኣጉስዐ። ቀጺሉ ካብታ ኮፍ ዝበላ ሴድያ ተጻዊሩ ተላዕለ። ነቲ ብረሃጽ ቲዕ-ቲዕ ኢሉ ዝነብረ ግንባሩ ብግንቦ ኢዱ ገይሩ ሓበሶ።

"ወይ ከብደይ ጠረው ኢሉ፡ ጥራጥ እንተዝመጸንስ ምፈኾሰኒዶ'ታ!?" ብሓይሊ ኣስተንፈሰ። "ማይ-ጋዝ ወይ ነቢት ኣሎዶ'ቲ!?" ንኽዳሚቱ እናገዓረ ጠየቓ። ክምብልብል እናበለ ካብቲ መግቢ ክርሕቕ ጀመረ። ከብዱ ንቕድሚት ተወጢሩ፡ መዓኮሩ ድማ ንድሕሪት ወሲኹ፡ ኣካሉ ከኣ ንታሕቲ ዘጠጠ። ካብ ሰለስተ ዘይዛይድ ስጉምቲ ምስ ከደ፡ ካብ ካምችኡ ሓንቲ ፍረ መልጎም ጠግ ኢላ በቲ ዝተነፍሐ ከብዱ ብምብታኻ፡ ኣርሒቓ ነጠረት። እቲ ናይ ውሽጢ ብራቴለ ዘይነበሮ ካምችኡ፡ ነኺሉ ዝገፍሐ ሕምብርቱን፡ ዘፍርሕ ጸጉሪ ኣካሉን ሒዙ ተቐልቀለ። ቅድሚ'ታ ከዳሚት ማይ-ጋዝ ምምጽኣ፡ ኣብ ሽቓቕ ኣትዩ የዒንቱ እናዓመተ ብሓይሊ ክሸይን ሃቀነ። ዝያዳ ግዜ ሓቲትዎ'ምበር፡ ድሕሪ ገለ እዋንሲ ኮነሉ። ማዕጾ ሽቓቕ ኣርሒዩ ንደቂ እናጸውዐ፡ "እቲ ኣዕጽምቲ እታ ድሙ ኣብ ዘይትረኽቦ ኣርሒቕኩም ጎሓፍዎ!" በለ፡ ዝነበራ ሽቓቕ ብነጎዳ ጥራጥ እናናወጸ።

ምሸት ናይታ መዓልቲ ኣብ እዋን ድራር'ውን ብተመሳሳሊ ኣገባብ ሓለፈት። ንሱን ደቁን ክሳብ ዝንፍሑ በልዑ...ሉልያ ተሓቢኣ ተመልከተቶም...ጆርጆ ኣብታ መዓልቲ ንኻልኣይ ግዚኡ ሽቓቕ ኣተወ...እቲ ኣዕጽምቲ ኣርሒቑ ተጓሕፈ።

ሰ'ይቲ ጆርጆ ካብ እትገይሽ፡ ሉልያ ብቕንያቱ ካብ መግቢ ተሓሪማ ክፉእ መዓልትታት ናይ ህይወታ መዋእል ኮይኑ ክሳብ ዝስምዓ ብጓህን ምረትን ኣሕለፈት።

ኣብታ ዝቐጸለት መዓልቲ ጆርጆ ከም ወርትግ ደቁ ምስ ደቀሱ ሬድዮ እናሰምዐ ክድቅስ ብማለት ኣብ ዓራቱ ተጋደመ። ኣብ መንጎ ድቃስ ክጠልሞ እናበለ ድስቲ ገልጠምጠም ክብል ከሎ ሰምዐ። እታ በሊዓ ዘትጸግብ ከዳሚቱ ክትጸንሕ እናገመተ ኽኣ ሉቸ ኣብርሀ። እንተኾነ ሉልያ (ብናቱ ኣገላልጻ) ሎቕመጽመጽ ክትብል ጸንሓቶ። ከም ከልብን ድሙን ድማ የዒንቶም ተጋጠመ።

"ዋይ መረቐይ፡ ዋይ ደመይ መጽያቶ!" ድሮ ኣብቲ ለይቲ ኮይኑ ዝነበረ እዋን ንበይኑ መደረ። በታ ሒዝዋ ዝነበረ ሬድዮ ወርዊሩ ድማ ንሉልያ ደሰቓ። ንሳ ድማ፡ "ሒቕ!" ብምባል ተለኹሰሰት።

ካብኡ ክትሃድም ኢ.ላ'ያ እምበር ዝወረዳ ማህሰይትን ዝነበራ ጥሜትን ክህድማ ዝኽእል ኣይነበረ። ጆርጆ እናጉረምረመ ነቲ መረቕ ዝመልአ ድስቲ ኣብ ፍርጅ ኣደላዲሉ ኣቐመጦ። ምስቲ ንሉልያ ፈጊኡ ዘረኻኽበላ ተደቢሱ ድማ ናብ ዓራቱ ኣበለ።

ሉልያ መናድቕ'ቲ ካንቸሎ ነዊሕን መደያይቦ ዘይብሉን ብምዃኑ፡ ኣጽፋራ ሸኺላ ብምሕኳር ክትወጾ ትኽእል ኣይኮነትን። ዝነበራ ምርጫ በታ ክትናፈስን ንሓፍታ ክትርእን መውጽኢ.ታ ዝነበረት ብትሕቲ ካንቸሎ ዝነበረ ሃንፍ ተገምሲሳ ምውጻእ'ዩ ነይሩ። እንተኾነ ብጽባቐኣን ምቑት ዝዓሰሎ ኣተዓባብያኣን ተመሲጦም ንሉልያ ዝደልዩ ሓኽሊ ደማሙ ብእኡ ምእታው ብምጅማሮምን፡ ንዕኣ ክጽበዩን ብተካል ድምጾም ዝደሃዩዋን፡ ሕልፊ ድፍረትን ስምዒትን ዘለዎም ገለ ድማ ውሽጢ ገዛ ዝኣትዉ ቁጽሮም ብምዝያዱን፡ ንጆርጆ ብሕርቃን እናህተፍተፈ ድቃስ ከምዝስእን ገይርዎ'ዩ። በዚ ነቲ ትሕቲ ካንቸሎ ዝነበረ ፈቓቕ ብስሚንቶ ዓቢሱ ለኩትዎ'ዩ። ካብዚ ዝተበገሰ ሉልያ መዋጽኦ ኣይረኸበትን። ፈትያ ጸሊኣ ኣብ ውሽጢ'ቲ ካንሸሎ ኮለል ምባል ኮይኑ ዕድላ።

ዝቐጸላ መዓልታት ሉልያ ኣብ ውሽጢ መንበሪ ገዛ ኣይኣተወትን። ኣብ ቆጥቋጥን ዕንባባታትን'ቲ ካንቸሎ'ያ ተሓቢኣ ኣሕሊፋቶ። ብቑሪ እናኸርደደት ለይቲ ብዘይ ድቃስ ኣውግሓቶም። ሚዛና ጎዲሉ የዒንታ ድማ ገዚፈንን ቆርቍረንን። ኣብ መንጎ ዓጽማን ቆርበታን መላግቦ ዝነበረ ስጋ ሰውነታ ብምሕቃቑ ኸአ ቆርበታ ምስ ዓጽማ ተጣበቐ። ኣእጋራ ምስጓም ኣብ ዘይክእለሉ ደረጃ በጽሑ። ትርኢታዊ ዓቕማ ጽልግልግ በለ።

ሓደ ንግሆ ከብዳ ብጥሜት ተጨባቢጡ፡ ካብቲ ንእዋኑ ዝደቀሰቶ ክፉእ ለይቲ ተበራበረት። ኣካላ ምንቅስቓስ ኣብዩዋ ተጋዲማ ከላ ፍሕትሕት በለት። ካብቲ ፍዮርን ኣዝማሪኖን እናበራረየት ክትበልዕ ኢላ መንጨጨቶ። መንጋግኣ ቀስ እናበሉ ሓየኹ። ደጊማ ካብቲ ነዊሕ ሳዕሪ ምሕያ ወሓጠት። እንተኾነ ኣብ ክንዲ ዝዕንግላ ኣብ ጎሮሮኣ ተለኺቱ ሰርነቓ። ዓይና ተገላቢጡ ትንፋሳ ሓልከሰ። የዒንታ ብዕሙቱን ብውሽጠ ሕልናኣ ብርቱዕ ጸርገ ብርሃን ናይ

ሰማይ ክረኣያ ጀመረ። ንመወዳእታ ግዜ ቋሕ ምስ በለት ድማ በቲ ፍኒስትራ ጆርጆ ምስ ደቁ እናቖረሰ እናተዓዘበቶ ከኣ ህይወታ ሓለፈት።

እታ ንግሆ ቆራሪትን ብዙሕ ሰብ ካብ ቤቱ ዘይወጸላን ረፍዲ ኮይና'ያ ሓሊፉ። ሞታ ክልተ ለይቲ ምስ ገበረ እንተላይ ንጎረባብቲ ዝልክም ሕማቕ ጨና ተፈጥረ። ድሕሪ'ታ ከዳሚት ዝገበረቶ ድልያ ድማ ሉልያ ጸጉራ ወንጨርጨር ኢሉ፣ ቅርጺ ኣዕጽምታ እናተራእየ ኣብ ዛሬባ'ቲ ዕንባባታት ተረኺበት።

ኣብ ቀብራ ሰለስተ ዓበይቲ ኣውቶቡሳትን መቑጸሪ ዘይነበረን ንኣሽቱ መካይንን ቀባሮ መሊኤን ፍርቂ መዓልቲ ሓመድ ድቡ ለበሰት።

ድሕሪ ገለ መዓልታት'ቲ ሞት፣ "ኣባል ስድራ-ቤትና፣ ኣዚና እነፍቅራ ግርማ ገዛና ሉልያ፣ ብሞታ ዝሰንበድኩምን ጓሂኹም ካባና ብዘይፍለ ዝተኻፈልኩምን ኣብ ውሽጥን ወጻእን ብተሌፎን ዘጸናናዕኩምናን ሕሰም ኣይትርከቡ እናበልና ሓዘና ንዓጹ፣ ስድራ-ቤት ጆርጆ ስዩም።" ምስ ዝብል ጽሑፍን ስእሊ ሉልያን ኣብ ጋዜጣ ወጸ።

ተዝካር ሰብ ብዘዛረበ ኣገባብ ተዳለወ።

ኣብቲ ተዝካር ቅድም ዘይበሰለ ጥረ ስጋ ምስ ኣዋዘን ሰናፍጭን ተሓዊሱ ተበልዐ። ቀጺሉ ቀይሕን ጻዕዳን ስጋ በብእብረ ኣብ ኩለን ጣዋሉ ተቐረበ። ብጽሩይ መዓር ዝተሰርሐ ሜስ ኣብ ከብዲ ብዙሓት በጻሕቲ ዓረፈ።

ዘይንቡር ተርእዮ እንተነይሩ ግን ሓፍቲ ሉልያ ኣብቲ ዳስ ተስካር ከም ተባዕታይ ድሙ ከተዕገርግርን ኣጽፉራ ክትግትርን ወዓለት። መወዳእትኡ ጆርጆ ሕያዋይ ተመሲሉ ብለውሃት ምስ ሓዛ ሰብ ከይረኣዮ ኣብ ክሻ ኣእትዩ ኣብ ሽቓቕ ዓጸዋ።

እምበኣር እዚ ጽዋ ሉልያ ዝነግረኩም ዘለኹ ኣብቲ ዳስ ምስ ኣተኹ ካብ ተኻቢቦም ኮፍ ዝበሉ እኩባት ሰባት መበል ራብዓይቲ ዘላ ጣውላ ሓመዳዊት ጎልፎ ለቢሰ ኣብ ጥቓ'ዞም ክልተ ለመንቲ ዘለኹ ቀይሕ መንእሰይ ኣነ'የ። እቶም ለመንቲ ነቲ ኣብ ፍሬም ብምእታው

ዕምባባታት ተኻቢብዎ ዝነበረ ስእሊ ሉልያን፡ ኣብ ጎና ዝተጻሕፈ "ኩርዕትን ምጭውትን ድሙና ሉልያ፡ ኣብ መንግስተ ሰማያት የራኽበና" ዝብል ጽሑፍ ብኣንክሮ ተመልከትዎ። ኣብ መንግኦም ምህላወይ ዝዘንግዑ ክመስሉ ኸኣ እነዉ የዕልሉ።

"ከምታ ድሙ ጽቡቕ ህይወት ዘሕለፈ ሰብ የለን ኢሎሙኻ፡ ልዕሊ ዓሰርተ ቐያር ክዳውንቲ ነይርዋ ሰሚዐ!" በለ፡ ገዚፍ እንጌራ ቆሪሱ ጸብሕን ስጋን እናገፍገፈ።

እቲ ካልኣዩ ከይደንጎየ፡ "እንተዘይተጋግየ ናይ ውልቃ ከዳሚት ኔራታ መስለኒ። ጽንጽዋይ ኣንቢባ ተደቕሳ...ወትሩ ቀዳመ-ሰንበት ከተማ ተዛውራ። ካብ ከምዚ ከማና ኮንካ ምፍጣር፡ ድሙ ናይዞም ገዛ ገይሩ ዘይፈጥረና ወደይ'ዚ ጎይታ!" እናበሉ ዕላሎም ኣዐመሩ። ኣነ ግን ምኽንያቱ ብዘይርድኣኒ ከይጸገብኩ ካብቲ መኣዲ ተንሳእኩ። ነቲ ንኹሉ ሰብ እናበጽሐ "ብልዑ፡ ስተዩ!" እናበለ ዝኾልል ዝነብረ ጆርጆ ሓሊፈ ድማ ካብቲ ዳስ ወጻእኩ።

ኣብዛ ዝነብረላ መሬት ዘይተመለሱለይ ብዙሓት ሕቶታት ኣብ ገዛእ ርእሰይ ክምልስ እናፈተንኩ ድማ ንቤተይ ኣምራሕኩ። እንተኾነ ከብደይ ብመግቢ ርእሰይ ድማ ብመልሲ ከይዓገቡ ኣብ ቤተይ በጻሕኩ።

ትንሳኤ ሞት

ምድረ ሰማይ ህዱእ ከም ዘይጸንሐ፡ ሃንደበት ሓያል ዝናብ እናውደቐ ከም ቀቲን በትሪ ክኸታኽት ጀመረ። ሰብ ድማ ነናብ ዝጥዕሞ ከዕቅል ተጓየየ። ኣለም-ብርሃን'ውን ግዳይ'ዚ ክስተት ብምንባሩ ዘብዘብ እናበለ ኣብ ሓንቲ ጽብብ ዝበለት ንእሽቶይ ድኳን ብፍጥነት ተወተፈ። ሰለስተ ኣወዳት ድሮ ኣብ ውሽጢ ስለዝጸንሕዎ፡ ራብዓዮም ብምዃን'ዩ ተርታ ሒዙ።

ግዜ ኣይወሰደን፡ ሓንቲ ኣብ ወኪል ጉዕዞ እትሰርሕ ጓል ኣብታ ድኳን ንህላወኦም ብጉያ ተጸንበረቶ።

"እንታይ ደኣ ቁሪ እንከሎ ጎና ምልባስ ይሓይሽ ኢልኪ?" ተወከሳ ሓደ ካብቶም ሰለስተ።

እታ ጓል ሕቖኣ ሂባቶም እንከላ፡ ነብሳ ከይጠወየት፡ "ስርሐይ ዝጠልቦ ኣከዳድና'ዩ!" ብምባል ዕጹው መልሲ ሃበት።

እቲ ዝሃርም ዝነበረ ማይ ጸፍዑ ብዝዛየደ፡ እታ ጓል ንውሽጢ ገጻ ኣተወት። ኣብ ጥቓ ኣለም-ብርሃን ከኣ ተጸግዐት። ኣብ ክዳኑ ተነስኒሱ ዝነበረ፡ ነፍሲ-ወከፍ ኣፍንጫ ከተስተማቕሮ ዘይትጸልእ፡ ሽታ ንህዋሳ ከነቓቕሕ ከኣ ተፈለጣ።

"ካብ ቁሪ እንከሎ ጎና ምልባስ፡ ካቦተይ ክህበኪ ዘይትብለኒ..." ኢላ ገጹ ምስ ረኣየት ዘረባ ኣቋረጸት። ክሳብ ሕምምቲ ትመስል ጠመትኣ ኣዕዘዘትሉ። ኣብ ጎሮርኣ ዝተለኸቱ ምራኽ፡ ከተስቱኽ እናጸዓረት፡ "ኣለም-ብርሃን!" በለት፡ ቀይሕን ኣንጸባራቕን ከናፍራ፡ ብምግራም እናከፈተቶ።

"ኣይተጋገኽን።" ጥራይ በለ፡ ብሓፊስ ድምጺ።

"ኖቬል...ኖቬል ይበሃል።" ኢዳ ንሰላምታ ብታህዋኽ ለኣኸትሉ። ኣብ ኢዳ ዝነበረት ኤኩያለኣ ኣብ ቦርሳኣ ድሕሪ ምእታው፡ "ካብ ቀንዲ ሰዓብትኻ ሓንቲ'የ...እም...ስርሓትካ ብጣዕሚ'የ ዘድንቖ።"

“ካብ ብልቢ'የ ዘመስግን።” መንፈሱ ብኹርዓት ከዕለቕልቕ ኣይደንጎየን። እዛ ኩሉ ነገራታ ላዕሊ-ላዕሊ ዝብል ጓል ብዕዮታቱ ዕግብቲ ምዃና ምስ ገለጸትሉ ካብኡ ዝዓቢ ህያብ ዘሎ'ውን ኮይኑ ኣይተሰምዖን።

“ኖቬል።” ብምባል ስማ ንበይኑ ኣድመጸ። ቀጺሉ ድምጹ እናበረኸ፡ “ስምኪ ንፍዕቲ ኣምባቢት ክትኮኒ ሓጊዝኪ'ዩ።” መልክዓ እናረአየ፡ ፍሽኽታ ኣይተጋደፎን።

“ከማኻ ዝኣመሰሉ ጸሓፍቲ እንተዘይህልዉስ ከኣ'ባ ኣይመንበብኩን።” ኣእጋራ እናሓለኸት ገጻ ናብኡ ገበረት። ቃላታ ብትሑትን፡ መንጣሊ ቀልብን ገይራ'ያ ኣድህያተን።

ኣለም-ብርሃን ኣብ ኣጣምትኡ ንስክፍታ ቦታ ከይገበረ፡ ካብቲ መሊሳቶ ዝነበረት ቀይሕ ስፒል ክሳብ'ቲ ተፈጥርኡ ልስሉስ ጸጉራ ብዝሑል ኣመለኻኽታ ተዓዘባ። እቲ ላዕለዋይ ባድልኣ ብታሕቲ ጸዕዳ ካምቻ ገይራትሉ ነበረት። ነቲ፡ ካብቲ ዝተሓብአ ቦታ ተተኩሱ ክወጽእ ዝበሃገ ዝመስል መጠነኛ ኣጥባታ፡ በቲ ሕዋስ ተፈጥሮ ናይ ጓል-ኣንስተይቲ ዘይብሉ ዘበለ ኩሉ ወዲ ተባዕታይ፡ ክልተ-ሰለስተ መላጉሙ እናተፈትሐ ክሓልም ግድን'ዩ። ዝተኸድነቶ ታሕተዋይ ጎና ምስቲ ላዕለዋይ ብሕብሪ ዝሳነ ኾይኑ ንሰለፉ ጥራይ ከዲኑ ነበረ።

ወገና ኩሉ ናብ ኣለም-ብርሃን ገይራ፡ “ከምቲ ኣብ ድርሰትካ ትገልጾ፡ ዓበይቲ ጸለምቲ ሶፋታት፡ መናድቑ ብቬትሮ ዝተኸበ፡ ኣብ ላዕለዋይ ደርቢ ዝርከብ ክፍሊ'ዶ ይኸውን ገዛኻ?” ጸጉሪ ርእሳ በጻብዓ እናተናኽፈት ንድሕሪት ገጹ ኣደቀሰቶ።

“ከምኡ ዓይነት'ዩ…ደራሲ ዘበለ ዝለዓለ ናይ ብቑትሩ ምሕላም ባህሊ ስለ ዘለዎ፡ ኣብ ከምኡ ዓይነት ሃዋሁው'ዩ ክነብር ጎነፍነፍ ዝብል።”

“ንኸተርእየኒ ፍቓደኛ እንተትኸውን፡ ካብ ሕልምታተይ ሓደ ከምዝበጻሕኩ ክሓስቦ'የ።”

"ገዛይ ንምርኣይ ዘጸግም ኣይኮነን።" በላ ኣብ ቃንኡ ኩርዓት እናወጸ።

ሓንሳብን ብጻዕቂ ንመሬት ንሕስያን ዘይሃበ ዝናብ፡ ቲፍቲፍ ጥራይ እናበለ ኣብ ደረጃ ምህፋፍ በጽሐ። ሰብ'ውን ከም እንደገና ኣብ ጎደናታት ተውዛሕዛሕ በለ።

"በሊ ኖቬል፡ ጽቡቕ ምሸት።" ብምባል ምስላ ከይረኣየ ካብቲ ድኳን ወጸ። ካብታ ዘዕቀለላ ድኳን፣ ራብዐይቲ ኣንጎሎ እትርከብ ገዝኡ ኸኣ ብህድኣት ኣምረሐ። እዚ እናኾነ "ኳዕ ኳዕ!" ዝብል ድምጺ ጫማ ደድሕሪኡ ክሰዕቦ፡ ኣእዛኑ ቀለባ። ተጠውዩ እንተረኣየ፡ ብተብተብ ንኸተርክቦ ኖቬል ኣቃለበላ።

"እንታይ ደኣ ገዲፍካኒ፡...ምሽ ገዛይ ከርእየኪ ኢልካኒ...ጫማይ ከኣ ምጉያይ ኣቢኒ።"

"ሓቅ'ኺ ኢኺ ኣይበልኩን...ካብ ደለ'ኺ ግን።" በላ ኢዱ ኣብ ጁባ ካቦቱ እናሰኸዐ። ስጉምትታቶም ብሓደ ኣብ ዝተበገሰሉ፡ ኖቬል ክትሓቑፎ ከምዝደለየት ኢዳ ናብ መንኩቡ ሰደደት። ኣለም-ብርሃን ትጽቢት ናይ ግምቱ ከይረኸበ ከሎ ግን፡ ኳሌታ ናይ ካቦቱ ንላዕሊ ከም ዝግተራ ገበረት። ክምስ እናበለት ድማ "ሕጂ ናይ ብሓቂ ኮኾብ መሲልካ።" በለቶ።

ኣብ ኩለን ኣራግጻ ኣእጋራ፡ በቲ ጐደናታት ዝሓልፍ ዝነበረ ህዝቢ ትዕዘብ ነበረት። ኣጣምትኣ "ምስ ኣለም-ብርሃን ኣለኹ።" በጃኹም ረኣዩኒ ዝብል ዝነበረ ይመስል። ኣብቲ እዋን'ቲ ግምት'ውን ሂባቶም ዘይትፈልጥ፣ ህዋሳታ ካብ ምብርባር ሓሊፎም ኣብ ጥርዚ ብምድያቦም፡ ን'ክትጎስዮም ሽግር ኮና። ብእኡ ክትሓስብ፡ ብስምዒታ ከይትግዛእ ብምባል ድማ ቃና ሓሳባ ክትቕይር ፈተነት።

"ደረስቲ'ኸ ትላኸፉ ዲኹም ደኣ?" በለት፡ ኣቓልቦኣ ሓንሳብ ንዕኡ ሓንሳብ ናብቲ ጎደናታት እናበራረየት።

"ኖኖ!...ንኣፍልጦ'ኺ ኣብቲ ድኳን እንከለና፡ ዝተላኸፈኪ ኣነ ኣይኮንኩን። ኣብ ጥቓይ ዝነበረ መንእሰይ'ዩ።...ብዝኾነ መላለዪ

ኮይንና'ሎ።" መልሲ ከይሃበቶ እንከላ ስጉምቱ እናዝሓለ፡ ኣብ ሓደ ደርቢ ደው በለ።

"እታ እትርእያ ሻውዓይ ደርቢ ዘላ ኣፓርታማ'ያ ገዛይ።" በላ ንላዕሊ እናንቃዕረረ። እቲ ኪፍኪፍታ ማይ ደስ ስለዝበሎ ግን ጠመትኡ ካብ ሰማይ ኣይለቐቐን። ብኡ ምስ ዓገበ፡ ንኖቬል ክርእያ ኣብ ዝፈተነሉ፡ ድሮ ካብቲ ጕደና ተኣልያ ኣብ ሊፍት ደይባ ክትጽበዮ ረኣየ። ብዙሕ'ኳ እንተተገረመ ፍሽኽ እናበለ ካብ ምስዓባ ዝገበሮ ነገር ግን ኣይነበረን።

ዘረባ ካብ ክልቲኦም ወገን ከይተፈጥረ ብሊፍት ተጸይሮም ንላዕሊ ደየቡ። ኣይተሰምዐን'ምበር ርእሲ ክልቲኦም ዓው ኢላ ብዛዕባ ሓድሕዶም ክሓስብ ተናዊጹ'ዩ ነይሩ።

ኣለም-ብርሃን መፍትሕ ካብ ጅቡኡ ድሕሪ ምውጻእ ኣብ ሓንቲ 107 ዝቑጽራ ማዕጾ ክኸፍት ኢዱ ለኣኸ። ምስ ኣርሓዎ፡ መብራህቲ እናወልዐ "በሊ እዚ'ዩ ገዛይ።" በለ ርእይዎ ከምዘይፈልጥ የዒንቱ እናኹለለ። ማዕጾ ድሕሪ ምርጋጡ፡ ናብታ ንእሽቶ ክሽንኡ ኣበለ። "ሻሂ...ካፑቺኖ...ማኪያቶ?" በላ ጽሩያት ክልተ ጣሳ ካብ ከረዴንሳ እናውረደ።

"ካፑቺኖ ግበረለይ።" በለቶ ኣሰራርሕኡ ንኽትርኢ እናተሃንጠየት። ጸባ ካብ ፍርጅ ኣውጺኡ ምስ ኣውዓየ፡ ካብ ምኩር ኣሳሳዩ ዘይፍለ ኣገባብ እናገበረ ኣረከባ። ቸኮሌት ቆራዕራዕ ኣቢሉ ብምኽፋት ኣብታ ጸባ ሓወሰላ። "ባዕላ ክትመክኽ'ያ፡ እዛ ዓይነት ኣሰራርሓ ናይ በይነይ'ያ። መሰለይ ሓልውዮ ኢኺ፡ ዋላ ኣብ ገዛኺ ከም'ዚኣ ጌርኪ ከይተቃምሚ።" በላ ክምስትኡ ንጽሩያትን ስሩዓትን ኣስናኑ እናድመቐ። ንሳ ግን ካብ ክትምልሰሉ ንኽትጥዕማ'ያ ተጓይያ። "ኣብ ኩሉ ክፋል ህይወት ኢኻ ብሉጽ ክትከውን እትደሊ ሓቀይ?" ጣዕሚ'ዛ ካፑቺኖ ንምንባራ ዘመቀረ ኮይኑ እናተሰምዓ'ያ ሓቲታቶ።

"ንስኺ'ውን ትጸልኢ'ኺ ኣይብልን'የ፡ ብዝኾነ'ዛ ትሰትያ ዘለኺ "ካፑቺ'ላታ" እየ ዝብላ። ከተወዓውዕያ እንተደሊኺ ግን ፍቓደይ ንምሕታት ኣይትረስዒ።"

ኖቬል ቦርስኣን ላዕለዋይ ጃካ ናይ ባድልኣን ኣውጺኣ ኣብ ሓደ ጣውላ ኣቐመጠቶ። ካፑቺ'ላታኣ ሒዛ ድማ ነዚ ገዛ ክትኮሎ ተበገሰት። ኣስማቶም ኣብ ትሕቲ ኣሳእሎም ዝነበረ ፍሉጣት ሰባት ኣተኩራ ክትዕዘብ ንኣለም-ብርሃን ረስዓቶ። ባልትሳር ግራሽያ፡ ፍራንክ ሲናትራ፡ ናትናኤል ሃውትሮን...ርእያ ብዘብቅዐት ኣብ ቅብኣታት ኣበለት። ስቴራ-ስቴሪ ናይት፡ ክሪኤሽን ኦፍ ኣዳም... እናበለት ትዕዝብታ በብሓደን ግዜ ብዝሃበን ኣካወነት። ብድሕሪ'ዚ ብጽፈት ንዝተቐመጠ ናይ መጽሓፍቲ ከብሕታት እናተደነቐት ጠመተቶ። በብእብረ ክትርእዮ'ኳ እንተዘይተደፋፍአት፡ ጽቡቓት ጸጋማይ ኣጻብዕታ እናተናኸፈት ግን ሓለፈቶም። ዕጋበታ በዚ ከየብቅዐ ናብቶም ክልተ ብፎኮስቲ መጋረጃ ዝተሸፈኑ ዓበይቲ መሳኹቲ በጽሐት። ነቲ መጋረጃ ጋሊሃ ድማ ጥራዩ ገበረቶ። ኣብቲ ቬትሮ ተረሓሒቖም ዝተቐመጡ ንጣብ ማያት፡ ብዝሃርሞም ዝነበረ ናይ ጐደና መብራህቲ ንኣሽቱ ኣልማዝ ከመስሉ ሞዛይካዊ ሕብሮም የብረቕርቕ ነበረ። ኖቬል በዚ ከይተሓጽረት ነቲ መስኮት ከፊታ ምዕዛብ ተታሓሓዘቶ። መወዓውዒ መብራህትታት፣ ጫውጫውታ መካይን...ማይ ኪፍ- ኪፍ እናበለ ንዝተፈላለየ ተልእኾ ክፍጽም ዝወናጀር ሰብ...ነዝን ካልእን ኣድህቦኣ ብዝሰረቐ መንገዲ ተመልከተቶ።

ምልእቲ ከተማ ብዓቢ ስክሪን ትርእያ ዘላ ኮይኑ ከኣ እናተሰምዓ፡ ህዱእ ንፋስ ንጸጉሪ ርእሳ እናደፍአ፡ ሽታ ሰውነታ ጸይሩ ናብቲ ኣፓርታማ ኣተወ። ኣብ ቅብኣታትን ኣብ ሃዋሁ ርእሲ ወዲ-ተባዕታይንእትቀላቐል ናይ ሕልሚ ኀል ክትመስል፡ ብድሕሪታ ደቢኑ ዝነበረ ቅርጺ ሰውነታ በቲ ብርሃን ናይ ፍኒስትራ እናተሓገዘ ብግቡእ ተራእየ። ንኣለም-ብርሃን ሕቘኣ ሂባቶ'ኳ እንተነበረት ንሱ ግን ቅድሚ ሕጂ ዝላደየሉ ትርኢት ብምንባሩ የዒንቱ ልኢኹ ዳሕረዋይ ቁመንኣ ብህርፋን ከቋምት ኣይበሃገን።

ኣብ ህዱእ መንፈስ ከሎ፡ “ንዓ ርአ። ንዓ ቀልጥፍ!” ብምባል እናተሃንጠየት ተዳህየቶ። ከምቲ ዝበለቶ ግን ኣይጐየየን፡ ጐተት'ውን ኣይበለን፡ ከምቲ ናይ ኩሉ እዋን ኣካይድኡ እናሰጐመ ኣብ ጥቓኣ በጽሐ። ካብቲ ንኽርእየሉ ዝሓተተቶ መስኮት ስለዘይተኣለየትሉ፡

ተጐዝጊዝዋ ንኽዕዘብ ግዱድ ነበረ። ካብታ ዝነበርዋ መስኮት ናይ ሻብዓይ ደርቢ፣ የዒንቱ ንታሕቲ ነቝቱ ሰደደ። ማይ እናሃረሞም ዝሰዓዓሙ ዝነበሩ መጻምዲ'ዮም። በቲ መንገዲ ዝሓልፍ ሰብ ብዘይምንባሩ ክልቲኦም ከም ሓደ ሰብ ተላጊቦም ነቲ ጐደና በሓትዎ። እቲ ዝወቕዐ ማይ ናይቲ ወዲ ማልይኡ ምስ ኣካሉ ኣጣቢቑ ነበረ። እታ ጓል ለቢሳቶ ዝነበረት ረቂቕ ጐና ድማ ማይ ምስ ኣጠልቀያ ምስ ነብሳ ሰጢሙ፣ ንምሉእ ኣካላ ድማ ከም ኤክስ-ረይ የርእዮ ነበረ። እዞም ሰብ ጸጋ ፍቕሮም ብመንገዲ ከናፍሮም ኣውጺኦም ምስ ተጻገቡ፡ ኢድ ንኢድ ተተሓሒዞም፣ ካብቲ ጎደና ኣርሒቖም ናብቲ ጽርግያ ተሓወሱ።

ኖቬል ነቲ የዕቂላትሉ ዝነበረት ክፍሊ ጸይና፡ ኣብቲ ጐደና ማይ እናጀብጀበት ክትስዓዓም ዝበሃገት ክትመስል፡ ቀውታ ናይ ኣጠማምትኣ ቅንኣት ዝወረሮ ነበረ።

"ሕጉሳት'ዮም ዝመስሉ።" ድሕሪ ምባላ ኣብ ጎድና እንተረኣየት ኣለም-ብርሃን ድሮ ኣብ ሳሎን ኮፍ ኢሉ፡ ኣቓልብኡ ኣብ ዝወልያ ህዱእ ሙዚቃ ገይሩ ጸንሓ። ቅድሚ ሕጂ ዘድንቕኦ ብዙሓት'ኳ እንተገጠምኦ፡ ገዝኡ ኣትያ፡ ከም ገዛእ ቤታ ብምሕሳብ ክንድ'ዚ ዝደፈረቶ ጓል ኣይነበረትን።

ንዝተዛረበቶ ርእይቶ ወይ'ውን መልሲ ብዘይምሃቡ፡ ኖቬል ንቕጽንኡ ከየቕሓረ ኣይተረፈን። ጸጋማይ እግሩ ኣብ የማናይ ብርኩ ተመሳቒሉ ብምንባሩ፡ ብግቡእ ዝተወልወለ ጫምኡን ሓድሽ ዝመስል ጻዕዳ ካልሱን ርእያ ጽፈቱ ከተድንቕ ክትብል ግን ሕርቃና ረስዐት።

"ካብ እትኣቱ ክሳብ ሕጂ'ኮ ካቦትካ ኣየውጻእካን።" በለት ኢዳ ናብ ኳሌትኡ እናሰደደት። ኣለም-ብርሃን ኢዳ ቀስ ኣቢሉ ካብ ነብሱ ኣለየ። ብገዛእ ውሳኔኡ ከምዝገበሮ ከርእይ ድማ ካቦቱን ላዕለዋይ ባድልኡን ኣውጺኡ ምስ ጻዕዳ ካምችኡ ተረፈ። ገጻ ከይረኣየ ድማ መሊሱ እግሩ ኣመሳቐለ።

ኣይተሓለለትን ኢዳ ልኢኻ ኣእዳዉ ሓዘት።

"ኣጻብዕተይ ምልስላሱ ከም'ተን ኣብ ድርሰትካ ዘለዋ ምልኩዓት ኣዋልድ፡ዶ ይኸውን፡ወይስ ናተይ ይበልጽ?" እናበለት ደራረዘቶ። ንሱ ግን ኣእዳዉ ካብ ህላወ ኣጻብዕታ ስሒቡ ኣብ ጁቡኡ ሓብኣን።

ኖቬል ዘይተዳህለት ክትመስል ኣብ ከናፍሩ ቀሪባ፣ "ከምቲ እትብሎ፡ ትንፋሰይ'ከ ካብ ሽታ ዕንባባ መሮር መፍለዪ'ዶ ስኢንካሉ?... ዋዒኡ'ሽ ንልብ'ኻ'ዶ ኣምኪኹ?...ኣፍ ልበይ'ከ ከም ህዱእ ባሕሪ'ዶ ቀምበይበይ ይብል?" መላጉም ካምቻኣ ኣዝለቐት።

"ኣቲ ጓል፣ ቅድሚ ገለ ደቓይቕ ኢኺ'ኮ ተፋሊጥክኒ!" ዋላ'ኳ ክድህላ እንተፈተነ፡ ንሱ ንባዕሉ ዝረስዖ ጽሑፋቱ ብምሽምዳዳ ምግራም ንኣካሉ ወሪሱ ነበረ።

"እንተዘይተጋግየ፣ "ኣብ ህይወቱ ምሉእ ፍቕሪ ዘየስተማቐረ ሰብ፡ "ጽሓይ ርኢኻያ'ዶ ትፈልጥ?" ኢሎም ምስ ዝሓትዎ፡ "ዕምረይ ምሉእ ርኤያ ኣይፈልጥን!" ኢሉ ጥራይ'ዩ ክምልስ ዘለዎ።" ኢልካ ኔርካ ምሽ?...ኣነ ሽኣ "ጸሓይ ከይረኣኹ'የ ሞይተ" እንተይለ ንስኻ ሕቶይ ምስ ትነጽጎ'ዩ።"

"ናይ ምንታይ ሕቶ እዩ'ዚ? ቁሩብ'ዶ ደፊርኪ፡ ደረት'ባ ፍለጢ።"

"ባዕል'ኻ ዘይኮንካን "ፍቕሪ ደረት እንተዝህልዎ፡ ሰብ ንነብሱ ጥራይ ከፍቅር ምተሓጽረ። ኣብ መሬት ከኣ ስስዐ ምሳዕረረ!" ዝበልካ።"

"ሕጂ ይኣኽለኪ፣ ቃላተይ ከይትደግሚ፣...ርእስኺ ዝኣዘዘኪ ተዛረቢ!"

ቃና ምጉብዕባው ዘየኽፍእ ብምንባሩ ንኽድህላ ዓቕሚ ኣይነበሮን። የዒንታ ተኺላ ንኽትጥምቶ ከኣ ኣይተጸገመትን።

"ንጽሑፋትካ ዋኒነይ ገዲፈ ኣንቢበዮ'የ። ብሞት ዝፈልጦም ዘይሓዘንኩ ብዝሃነጽካዮም ጠባያት ግን ጉህየን ነቢዐን'የ። ነብሰይ ኣብ ከመይ ኩነታት ኣላ ዘይሓተትኩ ብዛዕባ መጻሕፍትኻ ምስ መሓዙተይ ዝተዛረብክዎ ኣይወሓደን።...ኣካይዳይ ገዲፈ "ኣለም-ብርሃን ከምዚ በለ፣ ከምቲ በለ፣" ክብል ጸሓይ የዕሪቢያ'የ። ስለዚ

ዝደለኽዎ ካባኻ ክወስድ ኣይግብኣንን'ዩ ዶ ትብል?"

ኣለም-ብርሃን ትረት'ዛ ጓል ኣመና ገረሞ። ከምተን ግርምኡ ተሰኪፊን ብሕፍረት ዝደና፡ ብስርሓቱን ዓወታቱን ኣረኣእየን ምስ ነብሰን ብምዝማድ ዘይበቕዕኦ ዝመስለን፡ ኣካውንኡን ኣብ ሓደ ቦታ ግዜ ዘይበልዕ ኣቃውምኡን ኣመዛዚኑን ንቐንጠመንጢ ግዜ ዘይብሉ ዝመስለን ደቂ-ኣንስትዮ ዘይምኺና'ውን ከም ብልጫ ንኽርእዮ ምድንጓይ ኣየርኣየን።

"ይግብኣኪ'ባ። ኣብዛ እትመጽእ መጽሓፈይ ንዓኺ እትመስል ጓል ከም ጠባይ ክሃንጽ'የ።"

"ኣፍቃሪትካ ተገዲሳ ዘይትገብሮ ነገራት ንዝፈጸመትልካ ጓል'ሲ እቲ ዝዓበየ እትገብረላ ነገር እዚ'ዩ?"

"እሞ...እሞ መጽሓፍተይ ኣኣብ ዝሕተማሉ ቅድሚ ዝኾነ ሰብ ንዓኺ ብነጻ ክህበኪ'የ።" ተሓጒሳትሉ እንተኾነት ክጥምታ ከፍኣ። ንሳ ግን መልሲ ከይሃበት ክትኩርፈፍ'ያ ተቐዳዲማ።

ንግዜኡ እቲ ኣፓርታማ ሰብ ዘይብሉ መሰለ።

ድሕሪ'ቲ ኩራ ናይ ሰብ-ሓዳር ዝመስል ኣቃውምኣም፡ ኖቬል ገጻ ጠውያ ክትጥምቶ ከላ፡ ክሳብ'ቲ ደረጃ'ቲ ምስኡ ምህላዋ ውሽጣ ሕጉስ ነበረ። ክልተ ህንጡያት ኣእዳዋ ብኽሳዱ ብምሕላፍ፡ ከናፍራ ኣብ እዝኑ ኣጸጊዓ ገለ ቃላት ሕሹኽ በለቶ።

ኣለም-ብርሃን ብዘይ መግለጺ ብዓይኒ ኩራ ኣትሪሩ ጠመታ። እዚ እናኾነ ግና ኣእዳዋ ክሳብ ሽው ኣብ ክሳዱ ብፈኲስ ክብደት ተቐሚጠን ነበራ።

"ክሽውን ዘይክእል'ዩ!" ጨደረ ካብቲ ሶፋ እናተስአ። ናብቲ መስኮት ገጹ እናሰጎመ "ስምዒት ስለዘይብለይ ዘይኮነስ..." ንእትህቦ መልሲ ንምስማዕ ጽን'ኳ እንተበለ፡ ንበይኑ ኣብቲ ገዛ ከምዘሎ ግን ጽምዋ ኣንጸላለወ። በቲ መስኮት ተቐልቂሉ ነቲ ህዱእ ዝናብ ካብ ምዕዛብ ሓሊፉ ድማ ዝገበሮ ተወሳኺ ነገር ኣይነበረን። ኖቬል ስቕ ብምባላ

ዝገደፈቶ መሰሎ'ሞ ነቲ ኩነት ምስ ዓወት ክጽብጸቦ ሃቀነ። ዓወቱ ግን ዕምሩ ነዊሕ ኣይነበረን። ኢ.ዳ ብሽምጡ ኣሕሊፉ ክትተናኸፎ ከላ ተፈለጠ። ንኽዛረባ ምስ ተጠውየ ኸኣ፡ ስምባድኡ ብዘይዘረባ ሃማም ኣምሰሎ።

"ክዳንኪ'ሽ?...በጃኺ ክዳንኪ ግበሪ!" ንሽይርእያ'ውን የዒንቱ ዓመተ። ጸኒሑ ቋሕ እንተበለ፡ ልቺ ጠፊኡ እቲ ኣፓርታማ በቲ መስኮት ዝኣተወ ደብዛዝ ብርሃን ጥራይ ክምገብ ጸንሖ። ንኽርእያ ብምጽጋሙ፡ ስማ ሕንቃቐ ብዝመስል መንገዲ ክጽውዕ'ዩ ተገዲዱ። እንተኾነ መልሲ ካብኣ ኣይኮነሉን። ሕጂ'ውን ብድሕሪኡ ኮይና ኣእዳዋ ብሽምጡ ኣሕለፈተን። መላጉም ካምችኡ ክትፈትሕ ሓኾት በለት። ኣለም-ብርሃን ስምዒቱ ብምዝሕታል፡ ኣእዳዋ ጨቢጡ ካብ ምግንጻል ካምችኡ ኣጐናደባ። ጸጉሪ-ርእሳ ሒዙ ኣብ እዝና እናቖርቀረ "እዚ ቅኑዕ ኣይኮነን!" በላ፡ ንብዕድመ ኣዝያ ንእትንእሶ ጓል ይዛረብ ከምዘሎ።

"ብቐሊሉ ትርከብ ሰብኣይ ኣይኮንካን...ግን፡ "ሰባት ካብ በቲ ቅኑዕ በቲ ጌጋ መንገዲ ዝረኽብዎ ሓጐስ ስለዝበልጽ'ዮም ተደጋጋሚ ጌጋታት ዝፍጽሙ" ዝበልካዮ ቃል ናይ ልብኻ እንተዘይኔሩ ክዳውንተይ ክገብር። ከም ሓሳዊ ደራሲ ኸኣ ክቐበለካ።" ኣዘራርብኣ ጽባቐን ርጥበትን ዝሓዘ ብምንባሩ፡ ምስቲ ዋዒ ኣካላታ ተወሲኽዎ ኣለም-ብርሃን ፈዚዙ ንኽጥምታ፡ ዘይሓረዮ ምርጫ'ኳ እንተነበረ፡ ገበሮ ግን። ኣይዛሕተለን፡ ብዘይ ዝኾነ ጣዕሳ መላጉም ካምችኡ ክፈትሕ ጀመረ። ንሳ'ውን እናተሃወኸት ሓገዘቶ።

ኣብቲ ጸልማት ቦታ ኢ.ዳ እናሓዘ፣ "ብገዛእ ቃላተይ'ምበር ረቲዕክኒ።" በላ።

"እሞ...ክትጽሕፎም ኣይነበረካን!" ክሳዱ እናሰዓመት፣ ከይተፈለጣ ብምዉት ትንፋስ ዘምለቐተን ቃላት'የን ነይረን።

ብድሕሪ'ዚ ዘረባ ከይወሰኹ፡ ናብቲ ክልተ ኣንጻር ጾታ ሃፋ ክለዋወጡ እንከለዉ ጥራይ ዝርእይዎ ናይ ደስታ ዓለም፡ ብሓባር ሃጢ.ሞም ካብዛ መሬት ተሰወሩ።

እቲ ዝነበረ ህዱእ ሙዚቃ በብሓደ ተተኪኡ ክቀያየር እንከሎ ጌና ኣብቲ ዓራት ቀልቦም ኣጥፊኦም ነበሩ።

ድሕሪ ግዜ ስምዒት ንግደቶም ድሕሪ ምዝዛም ናብ ክውንነት ተመልሱ።

ኣለም-ብርሃን ነቲ ናይ ነጋውስ ዝመስል ኮቦርታ ካብቲ ዓራት ብምውሳድ፡ ናብቲ ብመስኮት ኣትዩ ኣብቲ ምድሪ-ቤት ብርሃን ዓሊብዎ ዝነበረ ንእሽቶ ቦታ ኣንጸፎ። ንኖቬል ኣብኡ ንኽትመጽ ከኣ ተዳህያ። ዕርቃን ዝባኖም ብዘይ ሽፋን ከኣ ኣብቲ ኮቦርታ ተጋደሙ።

እቲ ኣብ ቬትሮ መስኮት ዝሃርም ዝነበረ ህዱእ ማይ፡ እቲ ወረር ዝብል ምንቅስቓስ ጽላሎቱ ኣብ ኣካሎም ከምዘሎ ውንጅርጅር በለ። ብውሽጢ ግን ብሃፋ ናይ ምቖቶም፡ ሕልፍ-ሕልፍ ኢሉ ንኣሽቱ ደበናታት ክመስል ደብዚዙ ነበረ።

"ደራሲ ትዕዝብቱ ሓያል'ዩ ዝበሃል'ሞ፡ ንኖቬል ብኸመይ ምገለጻ?" ዘይጸገበቶ ግዲ ኮይና ኣብ ነብሱ ተላሕገት።

"ውደሳ ዲኺ ተቐድሚ ዋላ ዘለፋ።"

"እውይ እንታይ ደኣ ጌረካ፡ ዝዝለፍ ኣለኒ'ድዩ?"

"እዚ'የ ብዛዕባኺ ዝፈትዎ። ፍጽምቲ'ምበር ጕደሎ'የ ኢልኪ ትኣምኒ ዘይምኻንኪ'ዩ።"

ብርካ ኣብ ሰለፉ እናመሳቐለት፣ "በቲ ዘለፋ በል ጀምር።" በለቶ ብዛዕባ ነብሳ ርእያቶ ዘይትፈልጥ ኩነታት ክትፈልጥ እናተሃንጠየት።

ኣለም-ብርሃን ክልተ ኢዱ ኣብ ትሕቲ ርእሱ ኣንጺፉ ንቦሎፎን እናጠመተ፡ "ከምዚ ከማ'ኺ ዝምትራራ ጓል ኣንስተይቲ ሓንሳብ-ሓንሳብ ሓቂ ንኽትርኢ ይኸብዳ'ዩ። ምምዝዛን ሓቅን ገዲፋ፡ ብእትፈትዎም ቀረብታ ዝብልዎ ጥራይ ክትኣምን፡ ክትጽሎ፡ ኣብ ቀረባ'ያ!" በላ ምስኡ ከምዘየላ ብዘይተገዳስነት ዝዛረብ ዘሎ እናመሰለ። ርእሱ ኣቕኒዑ ብምትሳእ ኣብ የማናይ ኢዱ እናተተርኣሰ ናብኣ ገጹ ክጥምት ጀመረ።

"እዛ ዝበልኩኺ ዘለፋ'ያ ሕጂ ከኣ ወደሳኺ ስምዒ...ከም ኖቬል ዝጠባየን ደቂ-ኣንስትዮ ካብ ድልየታተን ኣይተርፋን'የን። እዘን "ከይንዓቕ፡ ከይምኖ!" ዝብላ ኣብ ጠባየን ርእሰ-ምትእምማን ዝጐድለን'የን። ብህይወት ክሳብ ዘለኻድማ እናሰልቸዋኻ ይነብራ። ንስኺ ግን ንዝረኸብክዮም ዕድላት ክትጥቀምሎም ዓመት ዘይኮነ ደቓይቕ'ዩ ዘድልየኪ። ነባሪ ሓጐስ ጥራይ ዘይኮነ ግዝያዊ ሓጎስ'ውን መቐረት ከምዘለዎ ኢኺ እትኣምኒ...ጽብቕቲ ኢኺ ኣከዳድናኺ ፈትየዮ ክብለኪ ኣይትጸበይኒ። ቅድሚ ሕጂ ኣእዛንኪ ዘጽመመ ናእዳታት ብምኽኑ ንዓይ ምስቶም ዘጽምሙ ከይትጽብጽብኒ! በዚ ኾይኑ በቲ ግን ከማኺ ዝረኸበ ሰብኣይ ንዓኺ ሕቑኡ ሂቡ ካልእ ጓል እንተቃይሑ ክሳብ ዝመውት ከዕነይንይ ዕድሚኡ ክውዳእ'ዩ።"

ኖቬል መልሲ ዝበሃል ኣይሃበቶን፡ ኣብ ኣፍ-ልቡ ተላሒጋ ፍሽኽ ንኽትብል ጥራይ'ያ ዓቕሚ ረኺባ። ካብ ሓደ-ክልተ መስመር ቃላት ዘይሓልፍ ኣገላልጻ'ያ ተጸብያ ነይራ።

"ኣነ'ውን ምገለጽኩኻ፡ እቲ ንዓኻ ዝበቅዕ ልክዕ ቃላት ግን እቲ ኣብ መጻሕፍትኻ ዘሎ ጥራይ'ዩ። ብቃላተይ ኣይትዛረብኒ ስለዝበልካ ግን ካብዚ ዝኸድን ጨርቂ ዘይብሉ ኣካለይ ንላዕሊ መግለጺ ትደሊ ኣይመስለንን።" በለት ኣካሉ ድሕሪ ሕጂ ከምዘይትረኽቦ ገይራ እናዳህሰሰቶ። ድሕሪ ገለ ምትንኻፍ ካብቲ ደቂሳትሉ ዝነበረት ብድድ በለት። ሃሰስ እናበለት ከኣ ልቻ ወልዓታ። በይና ኣብ መሕጸብ ሰውነት ከምዘላ ድማ ስክፍታ ከየርኣየት ናብ ክዳውንታ ኣበለት።

ኣለም-ብርሃን ምቕያር ክዳውንታን ካልእ ንስምዒቱ ዘጥሓለ ምንቅስቓሳታን ብፍስሃ ተዓዘበ።

"ሎሚ ትኬት ክቖርጸሎም ዝግብኣኒ ሰለስተ ዓማዊል ነይሮም። ሓላፊየይ መጺኡ እንተዘይኣሳሊጥሎም ከኣ ካብ በረርኦም ክተዓናቐፉ'ዮም።" ክዳውንታ ለቢሳ ብዘጻፈፈት ናብቲ ከም ፈረስ ጥራዩ ዝነበረ ኣለም-ብርሃን ቀረበት።

"ናይ ገዛእ ልበይ በረራ ኣጐናዲበ ንዘይፈልጠም ሃብታማት ጉዳዮም

ብምስላጠይ ምስ ጽድቂ ኣይጽብጸበለይን'ዩ።" ኣብራ'ኻ ዓጺፋ ምዕጉርቱ ድሕሪ ምስዓማ ብድድ ኢላ ናብ ማዕጾ ሰጐመት።

"ጽባሕ ሰዓት 7:00 ናይ ምሸት ክጽበየኪ'የ።" ኣለም-ብርሃን ካብ ሕቶ ምስ ልኡም ትእዛዝ ዘጽጋዕ ቃላት ተዛረበ። ኖቬል ነታ ኣብ ጣውላ ዝነበረት ጽላል እናሓዘት "ነዛ ንብረትካ ክመልስን፡ ልበይ ክምለሰለይ ክብልን ክመጽእ'የ።" ብምባል ማዕጾ ከፊታ ወጸት። ምፍላዩ ዋል'ኳ እንተዘየሐጎሳ፡ ነብሳ እናዐገሰት፡ ሊፍት ደይባ ንታሕቲ ወረደት።

ኣእጋራ ኣብ ጎደና ለኺፈንን ክስጉማ ምስ ጀመሩ፡ የዒንታ ግን ናብቲ ሳዕለዋይ ደርቢ ተላኢኸን ደኣ ጠመታ። ኣለም-ብርሃን ብመስኮት ተቐልቂሉ ኢዱ እናወዛወዘ ክፋነዋ ብምርኣያ፡ ናይ ምርሓቑ ቃንዝኣ ዝተቓለለላ ኮይኑ ተሰምዓ። ክምስ ድሕሪ ምባላ ጽላል ገቲራ ካብቲ ኪፍኪፍታ ማይ እናዕቀለት ስጉምታ ቀጸለት። ዘጋጠማ ንመሓዙታ ከተበስር ከኣ ህንጥዩነታ ተረበጸ። ዘርዕድዋ ዝነበሩ ጽዋገን ጸልማትን ዝመለለይኦም ጐደናታት ብውሽጣ ፍስሃ እናዘመረት ሓለፈቶም።

I.

ንጽባሒቱ ሰዓት 6:50 ድሕሪ-ቀትሪ ኣብ ኣፓርታማ ኣለም-ብርሃንእዚ ዝስዕብ ሃዋሁ ነበረ። መናድቕ'ቲ ቤት እቲ ክደርስ ከሎ ጥራይ ዝውልዖ ደባን መብራህቲ ሃሲሱ፡ ንረኣይኡ ዘዕግብ ነበረ። ኣብ ዝተፈላለየ ቦታ ሽምዓ በሪሆም ይመኩ ነበሩ። ንኣሽቱ ንዛዕ ማያት ዝነበሮም ሓደስቲ ዕምባባታት ከኣ ቀይሕ ጐና ዝለበሳ ኣዋልድ ክመስላ ግርምኣን ኣጊጹ ነበረ። ብዓቢኡ እቲ ኣፓርታማ እናተፋቐሩ ክንሰም ንነዊሕ እዋን ዝተፈላለዩ ጽምዲ ከራኽብ ዝተዋደደ ድልድል ትምኒታት ይመስል ነበረ።

ሰዓት ሸውዓተን ገለ ሕላፍ ደቓይቕን ማዕጾ'ዚ ቤት ተኳሕኩሐ። ኣለም-ብርሃን ገዝኡ ብኹሉ ሸነኻታ ኣዕጋቢት ምህላዋ ቁሊሕ-ምሊሕ እናበለ ምስ ኣረጋገጸ፡ ክዳኑ እናመዓራረየ ናብቲ ማዕጾ ሰጐመ። ልቡ ዝበሃገቶ ክትርኢ እናሓለመ ድማ ኣርሓዎ።

"እንታይ ደአ ደንጉኽናኒ፡ ኣጥቢቖ ዓሰርተ ጕደል ንሸውዓተ ዘይበልኩኽን?" ሰለስተ ኣሳሰይቲ'የን ነይረን። ብኽልተ ኣእዳወን ዝተጻዕንኦ መግቢ ኣብ ጣውላ እናመዓራረያ ቦታ ኣትሓዝኦ። ነታ ኣብ ሓንቲ በረድ ዝተደርደራ ንእሽቶ ሻንኬሎ ዝኣተወት ነቢት ከኣ ምስ ጻዕዳ ጨርቂ መትሓዚኣ ብግቡእ ኣቐመጥኦ። ንሱ'ውን በዚ ዝዓገበ ክመስል ኣብ አኢደን ሞቕሸሽ ሂቡ ኣፋነወን። ገዝኡ ዓጽዩ ከኣ ክዛነ መረጸ። ድሒሩ ግን ገለ ከም ዝረስዐ ሸበድበድ በለ። ወረቐት ፈልዩ ድማ ክሓናጥጥ ጀመረ። ወላ ሓንቲ ድምሳስ ይኹን ካልኣይ ሓሳብ ከይገበረ ድማ ነዚ ዝስዕብ ጸሓፈ።

ትዕቢተይ ብፍሽኽታ ዘምክኽኪ

ቃላተይ ከም ትእዛዝ ዝሓለኺ

ብፍቕሪ ምዕሻው ልቦና ምኳኑ ንርእሰይ ዘእመንኪ

ንስኺ ጥራይ ኢኺ

በዚ ከኣ ካብ ኣካልኪ ፈትየ ንልብኺ

መዓልታዊ እንተዝርኢ የዒንትኺ

ዓለመይ ምጸበቐ ንዓይ ምሓሸኒ

ስለ እዚ ንጹህ ድሌተይ፣ ናተይ'ባ ኩኒ!

ደጊሙ ምስ ኣንበባ ኣብ ትሕቲ'ቲ ዕንባባታት ኣንበራ። ቀጺሉ ግዜ ምስ ረኣየ 7፡20 ከምዘሎ እታ ናይ መንደቕ ሰዓት ብናይ ጽሙማን ኣረዳድኣ ሕሹኽ በለቶ። ኖቬል ደንጉያ ኢሉ ከይኣምን ብማለት ከኣ ቴሌቪዥን ወልዐ። ብዙሓት መደበራት ድሕሪ ምቅይያር ኣብ ሓንቲ መደባ ብቐጥታ ዝፍኖ ዝነበረት ቆመ። ብዘይ ምኽንያት ግን ኣይነበረን፡ ኖቬል ኣብቲ መስኮት ቴሌቪዥን ብምዕዛቡ'ዩ። ንብዓታ ክትደርዝ ብምርኣዩ ድማፍርሒ ብዝዓሰሎ ሰምበደ።

"ሕራይ...ኣለም-ብርሃን ንገዝኡ ክወስደኪ እንከሎ እንታይ እንታይ'ዩ ኢሉኪ?" ጋዜጠኛ እንተስ ስርሑ ኮይኑ እንተስ ክፈልጥ ብሂጉ ኣጣየቐ።

"ናይ ብሓቂ ስዲ'ዩ፡ ከምዚ ዓይነት ወዲ ተባዕታይ ኣይረኣኹን… ጽሑፋቱ የድንቐ ብምንባረይ ንኽፍርመለይ'የ ሓቲተዮ። ንሱ ግን ብሕጂ እትወጽእ መጽሓፍ ኣላትኒ'ሞ፡ ንዓኣ ክህበኪ'የ ብምባል'ዩ እናጠበረ ንገዝኡ ወሲዱኒ። ብዘይ ድልየተይ ከኣ ተናኺፍኒ…ኩሉ ዘጋጠመኒ ክገልጽ ከጸግመኒ'ዩ!…ኣብ ሕጊ ከይበጻሕኩ እንክለኹ ግቡኣይ እንተጌሩለይ ግን ካልእ ካብኡ ዝደልዮ የብለይን።" ሕንቕንቕ ምስ በለት ብርጭቆ ማይ ምዒን ከተህድኦ ፈተነት።

ኣለም-ብርሃንልቡ ብምድፋና ድሒርም ዝሰዕቡ ቃላት ንኽሰምዕ ኣእዛኑ ኣይሓገዝኣን። ዝዓበየ ዝተቓልሐ ቃል ኣብ ኣእምሩኡ እንተነይሩ ግን መስኮት ከፊቱ ክጸድፍ ዝብል'ዩ። ቴሌቪዥን እናንቀጥቀጠ ኣጥፍኣ። ጐተት እናበለ ንነፍሲ-ወከፍ ሽምዓ ዝነበረን ብርሃን ኣጥፊኡ ምስትንፋሰን ዓንቀጸ። ቴሌፎን ደዊሉ ነተን ኣሳሰይቲ ሓንቲ ነቢት ክማልኣሉ ጠለበ። ምስ መጸ ነቲ ብልዒ ነንገዝኣን ንኽወስድኦ ነጊሩ ከኣ ኣሰናበተን። ቆዛሚ ሙዚቃ ወሊዑ ክልተ ነቢት ኣብ ጥራይ ከብዱ ኣዕረፎ። ሓንጎሉ ምስ ደንዘዘ ከኣ ከቢድ ድቃስ ዓፈኖ።

ንጽባሒቱ 10፡25 ናይ ንግሆ ብድንዙዙ ተበራበረ። እቲ ካብ ብስጭት ንኽገላገል ክብል ብመስተ ዝደበሶ ጓሂኡ፡ ምሕረቱ ነታ ዝሓለፈት ምሸት'ምበር ኣብታ ንግሆስ ተመለሶ ደኣ። ምስተን ገይርወን ዝሓደረ ባድላ ከኣ ገፊፍ እናበለ ንደገ ወጸ። ኣብቲ ጐደና ምስ ተጸምበረ ዘዝርኣዮ ሰብ ብየዒንቱ ዝገፍዖ ዘሎ ኮይኑ ተሰምዖ። እዚ እናኾነ ግን ትኽ ኢሉ ናብ ጐድኑ ዝነበረት ባንኮ ሰጐመ። ተደርዲሩ ዝነበረ ጋዜጣታት በብሓደ ረኣዮ። ኣብ ኩለን ጋዜጣታት ምስሉ ኣብ ቀዳማይ ገጽ ተጨሪሑ እዚ ዝሰዕብ ኣርእስትታት ከኣ ነበሮ።

"ደራሲ'ዶ ዋላስ በጋሚንዶ!?…ስምዒት ንሕልና እንክስዕሮ!…ዝና ኣሳቢቡ ዝዓንደረ ደራሲ!…" እቲ ዘለፋታት መዕገቲ ኣይነበሮን። ኣለም-ብርሃን ዘምጽኦ ፍታሕ ስኢኑ ዕንይንይ በለ። ድሕሪ ርእሱ ኣድኒኑ ኮለል ምባልካብ ኣናወጽቲ ሓሳባትንምህዳም ድማ ጭኑቓትን መስተማሰልትን ዝዓብለልዎ ባር ብምእታው ሓደ ካብኦም ኮይኑ መስተ ክገላብጥ ወዓለ።

II.

ኖቬል ኣብታ ንመዋእል`ውን ትኾኑን ተመኒያታ ዘይትፈልጥ ግን ርግጸኛ ባህጋ ዝረኸበትላ ምሸት ካብ ኣለም-ብርሃን ድሕሪ ምፍላያ ናብታ ምሸታዊ ምስ መሓዙታ ዝራኸባላ መዘናግዒ ማእከል'ያ ኣቢላ።

ክሳብ'ቲ እዋን ኣብቲ ቦታ ምስ ጸንሕኣ ከም ኣሕዋታ ዝረኸበት ጫቖት ብፍስሃ ዘለለት። ኩፍ ምስ በለት ዘይኣመላ ግይጽምይጽ ሕስይምስይ ከተብዝሕ ኣስተብሃላላ።

“እንታይ ሓድሽ ኣጋጢሙ ድዩ? …ካብዞም ትኼት ዝቖርጹ ሕጅ’ኽ ሓቲቶም’ኺ ድዮም?” ሓንቲ ካብ'ተን መሓዙት ሕቶ ብምሕታት ነቲ ምኽምስማስ ኖቬል መኸተምታ ገበረትሉ።

“ምነገርኩ’ኽን ትኣምነኒ ግን ኣይክትህልውን'ያ።” ከም ዓሻ እናሰሓቐት በብተራ ጠመተተን።

“ንገርና ጥራይ… እወ ኣካፍልና…” ኩለን ን’ኽሰምዕኣ ህንጡይነተን ጥርዚ በጽሐ።

“ምስ ኣለም-ብርሃን ‘ንድየ ኣምስየ… ማለት ገዝኡ ከይደ …ኣብ ዓራቱ ደይበ። ናይ ብሓቂ ኩሉ ነገራቱ ሰብኣይ'ዩ!”ብሓሳባዊ ስእሊ እናሃለለት ላዕሊ-ላዕሊ ክትጥምት ጸኒሓ፡ ገጻ ተኸለትለን። እንተኾነ ዝበዝሓ ተጸዊገን ጸንሕኣ።

“እው! ኖቬል ዘየለ ኣይትዛረቢ….ብልክዕ'ዩ ምልክዕቲ ኢኺ፡ እንተኾነ ኩሉ ነገራቱ ኣረኣኢ’ኺ ነቲ ወዲ'ቲ እተሕጉስ ጓል ኣላ'ለ ኣይኣምንን'የ፡ ደሓር ከኣ ፈሪምለይ ወይ ሻሂ ኣስቲኒ ከይትብልስ ኣንሶላኡ ተነጺፉ ኢኺ’ኮ ትብሊ ዘለኺ።”

“ናይ ልበይ'የ! እዚ ክብል እንከለኹ ንዕኡ ከነኣእስ ወይ ንዓኽን ከቕንእ ዝፈጠርክዎ ነገር ኣይኮነን። ፍትወተይን ሓጐሰይን ግን መዕቆሪ ስኢኑሉ… ጓል ኣበይ ትተሓዝ፡ ኣበይን ብኸመይን ትሰዓም ዝፈልጥ…በቃ ብሓጐስ ጠንቀላዕላዕ ከምዝብል ጌሩኒ!” ክትዛረብ እንከላ እቲ ነገራት ዝጨበጠቶ እናመሰላ ፊዘዝ በለት።

"አው! ካብዚ ንላዕሊ ንሓሶት ዝሰምዕ እዝኒ የብለይን።" ብምባል ቀዲማ ዝተዛረበት ጓል ደጊማ ኣጉባዕብዐት። ብድድ ኢላ ብምትሳእ'ውን ገዲፋተን ተዓዝረት። እተን ዝተረፋ ዓበይቲ ባምቡላ ክመስላ ከንፈረን ይኹን ምንቅስቓሳተን ሓንገደ።

ኖቬል የዒንታ ውሪሒሪሒ እናበለ፡ ኣእዳዋ ኣብ ልባ እናዕረፈት፡ ዳናጉኣ ኣመሳቒላ ሕስይስይ ብምባል ድማ ዘጋጠማ ዘበለ በብሓደ ኣዕለለት።

ሃንደበት ገዲፋተን ዝተመርቀፈት ጓል፡ ተመሊሳ ብምምጻእ ኣብ ቅድሚኤን ተገተረት። ነቲ ፍቕራዊ ዝርዝር ናይ ኖቬል ድማ ብህልውንኣ መዕገቲ ገበረትሉ።

"ኖቬል ክዛረበኪ'ዶ?" ኢላታ ናብ ሽንቲ- ቤት ኣምርሐት። ኖቬል'ውን ሰዓበታ። ነቲ ክፍሊ ዓጽየን ኣብ ምጥምማት ኣተዋ።

"መከላኸሊ'ኸ ተጠቒምኩም'ዶ?" ቦርስኣ ኣብ ከብዳ እናሓቖፈት ሓተተት።

"እወ።" ኖቬል መሓዝኣ በቲ ፍጻሜ ብምእማና እናሐጐሳ መለሰት።

"እሞ ንግዚኡ'ዩ ተጻዊቱልኪ!" በለት የዒንታ ጕቦ እናሰደደት።

"ስለምንታይ ኢና ኩሉ ግዜ ደቂ-ኣንስትዮ ኣብ ከምዚ እዋን ተጻዊትልኪ ንብል፡ ኣነን ንሱን ብሓደ ኢና ተሓጒስና። እንተደሊኺ'ውን ኣነ'የ ዝያዳ ተሓጒሰ። ኣለም-ብርሃን ምኻኑ'ባ ኣይትዘንግዒ።" ሕርቃን ሓዊሳ ዝተሰምዓ ደርጉሐት።

"አው! ንሱ ይጽንሓልኪ'ሞ፡ ድሕሪ ሕጂ ክርእየኪ'ድዩ?" ሓተተት ተርባጽ መለለይኣ ክመስል እናተሃወጸት።

"ጽባሕ ሰዓት 7፡00 ናይ ምሸት ቆጺርኒ'ሎ።" ኖቬል ሓበን ኣብ ቃንኣ ተቓልሐ።

"ሰዓት 7፡00 ናይ ምሸት! ... እብል'ኮ'ለኹ እዚ ናይ ዓራት ጥራይ'ዩ ክገብረኪ።"

"ሳምሩ ዘየለ ኣይትዛረቢ....ንስኺ እንተትረኽብዮ ኣይኮነን ኣብ ዓራቱ፡ መዋእልኪ ምድሪ-ቤት ገዝኡ ክትፍሕፍሒ ኣይምጸላእክን። በጃኺ ዘይነብስኺ ኣይትምሰሊ!"

"እው! ኣነ ሓልዮትኪ'ዩ ዘዛርበኒ ዘሎ፡ እንድሕር ፈቲኪ ንምንታይ ምሳሕ ዘይጋብዘኪ ወይ ኣተሓሕዛ ኻል ይፈልጥ'ዩ እንተልክዮ ቅድሚ ስራሕ ምእታውኪ ዘየቍርሰኪ? ካብ መጀመርትኡ ብዓይኒ ርውየት ስምዒቱ ስለዝረኣየኪ፡ ንኽብረት ንሓዳር ዝኸውን ቦታ ኣብ ልቡ ኣለኒ ኢልኪ ትሓስቢ እንተለኺ ግን ዓሻ እናበለ ዝስሕቀኪ ሰብ ክበዝሕ'ዩ።..." ካብ ብልቢ እናተሰምዓ፡ ኣጻብዕታ እናወርወረት መረርኣ ኣይቋረጸትን። "...ከም ኣለም-ብርሃን ዝኣመሰሉ ሰባት ሃብቶም እንታይ'ዩ ትፈልጢ ዲኺ?...ገንዘቦም ወይ ዝንኦም ከይመስለኪ፡ ዝዓበየ ጸግኦም ኣብ ህይወት ብዙሕ ኣማራጺታት ስለዘለዎም'ዩ። ኣብቲ ናቱ ምርጫ ቦታ ክትረኽቢ ክጋደል'የ እንቴልኪ ግን፡ ከርተትን ጭንቀትን ብግብሪ ከምዝገጥሙኺ ኣይትረስዒ!" በለታ፡ ጠመትኣ ከም ሕዝንቲ፡ ናብ ኩሉ'ቲ ክፍሊ እናዘረት ኣምበረቶም።

ኖቬል ቃላት መሓዝኣ ከም ኣልኮላዊ መስተ ብምስርሑ ቀዚዛ ተረፈት።

"እሞ ጽባሕ ክኸዶ'ዶ፡...ዋላ ስራሕ በዚሕኒ'ለ ክጠልሞ?" ኖቬል ልሳና ዘደንግጽ ነበረ።

ሳምሩ ናብ ኖቬል ብህድኣታዊ ምንቅስቓስ ቀረበት። ሓንሳእ ጸጉራ እናዐረየትላ ሓንሳእ ኢዳ እናሓዘት ድማ ሕሹኽ በለታ።

"ንዓይ ትሰምዕኒ እንተኾንኪ ክሰስዮ።"

"እውይ እንታይ ኮይነ'ለ!? ኣብ ክንዲ ብፍቕሩ ልበይ ዝተንከፈ። ኣብ ክንዲ ድልየታተይ ኣብ ሰዓቱ ዝሃበኒ! እንታይ ስለዝገበረኒ'የ'ኽ ክኸሶ?" ኖቬል ንኽትበኪ፡ ንእሽቶ ዘሕዝን ቃላት ጥራይ ተሪፍዋ ነበረ።

"ብዘይ ድልየተይ ተራኺቡኒ ትብሊ። ነወዳት፡ ብዓቢኡ ኸኣ ንፍሉጣት ሰባት ዝኣምን ሕብረተ-ሰብ የለን!"

ኖቬል ከይተፈለጣ ንብዓት ኣብ የዒንታ ክፍርሻሕ ተኣከበ። ወረር ኢሉ ከይዛረየ እንክሎ ግን ንላዕሊ ብምጥማት መለሰቶ።

“ሳምሩ ማዕረ ክንድ'ዚ ጨካን ኢኺ ኣይበልኩን። ባዕለይ ለሚነ ጥራዩ ዝገበርክዎ ሰብኣይ'ሲ ተገምጢለ ክኸሶ!?” ሕንቕንቕ በለት። ምሉእ ምሸት ዝተሓጐሰትሉ ሃዋሁው ክበንን እንክሎ ስለዝተረድኣ፡ ድሮ ሓሪራ ነበረት።

“እንተኸሲስክዮ ቤት- ፍርዲ ወይ መሰላ ፈጽመላ ወይ ብገንዘብ ከሓሳ ክብሎ'ዩ። ንስኺ ሽው ወይ ሰበይቱ ትኾኒ ወይ ዝሃበኪ ካሕሳ እናበላዕኪ ካልኣት ሰብኡት ተማርጺ። ከምዚ ዘለኸዮ ደድሕሪኡ ዞኽ-ዞኽ እንቴልኪ ግን ንዕኡ ኣይትረኽቢ ዋላ ገንዘቡ ኣይትረኽቢ!… ኣብ ደስ ዘዝበሎ ጸዊዑ ኸኣ መጻወቲኡ ክገብረኪ'ዩ።”

ኖቬል ምዕጉርታ እናሓዘት፡ ንዝበጽበጻ ጓሂ ብብኽያት ከተስተንፍስ ነብዐት። ኣብቲ ምድሪ-ቤት ሸተት ኢላ ሮፋዕ በለት። ሳምሩ ከኣ ሓቝፋ ንኽትእብዳ ቦርስኣ ኣቐሚጣ ሓቖፈታ።

ግዜ ዝሓተተ ምእባድ ድሕሪ ምፍጻሙ፡ ኖቪል ገጻ ተሓጺባ ነብሳ ኣብ መስትያት ኣቋመተት። ዓሻ ጓል ከም ዝረኣየት ከኣ ርእሳ ነቕነቐት። እዛ መዓልቲ ዝጸረቶ ክስተታት ንምእማኑ እናሓርበታ ድማ ምስ ሳምሩ፡ ንመሓዙተን ረጥሪጠን ብሓደ ንቤተን ኣበላ።

ኖቬል ቃለ-መሕትት ምስ ገበረት፡ ሽዱሽተ ግዜ ንሳምሩ'ኳ እንተደወለትላ፡ ንሳ ግን ክትቅበላኣይከኣለትን። ኣብ ሻውዓይ ፈተነ ግን ተራኸባ።

“ድሃይ ደኣ ኣይትገብርን ዲኺ?” ኖቬል ሓተተት፡ ካብ ኩለን መሓዙታ ንእትኣምና ሳምሩ።

“ናይ ምንታይ ድሃይ?”

“ንሱ ድሓን ይጽንሓልና፡ ብመጀመርታ ከመይ ውዒልኪ?…ሕጂ እንታይ'የ ኽገብር?” ኖቬል ሸቑረራ ከም ዝነበራ ኣብቲ መስመር ተቓልሐ።

"ካብዚ ንንየ ደኣ ናትኪ ጉዳይ'ዩ፡ እንታይ ከም እትገብሪ ባዕልኺ ሕሰብሉ...ሕጂ ስራሕ በዚሑኒ ስለዘሎ ግን ቻው!" ኢላ መልሲ ከይረኸበት ኖቬል ኣብ መስመር ከላ ዓጸወታ።

ኖቬል ሞባይላ ደርብያ፡ መተርኣስ እናሓቖፈት፡ ብብኽያት ዕረፍቲ ሰኣነት። ንነዊሕ እዋን ኣብ ገዝኣ ተጨኒቓትን፡ ምንባራ ጸልኣትን።

ድሕሪ እዋን ጸሊም ሽፎን ተጎልቢባ ሰብ ብዘይርእያ ከባቢ ካብ ገዛውታ ወጸት። ታክሲ ተሰቒላ ገለ መንገዲ ድሕሪ ምኻዳ፡ ቅድሚ ሓደ መዓልቲ፡ ብደስታ ነብሳ ዘጥፍኣትሎም ጎደና በጽሐት። ካብ ታክሲ ገጻ እናሸፈነት ምስ ወረደት፡ ኣብታ ምስ ኣለም-ብርሃን ብመስኮት ኮይና፡ ፍቕሮም ክገላለጹ ዝተዓዘበቶም መጻምዲ ዝነበርዎ ቦታ፡ ንበይና ሰጎመትሉ።

ኣብ መንደቕ ተጸጊዓ፡ ነታ ህይወት እንታይ ከም ዝመስል ዘስተማቕረትላ መስኮት እናረኣየት ብዙሕ በኸየት። ነቲ ጎደና ምንቅስቓስ ሰባት ክረኣዮ ብምጀማሩ ክትከይድ'ያ መሪጻ። ክትወጽእ ከላ ንሓደ ተዘርጊሑ ወዲቑ ዝነበረ ሰብ ኣብ ጥቕኡ ዝነበረት ታኒካ ጸቒጣ ናይ ወረቐት ገንዘብ ገደፈትሉ። ከም እንደገና ተሸፋፊና ድማ ንገዝኣ ተመለሰት።

III.

ኣለም-ብርሃን ገንዘቡ ክሳብ ዝጽንቀቕ መስተ ክግልብጥ ውዒሉ፡ ሰንከልከል እናበለ ብማእከል ከተማ ተዛወረ። ካቦቱ ዘቢሉ፡ ናይ ነቢት ጥርሙዝ ኣብ ኢዱ ዓቲሩ፡ ኣብቲ ወርትግ ርጋጽ ዘይፍለዮ ጎደና ሰለይ እናበለ ክስጉም ከሎ፡ ብዝፈልጥዎን ዘይፈልጥዎን ተራእየ። ዝኾነ ነገር ከምዘየገድሶ ገይሩ ክስጉም'ኳ እንተጸንሐ፡ ንዕኡ ጠጠው ዘበለ ትርኢት ግን ኣብ ዓይኑ ኣተወ። ኣብ ኣፍ-ደገ ደርቢ ናይ ቤቱ፡ ጋዜጠኛታት ሕቶታቶም ኣዋዲዶም ክንሶም፡ ንዕኡ ብምስኣኖም ግን ቀንፈዘው ክብሉ ብምርኣዩ፡ ሕልንኡ ኣዕረበ።ከይረኣይዎ እንክለዉ ብሓደ ብዙሕ ሰብ ዘይዛወረሉ ጎደና ተኸወለ። ርኹምሽ እናበለ ኸኣ ብሓደ ገዚፍ ባጎኒ ተኸወለ። ርእሱ

እናዞረ ብዘኹለሎ፡ ዝጋዕገዐ ማርሻፔድን ዝቓዘነ ሃዋሁውን'ቲ ቦታ ጥራይ ኣብ የዒንቱ ተኸስተ። መንፈሱ ብእህህታን ምሽቓልን ካብ ምብጽባጽ ሓራ ንኸኾኑ፡ ኣመና ይተርፎም ነበረ። ኩሉ ኩነታቱ ርግኣት ተሳኢንዎ ውጹዕ ፍጥረት መሰለ። ኢዱ እናኣዘዘ ኣብ ጁባታት ካቦቱ ሃሰስ በለ። ኢዱ ፒሮ ሒዛ ድሕሪ ምውጻእ፡ ካብቲ ኣብ ቅድሚኡ ፋሕ ኢሉ ዝኾብለለ ወረቓቕቲ ሓንቲ ኣልዓለ። ከም መርፍእን ፈትልን እናለቓቐበ ኸአ ቃላት ክኣልም ጀመረ።

"ኣብዛ ከተማ ካብ ንፋስ ቀውዕን ሀቦብላ ሓጋይን ንላዕሊ፡ ዘረጊቶ ሕሜታ ዚያዳ ከምዝውንጨፍ፡ ተቖማጦኣ ብትሕቲ ልሳኖም ዝምስከርዎ ዝኸፍአ ሕፍረት ውሽጦም'ዩ። እዞም ኣህዛብ ካብ ዘርዕድ ሓቒ፡ ዝተመቓቐረ ሓሶት ንኣእዛኖም ይምችእ። ሕልንኦም ጌጋ ወረ ይሰንቕ ምህላዉ እናተሰቆሮ፡ ነቲ ገፊጥ-መፈጥ ቃላት ከም ትእዛዝ ኣባት-ነፍሶም ጎሲሞም የስቅጡ። ዋላ'ኳ ሓደ፡ ነቲ ቅኑዕ መምዩ ከይስዕቦ ኸኣ፡ ብዙሓት ሰባት ነቲ ጽድቂ ዝሰሓዎ መንገዲ ብምሓዞም፡ ነቲ ናቱ ጫሌዳ ርእዮም፡ "ርእሰኻ የላን!" ከይብልዎ ይፈርሕ..." ዝሓሰቦ ሓናጢጡ ኣብ መፈጸምታ ከየብጽሖ ከሎ ካሜራ ዝዓጠቑ፡ ሃጸፍጸፍ ዝብሉ ጋዜጠኛታት፡ ናብ ገዝኡ ገጾም ክስጉሙ ብሕቡእ ተዓዘበ። ነታ ክጽሕፈላ ዝጸንሐ ወረቐት እናዓማጸጸ ድማ ኣርሒቑ ደርበያ። ቀጺሉ ዘስዓቦ ትርኢት እንተኼሩ ርእሱ ሒዙ ምድናን'ዩ ነይሩ። ዘምጽኣሉ ለውጢ ክሳብ ዘይነበረ ግን መሊሱ ደአ ሓረረ።

ኣለም-ብርሃን ኣብቲ ተደርቢሉ ዝነበረ፡ ብማይ ዝተርከሰን ዝቦኽቦኸን መናድቕ ኮይኑ ንመስኮት ቤቱ እናንቃዕረረ ብሓዘን ተመልከታ። ዝነበሮ ምቹእ ህይወትን፡ ዘለዎ ህሉው ቃንዛን፡ ከወዳድር ክብል ድማ ካብ ምስትንታን ሓሊፉ፡ ከም ኣረጊት ኣብ ምስቁርቋር ሰጠመ። ፍዝዝ ክብል ብምጅማሩ ብዘይ ፍታዉ ኣብቲ ዝበከዐ ማርሻቴዲ ተገምሰሰ። ትኻስ ነ'ዒንቱ ዓሚቱ ድማ ኣደቀሶ።

ኣብቲ እዋን ዕረፍቱ፡ ከይተፈለጠ ክገማጠል ከሎ፡ እቶም ክቡር ዋጋ ዝሓተቱ ክዳውንቱ ኣብቲ በካዕ ማርሻፔዲ ኣንገርገሩ። በዚ ኸኣ ልብሱ ናይ ሕሱራት ጨርቂ መሰለ።

ግዜ ሓሊፉ፡ ጸሓይ ካብ ምብራቕ ናብ ምዕራብ ዘምበለት። ኣለም-ብርሃን ገለ ድምጺ ብምስምዑ እናባዕገገ ቋሕ ክብል ፈተነ። ናይ ወረቐት ሰልዲ ብታኒካ ተጸቒጣ ምህላዋ፡ እቲ ጽልግልግ ዝብል ዝነበረ የዒንቱ መስከረ። ኣቓልብኡ ዝያዳ ዝተቐየረ ግን ዝተጻዕኖ ነገር ካብ ነብሱ እናተኣለየ ክኸይድ እንከሎ'ዩ። ክሳዱ እናመጣጠረ ኸኣ ተመልከተ። ሓንቲ ምሉእ ጸሊም ጨርቂ ዝተኸድነት ጓል፡ እናደነነት ካብቲ ደብዛዝ ጎድና ክትወጽእ ረኣያ። ነታ ከም ተመጽዋቲ ዝተቶኽበትሉ ገንዘብ ግዜ ብዘባኽን እዋን ብኣንክሮ ጠመታ። ከም ሽማግለ ብዛሕታል ምንቅስቓስ ድሕሪ ምትስኡ፡ ሓንቲ ረሳሕ ወረቐት እናነገፈ ክሓናጥጠላ ጀመረ።

ሎሚ - ግን ብኣለም-ብርሃን

"እዛ ኣብ ከንዲ ድራር ዛንታታተይ ተዓንጊላ እትሓድር ዝነበረት ከተማ፡ ከም ከብዱ ዝሕሉ ዘየለ፡ ኮይኑ ነገራታ እንሆ ጸሕላ ሰይራ ምጉሳዕ ትኣቢ። ጓሳ ኮይነ ከም ኮብኳቢኣ፡ በጊዕ ኮይና ከም ተመራሒተይ ከምዘይተሳለና፡ ሕጂ ግን ካብ ኢደይ ሞሊቓ ከም ዝዓበደ ኣዲጊ ትነፍጸኒ። ብሂላተይ ንልባ ከምዘይተንከፉ፡ ውዕሎኣ ብጽዋታተይ ከምዘይተነግረ፡ ነዚ ዝኸሪ'ዚ ጉሒፋ ንታሪኸይ ኣብ ከብሕታት ቦታ ትነፍጎ ኣላ። ካብ ዘርኣ ምኽንየ ብሓበን ከምዘይገዓረት ሎሚ ግን ንዝፈጠረትኒ ማህጸን ተገምጢላ እንተትፍጥር፡ ክትምነ ኸላ ብምስምዐይ ኣነ ከም ሰደተኛ ኣብ ጸልማት ጎደና ኮይነ እነብዕ ኣለኹ። ጥቕስታተይ ኣብ ገዛ መበለት፡ ኣብ ኣግነት በተኸ፡ ኣብ ርሻናት ሰብ ጸጋ ከምዘይተሰቕሉ፡ ሎሚ ግን ብሓዊ ነዲዶም ኪቃጸሉ፡ ትኪ ሓሙኽሽቶም ከኣ ንገሃነም ክዓርግ እንከሎ፡ እዞም የውሃት ቃላተይ፡ "ብኸምዚ ንውድእ እንተ ኼንና፡ ካብ መጀመርታ እንታይ ክትገብር ፈጢርካና!" እናበሉ ንርእሰይ ኣናወጽዎ።

ንፈርማይ ከም ባኒ ንጥሙይ ከብዲ ሓሲቡ፡ ስመይ እናድሃየ ዘንይየኒ ዝነበረ ደጋፊየይ፡ ወረቐትን ብርዕን ከም እተሳእኑ ጥራይ ኢዱ ብጎነይ ሓለፈ። ኣእዳዉ ክሳብ ዝቐይሕ ከምዘየጣቕዓለይ ሎሚ ግን ኣጻብዕቱ ብኣሳሓይታ ከምእተቖርፈዳ እንሆ ኣብ ጅቡኡ ተዓቢጠን እኸወላ።

ብጽሑፋተይ ንደቀን ካብ እከይ ዘናገፍኩለን ኣዴታት፡ ንስመይ ከመስጋና ዝጨደርኦ ምረቓ ሎሚ መርገም ኮይኑ ኣብ ኣእዛነይ ተቓልሐ። እቲ መርዓዊ'ኳ ዘይረኸቦ ዕልልታ መንፍዓተይ፡ እንሆ ሎሚ ኣውያት ኮይኑ እዕንቅፈኒ። ዝነበረኒ መርገም ከይህሉ ክጽብጽብ ክውዕል ከኣ መዓልትታተይ ተጸንቀቐ።

ኣፎም ብጅማት ከምእተሰፍየ፡ ነዛ ፍሽኽ ዘይክእሉ ዝነበሩ፡ ብዓእላ ቃላተይ ግን ከም ዝብሊ፡ ኪርኪርታ ሰሓቖም ነቲ ጸዋግ ምሸት ፍሽኽታ ከምዘይዘርኣሉ፡ ሎሚ ግን ተግባራተይ ብምጽያኖም መሊሱ ከኣ ከናፍሮም ተሰመረ።

ሕያውነቶም ኣብ መዓሙቕ ልቦም ዝተቐብረ፡ ጭካኔ ዝመለለያኦም ቀተልቲ ሰብ፡ በቶም ልብኻ ዝበልዑ ልቢ-ወለዳተይ ንብዓቶም ከምዘይተፋሕረ፡ ሎሚ ግን እቲ ሕማቕ ወረይ ንኣእዛኖም ምስ ኳሕኩሐ እታ "ርህራሄ!" እትብል ቃል እነዉ ከምዘይፈልጡዋ ይኸኑ።

ተማስሎ ነገራተይ ክቕምሱ ዝተማህለሉ፡ ሎሚ ል ማንኦም ንዲያብሎስ ምምሳል ምንባሩ ብዝተሰወጠም፡ ጸሎቶም ኣብታ ሕማቕ ወረይ ዝነፈሰላ መዓልቲ ኣብቅዐ።

ዕለታት መዓልተይ ጸልሚቶም፡ ክብረይ ድማ ብውርደት ተመንጠለ። ርእሰይ ብወረ መኺኑ፡ ሓሳባተይ ከኣ ከም ሓንጎል ሰኽራም መጥመሪ ተሳእኖም። ዘፍቅረኒ ዘበለ ፍትወቱ ጓሕጒሑ ብምስንዳው፡ ልቡ ከም ማዕጾ ክርግጠ እንክሎ ልበይ ግን በንጻሩ ንጓሂ ደኣ ተራሕወት። ደበስ ዓወታተይ ሰንቆም መከራ ኮነ። እህህታይ ድማ ከም ኣደ ከዓዕ ቃዘነ!"

ነዘን ቃላት ምስ ጸሓፈ፡ ጸሓይ ብዙሕ ብደበና ከይተኸወለት ከላ ማይ ክዘንብ ጀመረ። ከይደንጎየ ነታ ወረቐት ኣብ ሸጓሹግ ጁባ ካቦቱ ኣዕቀላ። ቀጺሉ በብሓደ ክዳውንቱ ኣውጸአ። ብዘይካ ኮስቱሞ፡ ኩሉ ሰውነቱ ጥራይ ዝባኑ ተቐልዐ። ኣብቲ ዝወቅዕ ዝነበረ ዝናብ ድማ ኢዱ እናዘርግሐ ነብሱ ኣኸትከተ። ሰለስተ ግዜ እናደነነ፡ እናቐነዐ፡ ንመሬትን ንሰማይን ጠመተ። ክዳውንቱ ከይለበሰ እንክሎ፡ ኢዱ

ብምድራዝ ነታ ወረቐት ኣውጽኣ። ነታ "ኣለም-ብርሃን" ትብል ስም ደምሲሱ ድማ "ይኩኖ-ኣምላክ" ብምባል ሓዳስ ስሙ ኣንበረላ።

ማይ ቀልጢፋ ኣቋረጸ። ይኩኖ-ኣምላክ፡ ኣለም-ብርሃን ነበር፡ ክዳውንቱ ለበሰ። ካብቲ ጎደና ወጺኡ ኸኣ ናብቲ ጽርግያ ተሓወሰ።

ይኩኖ-ኣምላክ ብመስኮት ሓደ መሸጣ ኤሌክትሮኒክስ ተወሊዓ ዝነበረት ቴሌቭዥን ኣቓልብኡ ገበረ። ናይ ኖቤል ቃል- መሕተትን ናቱ ኣሳእልን እናተቐናበረ ኸኣ ኣስተብሃለሉ። የዒንቱ ካብቲ ትርኢት ድሕሪ ምእላይ፥ ከም ሰራሕተኛ ሮፋዕ "ኡፍፍ!" ብምባል መረርኡ ከውጽእ ሃቀነ። ቀጺሉ ቆላሕትኡ እናኸሉለ ነቲ ዝነበሮ ጎደና ተዓዘበ። ጫውጫውታ መካይን፥ መዕገቲ ዘይነበሮ ወኻዕኻዕታ ሰባት፥ ነዒንትኻ ጋህሚ ዘኸትሉ መስታ መብራህትታትን ንኣእምርኡ ሓደስቲ ኮንዎ። እዚ'ታት እናረኣየ ኣብ ውሻጠ ሓሳብ እንከሎ፥ ኣብ ጎኑ ፍንትት ኢሉ ምስ ኣዲኡ ተሓቝፋ ዝነበረ ህጻን እናወጨጨ ብብኽያት ነቲ ጎደና በጽበጸ።

እዚ እናኾነ ፎኪስ ማይ እናዘለለ ካብ ሰማይ ናብ መሬት ወደቐ። ይኩኖ-ኣምላክ ነቶም ኣብ ድርኩኺት ቤቱ ቆይሞም ዝነበሩ ጋዜጠኛታት፡ ነቲ ዝወቅዕ ማይ ፈንፊኖም እንተኸዱ ብምባል ብትጽቢት ተዓዘቦም። እንተኾነ ገሊኦም ኣንጻር'ቲ ጸፍዒ ዝነበረ መንደቕ ኣዕቊሉ፡ ገለ ኸኣ ጽላሎም ዘርጊሖም ካብቲ ዝተገተርዎ ቦታ ምንቕ ምባል ኣበዩ።

ይኩኖ-ኣምላክ ናብታ ኣብቲ ማርሻፔዲ ተረፊጣ ቆልዓኣ እትረሩ ዝነበረት ሰበይቲ ገጹ ሰጎመ። ብርኩ ዓጺፉ ድማ ኣብ ጥቕኣ ኮፍ በለ። ቀጺሉ ካብ ጁባ ካቦቱ ሓንቲ ንእሽቶ ጸላም ንብረትን ክልተ መፍትሕን ኣውጽአ። ነታ ንብረት እናጠወቐ ኸኣ ናብ ሓንቲ ተዓሺጋ ዝነበረት መኪና ኣመልከተ። እታ መኪና "ጢጥ! ጢጥ!" እናበለት ቀይሕ መብራህቲ መልሐት። በጻብዕቱ ናብቲ ደርቢ እናመልከተ፡ ነታ ሰበይቲ ናብ ሓንቲ ኣፓርታማ ንኽትዕዘብ ተወከሳ። ውሑድ መስመር ቃላት ብዝላሕተተ ጎረሮ ድሕሪ ምዝራቡ፡ ነተን መፋትሕን ነታ ጸላም ንእሽቶይ ንብረትን ኣብ ኢዳ ኣረከባ።

“እዚኣ ኸኣ...” እናበለ ካብ ጁቡኡ እታ “ሎሚ-ግን” ብዝብል ኣርእስቲ ዝጸሓፉ ወረቐት ኣውጽኣ። “ብኽብረት ነዚኣ ኣብ መናድቕ ቤተይ እንተጠቂዕክለይ...ክሕበንን ክሕጎስን'የ!” በላ ናብ ዓዲ ሞት ዝግስግስ ዘሎ እናጠዓመ።

እታ ምስ ክልተ ደቃ ጽቡቕ ርእያ ዘይትፈልጥ ሰበይቲ፡ ልሳና'ውን መግለጺ ረኺቡ ከምዘይፈልጥ ተለኸተ። የዒንታን ኣእዛናን ግን ድምጺ ስጉምቲ ናይዚ ርእያቶ'ውን ዘይትፈልጥ መንእሰይ፡ ካብኣ እናሃሰሰ ክሳብ ዝኸይድ ኣቓመተ። ዝወቕዕ ዝነበረ ማይ ክብርትዕ ስለዝጀመረ እታ ሰበይቲነቲ ሓደ ወዳ ሓቝፋ ነቲ ሓደ ብኢዱ እናጎተተት ብተብተብ ሰጎመት። ልቕብቃብን ጀልጋድን ክዳውንቶም ሽትኡ እናሃድሃደ ብመንጎ'ቶም ልብሶም ዘጻዕደዉ ጋዜጠኛታት ሓሊፎም፡ ኣብ ሊፍት ደየቡ። ነቲ ሕልሚ ዝመሰላ ክስተት ክትኣምን እናሓርበታ ኸኣ ምስ ደቃ ንላዕሊ ደየበት።

ይኩኖ-ኣምላክ ነታ ሰበይቲ ሕቑኡ ምስ ሃባ፡ ኳሌታ ካቦቱ ንላዕሊ ገቲሩ ክስጉም ጀመረ። ንምብራቕ ገጹ ይስጉም ብምንባሩ፡ ነታ እትዓርብ ዝነበረት ጸሓይ ሕቑኡ ሂብዋ ነበረ። ንጽባሒቱ ንግሆ በቲ ዚኸዶ ዝነበረ ኣንፈት ዝያዳ ደሚቓ ከም ትበርኽ ግን ይኩኖ-ኣምላክ ርግጸኛነበረ።

ዕድመ

ቅድሚ ነዊሕ ዓመታት እዩ። ማልያ ጥራይ ገይረ ኣብ ቁሪ ንኸዛወር ዘይእግመኒ ዝነበረ ዕድመ። ከም'ዚ ሕጂ ብራቴለ ብታሕቲ ማልያ ብልዕሊኡ ጎልፎ ኣብ ርእሲኡ ጃኬት ድማ ከም ተደራቢኡ ጌረ 'ውን ቁሪ ከየፍረሓኒ።

'ዕድመ ምትካ መዓልቱን ሰዓቱን ዝንግር ፈላጥ ኣብዛ ከተማና መጺኡ ኣሎ!' ዝብል ወረ ንምልእቲ ከተማ ኣስመራ ከም ጣቓ ሸፈና። ከይተጋነነ ምሉእ ተቐማጢ'ዛ ከተማ ነዚ ቤላ ቤሎው ዘይሰምዐ ኣይነበረን። ነቲ ሓደ "ሰሚዕካ'ዶ ብዛዕባ'ዚ ፈላጥ?" ዝብል ምስ ዝሓትዎ "መዓስ ድየ ዝፈለጥኩ፡ ንሱ ብዝነገሮም ዕድመ ሞት መሰረት ጥራይ ልክዕ ኣብታ ዝበሎም መዓልቲ ዝሞቱ ሓደ መንእሰይን ክልተ ሰብኡትን ይፈልጥ።" ኢሉ ይዛረብ። ካልኦት ብዕስለ ዝተኣከቡ ኣዕሩኽ ድማ ዕላላቶም ምስ ወድኡ፡ ሓደ ካብኣቶም፡ "ኣታ ብዛዕባ'ዚ ፈላጥሲ ሓቅነት ኣለዎ ድዩ?" ብምጥርጣር ሓሳባቱ የቕርብ'ሞ ብሙሉኦም ናይ ኣወንታ መልሲ ይህቡ። እታ ሓንቲ "ሓፍተይ ምስ ሓመመት ናብኡ ኪዳ ምስ በልናያ፡ ዕድመ እትሞተሉ ምስ ነገራ ኣይጸንሐትን ኣብ ራብዕታ ዓሪፉ።" እቲ ሓደ ድማ "ኣነ ኸኣ. . .ብዝበሎ መዓልቲ ዝሞተ ይፈልጥ. . ."

ካብዚ ዘናውጽ ወረ ሓራ ዘይነበርና ድማ ኣነን ክልተ ኣዕሩኽተይን ነበርና። ሓቅነቱ ንምርግጋጽ ድማ "ዘይንኸይድ!" ብዝብል ዛዕባ በቶም ህንጡይነት ካብ ንእስነቶም ኣትሒዙ ዘይተጋደፎም ኣዕሩኽተይ ተላዕለ። ኣነ ድማ ብ'ኸንደይ ዕሚም ንኽከይድ ተሰማማዕኩ።

መዓልቲ ሓሙስ፡ ኣብ ወርሒ ክልተ ጸሓይ ከም ማይ እናኸትከተቶ ኣብ ኣፍ ደገ እቲ ፈላጥ ዝተባህለ ሰብኣይ፡ ከም ሆስፒታል ናይ ውግእ ክመስል ልዕሊ ሚእቲ ዝበጽሕ ህዝቢ ተኣኪቡ ሪጋኡ ይጽበ ነበረ።

"ናይ ሃብታም ኣቦኦም መዓልቲ ሞት. . .ናይቲ ሰ'ኽራም መዕገርገሪ በዓል-ቤታ ዕለተ ሞት. . .ብጻዕርን ስራሕን ዘይኮነሎም እሞ ናይቲ ብጽፍሒ ዝዓብዮም በዓል ስልጣን መዓልቲ ሞት. . .ናይታ

ዝፈትሓቶ'ሞ ወርሓዊ ቀለብ ቆልዑት እናበልዐት ዝሃጠረት ፍቕርቱ ነበር መዓልቲ ሞት. . .ናይቲ ብዓወትን ብፈተውቲ ሰባትን ብ ኣፍቀርቲ ኣዋልድን ብፍልጠትን ብምንባርን ዝዕብልሎም ዓርከ መሰታኦም መዓልቲ ሞት. . .ክፈልጡ ዝመጹ ኣንብዝን ካልኡት ዝዓይነቶም ሰባትን ኣብቲ ቦታ ነበሩ።"

ኣብቲ ሃዋሁ'ቲ ዝዓበየ ምስጢር ዓለም "ዕድመ" መፍትሒኡ ኣብ መልሓስ'ቲ ፈላጥ ከም ዘሎ ዘእምን ኩነታት ኣብ ኣራእስ'ቲ ህዝቢ እናኾብለለ የዕገርግሮም ነበር።

ገለ ውሑዳት ብሪጋኦም ምስ ኣተዉ እቲ ፈላጥ ዝተባህለ ሰብኣይ ካብ ቤቱ ብምውጻእ ነዛ እትስዕብ ጽሕፍቲ ብዘይ ጽፉፍ ኣጸሓሕፋን ዝተኾላለፈ ብርዕን ገይሩ ጠቅዓ። "ኳዕናን ሰብኣይ፡ ምዕርግቲ ሰበይቲ፡ መዓልቲ ሞትካ ወይ መዓልቲ ሞትኪ እንተዘይኮይኑ ናይ ካልእ ሰብ ዕድመ ሞት ምጥያቕ ብፍጹም ኣይከውንን። ምስ ትሕትና ዘለዎ ይቕሬታ።"

ልዕሊ ፍርቂ ናይቲ ኣብኡ ዝነበረ ሰብ ነዚ ውልቃዊ ኣዋጅ ምስ ኣንበበ ልቡ እናተኸኸተ ብጉሪምሪምታ ካብቲ ቦታ ፋሕ በለ።

ብድሕሪ'ዚ ሓበሬታ ናብቲ ፈላጥ ዝኣተዉ ክልተ ዕድሜኦም ንኡስ ሕጹያት ነበሩ።

" ክንወልድ ደሊና'ሞ፡ እቲ ዝውለድ ዕሸል ኣብ ክንደይ ዕድሚኡ ከም ዝመውት ኣቕዲምካ ክትሕብረና ብምባል ኢና መጺና።" በሉ። እዘን ዝተባህላ ዘረባ ፈፍርቆም እናተማቓሉ።

"ንምንታይ?" ብዝተኣስረ ገጹ ሓተተ።

"ንሕና ንቐብሮ ቆልዓን፡ ወይ`ውን ቅድሚ ዕስራ ዓመቱ ዝመውት እንተኾይኑ ንምንታይ ንወልድ?"

"ይቕሬታ ዘይተወልደ ህጻን ዕድሚኡ ክፈልጥ ኣይክእልን'የ።" ምስ በሎም ብቐቢጸ ተሳፋ ብድድ ኢሎም ካብ ቤቱ ወጹ። እታ ጓለንስተይቲ ግን ድሕሪ ገለ እዋን ንበይና ናብቲ ፈላጥ ተመልሰት።

“ እዚ ምሳይ ዘሎ ሰብኣይ ካልእ ሰበይቲ ይጥምት`ዶ ይመስለካ? ዝገድፈኒ እንተኸይኑስ ካልእ መንገደይ ከጣጥሕ።”

“ ኣንቲ ንእሽቶይ ሰበይቲ ኣነ'ኮ ናይ ዕድመ'ምበር ናይ ካልእ ቀንጠመንጢ ክፈትሕ ኣይኮንኩን ብከዋኽብቲ ሰማይ ተሸይመ። ደሓር ከኣ ንሱ ዝገድፈኪ እንተኾይኑ ዘጉደልክዮ ነገር እንተሃልዩ ጥራይ እዩ። . . . ሕጂ ውጽለይ!” ብምባል ጨደረ። “እምነት ዘይብሉ ገያጽ መያጽ ፍቕሪ! ” በለ ንዉልቁ።

ብድሕሪ'ዚ ሓደ ዕድመ ሱሳታት ብግቡእ ዝጸገበ ዓብዩ ሰብኣይ ምስ ሓንቲ ዕየት ብዘይ ገመድ ማዕረ ማዕሪኡ እናሰጎመት ኣተዉ።

“እዚኣ ደኣ እንታይ እያ?” ፈላጥ ሓተተ ብዘይተገዳስነት።

“ዘይፍቅራ ከይብለካ ብኻልእ ከይትርድኦ። ግን ደሓን ዝፈትዋ ዕየት እያ. . .ንግሆ ኣስናን ብግቡእ እየ ዘጽርያ። ነብሳ ድማ ኣብ ከክልተ መዓልቲ'የ ዝሓጽባ። ርስሓት እንስሳ ይጠፍኣካ'ዩ ኣይብልን'የ። ኣንታ እንታ'የ'ኸ ዝብል ዘለኹ? ፈላጥ ምኺንካ`ዶ ረሲዐ።” ድንን እናበለ ኣእዳዉ ንድሕሪት ኣጣሚሩ “ይቕረ ይበሃለለይ!” በለ።

“ነዛ ዕየት ክትሸጠለይ ዲኻ መጺእካ?”

“ነዛ ፍትውተይ?. . .ፈጺምካ! ዕድመ ሞተይን ሞታን መኣስ ምኺኑ ክትነግረኒ'የ መጺኤካ።”

እታ ዕየት ኣብ መንጎ እዚ ዕላላቶም ብንጽህና ዝዓብለሎ ድምጺ “እምቤዕ” ትብል ነበረት።

“ይቕሬታ ዕድመ ናይ እንስሳታት ኣይፍለጥን'ዩ። ካብ ምሒር ንጽህናኦም ዝተበገሰ ኣብ ገጾም ይኹን ካብ ምንቅስቓሳቶም ክትፈልጥ የጸግመካ'ዩ. . .ብግርህናኦም ንመዋእል ዝነብሩ ኮይኑ'ዩ ዝስመዓካ። . . .ናይ ሰብ ግን . . .”

“በጃ'ኻ. . . ኣነ ብድሕሪኣ ክተርፍ ኣይከኣለንን'ዩ። ንሳ'ውን ኣፍ ኣውጺኣ ኣይትብሎን'ምበር፡ ንሳ ከይተረፈ ብድሕረይ. . .”

"በቃ. . .ኣይከኣለንን'ዩ እኮ ኢለካ። ውጻለይ በጃ'ኻ ጎባጥ ኣረጊት።"

"እሞ እዚ ዝሰዕብ እንተነጊረካስ ትርደኣኒ ግዲ ትኸውን. . .በዓልቲ ቤተይ ካብ እትመውት ክልተ ወርሓ ኣሕሊፉ ኣላ። ንሳ ኣዝያ ኣማኒት ክርስቲኣን እያ ዝነበረት። ካብኡ ዝተበገሰ ስጋ ሓሰማ በሊዓ ኣይትፈልጥን። ኣነ ግን ካብ ንእስነተይ ኣትሒዘ ስጋ ሓሰማ ሓይኸዮ'የ። ብያተይን ማንካይን ካብ እምበይተይ ካብ ዝፍለ ብዙሕ ገይሩ'ዩ። . . . ሓደ ግዜ ን'ኸፉርየን ገለ ሓሰማታት ዓዲገ መጸእኩ'ሞ እምበይተይ ዋላ ኣይተሓጎሰትን። ኣብታ ምሸት ምስ እምበይተይ ብዙሕ ቓላት ተወራዊርና። *'ኣነ ነታ ዝዓደግክያ ዕየት ተቓዊመኪ ዲየ'* ኢለያ። ንሳ ድማ *'ሓሰማታት ምስ ዕየት ጎይታ ከተወዳድር!. . .ኣነ ኣብዚ ገዛ እንተደሊ'ኻ ሰኸር፡ እንተደሊ'ኻ ሳፉ ኣብ ዕምባባታተይ ቡጭ ኢልካ ጡፍ በለሉ ክቃወመካ ሓሲበ ኣይፈልጥን።'* ብምባል ብህድኣት ተዛረበትኒ። ኣነ ግን *'ኣቲ ሰበይቲ ባዕል'ኺ ትፈልጢ! ሓሰማታተይ ኣብዚ ገዛ ከም ክቡራት ኣጋይሽ'የን። እንተ'ታ ዕየትኪ ኣብ ገዛነም ትእቶ ግዲ!'* ምስ በልኩዋ ኣፉ ተለ'ኺቱ ንሓሙ'ሽተ መዓልቲ ኣብ ሕክምና ድሕሪ ምቕናይ ኣብ ሞት በጺሓ። ሽዑ ብሕርቃን ተመሊኣ ኣእማን እናደርበ'ኹ ነተን ሓሰማታት ሰጒጒየን። እታ ዕየት ድማ ንበይና ምሳይ ተሪፉ። ከልቢ እንተዝኸውን ቀደም ነ'ኺሱ ምበታተነኒ። ዕየት ኢሎማ ግን ግዜ ከይሃበት'ያ ለሚዳትኒ። ንሳ ብልክዕ ንእምበይተይ እተዘ'ኻ'ክር ትንፋስ ንጹሃን ዘለዋ ፍጥረት'ያ። ኣብቲ ምስ እምበይተይ ናይ ንእስነትና ዝነበረ ግርህናን ቅንዕናን ኣብዛ ዕየት ይረኣየኒ። . . . ሕጂ እዛ ሕያወይቲ ዕየት ቅድመይ እንተ ሞይታ፡ ንዓይ ምንባር ን'ኻልኣይ ግዜ ድሕሪ እምበይተይ ከብቅዕ'ዩ። ኣነ ቅድሚኣ እንተዓሪፈ ከኣ ተጠባቢሓ ኣብ ከብዲ ጎሓላሉ ሰባት ተበሊዓ ንሽንቲ ክትከውን'ያ።" ሓንሳእ ቃዛኒ ዝኾነ ምስሊ ድሕሪ ምንጽብራቹ ቀጺሉ ከምዚ በለ፡ "እምበይተይ ፍቕርቲ ናይ መወዳእታ መዓልቲ ሞታ እንተዝፈልጥ ምተኸናኸንኩዋ'ሞ ናባ'ኻ'ውን ኣይምመጸ'ኹን። እዚ ኩሉ ፍርቂ ዘበን ብ'ኽብርን ፍቕርን ተንከባ'ኺበያ ከብቅዕ. . .ኣሕ!. . .ኩሉ ኣብ ህይወት ኣብ መወዳእታ እትገብሮ'ዩ ዝረኣየልካን

ዝፍለጠልካን በጃ'ኻ። . . . ዝበዝሐ ግዜ'ኻ ቀጣፍን ሓሳውን ኔርካ ኣብ መወዳእታ ቀሺ እንተ'ኾንካ ሰብ ኢ'ድካ ከምዝሳለም ትፈልጥ ኢ'ኻ ሓቀይ? መዋእልካ ጥዑይ ኔርካ ድማ ሓንቲ ጌጋ ክሳብ "ፎእ" ከተብለካ ት'ኽእል'ያ። . . .ኦይ. . .ፍጥረትና'ኮ ሕጉ ፍሉጥ'ዩ፡ ናባ'ኻ እንታይ ክገብር መጺኤ ኣለ'ኹ ክፈልጥ ኣይክእልን። ም'ኽንያቱ "ን'ቕሑ ከም ሰራቒ ክመጽእ'የ" ዝብል ጥ'ቕሲ ጎይታ'ኮ ኣብ ልዕሊ ትርኣስ እምበይተይ ተጠቂዑ ኣሎ። ሎሚ ነቲ ቃላት ድሕሪ ሞታ ከስተማ'ቕሮ ግን ክሳብ ክንደይ ዘይስቆሮ ኣድጊ'የ. . ."

እንተስ ብሓዘን እንተስ ብትዝታታት ርእሱ ኣድኒኑ ድሕሪ ምጽናሕ ቅንዕ ኢሉ፡ "ሕጂ በጃ'ኻ ዕምረይን ዕምሪ ዕየተይን ንገረኒ!" እምብዛ ደኒኑ ለመነ።

እቲ ፈላጥ ደኒኑ ገለ ዛዕጎላት ድሕሪ ምቍጻርን፡ ኣብ ተራ ምንባር ፈጺሞም ዘይረኣዩ ምንቅስቓሳት ድሕሪ ምትግባርን፡ "ሰዓታት ደኣ ክፈላለ'ዩ እምበር ኣብ ሓንቲ መዓልቲ፡ ብሓደ ኢኹም ክትሞቱ።"

"ናይ ልብ'ኻ ዲኻ. . .ኣታ ብ'ኹሉ'ባ ኣይትውጻዕን ኢ'ኻ። ኣታ ከም ኣንስቲ'ዶ ዕልል ክብል።" እናተመጣጠረ ነቲ ፈላጥ ኣብ ግንባሩ ሰዓሞ። ድሒሩ ብደርገፍገፍ ነታ ዕየት ሓቍፉ ምጽጋባ ሰኣነ። እቲ ሰብኣይ ኣብ ጁባኡ ዝነበረ ገንዘብ ኣብ መሶብ ዛሕዚሑ ኣቐመጠ። ዕየቱ ሓቍፉ ድማ እናፋጸየ ካብቲ ዝነበርናዮ ቦታ ጠፍአ።

ድሒሮም ክልቲኦም ኣዕሩ'ኽተይ ኣተዉ። ክሕብሮ ዘለኒ ነገር እንተሃልዩ ግን ኣነ ዕድመ ሞተይ ክፈልጥ ዋላ ሓንቲ ባህጊ ከምዘይብለይ ብትሪ ኣቕቢጸዮም እየ።

ኣብ ዘረባ ናይቲ ፈላጥን፡ ሕቶን መልስን ናይ የዕሩ'ኽተይን ግዜ ከየባ'ሽንኩ፡ ን ኣብርሃም ኣብ 34 ዕድሜ'ኻ ክትመውት ኢ'ኻ በሎ፡ ን ሰመረ ድማ ክሳብ 79 ዕድሜ'ኻ ትግንፋስ ኣለካ በሎ።

ብህንጡይ መንፈስ ኣብቲ ደገ እናኾለልኩ ተጸበ'ኹ። ማዕጾ ከፊቶም ብሓደ ምስ ወጹ ክልቲኦም ካብ ሬሳ ዝተንስኡ መናፍስቲ እናመሰሉ ብጥቓይ ሓሊፎምኒ ተጓዕዙ።

ብዘብዘብ ኣርከብኩዎም።

ሰመረ ንሕዙን ኣብርሃም ብምዕዛብ'ዩ ዝግ ኢሉ'ምበር፡ ሓጎሱ ብምዕጉርቱ ተተኪኡሱ ንኽወጽእ፡ ንበይኑ ምኻን ጥራይ'ዩ ዘድልዮ ዝነበረ። እንተ ኣብርሃም ሕልናኡ ካብ ዓለም ግዒዙ፡ ጎድኒ-ጎድኑ መነ-መን ይኸዱ ነይሮም'ውን ንኽፈልጥ ተኣምር ከጋጥም ነይርዎ።

እንታዎት ኮይንና'ሞ ግዜ ንዓና ከይሓለፈና ክኸይድ። ከም ሰብና ጸሓይ በሪቓ፡ ብወርሒ ትቐየር። ጥሪ ጸኒሕና ኣብ ታሕሳስ ንርአ። ክንደይ ሰኑይ ተቐሚጥና ከነብቅዕ፡ ስማ ከይቀየረት እታ መዓልቲ እቲኣ ትድገም።

ን ኣብርሃም ከነጸናዕ፡ ካልእ ክንገብረሎም ዝግበኣና እዋናት ተመንዛዕና። ዘማቲኣም ዘይፍለጥ ሰዓታት ተመንጠልና።

ኣብርሃም ዕድመ ሰላሳን ሓደን ብምንባሩ ከም ዝተባህሎ ንኽመውት ሰለስተ ዓመት ጥራይ ተሪፈናእ ማለት ነበረ። ንሱ ቀዳመይቲ ዝገበራ ውሳኔ፡ ካብ ስርሑ ጠቕሊሉ ምውጻእ ኮነ። ድሒሩ ነታ ኣብ ኩሉ ሸንኽ ህይወት ደጋፊቱ ዝነበረት ፍቕርቱ፡ ብስሑው ምኽንያታት ንዓኣ ክኸውን ከምዘይክእል ኣርዲኡ፡ ምስ መሪር ባህጋ፡ ጓሂ ደፊኑ ተፋነዋ። ቀጺሉ ኣብ ባንክ ዝተዓቍረ ሕሳቡ እናበልዐ እናሰተየ፡ ኣብ ባራት ዘዝረኣዮ ሰብ እናጋበዘ ገንዘቡ ነስነሰ። ንዓይ ይኹን ንሰመረ ኣኣብ ዘጋጠምናዮ ግዜ *'ኣቱም ሰባት ገለ ዓመታትን ውሑዳት ኣዋርሕን'የን ዝተርፋኒ፡ ካብ ኣብ ሓዘነይ ትቓዝኡ ሕጂ ኣብልዑኒ ኣስትዩኒ'* ይብለና'ሞ እንተስ ደንጊጽና እንተስ ኣማራጺ ስለዘይብልና ንዘዝበለና ንገብረሉ።

ኣብርሃም ኣብ ውሽጢ'ተን ዝተረፋኦ ዕድመ ሰተየን ብለይቱ ኮብለለን። ዕብራኑ ንኹርንዓት ኣዕጽምቱ ኣርኣየ። ቀይሕ ገጹ ብማዳ ደበነ። ካብታ ዕለተ ሞቱ ዝተለከዓትሉ መዓልቲ ንድሕሪት ሓንቲ ጫማን፡ ክልተ ማልያን፡ ሓንቲ ዘይትኣርግ ስረን ጥራይ ወድዩ ነቲ ህሞት ሓለፎ። ኣብተን ወቕትታት እቲኤን ፍሽኽ ክብል ርእየዮ ዝብል ሰብ ከቶ ኣይርከብን። ካብ ምርስሑ ዝብገስ ኣበራት

ድማ ኣመና ኣብዝሐ። ዝሓከፈ ቆርበት ኣካሉ እናሓኸኸ ደም ክሳብ ዝነዝዕ ገበሮ። ኣስናኑ ቦኽቡኹ፡ ቁልዒ የዒንቱ ክፉል ገጹ ኮነ። የዒንቱ መዓልታዊ ብስእነት ድቃስ ቀይሓን፡ ሰራውር ደመን ድማ ካርታ ናይ ሓንቲ ዘባል ዓዲ መሰለ።

ኣየ ኣብርሃም. . . ኣብ ዓለም ኣርባዕተ-ሓሙሽተ ግዜ ተራእየ። በቃቕ ዝነበረ፡ ዓለም ሓላፊት'ያ እንበለ ንዋቱ እናዛሕዝሐ ለዋህ ተሰምየ። ክሰርሕን ሃለኽለኽ ክብል፡ መቕርቡ ዘንጊዑ፡ ግዜኡ ዝመጹ ሰብ ከምዘይነበረ *'ሰብ'ዩ ጸግዒ ዝኾነካ፡ ሰብ'ዩ ቀባሪኻ'* እናበለ ዘይባህሪኡ ተላበሰ። ነቓጽን ይቕረ ዘይበሃልን መለለዩ ጠባዩ ከምዘይነበረ፡ ዝበደሎም ሰባት ኣናድዩ ተናሲሑን ከም ቦቕባቕ ነቢዑን። ስምዒት ተባዕታይነቱ ልዕሊ ማንም ዝተጎንፈ'ኳ እንተነበረ ሰውነት ጓል-ኣንስተይቲ ግን ቅጭ ከምጽኣሉ ተራእየ። ኣብታ ንሓንቲ ካሊት`ውን ትኹን ሓጢኣት ተጋዲፉዋ ዘይፈልጥ ስፍራ ግጉያት፡ ብተግባራቱ ኣብ ከተማ ዝቕመጥ ጻድቃን መሰለ።

ከምዚታትን ካልእን እናበለ ናይታ ካብዛ ዓለም ክፍለየላ'ዩ ዝተባህለ መበል 34 ዕድመኡ 365/366 መዓልታት ናይታ ዓመተ-ምሕረት ወድአ።

ሓደ ንግሆ ምስ ተንሳእኩ ዕለት ክንደይ ኣሎ ንኽርኢ ናብ ዓውደ-ኣዋርሕ ጠመትኩ። ዕለት 19 ድማ ኮይኑ ነበረ። ነዒንተይ ዝሰሓበ ግን ዕለት 16 ናይታ ወርሒ {ቅድሚ ሳልስቲ ምኽኑ'ዩ} ከም ኣገዳሲት ዕለት ተኸቢቡዋ ረኣኹ። ናይ ምንታይ ምኽና ኣጣይቐ መልሲ ስለዘይረኸብኩ ድማ ዕሸሽ ኢለያ ናብ ስርሐይ ወፈርኩ።

ክሰርሕ ኣርፌደ ቁሩብ ክብድብድ ስለዝበለኒ ሻሂ ንኽሰቲ ናብ ካንቲን ናይ ቤት ዕዮና ኣበልኩ። እታ ሻሂ እናኾስኩዋ ኣብ ርእሰይ ሓደ ዓቢይ ነገር ተሰወጠኒ። ብጉያ ናብ ቤት ጽሕፈተይ ኣትየ ድማ ብሃታሃታ ቴለፎን ጠዋወቕኩ።

"ሄሎ. . .ሄሎ. . .ኣቦይ ፍካረ. . .ኣብርሃም ኣሎ'ዶ?" መልሶም ክሳብ ዝሰምዕ ትንፋሰይ ተሓብአ።

"መርሃዊ ወደይ ዲኻ?. . .ኣይ ሎሚ ንግሆ"ንድዩ ነብሱ ባዕሉ ኣጥፊእዋ። ወረ ደዊለ ክነግረካ እናሓሰብኩ`የ ቀዲምካኒ። እነህልካ ከምዛ ደሓን ዘሎ ነብሱ ዝሕጸብ ኣምሲሉ ኳረንቲ ሒዚ ባዕሉ ህይወቱ ኣሕሊፉዋ. . ." ዝዛረቦ ጠፍኣኒ፡ ኣብ መንጎ መስመር ስቕታ ኮነ። ቀዲሞም ኣቦይ ፍካረ ከም ዝዓጸዉዋ ድሒሩ ተፈለጠኒ። ጢን. . .ን. . .ን. . .ጢጥ. . .ጢጥ. . .እናበለት ጌና ኣብ ጉንዲ እዝነይ ነበረት።

***** ***** ***** ***** ***** ***** ***** ***** *****

ሰመረ ድሕሪ'ቲ ምንጋር ናይ ዕድሚኡ ቅሱን ኮይኑ፡ ሰባት ክጭነቑ ከም ዘይብሎም፡ ሃዲእካ ምንባር ጥራይ እኹል ምዃኑ ክዛረብ'ዩ ዝሰማዕ። ኣብ ዝኾነ ሓደገኛ ዝበሃል ስራሕ ይኹን ኩነታት ቀዳማይ ፍቓደኛ ኮይኑ ዝርከብ ንሱ ይኸውን። ሓደ ሓደ እዋን *"ሕጂ ኣብ ገለ ክፉል ዓለም ኬድካ'ምበር ትዋጋእ፡ ብደውካ ከማን ትታኸስ!"* እናተታዕነነ ብቖራጽነት ባህጉ ይድርብይ'ሞ፡

"እዋእ ሞት'ከ?" እንተበልካዮ።

"ክላ ሱቕ በል፡ ንሞት ክትፈርሕ. . .ደጊምካ ከምኡ ኣይትበል በጃኻ፡ እንታይ ኢኻ ንስኻ? ሰበይቲ!" እናበለ ብጭድራ ንስብእነትካ ከውድቕ ልሙድ ኮነ። ምስ ዝተፈላለያ ኣመንዝራታት ብዘይ ዝኾነ መከላኸሊ ጾታዊ ርክብ ብትብዓት ክፍጽምን፡ ምስ ካብኡ ብባእሲ ዝገንኑን፡ ንጉብዝና ዝውሕጥዎን ሰባት ክቃለስን ክጻረፍን መዛረቢ እታ ከተማ ኮነ።

እታ ዕለት 19 ምሸት፡ ድሕሪ ቀብሪ ናይ ኣብርሃም ዓርከይ ብዝተቐዝፈ ጎነይ ምስ በጻሕኩ ናብኡ'የ ተጓዒየ።

ብቴለፎን ድሕሪ ምርድዳእና ኣብ ዝነበሮ ቦታ በጻሕኩ።

ሰመረ ምስ ክልተ፡ ሕብሪ ገጸን ካብ ተፈጥሮኣዊ መበቆላውነቱ ዝረሓቐ፡ ኣሎ ዝበሃል ቅብኣታት ዝተለፈጣ፡ ልዕሊ ፍርቂ ኣካለን ዝተገንጸላ ስርኤላት ዝመስላ ኣዋልድ ኮፍ ኢሉ ዓለሙ ከስተማቕር ጸንሓኒ።

ምስ ረኣየኒ ብድድ ኢሉ፣ "ኣታ ብሩኽ፣ ሕጂ'ዶ ህይወተይ ምቁር ምኻኑ ተፈሊጡካ መጺእካኒ።" ኣብ እዝነይ ጽግዕ ብምባል ድማ፣ "ዕድል ጌርካ'ለኻ፣ ካብ ክልቲኤን ሓዲኤን ንኽትወስድ ዝጉዳእ ኣይኮንኩን።" ምስ በለኒ ናብተን ኣዋልድ እናተመልከተ፣ "እዚ ትርእይኦ ዘለኽን ሎሚ ምሸት ዓርከይ ምኻኑ ዝኣመንኩላ መዓልቲ'ያ። ምስዚ ሰብ`ዚ ዝነብረ ፍርሒ ክነግረክን ዋላ ዓቕሚ የብለይን. . .ሎሚ ግን ከምታ ንዓይ ጌርክን ተሕጉሳኒ ፈንጠዝያ ምንባሩ ትቕይራሉ።" ከም ንደቁ ትእዛዝ ዘመሓላልፍ ኣቦ እናመሰለ ምስ ገዓረ መስተ ብሓጎስ ወሓጠ።

ካብተን ኣዋልድ ሓንቲ ኣብ ሰለፈይ እናደረዘት ጠዛዝታ ኣስዓበትለይ። ምስ ጠመትኩዋ ዘጸይን ፍሽክታ ፈነወትለይ።

ካብ ኮፍ ዝበልኩሉ ብምትንሳእ፣ "ሰመረ ንበይንኻ ክዛረበካ ድሌትካ ድዩ?" ብዓውታ ጸርጸር ብምባለይ እተን ኣዋልድ ብጽልኢ ዝተመልአ ኣጣምታ ወግኣኒ።

"ኣይትሰከፍ እቲ ንስኻ ኣብ በይነይ ትብለኒ፣ ምስ ከድካ ንዕኣን ምዕላለይ ኣይተርፍን'ዩ።"

"ናይ ኣብርሃም ሞት ሰሚዕካዶ?" በልኩዎ ዘረባይን ወስታይን እናኽበድኩ።

"ዋይ ኣብርሃም ዓርከይ ኣብታ ዝተባህላ መዓልቲ'ዶ ዓሪፉ? ብዙሕ ክድንግጽ ኣይትጸበየኒ፣ ዘይ ኩልና ክንመውት ኢና።"

"ካብታ ዕለት ወጻኢ`ዩ ሞይቱ።"

"ከመይ ማለትካ'ዩ?" ተጸዊገ እጣየቐኒ።

"ኣብ ካላንደረይ ዕለት 16 ተኸቢባ ከም ዝነበረት ሎሚ'የ ርኤያ። ንሳ ድማ ዕለተ ልደት ናይ ኣብርሃም'ያ ነይራ። ኣብታ ክትሞተላ ኢኻ ዝተባህለ ዕድመ 34 ኣይሞተን። 365/366 ናይታ ዓመት ብሰላም'ዩ ሓሊፍዎ። ኣብታ ነብሱ ኣጥፊኡ ዝሞተላ መዓልቲ ናይ 35 ዓመቱ ሰለስተ መዓልቲ ኣሕሊፉ ነይሩ`ዩ። ከም ጥርጣረይ ኣብታ ዓመት እቲኣ ንኽመውት ሎሚ'ዶ ጽባሕ እንበለ ካብኣ ብምሕላፉ ጭንቀት ስለዘስዓበሉ'ዩ ባዕሉ ንነብሱ ኣጥፊኡዋ ዘሎ።"

"ኣታ እንታይ ኢኻ ተስምዓኒ ዘለኻ?" ርእሱ እናሓዘ ተደፍአ። እናንጸርጸረ ኣስዒቡ፡ "ነዚ ደኣ ኣብ በይነይ ዘይተዕልለኒ። ኪዳ'ስከ ተስኣ!" ነተን ደቂ-ኣንስትዮ ከም በሊዐን ዘይጸግባ ደራውህ እሸ በለን። ንሳተን ድማ ብትሑት ልሳን እናጸረፍኦ ካብ ጥቓና ኣርሓቓ።

"እሞ ናተይ መዓልቲ ሞት'ውን ጌጋ'ዩ።" በለኒ፡ ኩሉ ሕሉፍ ህይወቱ ኣብ ርእሱ ይሰኣሎ ከም ዘሎ ኣብ ገጹ እንተነበ።

በዝን ካልእ ዘረባታትን ድሕሪ ምብህሃልና ተፈላለና።

ንሱ ካብታ መዓልቲ ኣትሒዙ ናይ ወርትግ ወልፍታቱ ገዲፉ፡ ብውዱን መንገዲ ንኸሳዓዝ ብጉስ ኮነ። ክከራፈሶም ዝውዕል ዝነበረ ይኹኑ ብስምዒት ዘዐምርኦ ዝነብራ እንክርኢ ጎደና ምቕያር ሞያኡ ኮነ። ጽርጋያ ንኸሳገር ከይተረፈ ልዕሊ ሓሙሽተ ግዜ ከየቃለበ ኣይሰግርን። ቀዋሚ ስራሕ ጀሚሩ፡ ዘርኡ እተቐጽል ኣንጻር ጾታኡ ኣብ ምህዳን ድማ ጽሙድ ኮነ።

ሓንቲ ካብተን መዓልታት ህይወትና ብኣገዳሲ ጉዳይ ደልየካ ኢሉ ምስ ረኸበኒ ነዚ ዝቕጽል በለኒ።

"ነብሰይ ተዳኺሙ ንሕክምና ምስ ከድኩ፡ ሓኪም፡ ብኣልኮል ሳንቡእካ ተተንኪፉ'ያ። ብምሒር ወሲብ ስጋ ሕቖኻ ጀሪካን ማይ ኣብ ዘይተልዕለሉ ደረጃ ኢኻ ዘለኻ፡ ካልኦት ተለቓቀብቲ ሕማማት'ውን ኣለዉኻ። ስለዚ ስራሕ እንተገደፍካዮ ዕድሜኻ ክናዋሕ'ዩ። ጾታዊ ርክብ'ውን ክትወልድ ኣብ ዝደለኻሉ እንተዘይኮኑ ንመደሰቲ ክኾነካ ኣይትመነ ኢሉኒ።"

እዘን ቃላቱ ብዙሕ እህህታን ቅብጸት ናይ ህይወትን ዝተቐብኣ ነበራ።

መቸም ግዜ እንታይ ኣለዎ፡ ክንደይ ፈላጣት፡ መራሕቲ፡ ፍሉጣት መኳንንቲ. . .ዘይሓለፉ። ኣነን ከምዚ ከማይን ግዳ ተራ፡ መምጽኢና ናብዛ ዓለም እንታይነቱ ዘይነጸረልና ፍጡራት። ሰመረ ኣብ መበል 37 ዕድሚኡ ቀልዓ ከይገደፈ ንዕኡ ትኽውን ጓል ከየምጽአ ብሕማማት ድሕሪ ምድሃኹ መወዳእትኡ ብሞት ተፈልየ።

ኣብ መወድእታ እቲ ፈላጥ ዝበሃል ሰብኣይ ኣብዛ ከተማ ድሕሪ ምውዕዉዑ ኣበይ ከም ዘበለ ኣይተፈልጠን። ሕሜታታት ናይዛ መናወጺት ከተማ ግን ኣየናይ ኣብ ርእስኻ ኣቐሚጥካ ነየናይ ከም እትጉሕፍ ክትመሚ ሽክናኻ ኢኻ ተፍኩስ። ገለ መሕሾኹሾኹቲ፡ እቲ ፈላጥ ብመኪና ሰብ ረጊጹ ዕዳ ምኽፋሉ ስለዝሰኣነ ሰልዲ ንምእካብ ዝሓረዮ መንገዲ ምዃኑ ኣብ እዝንኻ ቀሪቦም የዕልሉኻ። ገለ መደበር ጥራይ ዝተርፎም መዓልታዊ ወረ ዘንፍሱ፡ ስስዐ ሓበሬታ ዘይብሎም ድማ ከምዚ ክብሉ መግለጺ ይህቡ፡ "እቲ ፈላጥ ብምስጢራውያን ሰረይትን ጠንቋሎን ተሸይሙ'ኳ እንተኾነ፡ ምስ ብቕዓቱ እንከሎ ሕማም ረሲዕ ስለዝነበሮ ግን ንዝተፈላለየ ሰብ ዘይናቱ ዕድመ ሞትዩ ነጊሩ. . ."

መቕጸሪ ዘይብሉ ሃለውለው'ኳ እንተሎ ካብዚ ኣየና'ዩ እቲ ሓቂ፡ ካብዚ ወጻኢ'ኸ ካልእ እንታይ ዝተሰትረ ነገር ኣሎ?. . .እቲ ፈላጥ ዝበልዎ ጥራይ'ዩ ዝፈልጦ።

ሰብ ዘጽመመ መሪት ቃጭል

"ናጽላታት ክበ'ኽዩ እከለዉ እንታይ ከምዝርኣዮም ድሕሪ ገለ እዋን ክፈልጥ'የ። ሕብረተ-ሰብ ዓለም ኣብዚ ጉዳይ'ዚ ርኡይ ጌጋ'ዩ ዘለዎ። ናጽላ ክውጭጭ ከሎ፡ ኣብ ክንዲ ምኽንያት መብከይኡ ክፈልጥ ዝኻየ፡ ሓንሳእ ጡብ: ሓንሳእ እናረረወ'ዩ ካብ ኣውያት ክኾልፎ ዝህንደድ...ኣነ ግን ብኽያቶም ከየቋረጽኩ ኣብ ሓንጎሎም እንታይ ስለዝርኣዮም'ዮም ብዙሕ ዝበ'ኽዩ፡ ሕጂ ክፈልጥ'የ፡ ሕጂ!... ኣብ ታሪኽ ዓለም ከኣ ዝዓበየ ር'ኽበት ከም ዝኸውን ዘጠራጥር ዋላ'ኳ የብለይን...!" እዚ ላይነ ብተብተብ እናሰጎመ ኣብ ርእሱ ዘካወኖ ሓሳባት'ዩ ነይሩ።

ኣብታ ነዋሕን ዝሃሰሰ ቡናዊ ሕብርን ዘለዋ፡ ከም ኮቦርታ ሃካይ ኣስካቡሊ እትጨኑ፡ ነፍሲ-ወከፍ ጁባታታ ብዘገድስዎ ንኣሽቱ ንብረት ዝመልአት ካቦቱ፡ ሓጨልጨል ክብል ከሎ ኣብታ ፍጡራት ዝወሓዱዋ ለይቲ፡ ድምጺ ኣካይድኡ ካብ ኣእዛን ዘምልጥ ኣይኮነን። ኣብ የማናይ ኢዱ ዝዓተራ ረዛን ሳንሶናይት ነካይድኡ ተዛሕትል ነበረት። እንተኾነ ዘካይዶ ምርምር ክዉንን ተጨባጥን ንምግባር ህውኽ ብምንባሩ፡ ዝያዳ ክስጉም ዝተገደደ ነበረ።

ሕክምናዊ መሳርሒታት ሒዛ ስለዝነበረት'ዩ እምበር ሳንሶናይት ምስኡ እት'ኸይድ ንብረት ኣይኮነትን። መልክዑ ምስታ ካብኡ ዘይትፍለ ዓባይ ደብተር'ዩ ዘሎ። ደብተሩ ካብ ምሒር ምግንጻልን ምትንኻፍን ደብዛዝ ምስሊ'ኳ እንተሓዘት፡ ብዙሕ ስምዒትን ቁም-ነገርን ዘለዋ ንብረት'ያ፡ ንዕኡ። ኣብ ዘዝኸዶ ቦታ ካብኡ ትፍለ ብዘይምኻና፡ ካብቲ ብመልክዑ ብእኣ ዝልለዮ እዋናት ይበዝሕ። ኣብዛ ከም ካልእ ስፍራታት ዓለም ጨና ሰብ ዘይሕረማ ከተማ ኣስመራ፡ ካብቶም ከይተፈለጠም ብሕታውነቶም ዝኣወጁ ሓደ ብምኻኑ ኣካይድኡ ካብ ክውንነት ዝረሓቐ ይገብሮ።

ብሓሳብን ህንጡይነትን እናተበራረየ ሰዓት ኣርባዕተን ገለ ሕላፍ ደቓይ'ቕን ናይ ለይቲ ኣብ ሆስፒታል መወለዳን በጽሐ።

ሰብ ዘጽመመ መራት ቃጭል

ኣብቲ ሆስፒታል ነዚ ምርምር ንምክያድ ብተደጋጋሚ ፍቓድ'ኳ እንተሓተተ ልቾንሳ ይኹን ሰርቲፊኬት ናይ ሕክምና ስለዘይብሉ፡ እናተጨርቀሉን እናተሳሕቐን'ዩ ብዝምልከቶም ኣካላት ተነጺጉ። በዚ ከይተሓለለ ድማ ንጹር መደቡን፡ ጎደሎ ወይ'ውን ሃስያ ኣብ ልዕሊ ናጽላታት እንተውሪዱ ተሓታቲ ም'ኳኑን ንኽእምን ንራብዓይ ግዚኡ ሕቶ ኣቕረበ። እንተኾነ ድሕሪ ሕጂ ቆልዓ እትወልድ ሰበይቲ ሃልያቶ እንተዘይኮይኑ ኣብቲ ሆስፒታል ከይርአ ብተሪር መርገጺ ተሓቢሩ ተሰጎገ።

ርእሱ ካብ ምሕሳብ ቅሳነት ስለዘይረኸበ ግን እንሆ ብሕቡእ ክኣቱ ይዳሎ።

እቲ ሆስፒታል መብራህትታቱ ደሚቑ፡ ኩሉ'ቲ ህንጻ ምስሊ ቀትሪ ሒዙ ነበረ። ናይ ለይቲ ተረኛታት ሓሓሊፎም ክንቀሳቐሱን፡ ኣብኡ ዝሓደራ ኣዴታት'ውን ተንሲኤን ሽንቲ-ቤት ክኸዳን፡ ኣብተን ናጽላታት ደቂሶሙለን ዝነበሩ ክፍልታት ከኣ ሓንሳእ ብደገ እዝና እናጸለወት ጥራይ እትቆጻጸር ነርስን፡ በብሸነኹ ከኣ እቲ ሓደ ሬድዮ እቲ ሓደ ድማ ጋዜጣ ዝሓዙ: ኣብ ሓለውኦም ግን ንጡፋት ዝነበሩ ክልተ እርግ ዝበሉ ዋርድያታትን፡...እዝን ካልእን ላይነ ቅድሚ ዘሊሉ ምእታው ዘጽንየም ምንቅስቓሳት'ዮም ነይሮም።

ላይነ ኣብቲ ሆስፒታል ዘሊሉ ምስ ኣተወ፡ ኣብቶም ሓጸርቲ ኣቑጽልቲ ንዕኦም እናመሰለ ኣብ ውሽጦም ተሓብአ። ዝተኸፍተ ፈቓቕ ዘለዋ መስኮት ንምርካብ ከቓምት ድማ የዒንቱ ንጡፋት ገበረ። ፈጢጡ እናረኣየ ከሎ ሓንቲ ክትናፈስ ዝደለየት ኣደ ነቲ ማዕጾ ሆስፒታል ከፊታ ብምውጻእ ኣብ ታሕተዋይ መደያይቦ ኮፍ ክትብል ከላ ተመልከታ።

ላይነ እቲ ክፉት ዘሎ ዘይመሰሎ ማዕጾ፡ ጉብጥ ኢሉ ዋርድያ እናመሰለ ደፊኡ ኣተዎ። እተን ናይ ናጽላታት ክፍሊ ስለዝፈለጠን ኣብታ እታ ተረኛ ነርስ ንኽትቆጻጸር መወዳእታ ትበጽሓ ዝነበረት ክፍሊ ኣምርሐ። ሓንሳብ ጥራይ ንድሕሪኡ ግልጽ ብምባል ዝርእዮ ከይህሉ ብዝፈርሓ የዒንቱ ጠመተ። ነታ ክፍሊ ቀስ ኣቢሉ ድሕሪ ምኽፋቱ፡ ኣብ ውሽጣ ኣትዩ ቀስ ኣቢሉ ዓጸዋ።

ዝበኪ ቆልዓ ክሳብ ዘጋጥሞ ድማ ብስቕታ ኣብ ትሕቲ ሓንቲ ናጽላ ጸይራ ዝነበረት ዓረብያ ጎቦ ኮነ።

ዝበኪ ቆልዓ ክረክብ ብትጽቢት ስለዝረብረበ፡ እታ ለይቲ ኣብ ዘለዎ ከየፍረየ ክይትወግሕ ፍርሕን ምጥርጣርን ገበረ።

ሻቕሎቱ ብዙሕ ከይሳዕረር ግን ካብታ ንሱ ዝነበራ ብኸልተ መዓጹ እትርሕቆ ክፍሊ ቆልዓ ክውጭጭ ሰምዐ። ሸበድበድ እናበለ ካብ ጎቦ ዝኾነሉ ብምትንሳእ፡ ካብታ ዝነበራ ክፍሊ ወጸ። እታ ነርስ ከይቀደመቶ ከላ ድማ ኣብታ ሳልሰይቲ ክፍሊ ቀልጢፉ ተወተፈ። ነቲ ኣብ ውሽጢ ቬትሮ ኣትዩ ብብኽያት ዝግዕር ዝነበረ ህጻን ነታ ዝነበራ ቆፍኡ መኸደኒ ገበረላ። ብኽያት'ቲ ህጻን ድማ ኣብ ውሽጢ'ታ ዝነበራ ጥራይ ክምዝስማዕ ኮይኑ ተረፈ።

ላይነ ዘድልዮ ንብረታት ካብታ ሳንሶናይት ኣውጺኡ ኣብ ርእስን ግንባርን'ቲ ህጻን ኣገጣጠሞ። እዚ ምስ ወድአ፡ ካብቲ ህጻን ናብ ገዛእ ነብሱ ዘተሓሓዞ ኤለትሪክ ዝመስል ረቀቕትን ጻዓዱን ገመዳት ኣብ ናቱ መታልሕን ግንባርን ኣላገቦ።

ኣብ ሓንጎሉ ጸጸኒሑን ሓሓሊፉን ዝስማዕ ድምጽን ዝርአ ምስልታትን ብምኽሳቱ ድማ ዓወቱ ድሮ ዝጨበጠ ኮይኑ ጠዓሞ።... ጫውጫውታ ሰባት...ድምጹ ዝበረኸ ሙዚቃ ...ዘይፈልጦ ዓለም... በብተራ ምስሊ'ዚ ኩሉ ካብቲ ዝበኪ ዝነበረ ቆልዓ ሓሊፉ ኣብ ርእሲ ላይነ ተራእየ። ኣብ ደብተሩ እንሓንጠጠ ከኣ ዓበይትን ኣገደስትን ዝበሎም ትርኢታት ክምዝግብ ጀመረ...

*****   *****   *****   ******   *****   *****

ኣብተን ክረኣይኦ ዝጀመራ ቀዳሞት ሰለስተ ኣንጎሎታት ላይነ ነዚ ዝስዕብ ምንቅስቓሳት ኣብ ሓንጎሉ ተዓዘበ።

ኣብታ ቀዳመይቲ ኣንጎሎ፡ ኢደን እናወርወራ ዝፈኻኸራ ኣዋልድ፡ ድምጸን ኣመና ብምብራኹ ንዝነበርኦ ጎደና ቅሳነት ከልእኦ። የዒንተን ብጸሊም ኩሕሊ ብምድፍዳፉ፡ ሕርቃነን ምስ ተወሰኾ ደም ሰሪቡ ነበረ። ቁጥዕኣን ብቓላት ክገልጻ ኣብ ዝፍትናሉ ከናፍረን

ብመላጉም ዝመስል ሱቕሬን ብምምልኡን በናጅር ኢደንን ሓጻውን ኣእዛነን ሓዊስካ፡ ኣካለን ድምጺ ሰንሰለት የሕጨልጭል። እታ ለጻይ ርእሳ ነታ ዘፈንፍን ሕብሪ ዝተለኸየ ጸጉር ርእሲ ዝነበራ ምሕረት ብዘይህብ ቅልጣፈ፡ ብዝሓዘቶ ጎዘሞ ንኸሳድ መሓዝኣ ከም ፈትሊ በተኸቶ። እታ መዋቲት ታሕተዋይ ኣካል'ታ ተሮኽሚሹ ምስ ወደቐ ርእሳ ግን ንበይና ከረውረው እናበለት ኣብ ጥቓ ሓደ ወዲ በጽሐት። ንሱ ድማ ነታ ብደም ዝተርከሰት ርእሲ ሓንሳእ ምስ ተዓዘባ ብእግሩ ቀሊዑ ካብኡ ኣርሓቓ።

ኣብታ ካልኣይቲ ኣንጎሎ ሓንቲ ምሉእ ልብሲ ተኸዲና ርእሳ ዝተሸፈነት ጓል፡ ፍርሒ እንወሓጣ ብጸግዒ መንደቕ ትኸይድ ነበረት። መጀመርታ ሓደ ኣረጊት እናተጎንፈ ጠመታ። ኣስዒቡ ብሓደ ዝኸዱ ዝነበሩ መንእሰያት ብፋጻያ ኣሰንዩ ኣእዳዉ እናደራብየ ኣድሃዮም። ነቲ ኣረጊት ሓዊስካ ሓሙሽተ ብምኳን ድማ እናተሃንደዱን እናተቓጸጹን ግዳይ ዓመጽ ገበርዋ። ድሕሪ'ቲ ረዳኢ ዘይነበሮ ነውሪ፡ እታ ውጽዕቲ ጓል ከም እግሪ ትተክል ዘላ ማሕስእ ሕንክስክስ እናበለት ክት`ንስእ ፈተነት። ጎተት እናበለት ብቓንዛ ተሰንያ ካብ ዝነበረቶ ቦታ ክትእለ'ኳ እንተሓለነት እንተኾነ መጨረሽትኡ ሃለዋታ ኣጥፊኣ ኣብ ዝነበረቶ ደቀሰት።

ኣብታ ሳልሰይቲ ኣንጎሎ፡ ክልተ ዝሰኸሩ መንእሰያት ንሓደ ኣብቲ ብዝሒ'ቲ ህዝቢ ብምንባሩ ዝተዳህለ ከልቢ ክሃድም ከሎ ረኣይዎ። ሓደ ካብቶም ክልተ ጎዘሞ ወርዊሩ እግሩ ቆረጸ። እቲ ከልቢ ሓፈፍ እናበለ ካብ ጭካኔኦም ከምልጥ'ኳ እንተፈተነ ደጊሞም ግን ብጥይት ኣውደቕዎ። ከም ዓጋዜን ዝቐተሉ ሃደንቲ ድማ እናተሓበኑን እናሰሓቑን፡ ነቲ ዕላማን መዓልቦን ዘይነበሮ ጉዕዞኦም ፈለሙ። ካብ ማዕዶ ግን ድምጺ ሙዚቃ ብምስምዖም ከኣ ናብኡ'ዮም ተጓይዮም።

ክንድ'ዚ ዘይብሃል ጽዑቕ ህዝቢ ነቲ ዝዓበየ ኣደባባይ {ኣደባባይ ተቛደስ ግኒ} ዓቕሉ ኣጽበበሉ። እቲ ዝካየድ ዝነበረ ኮንሰርት ንኹሉ ሰብ ቆልኡ ዘንቀሳቕስ'ዩ ነይሩ። ብፍላይ ኣልፋ ይስተር ዝተባህለ ህቡብ ሙዚቀኛ ዝደረፎ ደርፌ ንመናእሰይ መንፈሶም ፍሒሩ'ዩ ኣበራቢሩዎ።

"ጣዕሳ የብለይን፡ ዋላ`ኳ፡ ዋላ`ኳ።

ሓወይ ተቐቲሉ፡ ኣደይ'ውን ተቐቲላ፡

ንብዓት ግን የለን፡ ህይወት ብሰሓቕ ምንባሩ።

መቓብሮም ኣይፈለጥኩን፡ ዘይምሕዛን'ዩ ፈውሱ።

ዓርከይ ጥንሳ ኣስዲዳቶ፡ ከብዳ ካብ ምሕባጥ ደሓን።

ሽታ ደማ ንልበይ ኣሐጎሰ..."

ኩሉ ሰብ ማዕረ ማዕሪኡ ደገመ። እታ ደርፌ ምስ ወድኣት ገሊኦም ንላዕሊ ሽጉጦም ተኮሱ፡ ገለ'ውን ካራታቶም ኣወዛወዙ። ኣዋልድ ናይ ኣህባይ ዝጥዕም ዋጭዋጭታ ኣስምዓ፡ ኣወዳት ዘበሉ ድማ ምግዓር ናይ ገመል ዝመስል ድምጺ ኣድሃዩ። እቲ ሙዚቀኛ ኣብ ኢዱ ዝጨበጦ ሕብሪ ደም ዝነበሮ መስተ እናንቀርቀረ ካብቲ መድረኽ ተኣልየ።

ኣይደንጎየን ቁሊሕ-ምሊሕ ዝብል ዝነበረ: ስሑው ጅብጅብ ዝጸጉሩ ኣረጊት ሰብኣይ: ኣብ መድረኽ ተቐልቀለ። ኣብቲ ዓቢ ስክሪን ድማ ዕኑድ እናመሰለ ተራእየ። እቲ ኣደባባይ ንበይኑ ከም ዘሎ ብጸጥታ ተዋሕጠ። እቲ ሰብኣይ ማይክሮፎን ዓቲሩ ኣብ ከናፍሩ ኣጣበቐ። ከይተፈለጠ እንቅዓ ትንፋሱ "እ...ፍ...ፍ...ፍ!" ክብል ተደምጸ። "እ...እ...ምጸታት ሎሚ ከብቅዕ'ዩ። ሎሚ ምሸት መወዳእታ ዓለም'ዩ!" እናፈርሐ ነቲ ህዝቢ ተዓዘቦ። ዘይተጸበዮ ግን ኩሉ ሰብ "የ...የ...የ!" ብምባል ንዘረብኡ ደገፎ። ሰብኣይ ቀጠቀጥ እናበለ፡ "ሎሚ መዓልቲ ሰብ ክፍረድ'ዩ። ብዙሓት ካባና ኣብ ገሃነም ክንራኸብ ኢና!" ድሕሪ ምባል ብኽያት ሰዓሮ። ንግዜኡ ስቕታ ኮነ። እቲ "ዲንንን፡ ጺንንን..." ዝብል ድምጺ ማይክሮፎን ጥራይ ድሃዩ ተሰምዐ። እቲ ስቕታ ነዊሕ ከይቀጸለ ግን "ኳሕ!" ዝብል ሓያል ድምጺ ተሰምዐ። እቲ ኣረጊት ሰብኣይ ነታ ዝለበሳ ጻዕዳ ማልያ ደኒኑ ተመልከተ። ከም ዘሰፋሕፍሕ ዘሎ ደበና ድማ ደም ንኽዳኑ ክመልእ ረኣየ። እታ ኣዕጽምቱ ሰይራ ንልቡ ዝፈሓረት ጥይት: ንስጋ ኣካሉ ከተሕርር ከላ እናተፈለጠ ኣብቲ ዓቢ መድረኽ

ወደቐ። ሓደ ህዉኽ መንእሰይ ኣብ ጥቕኡ ቀሪቡ ምቁራጽ ትንፋሱ ምስ ኣረጋገጸ ብዓውታ "ሞይቱ'ዩ!" በለ። ኩሉ ሰብ ከኣ ነቲ ሓጎስ ብጭደራ ሰዓቦ።

ብድሕሪ'ዚ ሬሳ ከይተላዕለ ከሎ ጃዝ ዝወቅዕ ዝነበረ መንእሰይ ነቲ ከበሮ በ'ባትሩ ደሰቖ። ነታ ሽሓኒ'ውን ክሳብ ተምበጽብጽ ብተደራራቢ ግዜ ወቕዓ። ኣብ ከምዚ ኩነታት ገሊኡ ተሃኒኑ እናተዓዘበ፡ ገለ'ውን የዒንቱ ዓሚቱ ሰውነቱ እናተንቀሳቐሰ ከሎ መሬት ብዉሑድ ሬክተር-ስኬል ከተንቀጥቅጥ ተሰምዐ። ገለ ንነብሱ ምዕሻው ዘይስልችዎ፡ ድምጺ'ቲ መጉልሒ ድምጺ'ዩ ብምባል ብሓይሊ ክኣምን በሃገ። እንተኾነ ሓቀኛ ኩነት ዝነግር ክፋል ኣካሉ፡ መሬት ተንፈጥፍጥ ከምዘላ'ዩ ሓበሬታ ሂቡ። ኩሉ ሰዓቢ'ቲ ኮንሰርት ፍርሕን ስቕታን ንዉኖኦም ዓበጦ። እቲ ምንቅጥቃጥ ንግዜኡ ምስ ኣቋረጸ፡ "ሽ…ሽ…ሽ" ዝብል ድምጺ ሽሓኒ'ታ ጃዝ እናዘሓለ ካብ ኣእዛን ሰማዕቲ ሃሰሰ። ከም እንደገና መሬት ደርጓዕጓዕ እናበለት ብምንቅጥቃጥ ተናወጸት። ምር`ባጽ ተፈጥሮ ሓይሉ እናወሰኸ ልቢ ሰብ ምስ ሰወረ ኩሉ ክሃድም ከፍአ። ገሊኡ እናተጓነጸ ክጸቓቐጥን፡ ገለ ወዲቑ ክርገጽን፡ ሕንፍሽፍሽ ኮነ። ገና ሰብ ናብ ዝኣምኖ ተጸጊዑ ከይተሰኩዐ ሓያል ዝናብ ክወቅዕ ጀመረ። ብገለ ሸነኽ ማይ ዝተነጽጎም ኤለትሪካዊ ገመዳት ንላዕሊ ብምዝላል ጠራዕራዕ ኢሎም እናዓጥረሱ ተቓጸሉ።

ልቦም ዝተሰወረ ክርስቲያን ዝሃይማኖቶም ኣብ መሳጊድ ተዓቚቡ፡ ምስልምና ዝእምነቶም ድማ ኣብ ቤተ-ክርስቲያናት ተሰኩዑ። ዓበይቲ ሆቴላት ብፕሮፌሰራት፡ ኣማሓደርቲ ከባቢ፡ ጽሉላትን ለመንትን ካልኦት ደረጃ መነባብሮኦምን ዝተፈላለየን ኣዕለቕለቑዎ። እቲ ክቡር ምንጻፍ`ቲ ሆቴላት በቲ ዝተለቓቐበ ብላይ ሳእኒ ድኻታት ተረግጸ። እቶም ዝቕይርዎ ስኢኖም ብኸፉእ ጨና ዝበደኑ ተናበይቲ ጎደና፡ ኣብቲ ሆቴል ክኣትዉን ሽታ'ቲ ህንጻ ተደዊኑ ብዘሃድሃደ ጨንኦም ክትካእን ሓደ ኮነ።

እታ ከተማ ሰብ ከምዘይብላ ባዶ ስፍራ ኮነት። ዓበይቲ ጎደናታት ዓዘቕቲ ጽምዋ ውሒጥዎም፡ ፌስታላትን ወረቓቕትን ጥራይ

ሰብ ዘጽመመ መራት ቃጭል

ተንቀሳቐሱ። ኣምፑሎም ዝኀረፈ ናይ ጎደና መብራህትታት ጨምተሉ። ኳሬንቶም እውን ወዘልዘል ኢሉ ተንጠልጠለ። ክቖሙ ዓቕሚ ዝወሓዶም ቬትሮታት ምስ ወደቑ ዝተደራቐመ ክፋሎም ኣብ ፎቖዶ ጽርግያን ማርቻፔዲታትን ተዛሕዝሐ።

ብዙሓት ቀልቦም ዝተዶቖሰ ሰባት ኣብ ሓንቲ ናይ ቅብኣታት ጋለሪ ተዓቍቦም ነበሩ። እቲ ቦታ በረርኡ ዝተሰረዘ መንገዲ ኣየር ይመስል ብምንባሩ፡ ናይ ሕሙማት ስቕታን ናይ ፍርሒ ዝመስል ዕላላትን ነቲ ስፍራ ይርኣዮ።

ኢዱ እናጣቐዐ ሓደ ጨሓም ቀሺ ኣብ ጣውላ ተሰቕለ። ርእሱ እናኹለለ ድማ ንኹሉ ሰብ ጠመተ ገበረሉ።

"ኣታ ወለዶ ህዝቢ ክርስቲያን፡ ጭካኔኻ ንመሬት ትሕተ ባይታኣ ብደም ኣጨቀዎ። ደጌኻ ብጸጋ መሊኡ ፈሰሰ። ልብኻ ግን ከም ከውሒ ደረቐ፡ መንፈስካ ከኣ ከም ውላድ ዘይብሉ ሃብታም ገረውረው በለ። ልሳንካ ንርኽሰት እምብዛ ገዓረ፡ ንጸሎትን ምህለላን ግን ላሕተተ። ኣብ እዋን ጭንቀትካ ንኣልኮል ከም መተካእታ ጸበል ጨለጥካዮ። ኣቲ ብፍትወት ሰብኣይ የዒንትኺ ብንብዓት ዘሕበጥኪ፡ ኣታ ብፍቕሪ ሰበይቲ ልብኻ ዝሰበርካ ሰብኣይ፡ እዝስ ንጎይታ እንተዝኾነልኩም፡ ካብ ጻድቃናት መፍለዪ ምተሳእነኩም። እቲ ንሕነን፡ ንዝሙትን፡ ንስስዐን ነቺሑ ዝተገዝአ ርእስኹም ከም ጽሉል ኮይኑ እንተዝፍጠር ምሓሾ፡ ንጸህናኹም ከኣ ከም ልቢ ህጻን ምበለየ።

ንስኹም ግን ስጋ ሓውኹም መንጨትኩም በላዕኩም። ሕሜታኹም ቆልዑ ንዘሜጭሖ ሓዳር በተነ። ካብ ጣቕዒት ኢድ ዘይፍለ መልሓስኩም ነቲ ብዘይወዓሎ ዝተወንጀለ በጽሒ ንኽሳዱ ብገመድ ኣሕነቐ። ጎይታ ድማ ብደቁ ጎሃየ፡ ምፍጣሩ ንዓና ድማ ብጣዕሳ ደበሶ። መለሳ ትእዛዛቱ ንግዚያዊ ስምዒትና ተንከባኺብና። ቅዱስ ቤቱ ዝነግዶ ሰብ ስኢኑ፡ ሰፈር ሳሬት ኮነ። ቅዱሳን መጻሕፍቱ ብሓመድ ደኸደኹ። በንጻሩ ክዳውንትኹም ኣጽሪኹም፡ መንገፍ ቤትኩም ከኣ ተወገነ።

ሕጂ'ውን! ሕጂ'ውን! ጎይታ መዓልታዊ ዘይኮነ፡ ኣብ ሰዓታት'ውን ዘይኮነ፡ ኣብ ነፍሲ-ወከፍ ደቓይቕ ንዓኹም ደቁ ይደህ'ሎ። ልቡ ብጣዕሳ ዝዝተ፡ ነብሱ ብጸሎትን ተግባርን ዘላደየ ንዕኡ መንግስተ-ሰማያት ቀረባ'ያ!...ዝሰማዕናዮ ዘበለ ኣብ ልብና የሕድሮ!" ብምባል ሰበኻኡ ዛዘመ።

እቲ ቀሺ ካብቲ ተሰቒልሉ ዝነበረ ጣውላ ከይወረደ እንከሎ፡ "ኣናስሓና! ኣንጽሃና!" እናበሉ፡ ዘፈር ልብሱ ብብዙሓት ኣእዳው ተወጠጠ። ንኹሎም ምንሳሕ ዘይከኣል ብምንባሩ ግን እቲ ቀሺ ማይ-ጸሎት ደጊሙ፡ ብኹሉ ሸነኽ እናነጸገ ገጨቦም። ንጽባሒቱ ቤት-መቕደስ ንኽመጹ ከኣ ኣጥቢቑ ተማሕጸኖም። እቲ ህዝቢ በዚ መብጽዓ ምስ ረግአ እቲ ቦታ ካብ ጫውጫውታ ተዓገሰ።

እቲ ቀሺ ክሸይን ብምባል ኣብ ሽቓቕ ምስ ኣተወ፡ ሓንቲ ጓል ብጸግዒ መንደቕ ቅብኣታት ትርኢ ዘላ እናመሰለት ሰዓበቶ። ሰብ ከይረኣያ ድማ ኣብታ ሽቓቕ ተሓወሰቶም።

እቲ ቀሺ እናሰምበደ ሻርኔራ ስሪኡ ዓጸወ።

"ኣቲ ጓለይ ሰብ ከም ዘሎ'ዶ ኣይረኣኽን ኢኺ?"

እታ ጓል ንኽይትርእዮም ገጻ ጠውያ ናብቲ ማዕጾ ኣበለት።

"በሊ ወዲኣ'የ እዛ ጓለይ ብርኽቲ፡ ክሓልፍ ዶ?" ምቕልል እናበሉ ሓተቱ።

"ንዓኹም ደልየ እንድየ መጺአ ዘለኹ"

"ንዓይ ደኣ...ንዓይ?"

"ከተናስሑኒ፡ ውሽጠይ ረኺሱ'ዩ ኣቱም ኣቦይ፡ በጃኹም ኣንጽሁኒ!"

"ካብዚ ኩሉ ሰብ ፈልየ ንበይንኺ ክናስሓኪ ተዋሒጡልኪ ማለት ድዩ፡...ብኸመይ ፍትሓዊ'ዩ ኢልኪ ትሓስቢ?"

"ልዕሊ'ዚ ኩሉ ሰብ ንንስሓ ስለዝደለኹ'ንዶ መጺኤኩም...ልበይ ብዘሕለፈቶ ጥዕስቲ'ያ እናበልኩኹም፡ እንተዘይ'ናስሒኩምኒ`ኸ ፍትሓዊ'ዩ ኢልኩምዶ ትሓስቡ ኣቱም ኣቦይ?"

እቲ ቀሺ፡ "በሊ ንዒ'ዛ ዓለይ።" እናበለ ሓጢኣታ ንምስማዕ፡ ኣእዛኑ ወፈየላ።

ኣብ መወዳእታ፡ "ሓጢኣትኪ ብዘይ ስጋን ደምን ጎይታና ስለዘይዛዘም፡ ጽባሕ ንግሆ ቤተ-ክርስቲያን ምጽኒ።" በልዋ'ሞ ብኡ ተፋነዉ።

እቲ ቀሺ ንሸንቲ-ቤት ኣምሪሑ ብዝኣተወ ብድሕሪኡ፡ "ሰዓብቲ ምስልምና!" እናበለ ሓደ ጽዑቕ ዝጭሕሙ፡ ዓምያ ዝተጠምጠመ ሸኽ ቆላሕትኡ ናብቲ ህዝቢ ሰደደ።

"ሰዓብቲ ምስልምና ኣቦ-ኣቦሓጎታትኩም ካብ መቕብር ተንሲኦም ነዚ ቃል ዘይርከቦ ርኽሰት፡ ዉሽጡ ዝበከዐ መንፈስ ደቂ-ደቂ-ደቆም እንተዝርእዩ ብኻ ሰበይቶም መኻን፡ ዘርኦም ከኣ ዓጻቕ ኮይኑ እንተዝፍጠር ብዘይ ጣዕሳ ምተመነዩ። ኣታ ዘምባል ወለዶ ነቦኻ ክብረት ኣቢኻ፡ ነዴኻ'ውን ኢድካ ነጸግካላ። ንብጾትካ'ውን ካብ ምጉድኦም ምሕራም ኣበኻ። ኑታ ኮሻም ሰበይትኻ ተኣዚዝካ፡ ንኣላህ ግን ጎሰኻዮ! ዓያትስ ከም ብዴኮር ዝሸፍኣት ኣመንዝራ ተቐብአ። መቕጻዕቲ ሸሪዓ ዝምእዘዞ ስኢኑ፡ ህዝቢ ብዘይ ደፋኢ ሓይሊ፡ ሕልንኡ ብሂግዎ ብሓሶት ይምስክር ኣሎ። ምጽወታ ዛካት ከም መቕጻዕቲ ተራእዩ ኣእዳውኩም ሓጸረ። ሕቖኹም ንስግዳን ኣላህ ገዲፉ፡ ንዝጎሓፍ ዘርኢ ኣብ ሰለፍ ኣመንዝራ ሓይሉ ወድአ። ኣእዳውኩም ስም ረቢ ኣልዓለሚን ረሲዑ ብውሽማታትኩም ጠቕዐ። ከምቲ መሓመድ ዝበሎ፡ "እምነት እንተዘይሃልዩካ ገነት ኣይክትኣቱን ኢኻ፡ ንሓድሕድኩም እንተዘይተፋቐርኩም ድማ እምነትኩም ምልእቲ ኣይክትከውውን'ያ!" ዝበሎ ቃል ክንምራሕ ይግባእ።" ድሕሪ ምባሉ ንበይኑ ዘድመጾም ጸሎት ሕሹኽሹኽ እናበለ ካብታ ጣውላ ወረደ።

ድሕሪ'ዚ ኹሉ፡ ገለ ክጭነቕ ገለ ንበይኑ ከማርር ነዊሕ ሰዓታት ሓለፈ። በዚ ድማ ኣብታ ጋለሪ ኣዕቂሎም ዝነበሩ ሰባት፡ ጥሜት ንኸብዶም ክጭፍልቕ ብምጅማሩ፡ ድሮ ጫቑጫቑታ ናይ ጨቓውቲ ዝጥዕም ምዕዝምዛማት ኣስምዑ።

"ስርሐይ ዝሃበኒ ክልተ ኩንታል ፊኖ ኣሎ።" በለ ዋርድያ'ቲ ጋለሪ።

ሰዓበ ድማ፡ ኩሉ ሰብ ዐዕማኾ ፊኖ ኣብ ኢዱ ተዓደለ። ገለ ምስ ማይ በጽቢጹ ሰተዮ፡ ገለ ኸኣ ኣብኩሉዑ በልዮ።

ታቦር ፊት ሓደ ሰብኣይ ኮይኑ ሰሓኽ ክሞልቆ ደለየ። ሰሓቑ ክዕቅቦ ብዘይምኽኣሉ ግን ኩላሶ መግቢ ኣብ ኣፉ ከሎ ተፈርሸሐ። ንጣር መግቢ ድማ ኣብቲ ጣውላን ኣብ በበይኑ ቦታን ተለፈጠ። እተን ክልተ ሸራፋት ዝነበረን ጓህማማት ኣስናኑ እናገየጸ ከኣ፡ ናይ ዘለዎ ኪርኪር በለ።

"ደሓን ዲኻ'ታ ሰብኣይ፡ ብዘይካኻ'ኮ ኣብዚ ቦታ ዝስሕቕ የለን።... ኣርኪብካ ዲኻ!።" ኣብ ፊቱ ዝነበረ ብህጥራን የዒንቱ ክስወራ ዝደለያ ሰብኣይ ሓተተ።

"ደሓን'የ...ደሓን'የ።" መሊሱ ሰሓቐ። እቲ ምግያጽ ካብ ልቡ ዝመንጨወ ብምንባሩ የዒንቱ ንብዓት ቋጺሩ ነበረ። ኣስዒቡ፡ "ከምዚ እትርኤኒ ክትኮበለይ መዓልታዊ ኣብ ጎደና ተሰጢሐ ዝውዕል ተመጽዋቲ'የ። ክስልችወኒ ኸሎ ግን እቲ ብንፋስ ተጸፊዑ ዝመጸኒ ጋዜጣታት ንምንባቡ ኣይንሕፎን'የ። ገለ ካብኡ *"ኣዛርያ ዓለም ኣብ ጅቡኡ። ኣዛርያ እቶም ብሃብቶም ብድሕሪኡ ተሰሪዖም ዘለዉ ሰለስተ ሰብ ጸጋ፡ ቀዋምን ተንቃሳቓስን ንብረቶም ተደሚሩ ክንዲ ናቱ ኣይመጽእን'ዩ። ኣዛርያ ኣብቲ ዝዓምቐ ባሕሪ ማሪያና ትሬንች ዘስርሖ ትሕተ ባሕራዊ ሆቴል ኣመሪቑ። ኣዛርያ ኣብ መሬት ዘሎ ነገራት ከሰልችዎ ብምጅማሩ፡ ካብ መላእ ዓለም ክኢላታት ዓዲሙ ዘሐጉሶ ንብረታት ክሰርሑሉ ይሓትት!"*...ብዙሕ'ዩ በጀኻ'ይለካ።" ነቲ ሓሙኸሽቲ ዝተነስነሶ ዝመስል፡ ዓሌት ሕብሩ ዘይፍለጥ፡ ጸጉሩ እናሓኸኸ ደጊሙ ናይ ልቡ ብሰሓኽ ክርትም በለ።

"እሞ እዚታት ኣስሒቑካ? ብደቀቕቲ ነገራት ትሕጎስ ብምኳንካ፡ ምስ ዕድለኛታት ዘየጸብጽበካ ኣይኮነን።"

"ንሱ ኣይኮነን ዘስሓቐኒ፡ *"ምስ ኣዛርያ፡ ንሓሙሸተ ደቓይቕ ንኸምስሑ፡ ክልተ ሰብ ሓዳር ሓደ ሚልዮን ከፈሎም!"* ዝብል ኣንቢበ ነይረ፡ ሕጂ ግን ሓንቲ ሓጭም ሰልዲ ከይከፈልኩ ምሳኻ ኣብ ሓደ ጣውላ ይምገብ ብምህላወይ'ዩ!"

እቲ ገዚፍ ሰብኣይ ዝተደወነ መሰለ። ስቕ ኢሉ መግቡ ካብ ምብላዕ ዘርኣዮ ካልእ ኩነት ከኣ ኣይነበረን። ድሕሪ ገለ ህሞት ማይ ምዒጉ ድሕሪ ምውሓጥ፡ "ኣነ ንባዕለይ ብዛዕባይ ዝረሳዕኩዎ ነገራት ኣዘኪርካኒ።" በለ ቃንኡ ናይ በዓል ጸጋ እናገበረ።

"ምሳኻ ብምምስሐይ ሓደ ሚልዮን ዓቂበ ማለት እኮ'ዩ፡ ምኳን ብዙሕ ደቓይቕ ምሳኻ ኮፍ ስለዝበልና ሚልዮናት'ዩ ክኸውን ዘለዎ!" ብድድ ኢሉ ካብ ሰፈሩ ብምትንሳእ፡ "ኣቱም ሰባት ካብ ሎሚ ምሽት ሚልዮነር ኮይነ'ለኹ!" በለ ድምጹ እናበረኸ። ሰሓቑ ከኣ ምስ ምትኽታኽ ናይ ሰዓል ተሳንዩ ምቁራጽ ኣበየ።

ብድሕሪ'ዚ ታቦር ክድቅስ ስለዝበሃገ፡ ካብቲ ዓበይቲ ቅብኣታት ኣውሪዱ ኣብ መሬት ኣንጸፎ። ኣዛርያ ነዚ ምስ ረአየ ኣዝዩ ተገረመ።

"እዚ ዘለናዮ ክፍሊ ክንደይ ገንዘብ ከፊልካ፡ ክንደይ ሓለዋ ተሳጊርካ ዝእቶ ዝነበረ ቦታ'ዩ ነይሩ። ግዜ ኮይኑ ሰብ ቆላሕታ ነፊጉዎ'ምበር ቅድሚ ገለ መዓልታት፡ ሰብ ንሓንቲ ቅብኣ ክርኢ ነዊሕ ደቓይቕ ዝዕነደሉ ዝነበረ ቅብኣ ኢኻ ተነጺፍካሉ ዘለኻ!"

"ካብ ህይወትካ ንላዕሊ እዚ ቅብኣታት ይዓቢ ዲኻ ትብለኒ ዘለኻ?" ቃላቱ በተን ሽራፍ ኣስናኑ ፋጸ እናሓወሳ ወጸ።

"ዘይሓሰብኩዎ ምሕሳብካ እሓዝን፡ ኣነስ ንኽትፈልጥ ኢለ'የ ዝተዛረብኩ።"

"ርኢኻ ፍልጠት ሓንሳእ-ሓንሳእ ዓሻ'ዩ ዝቕይረካ፡ ንስኻ ነዚ ቅብኣታት ክቡር ምኳኑ ብምፍላጥካ ንዕኡ ከይትውጽዕ ክትብል ሎሚ ለይቲ ኣብ መሬት እና'ንገርገርካን ብቑሪ እናተገረፍካ ክትሓድር ኢኻ።"

"ደሓን ኢኻ ትመስል፡ ምስዚ ኩሉ ልቦናኻ ኢኻ ኣብ ጎደና ተደርቢኻ ኔርካ?"

ሰብ ዘጽመመ መሬት ቃጭል

"ከምኡ'ዩ፡ ዝፈልጠልካ እንተዘይረኺብካ፡ ከይተፈለጥካ ኢኻ ትመውት።" ኣብ ርእሲ'ቲ ቅብኣ ተንዝጕዙ ንኣዛርያ ጠመተ። "ስማዕ'ንዶ ግዳ፡ እቲ መግበይ ጨው በዚሑዎ፡ ማክያቶይ ቡን ውሒዱዎ!" እናበለ ከጕረምርም ዝውዕል ዝነበረ ሰብ፡ ሕጂ ግለት ዝኾነ መግቢ ክመናጠለሉ ምርኣይ፡ ኣብዛ መሬት ካብ ዝተኸስቱ ኣደነቕቲ ትርኢታት ኣብ ቅድሚት እኮ'ዩ ዝስራዕ። ከምዚ ከማኻ "መሬት ኣይንረግጽን" እናበሉ ብውልቃውያን ነፈርትን ዘጌጻ መካይንን ዝጎዓዙ ዝነበሩ ገበዛት፡ ሕጂ ግን ኣብዚ ገዛ ጥራይ እእጋሮም ብምዝዋሮምሲ እቲ *"ትዕቢት ከም ጥይት ንላዕሊ ተተኩሳ፡ ካፕሱል ኮይና ንመሬት ትወድቕ!"* ዝብል ዘረባ ናይ ሓደ መንእሰይ ደራሲ ብግብሪ ደኾን ኣብኦም ክርአ ተደልዩ`ዩ።"

"ልብ-ወለድ ከኣ ተንብብ ኢኻ?" ኣዛርያ ክሳብ ኣዝማ ዘለዎ ዝጥዕም ብሰሓቕ ክርትም በለ። "ኣብታ ዝነበርናያ ዓለም ከምዚ ከማኻ ዝዓይነቶም ርእዩ መን'ዩ ተጫረቕቲ'ዮም፡ ብቐንጠመንጢ'ዮም ዝሕጎሱ፡ ዘይምፍላጦም ከኣ ወጽዓ ኣይኮነን ኢሉ ከም ምረቓ ዝርእዮ!?"

ታቦር ኣጣጢሑ እናደቀሰ; "ኣነ ባዕለይ'ከ፡ ባዕለይ ከም ምረቓ ዘይርእዮ፡ ሰብ ፈሊጡለይ እንታይ ክውስኸለይ ኢሉ'ዩ፡...ስማዕ'ንዶ ግዳ ገንዘብካ ኣበየነይቲ ባንክ ኢኻ ኣዕቍርካዮ? ቅድሚ ገለ መዓልታት *"ኣዛርያ ናይ ውልቂ ባንክ እንተዝህልዎ፡ ባንክታት ሃብትኻ ኣባና ዓቅቦ እናበላ ኣእጋሩ ክልሕሳ ኣይምተራእያን።"* ዝብል ኣንቢበ ነይረ።"

"ዝበዝሐ ገንዘበይ ብኸቡር ዕንቊታትን ቅብኣታትን'የ ቀይረዮ፡ ገለ ኣዋፊረዮ...ዋእ ኣታ ሰብኣይ ጋዜጠኛታት ሓቲቶምኒ ምምላስ ዝኣበኽዎም ሕቶታት እየ'ኮ ዝነግረካ ዘለኹ።"

"ኣበይ ከይበጽሕ ኢልካኒ ትኸውን...ብዝኾነ ምሳኻ ዘዕልሎ ዘለኹ ደቓይቕ ይበዝሕ ኣሎ። ገንዘበይ ልዕሊ ዓሰርተ ሚልዮን በጺሑ'ዶ ይኸውን?" ድሕሪ ምጥምማቶም ብሓደ ክስሕቁ ግዜ ኣይወሰዱን።

"ድኻን ሃብታምን፡ ክቡርን ሕሱርን፡...ኮታ ክልተ ዝጫፋቶም

ፍጡራት ብሓደ ዝሕወሱላ መዓልቲ ኣላ ኢሉ ዝሓሰብ ሰብ'ኮ ኣይነበረን። ኣምላኽ ግን እንታይ ዘይክኣሎ፡ እንሆ'ኳ ምሳኻ ኮፍ ኣቢሉኒ፡...*ታቦር እቲ ዝደኸየን ኣዛርያ እቲ ዝሃፍተመን ኣብ ሓንቲ ጣውላ!*' ብዝብል ኣርእስቲ ኣብ መጺሄታትን ጋዜጣታትን ክወጽእ እኮ`ዩ ዝረኣየኒ ዘሎ።" ናይ ነዊሕ እዋን ኣዕሩኽ እናመሰሉ፡ ዕላሎም ብዘይ ምስልቻው ቀጸለ።

እዚ እናኾነ እንከሎ፡ ኣዛርያ ንጓሉ ሮዛሊን ምስ ሓደ ትሕቲ ኣድማዒ ዝጽብጸብ ሰራሕተኛ ኢድ ብኢድ ክትተሓሓዝ ምስ ረኣየ ቁሩብ ሕርቃን ዝተሓወሶ ምግራም ኣንጸባረቐ።

ሮዛሊን ንብሕታ ኮፍ ኢላ ኣብ ዝነበረትሉ፡ "ኣብ ትካልኩም ዝሸቕሉ ሰራሕተኛታት ትፈልጥዮም'ዶ?" ዝብል ቃላት ካብ ብጎድና ኮፍ ኢሉ ዝነበረ ወዲ ተባዕታይ ሰምዐት።

"ልዕሊ ዓሰርተ ሽሕ ዝኾኑ ሰራሕተኛታት'ሞ ኣበይ ክብሎም'የ።" ምስ በለት፡ ብምግራም ገጹ ረኣየት።

"ቬትሮ ቤት-ጽሕፈትኩም ካብ ዘጽርዩ ሓደ'የ። መብዛሕትኡ እዋን ውሽጢ ከይተኣኹ ብደገ-ደገ ስለዝውልውል ስራሕ ክትኣትዊ ከለኺ ትርኢኒ ትኾኒ ኢኺ።"

"እሞ ኣየስተውዕልኩልካን።" ቁሩብ ቅጭ ዝመጸ መሰለት። ንሱ ግን ናይ ምግራም ዝመስል ፍሽኽታ ኣርኣየ።

"ብዛዕባ ሓንቲ ጓልዶ ክነግረኪ ትሰምዕኒ?" በላ የዒንቱ ንዓኣ ይርኢ ምህላዉ ደስታ ዝፈጠረሉ እናመሰለ።

"ብዛዕባይ ነገርካኒ'ኳ ኣይሰምዓካን!" ብምባል ብድድ ኢላ ካብ ኮፍ ዝበለቶ ተንስኣት።

"መዓልታዊ ሰኑይ ስራሕ ቅድሚ ምእታዋ ኣብ ውሽጢ መኪና ኮይና'ያ እትቖርስ። ከም ግምተይ ሰንበት ለይታዊ ትልሂት ስለ'ትሓድር፡ ንገዝኣ ተመሊሳ ክትቆርስ ግዜ ስለዘይብላ'ያ ከምኡ ትገብር፡..." ሮዛሊን ክኸይድ ተሃዊጹ ዝነበረ መንፈሳ፡ ናይ ዕረፍቲ

ከኒና ከም ዝወሓጠ ክዝሕል ተፈለጣ። ናብ ቦትኣ ተመሊሳ ኸኣ ንግዮን ከምስ እናበለት ጠመተቶ።

"ሰሉስን ሓሙስን ኩሉ ግዜ ጸሊም ስፒል'ያ ትወዲ። ቀው ኢሉ ንዝተዓዘበን ግን እተን ጫማ ሕብረን ደኣ'ዩ ሓደ'ምበር ካብ ዝተፈላለየ ትካላት ዝተሰርሓ'የን። ኣብ ኣእጋር'ዛ ጓል ከኣ ካብ ሓደ መዓልቲ ንላዕሊ ኣይገብራን'የን። እዛ ጓል ረቡዕ ደስ እትብላ መዓልቲ'ያ። ኣውቲስታ ከምቲ ካልእ መዓልታት ማዕጾ ከፈቱ ኣየውርዳን'ዩ። ባዕላ ከፊታ ብምውራድ'ያ ብፍስሃ ትስጉም። እታ መዓልቲ'ውን ዝመጸ እንተመጸ ዝዝርገላ ከምዘየለ ኣብ ገጻ'ዩ ዝንበብ። እቲ ዘሕዝን ግን ናይ ምሸት ክትፍደስ ከላ፡ ፍሽኽታኣ ሃሲሱ፡ ስልችውችው እናበላ'ያ ንገዝኣ ትምለስ።...መዓልታዊ ዓርቢ ሰዓት ዓሰርተ'ያ ንስራሕ እትኣቱ። እቲ ቅድሚኡ ዘሎ ሰዓታት ባይታ ቴንስ ምስ መሓዙታ ክትጻወት'ያ እተሕልፎ። ቀዳም ከምዝመስለኒ ዓበይቲ መራሕትን ኣብ ስርሖም ዝምርኮሱ ሰባትን ብብዝሒ ስለዝመጹ፡ ጻዕዳ ባድላ ምስ ጎና'ያ እትኸደን። እታ ናይ ሽዓ መዓልቲ ልብሳ ተዋሳእትን ሞዴላትን እንተዝገብርኣ'ውን ክንዲ ናታ ኣይመጸበቐለንን!" ግዮን ንበይኑ ክዛረብ ድሕሪ ምጽናሕ ተጠውዩ ንሮዛሊን ጠመታ።

ሮዛሊን እዚ ኹሉ ቀው ኢላ ብተገዳስነት ኣቓልቦኣ ከምዘይሃበቶ፡ ክትስዕቦ ከምዘይጸንሐት ከተምስል ግን ናብ ካልእ ክትጥምት ከላ ግዮን ኣስተብሃለላ።

"እዚ ኹሉ ብዛዕባ'ዛ ጓል እናፈለጥኩ፡ ንዓይ ትፈልጥ እንተኾይና ሓቲተያ'ሞ፡ "እሞ ኣየስተውዓልኩልካን!" ክትብለኒ ከላ እንታይ ኮይኑ ይስመዓኪ?"

"ይቕሬታ ግበረለይ። ስምካ'ሞ ንገረኒ፡ ክንድ'ቲ ብዛዕባይ ዝተገደስካዮ ዋላ'ኳ ኣይኹን ስምካ ብምሓዘይ ግን መጀመሪ ክኾነኒ።" ቃላት ልመና መሰሉ።

"ግዮን ይበሃል።" በላ ፍሽኽታኡ ናይ ሓጎስ እናመሰለ። ኣብ ጥቕኣ ምህላዉ እናደሰቶ፡ "እዚ ኹሉ ህይወትኪ ሞዛይክ እናመሰለ፡ ፍቕሪ ከምዝጎድለኪ ግን ትፍለጢ ኢኺ።"

"ፍቕሪ...ፍቕሪ የብልክን!..." ወርቃ ዝጠፍኦ ድኻ ክትመስል ጸለለል በለት። ተጸዊጋ ንግዮን እናረኣየት፡ "ብኸመይ ግን ከምኡ ክትብል ደፈርካ?"

"ፍቕሪ ዘለዋ ጓል፡ ከምዚ ከማኺ ኣብ ሮቡዕ ጥራይ ኣይኮነትን እትሕጎስ። መዓልታዊ ከም ዑፍ ክትዝምር'ያ እትርአ። እዚ ግን ኣባኺ የለን።"

ሮዛሊን ንግዚኡ ሓዘንተኛ መሰለት። ገጽ ግዮን ከይረኣየት ከኣ ምዝራብ ጀመረት።

"ረቡዕ ጥራይ ዝሕጎሰሉ ምኽንያት ምስ መሳርሕተይ ንእሽቶ ግብጃ ስለዘለና'የ። እዞም ትርእዮም ዘለኻ..." ብምባል ብሓደ ኮፍ ኢሎም ንዝነበሩ መንእሰያት ኣርኣየቶ። የዒንታ ንዕኦም እናረኣየ፡ "ንዓይ ከሐጉሱ ዝገብርዎ ክዳን፡ ዘርእይዎ ጠባይ ኣዝዩ'ዩ ዘስሕቐኒ። ካብዞም ዝብለካ ዘዕግበኒ ስለዘይረክብ ግን ሕርር እናበልኩ'የ ንገዛይ ዝምለስ።" የዒንታ ጌና ብዓይኒ ሓዘን ነቶም ትብሎም ዝነበረት እጥምታ ነበራ።

"ካብ ሓሙሽቲኦም ኢኺ ምሕራይ ስኢንኪ?...ጽቡቕ ጉልበትን ዘየሰልቹ መልክዕን እኮ'ዩ ዘለዎም።"

"ብዙሕ ምርጫታት እንተ'ለካ ከተዕነኒ'ዩ ግዜ ዝሓልፍ። ካብዞም ዝብለካ ዓይነይ ዝበሃጎም'ምበር ልበይ እትምነዮ ኣይረኸብኩን... ከዕልሉ እንከለዉ'ሞ ርኣዮም? ብዛዕባ ውጥን ስራሕ፡ ወይ ነብሰ-ግምገማ ዝገብሩ ዘለዉ'ዶ ይመስሉ?" ሕቶ ሓቲታ ክነሳ ባዕላ ክትምልሶ'ያ ብሂጋ።

"ኣብ ከምዚ መዓልቲ ምስ ሮዛሊን ከምዚ ፈጺመ፡ እዚ ጌረ እናበሉ'ዮም ዝተሓሳሰዉ ዘለዉ።" በለት ልሳና ሕርቃንን ጓህን እናዓሰሎ።

"ዋእ፡ እዚ'ሞ ከሐብነኪ'ዩ ዝግብኦ። ሓሙሽተ ሰብኡት ንሓንቲ ጓል-ሄዋን ከፍቅሩ፡ እንድዒ'ምበር ዝበዝሓ ደቀ'ንስትዮ ምስ ኩርዓት ምጸብጸብኦ።"

"ፍሉይ ኢኻ...ማለት ዝቐረቡኒ ዘበሉ ሰባት ብዛዕባ ነብሶም ጥራይ ክዕልሉ ኣእዛነይ ኣደንቍሮሞ'ዮም።"

"እ...ሮዛሊን፡ ንነብሰይ ብልክዕ ምግላጽኪ ቅንዕቲ ም'ዃንኪ'ዩ ዘነጽር።"

"ሕጂ'ውን ብዛዕባ ነብሰይ ተዕልል ኣለኻ። ናትካ ዘበለ'ባ በጃኻ ንገረኒ፡ ኣፍቃሪት ኣላትካ`ዶ? እንተዘይብልካ'ኳ ደቀ'ንስትዮ ዘበልና ዓዊርና'ለና ማለት'ዩ!" ንመጀመርታ ግዜ ፍሽኽ በለት።

ሰብ ብሻቕሎት እናተሓቑነ ዕላል ክልቲኦም ግን ዝተዛነየን፡ ጽቡቕ ፍሰት ልቢ ዘርኣየን ኮይኑ ቀጸለ። ዘይፈልጦምን፡ ዕላሎም ዘይሰምዐን ሰብ፡ ብማዕዶ ርእዩ ዝሓሰቦ ነገር እንተነይሩ፡ "እዞም ፍቑራት ጽምብል ፍቕሮም ሎሚ መዓልቲ ዓመቱ ብምኻኑ፡ ዝኾነ ዝዝርገሎም ኢንታ ዘየፍቅዱ መጻምድቲ'ዮም...ወይ ተባኢሶም ዝነበሩ ፍቑራት'ሞ ተዃርዮም ከይሞቱ ብምስጋእ ይቕረ ተባሃሂሎም ዝስሕቁን ዝጻወቱን ዘለዉ'ዮም።" ኢሉ ዝገመተ'ሞ ግን ዘይተዓወተ ሰብ ብዙሕ'ዩ።

ሮዛሊን ኣብ ህጻንነታ እንተዘይኮይኑ፡ ክምዚ ክትስሕቕን ክትጻወትን ዋላ ተራእያ ኣይትፈልጥን። ዝነበራ ናይ መሪሕነት ምትዕናን በሪሱ ብኾሽምሽም ክትካእ ምርኣይ ማለት፡ ጸጋማይ ጫማ ብሓይሊ ኣብ የማናይ እግሪ ክስኳዕ እንካብ ምርኣይ ዘፍሊ ኣይነበሮን።

ኣብቲ ብጽዋገን ፍርሕን ዝተዋሕጠ ሰብ፡ ግይጽ-ምይጽ ናይ ሮዛሊን ዘስተውዓሉ'ሞ ምግማት ዘየሰልችዎም፡ ሓንጎላ ከምዝሰሓተት ገይሮም ን'ኽሓስብዎ ዝዓግቶም ኣይረኸቡን። እቶም ሓሙሽተ በሃግታ፡ ነዚ መዝነቱ ይኹን ደርቢ ናይ ናብርኡ ካብ ተራ ዘይሓልፍ ሰብ የዒንታ እናዓመተት ብኢዱ ክትሕዞ እንከላ ብ "ጠፋእና!" ዝብላ የዒንቶም ተመልከቱዋ። ኣድህቦኦም እቲ ኣቡን ሰበኻ እናካየደ እንከሎ ክንድኡ ኣይነቕሑን፡ ኣይፈርሑን'ውን። ሮዛሊን ክዕዘብዋ ምስ ረኣየት ኢዳ ካብ ኣእዳዉ ግዮን ፈነወተን። ወዳ እትሓቁፍ ዘላ ኣደ ክትመስል ከኣ ብ'ኽሳዱ ኣሕሊፋ ጠምጠመተን። ነብሳ ኣብ ነብሱ እናተጸግዐት ከኣ ርእሳ ኣብ መንኩቡ ኣዕረፈት። የዒንታ

ሰለም ድሕሪ ምባላ ኣፉ ከይተኸፍተ ዘብህግ ፍሽኽታ ኣርኣየት። እዚ እናኾነ ግን ሮዛሊን ኣቡኣ ኣዛርያ ምስ ሓደ ጥቕሚ ይርከቦ'ዩ ኢልካ ዘይግመት ሰብኣይ ክስሕቕን ክጻወትን ብምርኣያ፡ መፍትሒ ሰኣንትሉ።

በዝን ካልእ ንጥፈታትን መሬት መስዩ ኣብ ምጽልማት በጽሐ። ገለ ዘይቅሱን ገዲፍካ መብዛሕትኡ ሰብ ኅቦ ልቡ ደቀሰ።

ንጽባሒቱ ምስ ወግሐ፡ ህድእቲ ጸሓይ ኣብ መናድቕ'ታ ከተማ ብርሃና ተነጽፉ። ጨራታት ብዝተሰብረ መስኮት ሰሊኾም፡ ቀዳምነት ኣብቶም ጫፍ ናይታ ጋለሪ ዝነበሩ ሰባት ዓለቡ። በዚ ገለ ዉሑዳት እናተመጣልዑን ፍሕትሕት እናበሉን ተበራበሩ። ጫምኦም ክቕይሩን፡ ዝሑል ናይ ድሁላት ዕላል ብምኽፋቶምን ነቶም ዝተረፉ ከተስኡ ግድነት ነበረ። እቲ ኣረጊት ዋርድያ፡ እታ ከተማ ንዝሓዘቶ ትርኢት ንምዕዛብ ኩሉ ዓይነት ስምዒታት እናተሓዋወሶ፡ ነቲ ገፊሕ ማዕጾ ኣርሓዎ። ረበሻ ዘይነበሮ ኣካይዳ ዝስጉም ሰብን፡ ወተሃደራት ዝጸዓና ዓበይቲ መካይንን ናብ ኣደባባይ ገጸን ከምርሓ ድማ ተዓዘበ። ኩሉ ኣብታ ጋለሪ ሓዲሩ ዝነበረ ሰብ ከካብ ዝነበሮ ተላዒሉ ነናብ ዝጥዕሞን በቤቱን ፋሕ በለ።

ምሉእ ዕጥቒ ዝለበሱ ወተሃደራት በብዝተመደብዎ ተራ ኣኣብ ስርሖም ኣተዉ። መንግስታዊ ዋኒናት ዝሕልዉ፡ ስርቅን ዘረፋን ንምውጋድ ኣብ ፎቕድኡ ዝተዘርግሑን ካልኦትን ነበሩ። ናይቶም ዝበዝሑ ግደ ግን ምሉእ መዓልቲ ኣብ ምጽጋንን ምትዕርራይን'ታ ከተማ ምጽማድ ነበረ።

እቲ ኣዕለቕሊቑ ዝነበረ ማይ ኣብ ፎኛቱራታት ተዋሒጡ ከምዝይነበረ ኮነ። ርሻናትን ገዛውትን ከፊላዊ ሃስያ ገዲፍካ፡ ሃዋሁ ኣቃምጥኦም ደሓን ነበረ። ዝጋዕግዐ ርስሓትን ሬሳታትን ብቕልጡፍ ተጸራሪጉ ኅደናታት ህይወት ቀደሞም ተላበስዎ። ሓሓሊፍካ ዝነቕዑ ጽርግያታትን መንገዲ ኣጋርን፡ ደጊሞም ኣብ ኣገልግሎት ንኽውዕሉ ዘኽፍኡ ኣይነበሩን። በዚ ድማ ብራዕዲ ዝተዳህለ ሸነኽ ገዲፍካ፡ ህዝቢ ናብ ንቡር ንጥፈታቱ ተመልሰ።

ሰብ ዘጽመመ መሬት ቃጭል

ኣዛርያ ካብታ ቬትሮኣን ምሉእ ገበራን ጸሊም ዝሕብራ መኪንኡ ወረደ። ባድልኡ እናመዓራረየ ንኸባቢኡ ቁሊሕ-ምሊሕ በለ። ምጥምዛዝ ክሳዱ ኣብ ሓደ ከቓውም ዘገደደ ትርኢት ግን ተኸስተ። ካብ ማዕዶ ምስ ታቦር የዒንቶም እናተጠማመተ ብሓደ ተጋጨወ።

ታቦር ከም ቡድሃዊ ኣእጋሩ ሓሊኹ ዘስተንትን ዘሎ እንክመስል ሽራፋት ኣስናኑ እናገየጸ ኣእዳዉ ኣወዛወዘ። ኣዛርያ ነዚ ምስ ረኣየ ቁሩብ ፍሽኽ በለ። ካብቶም ብዙሓት ሓለውቱ ንሓደ ድሕሪ ምድሃዩ፡ ኣብ እዝኑ ገለ ዘረባ ሕሹኽ በሎ። እቲ ሓላዊ ኣብ እዝኑ ዝተቓልሐ ቃላት ምስ ሰምዐ ናይ ኣወንታ ርእሱ ነቕነቐ። ናብ ታቦር ክስጉም ከኣ ምድንጓያት ኣየርኣየን።

ብተረርቲ ኣራግጻ መንገዱ ወዲኡ ኣብ ጥቓ ታቦር ምስ ተገተረ፡ ጅቡኡ ክጉርጉር ጀመረ። ሓንቲ ወረቐት ናይ ሚእቲ ብምውጻእ፡ ብጫፋ እናሓዘ ድማ ጠልጠል ኣበላ።

ታቦር ነታ ገንዘብን ንኣዛርያን በብተራ እናተዓዘበ ቀዘዘ። እቲ ሓላዊ ኣንጻር ግምቱ እቲ ለማኒ ገንዘብ ንኽቕበል ጎነፍነፍ ብዘይምባሉ ንኽግረም ግድነታዊ ኮኖ። ጠጠው ኢሉ ምዕናድ ዘረብረቦ ክመስል ከኣ ነታ ገንዘብ ዓኺሊሉ ደርበየሉ። ናብ ዓምኡ ድሕሪ ምምላሱ ድማ ብሓደ ናብቲ ስራሕ ኣተዉ።

ታቦር ነታ ገንዘብ ኣልዓላ። ብድድ ኢሉ ብምትንሳእ ከኣ ጽርግያ ተሳጊሩ ንሓንቲ ኣረጊት ለማኒት ተኹቡላ ናብ ቦትኡ ተመልሰ። ቀጺሉ ኣብ ትሕቲ ምንጻፉ ዝነበረት ጋዜጣ ኣውጺኡ ከንብብ ጀመረ።

ኣይደንጎየትን ሮዛሊን ካብ ሓንቲ ዝመጸ ዘመን እንተመጸ ውሕልነታ ዘይትበርስ መኪና ተሰቂላ ኣብ ኣፍ-ደገ ስርሓ በጽሐት። ቅድም ጸለምቲ ስፒል: ቀጺሉ ዳንጋኣ: ስዒቡ ኩሉ ኣካላታ ብቕድመ-ተኸተል ካብታ መኪና ተቐልቀለ። እዚ እናኾነ እንከሎ፡ ግዮን ኣብ ኣስካላ ኮይኑ ቬትሮ ይውልውል ነበረ። ነዚ ነገር ስለዝተዓዘቦ ከኣ ፍሽኽ ክብል ዝዓግቶ ኣይነበረን። ነቲ ርሂጹ ዝነበረ ገጹ ብጓንቲ ደረዞ። ዝነቐጸ ከናፍሩ ድማ ብምራቕ መልሓሱ ኣተርከሰ።

ሮዛሊን ብኽልተ ሓለውቲ ተዓጂባ ክትስጉም ጀመረት። ኣብ መንጎ ግን ስማ ክርቋሕ ብምስማዓ ካብ ጉዕዞኣ ሰገጥ በለት። ኤኲያሌኣ ኣውጺኣ ብዝጠመተት ምስ ግዮን ገጽ-ንገጽ ተረኣኣየት። ግዮን ኣብቲ ዝተሰቕለሉ ኣስካላ ኮይኑ ኢዱ ክሳብ ዝምናህ ናይ ሓይሉ ኣወዛወዘላ። ሮዛሊን ኤኲያሌኣ ከም እንደገና ንየዊንታ ሸፈና፡ ንውሽጢ ስርሓ ኣምርሐት። ግዮን ድንግርግር እናበሎ ዝነበሮ ድኻም ናይ ስራሕ ከይጸብጸበ ብተብተብ ሰዓባ። ስማ እናጸውዐ ከኣ ብዙሕ ጨደረ። ኣብ ጥቓኣ ከይበጽሐ እንከሎ ግን እቶም ነብሶም ብጥንካረ ክትኮስ ዝደለየ ሓለውቲ ጠጠው ኣበልዎ።

“ሮዛሊን ኣነ ግዮን እኮ'የ። ኣብ ሓንቲ ምሸት ከምዝተፋቐርና ረሲዕኪ ዲኺ!?” ሮዛሊን መልሲ ከይሃበት ኣብ መንኮባ ርስሓት ከም ዘሎ ነገፈት። እቶም ሓለውቲ ኣበሃህላኣ ስለዝተረድኡ ንግዮን ኀቲቶም ኣብቲ ደገ ንኽድርብይዎ ሓይልን ግዜን ዘባኽነሎም ነገር ኣይነበረን። ግዮን ርእሱ እናደፍአ ተመሊሱ ናብቲ ዓንጋሊኡ ዝኾነ ዕዮ ምውልዋል መስትያት ብስልቹው መንፈስ ተጸንበሮ።

ብኻልእ ሸነኽ ናይታ ከተማ እቲ ቐሺ ኣፍደጌታት'ታ ዘገልግለላ ቤተ-ክርስቲያን ኣርሒዩ፡ ዝናስሑ እንተመጹ ብምባል እናተሃንጠየ ሃንቀው በለ። ማይ ድጋመት፣ ስጋን ደምን ዕጣንን ከርበን ቀራሪቡ ድሕሪ ምጽፋፉ፣ ዝበለጸ ልብሲ ናይ ኣገልግሎት ወድዩ ከማዕዱ ጀመረ። ንነዊሕ እዋን እዚ ኣንቃዕሪርካ ንኽትርእዮ ዘየረብርብ ህንጻ'ቲ ቤት ብጽምዋ ከም ልቢ እንኮ ኳሉ ዝቐበረ ሰብኣይ ቆሪሩ ንረኣይኡ ድንጋጸ ዘስዕብ ነበረ።

እቲ ቐሺ ግዜ ብዝኸደ ስልችውችው ከም ዝበሎ ተመልከተለይ ዘየድልዮ ትርኢት'ዩ ነይሩ። ብጠጠዉ ኣብራኹ ረብሪበን፣ ውንኡ ፈዚዙ እንከሎ ንትዕዝብቱ ዘንቅሕ ርጋጽ ናይ ስጉምቲ ግን ሰምዐ። ካብቲ ጋህ ኢሉ ዝነበረ መዓጹ ሓደ፣ ብታሕተዋይ መሳልሉ እናደየበ ዝቐርብ ጽላሎት እናተመጠጠ ነቲ ብርሃን ዝነበሮ ምድሪ-ቤት እንጸልመቶ ከመጽእ ከሎ ተዓዘበ። ቅድም ርእሳ ደሓር መንኮባ... እናበለ በብተራ ምሉእ ኣካላ ዝተራእየ ጓል በቲ ኣፍደገ ተቐልቀለት። ካብቲ ንኢድ ጸጋም ዝነበረ ማይ-ጸሎት ኢዳ እናጥሓለት ንግንባራ

ሰብ ዘጽመመ መሬት ቃጭል

ኣተርከሰት። ሰለስተ ግዜ እናደነነት ድማ ኣማዕተበት። እቲ ቐሺ ብቐውታ የዒንቱ እናሰደደ እንታይነታ ኣጣየቐ። እታ ድሮ ኣናሲሕዋ ዝነበረ ጓል'ሞ ንጽባሒቱ ክትመጽእ ዝተማሕጸና ምኻና ብኣጉኡ ኣስተውዓለላ። ጸጉሪ ርእሳ ብመንዲል ተጎልቢቡ፡ ክሳብ ዓንካር-ዓንካሪቶኣ ዝኸድን ልብሲ ገይራ በተን ፈኮስቲ ሸበጥ ኣካይዳ ብጹኣን ዝመስል ህዱእ ስጉምቲ እናካወነት ናብኡ ገጻ ቀረበት።

እቲ ቐሺ ኩሉ ነገራታ ድሕሪ ምጥማቱ ሓንጎሉ ምግራም መልአ። ጎይታ ተቐቢላ ከምዚ ክትከውን ብምኽኣላ ፍስህኡ ኣመና ርሒብ ነበረ። ኣንፈቱ ጠውዩ ናብቲ ድንግል ማርያም ንዝሞተ ጎይታ እየሱስ-ክርስቶስ ኣብ ሰለፉ ሓቝፋ እናሓዘነት ዘርኢ ምስሊ እናጠመተ ዕዙዝ ምስጋንኡ ኣዕረገ።

ገጹ ከይጠምዘዘ ከሎ ግን ብዳሕረዋይ ርእሱ ፍሒራ ብግንባሩ ዝወጸት ጥይት ኣብ ምድሪ-ቤት ጭል ኢላ ወደቐት። መቓልሕ'ታ ጥይት ከየብቅዐ እንከሎ ድማ ራዕ ኢሉ ኣብቲ መሬት ተሰጥሐ። የዒንቱ ቋሕ ኢለን'ኳ እንተነበራ፡ ልቡ ግን ካብ ህርመት ድሮ ተጎናዲባ ነበረት።

እታ ጓል ብወርቅን ብሩርን ዝተሰርሐ መስቀልን ካልእ ሓጻውንን ምስቲ ተኣኪቡ ዝነበረ ቁሩብ-ቁራቦ ዕሸርን ሃተምተም እናበለት ኣብ ሳንጣ መልኣቶ። ግዜ ከየሕረረት ከም ሰብኣይ ተሰኪማቶ ድማ ተዓዘረት። ውዑይ ደም ናይቲ ቐሺ ወረር እናበለ'ኳ ናብቲ ማዕጾ ገጹ እንተጎየየ፡ ነታ ጓል ኣርኪቡ ክሕንኩላ ግን ኣይከኣለን። እታ ቤተ-ክርስቲያን ገዘፍቲ ማዓጹኣ ተጋሕቲኑ፡ ውሽጡ ድማ መፍቶ ሃመማ ኮይኑ ወዓለ። እታ ከተማ ዝለመደቶ ደወል'ቲ ዓቢ ቃጭል፡ ደሃይ ብዘይምግባሩ ኸኣ ምስቲ ኩሉ ጸጋታታ ጭልምልም በለት።

ኣይደንጎየን ግን ኣዕዋፍ ብዘይ ዕረፍቲ ብዘይ እኽለ-ማይ ክበራ ጀመራ። ልዕሊ ጸሓይ ዝብርሃኑ፡ ብዙሕ መስታ በርቂ ድማ ብደቡባዊ ክፋል'ታ ከተማ ተራእየ። ከዋኽብቲ እናወደቑ ንመሬት ኣናወጹ። ዓበይቲ ኣኽራናት ናብ ሓሞኽሽቲ ተቐየሩ። ኣራዊት ዘበሉ መሬቶም ገደፉ፡ ብጓህን ቁዘማን ድማ በኸዩ። መሬት ካብታ ምሸት እቲኣ ዝጸንሕ ዕምሪ ከምዘይህልዋ ርጉጽ ዝኾነ ድማ ድሮ

ካብዞም ልዒሎም ዝተጠቕሱ ዝበኣሰ ቑጥዐ ናይ ተፈጥሮ ከገጥማ ብምጅማሩ'ዩ።

***** ***** ***** ***** ***** *****

ላይነ እዚ ኹሉ ምስ ተዓዘበ ተልእኾኡን ትጽቢታቱን ምሉእ ስለዝኾነሉ ብሓጎስ እናተወረረ ካብ ኮፍ ዝበሎ ከይተስአ የዒንቱ ጥራይ ቁሊሕ ኣበለ። ጠመትኡ ኣብ ቅድሚኡ ምስ ገበረ ግን ሕፍረት፡ ፍርሒ፡ ናይ ዘይምዕዋት መንፈስን ዓብለሎ። ምኽንያት ናይዚ ግን ዘይነበሮ ኣይኮነን። እቶም ክልተ ዋርድያ ገዚፍ ኣባትር ሒዞም፡ እታ ተረኛ ነርስ ድማ ኢዳ ኣጣሚራ እናተጸወገት ኣብ ቅድሚኡ ስለዝጸንሕዎ'ዩ።

ካብ ኮፍ ዝበሎ ተላዒሉ፡ ነቲ ገመዳት ምስቲ ህጻን ዘተሓሓዞ ብድሁል ኣካውና ክኣልዮ ጀመረ። ኣብ ሳንሶናይቱ ድማ ጸዓኖ። እታ ሳንሶናይት ናብቶም ዋርድያ ከጸግዓ ከምዝደለየ፡ ናብኦም ገጹ ኣቕረባ። በታ ሳንሶናት ደፊኡ ድማ ነዋነዎም። ነታ ነርስ ጎኒጹ ኸኣ ማዕጾ ብሓይሊ ከፊቱ ሃደመ። እቶም ክልተ ዋርድያን ድሒሩ ዝተሓወሶም ሓደ ዶክተርን ኮይኖም ደድሕሪኡ ብጉያ ሰዓብዎ።

ብነንበይኖም ጎደናታትን፡ ዓይነት ጽርግያታትን ንነዊሕ ግዜ ንምሓዙ ተረባረቡ። ላይነ ነታ ሳንሶናይት ድሕሪ ምድርባይ ደብተሩ ግን ካብ ጸጋመይቲ ኢዱ ከይፈለየ ሓንቲ ታክሲ ደው ኣበለ። ነቲ ወናኒ ታክሲ ጥራይ ንቕድሚኡ ክኸይድ ድማ ብድኹም ልሳኑ ኣዘዞ።

ድሒሩ ላይነ ሕሳቡ ደርብዩ ካብታ ታክሲ'ኳ እንተወረደ፡ ምህዳሙ ግን ኣየቋረጸን።

መሬት ምስቲ ፈዛዝ ንግሆ ኣገናዚብካ፡ ከም የዒንቲ ፍጡራት እናባዕገገት ቋሕ ትብል ዘላ መሰለት። እታ ትበራበር ዝነበረት መዓልቲ ሰንበት ብምንባራ ቤተ-ክርስትያናት መዓጹ ቀጽረን ተራሕዩ ኣብ ምልማንን ምውዳስን ፈጣሪ ተኣሊኸን ነበራ። በዚ ከኣ ሓጥያት ዝነበሮ ከዛንቕ፡ ዘይብሉ ከኣ ጽድቂ ክውስኽ፡ ነቲ ናይ ዓለማዊ ማስኬራታቱ ንግዚኡ ጉሒፉ ብምስኪን ገጽን፡ ንጹህ ዘምስሎ ጸዓዱ ልብስታትን ተኸዲኑ ናብ ቤተ-ክርስቲያን ዝግስግስ ሰብ ብዙሕ ነበረ።

ላይነ ተብተብ እናበለ ብመንጎ ዕርቃኖም ብጋብን ካቦትን ዝሸፈኑ ሰብኡትን ኣብ ትሕቲ ነጸላ ዝተዋሕጣ ኣንስትን እናፎግፈገ ንቕድሚት ገጹ ደርገፍገፍ በለ። ኣብቲ ትንፋስ ዘይህብ ሃጸፍጸፉ "ላይነ!" ዝብል ድምጺ ምስ ሰምዐ ጠጠው ኢሉ ናብ ድሕሪኡ ቁሊሕ በለ። ቅድሚ ሕጂ ዝፈልጦ ገጽ ንኸርኢ ከኣ ኣይደንጎየን። እቲ ዝረኸቦ ሰብኣይ፡ ላይነ ኣብቲ ቦታ ምህላዉ ልዕሊ ዓቕን ዝገረሞ መሰለ።

"ከምዚ ሓንጎለይ ንዓ'ኻ ርእዩ ዝግምቶ ዘሎ እንተኾይኑ መንግስተ-ሰማያት ንምድያብ እቲ ኣስካላ ነዊሕ ኣይክኸውንን'ዩ!"

"እንታይ ድዩ'ቲ ግምትካ?" ላይነ ብፍርሒ ንድሕሪኡ ቁሊሕ-ምሊሕ እናበለ ተመልከተ።

"ከም በዓል ንስ'ኻ ብስራሕ ትሑዛት፡ ንፈጣሪ ግዜ ይግብኦ ምኻኑ ኣሚንኩም ኣብዚ ቦታ እንተተቐልቂልኩም፡ ገነት ብዙሕ ሰብ ክርእ ተኸእሎ'ሎ።"

"ንሱ እንድዩ'ሞ ዘዛርበኒ ዘሎ። ሰብ ካብ ብግምት ብልክዕ ክኸይድ ኣለዎ ብምባል እየ'ኮ መጽናዕተይ ዘካይድ ዘለኹ።" ላይነ የዒንቱ ኣኹሊሉ ብዝሰለለ ዘስግእ ከም ዘየለ ምስ ኣረጋገጸ'ዩ እዘን ቃላት ዝተዛረበን።

"ኣየ "ተኸእሎ" እናበልካ ምዝራብ ክሳብ ሎሚ ኣይሓደግካን?" እዛ ኣብ ኢድካ ዘላ መጽሓፍ ደኣ ኣይ ብሉይ-ኪዳን እንድያ መሲላትኒ፡ እምበኣር ጌና ኣብ ምምርማር ኢ'ኻ ዘለ'ኻ?...ቅድሚ ገለ ኣዋርሕ ኣብዚ ቅዱስ ስፍራ መጺእካ ካብ ዘጣየ'ቕካየን ኣንስቲ እታ ጸላም ኣረጊት ሰበይቲ፡ "ጎረባብት'ኸን በይነን ክጸድቃ ስለዘይተዋሓጠልክን ኢ'ኸን ንቤተ-ክርስቲያን ትመጸ'ምበር፡ ናይ እግዚኣብሄር ፈሪሃ ሃሊክን ኣይኮነን።" ምስ በልካየን፡ ሽዑ ምስ ወደቓ ክሳብ ሎሚ ኣብ ዓራት ከምዘለዋስ ፈሊጥካ'ዶ?" በለ፡ ንላይነ ካብ ምርምሩ ረብሓን ብስለትን ከምዘይርከቦ ገይሩ እናጠመቶ።

"ሓደ ሰብ ንዓ'ኻ ጠንቋላይ እንተ'ይልካ ርግጸኛ'የ ከምዘይትሓርቕ፡ ርግጸኛ'የ ሓሚምካ ከምዘይትወድቕ፡ እቲ ምንታይ ጠንቋሊ ብዘይምኻንካ።...እታ ሰበይቲ ከምኡ ምስበልኩዋ ስለምንታይ

ማዕረ ምውዳቕ በጺሓ ትብል?...ሰብ ሓምቢሱ ዘይክእሎ ክነሱ ፎቖዶ ዒላታት እንተኸደ እንታይ ጣቋ'ለዎ? ምጥሓል ጥራይ'ዩ ክጽበዮ። ማለተይ እታ ሰበይቲ ኣብዚ ቅዱስ ቦታ ንኽትህሉ እንታይን እንታይን ከምዘድልያ ኣይተሰቀራን። ወይ ኣብቲ ቅዱስ ቦታ'ላ ማለት ቅድስቲ ይገብራ'ዩ እንተ'ልካኒ፡ ቀተልቲ ሰብ መስቀል ጥራይ ኣብ ክሳዶም ብምንጥልጣሎም ካብ ርኽሰት ንኽንጽሆም እኹል'ዩ ማለት'ዩ።" ላይነ ስጉምቱ ህዱእ'ኳ እንተነበረ የዒንቱ ግን ጌና ንድሕሪኤን ካብ ምጥማት ኣየዕረፋን።

"ኣባህላኻ ሒዘዮ'ለኹ። ንስ'ኻ'ውን ኣብ ጌጋ መንገዲ ኢ'ኻ ዘለ'ኻ፡ ድ'ኽመትን ሓጢኣት ካልኦትን እናረኣ'ኻ ትጸናናዕ ዘለ'ኻ ኮይኑ'ዩ ዝስመዓኒ። እዚ ስፍራ'ኮ እንተላይ ንዓ'ኻ ይምልከተካ'ዩ።"

"ሓቅ'ኻ፡ እዛ ስርሐይ ምስ ወዳእኩ ከመስግንን ክናሰሕን ልዕሌ'ኻ ነዚ ቅዱስ ቦታ ብኣራግጽ ክውድኦ'የ፡..." ብጥ'ቕኦም ዝሓልፉ ዝነበሩ ኣመንቲ ከይሰምዕዎ እናተጠንቀቐ፡ "...ብዙሕ ከኣ ኣይትፍራሕ፡ ምጽኣት ዓለም ጌና'ዩ።"

"እዚ ቃጭል ትሰምዖ'ዶ ኣለ'ኻ? ሰብ ዘጽመመ መራት ቃጭል'የ ዝብሎ። ሰብ ዘጽመመ መበልያይ፡ እዚ ኹሉ ብድምጹ ሰብ እናጽመመ ዝግደሰሉ ሰብ ግን ዋላ ተሳኢኑ። መራት መበልየይ ከኣ ካብ ቀደም ክሳብ ሎሚ ብቓጭሉ "ንዑ!" እናብለ ይግዕር ብምህላዉ'የ።"

ላይነ እዚ ምስ ሰምዐ ከይደንጎየ'ዩ ንድሕሪኡ ኣቋሚቱ። እቶም ክልተ ዋርድያን እቲ ዶክተርን ንሓደ መንእሰይ ምስ ሓተትዎ፡ እቲ መንእሰይ ናብኡ ገጹ ከመልከት'ዩ ርኢዎ።

እቶም ሰብኡት ብማዕዶ ካብቲ ብጻዕዳ ክዳውንቲ ዘሕሰ'ኽስ'ኽ ህዝቢ ንላይነ ብዝተኸድኖ ካቦት ከለልዩ ሽግር ኣይኮኖምን። ኣረገውትን ኣብ ምስትንታን ዝነበሩ ምእመናን እናጎናነጹ ድማ ልዕሊ ዓቕሞም ጎየዩ። ላይነ ድማ ንመተዓልልቱ ከይተፋነወ ብህድማ ተወንጨፈ።

ላይነ ናይ ልቡ ይሃድም ብምንባሩ ካብቲ ህዱእ ስጉምቲ ናይ በጻሕቲ ቤተ-ክርስቲያን ንኽልለ ዘጸግም ኣይነበረን።

እቲ ቤተ-ክርስቲያን ዝተደኮነሉ ቦታ ካብ ከተማ ምሕድግ ኢሉ ብምንባሩ ብድሕሪኡ ዘይውዳእ በረኻ ጥራይ'ዩ ነይሩ። ላይነ ትንፋሱ ክሳብ ዝልህልህ በቲ በረኻ ጎየየ። ኣብራኹ ራዕራዕ ብምባለን ግን ምህዳሙ እናዘሓለ ከደ። ንግዚኡ ኣዕሪፉ ንድሕሪኡ እንተረኣየ ጌና ብዘይ ዕረፍቲ ክሃድንዎ ተዓዘበ። ውሽጡ ብቐቢጸ ተስፋ'ኳ እንተ ተሓቐየ፡ ዞኽዞኽ ምባሉ ግን ኣየቋረጸን።

ኣእጋሩ ብምርብራብን ከምቲ ዝድለ ካብ መሬት ተፈንቲተን ክጎያ ኣይከኣላን። በዚ ኸኣ ኣእማን ዓንቂፎም ደርገፍገፍ ከብሉዎ ተራእዩ። ነብሱ ተሪሩ ክቐንዕ ብዘይምኽኣሉ ከኣ ጻሕ ኢሉ ወደቐ። እታ ደብተሩ ድማ ካብ ኢዱ ሞሊቛ ኣብ ሓደ ሸኻ ዓለበት። ብተብተብ ተሲኡ ከኣ ናብቲ ሸኻ ሰጎመ። ዘይተጸበዮ ግን ጭቃ ንኣእጋሩ ሸኺሉ ብምሓዝ ምንቅስቓስ ኣበዮ። ዋላ ሓንቲ እግሩ ከውጽእ እንተሃቀነ ተጻዒሩ ጥራይ ተረፈ። በዚ ተስፋ ኣዋዲቑ ቆላሕትኡ ናብታ ደብተር ገበረ። ፍርቂ ኣካላ ኣብቲ ብሳዕሪ ተሸፊኑ ዘይርአ ማይ ጥሒሉ፡ እቲ ዝተረፈ'ውን ቀስ ብቐስ ክዞሩቕ እንከሎ ምስ ረኣየ ልቡ ሞለቐ። ንኽሕዛ ድማ ብስምዒት እናወጨጨ ኢዱ ኣመጣጠረ። ክኾነሉ ብዘይምኽኣሉ ግን ምሉእ ነብሱ ኣውዲቑ ክጋደል ግዴታ ኮኖ። እንተኾነ ምስ ትሕቲ'ቲ ሸኻ ዝነበረ ጨፈቃ ተጣበቐ። ፍሕትሕት እናበለ ናብታ ደብተሩ ክበጽሕ ብዙሕ ፈተነ። እታ ደብተር ሓደ ገበራን ኩሉ ፌልዮታታን ጥሒሉ ሓደ ክፋል ገበራ ጥራይ ጸብለል በለ። ላይነ ኣብ ዘለዎ ኮይኑ ብሓዘን ተመልከታ። ብህዱእ ምንቅስቓስ ከኣ ናብቲ ብደገ ርኢኻ፡ ዒላ'ሎ ኢልካ ክትግምቶ ዘጸግም፡ ብሸኻ ዝተኸበ፡ መዓሙቕ ማይ ተነቑተተ። ላይነ ናይ ሓይሉ እናፋሕተረ ኣብቲ ማይ በጽሐ። እታ ናይ ዓመታት ስርሑ ብደቓይቕ ክትሃጥም ከላ ብየዒንቱ መስከረ። ከይተፈለጠ ድማ እቲ ጭቃ ሸተት እናበለ ንኣካሉ ናብቲ ማይ ለኣኾ። ፈንጠርጠር እናበለ ክወጽእ'ኳ እንተሓለነ ሓይሉ ግን ምእዛዝ ኣበዮ።

ሓንሳብ ኣብቲ ጭቃ፡ ሓንሳብ ነቲ ሮማዲ እናመንጨተ'ኳ ክሕዝ እንተፈተነ ዓወት ግን ኣይረኸበን። ተስፋ ካብ ነብሱ ምስ በነነ ዝኾነ ነገር ካብ ምፍታን ኣቋረጸ። ኢዱ ፈንዩ ከኣ ኣሰር ደብተሩ ሰዓበ። ኣብቲ ሓምቢሱ ዘይክእሎ ማይ ንግዚኡ ጩብረቕረቕ በለ። እቲ ምቕላስ ግን ቀልጢፉ ኣቋረጸ።

ላይነ ክጥሕል እንከሎ እታ ቤተ-ክርስቲያን ብማዕዶ ተራእየቶ። ነእዛኑ ደብዛዝ ኮይኑ ዝተሰምዖ፡ ደወል ቃጭል'ውን ኣብ ውሽጢ'ቲ ማይ ከሎ ተጋውሐ። ነብሱ እናዞረቐ ክውሽጥ እንከሎ እታ ኣብ ላዕሊ ተሰቂላ ዝነበረት መስቀል ተራእየቶ። ካብኡ ንንየው ግን ጸልማት ትርኢት ጥራይ'ዩ ዝነበረ።

እዘን ቀጺለን ዘለዋ ዛንታታት ቅድሚ ሕጂ ኣብ ሃገርና ዘይተኣታተወ ቅዲ ዝሓዛ ኮይነን ትሕቲ ሱሳ {60} ቃላት ዘለወን ሓጸርቲ ዛንታታት እየን። ሓንቲ ድማ ብዓሰርተ ቃላት ዝተመስረተት ሓጻር ዛንታ እያ።

ሕድገት 59 ቃላት

ናይ ምሸት ሓለዋ ዝወጹ ክልተ ፖላይስ ፡ ሓደ ኣብ ዕሙር ባእሲ ዝጸንሖም መንእሰይ ሓዝዎ።

ንሱ፡ "ሕጂ ንዓይ እንተኣሲርኩምኒ ደሞዝኩም ዘውስኽ ኣይኮነን፡ ምኽንያቱ ስራሕኩም ከምዚ ከማይ ምሓዝ ስለ ዝኾነ።" በለ። ኣብ ጅቡኡ ዝጸንሓ 1700 ናቕፋ ኣዕሚኹ ድማ ከምዝሓድግዎ ገበረ። ሓለውኦም ዛዚሞም ናብ መደበሮም ተመልሱ፡ ስእሊ ናይቲ ጉቦ ዝሃቦም ተጠቂዑ ረኣይዎ። "ነዚ ዝረኸበ ሰብ ይኹን ፖሊስ ዓስቡ 500,000" ዝብል ድማ ኣንበቡ።

ለማኒትን ተኻብን 54 ቃላት

በራኺ ሰዓት ስራሕ ስለ ዝኣኸሎ፡ ኣብ መንገዲ እናቐረሰ፡ ንስርሑ ብተብተብ ሰጎመ።

"ስለ ክርስቶስ!...ስለ ወላዲት ኣምላክ!" ሓንቲ ኣረጊት ሰበይቲ፡ ኣብ ኣፍደገ ስርሑ ተኾርምያ፡ ንበራኺ ክቶኽበላ ለመነቶ።

"ኣቲ ዘይትሓፍር ለማኒት፡ ትማሊ ዘይሃብኩኽን?"

"ኣቱም ጎይታይ ትማሊ ሰሪሐ'የ ኢልኩም እንተተዕርፉ፡ ኣነ'ውን ኣይምለመንኩኹምን። ትማሊ በሊዐ ኢልኩም ሎሚ እንተትጸሙ፡ ኣነ'ውን ተዓጊሰ ምወዓልኩ።"

በራኺ ብለማኒት ተረቲዐ ከይብል ተሰኪፉ፡ ሳንቲም ከይገደፈላ ተዓዝረ።

ለውጢ ገዛእ ርእሲ 58 ቃላት

ቴድሮስ፡ ኣዕሩኽቱ፡ "ምልኩዕን ቅኑዕን'ኳ እንተኾንካ፡ ኣዋልድ ባዕለን ክላለያኻ ኣይትጸበ፡...ዕላል ዝብሕት ከኣ ከም ፈላጥ'የን ዝቐጽርኦ።"

ብምባል ኣብ ምኽሮም ኣርዓምዎ። በዚ ሳሮን ትብሃል ተላለየ። ብዙሕ'ውን ኣዕለላ።

ምስ ተፈላለዩ፡ ፊልማዊት ናብ ሳሮን ቀሪባ፡ "ቴድሮስ ተላሊኽዮ? ከምተፍቅርዮ'ኽ ሓቢርክዮዶ?"

"ኩሩዕን ስቕተኛን ከኣ ይመስል፡ ሓደ ለፍላፊ'ዩ።"

ሳሮን ቀዲማ "የፍቅሮ'የ" ስለዝበለት እያ'ምበር ፊልማዊት'ውን ተፍቅሮ ኔራ'ያ። ሃላው ምኽኑ ብዘረጋገጸት ግን፡ ንሳ'ውን ፍቕሩ ዘሊቑላ ዘይኮነ፡ ጠቕሊሉ ወጻላ።

መቓብር ዘይረኸበ ሬሳ 55 ቃላት

ሓደ መንእሰይ ብበረኻ ክሸይን ኣምስዩ፡ ንቤቱ እናተመለሰ ሬሳ ረጊጹ ሰምበደ። ዝሞተ ሰብ ረኺቡ ኢሉ ከይሕብር፡ ኮለልን ዘይውዳእ ሕቶ ፖሊስን ተራእይዎ፡ ኣብቲ ጸልማት ራሕሪሕዎ ተዓዝረ።

ርግበ ሰብኣያ ካብ ዝጠፍእ ሰለስተ መዓልታት ሓለፈ። ንወዳ ጸዊዓ፡ "ኣቦኻ ብዙሓት ጸላእቲ ኔሮሞ'ዮም፡ እንዳ ፖሊስ ኬድካ ሓብር!" በለቶ። ንሱ ግን ናብ በረኻ'ዩ ተጓይዩ። እቲ ቅድሚ ሳልስቲ ረጊጽዎ ዝኸደ ሬሳ ግን ኣይጸንሖን።

ስደተኛ መንነት 59 ቃላት

ኣቢጋይል ናይ ኣዋርሕ ዕዮ ፋይቶትነት ዒቕ ኣቢሉ ኣፈንፊና።

ንለውጢ ተበጊሳ፡ ኣካይድኣ ብምቕያራ፡ ጽፍፍት ምጭውትን ኣሳሳይት ንምኻን በቕዐት።

ሓደ ሰብኣይ ንዕኣ እናረኣዩ፡ ንጓሎም፡ "ከምዚኣ ክትኮኒ'ለኪ።" በልዋ።

ሰለስተ መንእሰያት'ውን ሰሰሪቐም እናጠመቱ፡ መኖም ከምዝላለያ ተማትኡ። ኣቢጋይል ንሕሉፍ ህይወታ ፈሊጦም ዘናሽዉዋ ዝነበሩ መሰላ። ምስሳይ ራሕሪሓ ኣብ ጸልማት ኣንጎሎ ተጸግዐት። ኣይደንጎየን ሓደ መንእሰይ ሕሹኽ በላ። ነቲ ዝህውጾ ዝነበረ ስምዒት ከተራግፈሉ ድማ ናብቲ ሆቴል ሰዓበቶ።

ቆርበት ልቢ 54 ቃላት

ጸጽቡቛተን ኣዋልድ፡ ኣንስቲ'ቲ ባዕዳዊ ንጉስ ንምኳን ሕርያ ተገብረ። ምልክዕትን ምጭውትን ማህሌት፡ ጸጋመይቲ ኢዳ ንእትፈትዎ ኅበዝ፡ ባሲሎስ፡ ብትሪ ጨቢጣ ነበረት። ምምራጽ ኣብኣ ከይበጽሐ ከሎ፡ ብየማናይ ኣጻፍራ ንምዕጉርታ ጨንድሓቶ። ትርኢታ ነቲ ንጉስ ባህ ኣየበለን። ካብቲ መረጸ ብምትራፋ ሩፍታን ሓጎስን ዓሰላ። ጸጋመይቲ ኢዳ እንተጨበጠት ግን ኣየር ዓሞኸት። ህላወ ኣፍቃሪኣ ሃሰስ እንተበለት፡ ባሲሎስ የዒንቱ ካብ ምስላ ከምልጡ ተመልከተት።

ነናትካ 60 ቃላት

ንሱ፡ "ፍቕሪ፡ ሓዳር፡ ውላድ እንታይ'ዩ? እዚኦም ንመዋእል ዝጸንሑ ኣይኮኑን። እንተጸንሑ'ውን ብሕማቕ ሽነኹም ምዝዛሞም ዘይተርፍ'ዩ። ንኹሉ ዝፈላሊ ሞት ኣሎ።" እናበለ እርጋን ኣርከበቶ።

የዕሩኹቱ ብዙሕ ዓመታት በካይድኡ ሰሓቑ። ንሞት ምስ ተቓረቡ ግን "እዚ ኹሉ ኣሕሊፍና እንታይ'ሞ ረኺብና? ከምዘይነበረ ምኳኑ ዘይተርፍ'ዩ!" እናበሉ ንዘረባታቱ ዘከሩ።

ንሱ ድማ ኣብ እርጋኑ፡ "ብኻ ኣፍቂረን ተፈቒረን። ብኻ ወሊደ። እንተገደደስ ንዘሕለፍኩዎ ዘዘኪረ ካብ ጽምዋይ ምተገላገልኩ።" በለ ንሰሓቕ የዕሩኹቱ እናዘከረ።

ኣብ ገዛ ዝተርፍ ስምዒት 58 ቃላት

ክፍለ ምስ ሰበይቱ ካብ ዘይቃደዉ እዋናት ሓለፈ። ምጭቕጫቕም፡ ናብራ፡ ገንዘብ፡ ስኒትን ዛዕባታት ኣለዓዒሉ ብዘይ መፍትሒ ይተርፍ። ጽልኣት'ዚ ሰበይቱ ብዘይትርእዮ ኣቓራጫት መምስ ዝኾነትሉ ሰበይቲ ባዕለገ።

ሎሚ ግን በዕልቲ-ቤቱ ምስ ሓንቲ ኣመንዝራ ረኸበቶ። ብዙሕ ተኻትዑን ተገራጨዉን። መወዳእትኡ ገዛ ንኽራኽቡ በብመንገዶም ኣምርሑ።

ሰበይቱ ግን ናብ'ተን ኣመንዝራታት ተመልሰት።

"ገንዘብ ድዩ ኣውሒዱልኪ'ዚ ዕንፈ?" ሓተትኣ።

"ከምኡታት'ዩ።" በለት ብጽዋገ። ቀጺላ ሰልፋ እናቐልዐት ብኅነን ኮፍ በለት።

ውልቃዊ ኣካይዳን ተፈጥሮኣዊ መምርሕን 59 ቃላት

መልኣከ ወርትግ ጥዕንኡ የመርምር። ንኽቕምቀም ውልቃዊ ናውቲ፡ ንኸይክስዕ ምንቅስቓሳት እናዘውተረ፡ ምስ ማይ፡ ጥዕና ዝመልአ መግብን እኹል ድቃስን ተመሓዘወ።

ሓደጋ ካብ ዘበለ ኣርሒቑ፡ ንህይወቱ ምሒር ብምክንኻን፡ ንሞት ኣርሓቓ።

ሓደ ንጉሆ እናኀየየ፡ ካብቶም ዝጻወቱ ዝነበሩ ቆልዑ፡ ዝሞለቖት ባልኛ ሽታሕ ኣቢላ ብርእሱ ሰጥሓቶ። ቅድሚ ሞቱ የዒንቱ ንመጨረሽታ እዋን ናብቲ ንዝሓለፈ ዓሰርተታት ዓመታት፡ ተሸከርከርቲ እናወጨጫን እናተሓምበባን ብዘይ ስግኣት ፎኛቱራ ዝጸርግ ዝነበረ ሰብኣይ ተመልከታ።

ድሕሪ'ቲ ህልቂት 56 ቃላት

ስድራቤት ኣቶ ዓጽሙን ኣቶ መንገሻን ጎረባብቲ እዮም። ብደቆም ዝጀመረ ባእሲ ናብኣቶም ለሓመ። ብዓበይቲ ዓዲ ንኽትዓረቑ'ኳ እንተተለመኑ ግን ኣቕበጹ። መምስ ደቆም ብምኳን ሓንሳእ ሓሰር የቃጽሉ ሓንሳእ መንደቕ ይፈራረሱ ጸኒሖም ካብታ ዝነኣሰት ጫቕሒት ክሳብ እታ ዝዓበየት ላም ሓድሕዶም ተቐታተሉ። ብዘይ ጥሪትን ንዋትን ተረፉ። ኣስናን ኮሪፉ፡ ኢድ ተመኒሁ፡ ርእሲ ምስ ተፈግአ ክስራን ብምብዝሖ ናብቶም ዓበይቲ ዓዲ ብምኻድ ንኽተዓርቕዎም ሓተቱ።

ግብሪ 56 ቃላት

ተመስገን ነታ ብኣዋርሕ ዘቕቢባ ሓጨልጨል እናበለት ብቕድሚኡ ትስጉም ዝነበረት ሰበይቲ ንኽድህበላ ኣይተጸገመን። ንእለቱ ነታ

ብስእነቱ እተማርር፡ ዘይገብረላ ብምዃኑ ዘይተኸብሮ ኣፍቃሪቱ ተዘኪረቶ። መፍትሒ እዚ ኹሉ ብምባል ድማ ነታ ሰበይቲ ብሓይሊ ዓማጺጹ ወርቃ ዘመታ። ድላይ ኣፍቃሪቱ ከይመልእ ግን ተታሕዘ። ህዝቢ ተኣኪቡ ከዓቦ። ኣፍቃሪቱ በቲ ከባቢ ብምጽንሓ፡ ምኽንያት መትሓዚኡ ኣጣየቐት። ነውሩ ድሕሪ ምፍላጣ ንሳ'ውን፡ "ሰራቒ!" ብምባል'ያ ከም ሰባ ከዒባቶ።

<u>ውርሻ</u> 10 ቃላት

እታ ዓይነ-ስውርቲ ነቲ ከይሰርሐ ዝሃብተመ ጎረቤታ ሎሚ'ውን ሎተሪ ሕኸኸለይ በለቶ።

www.ingramcontent.com/pod-product-compliance
Lightning Source LLC
LaVergne TN
LVHW021814060526
838201LV00058B/3386
* 9 7 8 9 9 9 4 8 5 1 6 0 7 *